KNAUR

Über die Autorin:
Schon als Kind liebte es Zora Gienger, sich Geschichten, Märchen und Erzählungen auszudenken. Ihre große Liebe gilt dem Schreiben, und so wurde sie nicht nur Yogalehrerin, Tänzerin, Heilerin und Bewegungspädagogin, sondern vor allem Autorin mit mittlerweile über 60 veröffentlichten Büchern. Als Poetin und Künstlerin liebt sie es, die Herzen und Seelen ihrer Leser und Leserinnen zu berühren und ihnen mit spirituellem, gesundheitlichem oder märchenhaftem Rat zur Seite zu stehen. Ein besonderer Leckerbissen ist es, wenn Zora Gienger ihre Märchen tanzt und ihre Zuschauer in die Welt der Fantasie entführt. Als Mutter von drei eigenen und zwei Stiefkindern – die mittlerweile erwachsen sind – verbringt sie zudem gemeinsam mit ihrem Mann viel Zeit in ihrem zauberhaften Rosengarten, der sie immer wieder zu neuen poetischen Werken inspiriert.

ZORA GIENGER

Winterzauber

Eine Liebe am See

Roman

KNAUR

Besuchen Sie uns im Internet:
www.knaur.de

FSC
www.fsc.org
MIX
Papier aus verantwortungsvollen Quellen
FSC® C083411

Vollständige Taschenbuchausgabe Oktober 2017
Knaur Taschenbuch

Ein Imprint der Verlagsgruppe Droemer Knaur GmbH & Co. KG, München

Covergestaltung: ZERO Werbeagentur, München
Coverabbildung: FinePic / shutterstock
Satz: Adobe InDesign im Verlag
Druck und Bindung: CPI books GmbH, Leck
ISBN 978-3-426-52047-5

2 4 5 3 1

1

Dichte Nebelschwaden hingen über dem See an diesem Abend Mitte November und legten sich wie zauberhafte Schleier über unseren kleinen Ort. An manchen Tagen wurde Langenargen regelrecht vom zähen Nebel verschluckt, sodass man fast die Hand nicht mehr vor den Augen sehen konnte. Kein einziger Sonnenstrahl wagte sich durch das Nebelkleid, und die Umrisse der Häuser, der Hotels und Geschäfte und unseres maurischen Schlosses waren nur noch verschwommen wahrzunehmen. Der See war still und friedlich an solchen Tagen, als würde er es nicht wagen, sich den wogenden Schleiern zu entziehen.

Es war Donnerstag, ein ganz normaler Tag mitten in der Woche, und da es früh dunkel wurde und kein Gast mehr mein Café Rosenrot aufsuchte, beschloss ich, etwas früher als gewöhnlich zu schließen. Jetzt im Herbst und Winter wirkte unser beschauliches Städtchen am Bodensee beinahe gespenstisch ruhig und leer. In meinem Café war ebenfalls nicht viel los, auch wenn sich die Einheimischen hier immer wieder gerne trafen und die heimelige Atmosphäre schätzten. In den Wintermonaten legte sich nicht nur der Nebel über unseren kleinen Ort, sondern auch der Winterschlummer, weil nur noch wenige Touristen zu Besuch kamen. Dafür pulsierte im Frühjahr und Sommer das pralle Leben, was für eine volle Kasse sorgte und mich beruhigt in die Zukunft blicken ließ. Geputzt und aufgeräumt hatte ich bereits. Vorträge, Seminare oder Kurse fanden heute auch nicht mehr statt.

Ich schlüpfte in meine dicke Winterjacke, legte mir einen Schal um und setzte eine Mütze auf, hängte mir meine Tasche über die Schulter und trat in den Nebel und die Novemberdunkelheit hinaus. Leise zog ich die Tür ins Schloss. In den Läden brannten nur noch die Schaufensterlichter. Ruhig und verlassen lag die Fußgängerzone bereits im Feierabendschlummer wie der gesamte Dorfplatz, der Hafen und unser Schloss. Wohlwollend betrachtete ich das sanfte orangefarbene Licht meiner Salzkristalllampen, die die Sprossenfenster meines Cafés erhellten und Geborgenheit ausstrahlten. Teure Edelsteine und hübsche Holzfiguren grüßten aus den Fenstern. Daneben lagen Rosenblüten aus Filz und anderen Stoffen.

Lächelnd steckte ich den Schlüssel ins Schlüsselloch und betrachtete zufrieden mein liebevoll dekoriertes Schaufenster.

»Hallo! Schönen guten Abend. Sind Sie Frau Krämer?«

Erschrocken drehte ich mich um. Eine ganz in Rot gekleidete Person schälte sich aus dem dichten Nebel und streckte mir ihre Hand hin, die in einem samtenen Handschuh steckte. Die Frau war groß und schlank, trug einen roten, sehr wertvollen Wollmantel, einen kokett sitzenden roten Hut, der rötlich schimmernde Locken verbarg, und einen langen schwarzen Samtschal, den sie um den Kragen des eng geschnittenen Mantels gelegt hatte. Ein langer blutroter Samtrock und altmodische Schnürstiefel verliehen ihr einen Hauch Eleganz und zeugten dennoch von einer ungewöhnlich künstlerischen Aufmachung. Und doch verschwammen ihre Umrisse im wabernden Nebel, sodass ich für einen kurzen Moment an ihrer Echtheit zweifelte.

»Ja, bitte?«, antwortete ich zögerlich und blinzelte in die Dunkelheit hinein.

»Ich heiße Angelina Winter, schreibe Märchen und trete als Märchenfee auf. Nun habe ich gehört, dass in Ihrem Café immer wieder auch kulturelle Veranstaltungen und Seminare stattfinden, und wollte mich Ihnen vorstellen.«

»Oh.«

Die Augen der Frau blitzten hell und klar, während sie einen weiteren Schritt auf mich zumachte und endgültig aus dem Nebel heraustrat. Sie roch stark nach Vanille und Zimt, hatte rote Wangen und ein sehr offenes Lächeln. Erst als sie noch näher an mich herantrat, sah ich, dass sie viele kleine Falten im Gesicht hatte und nicht mehr ganz jung war. Aber ihr Lächeln wirkte echt und interessiert, und der Duft um sie herum roch nach weihnachtlichen Genüssen.

»Verzeihen Sie, ich wollte Sie nicht erschrecken, aber als ich sah, dass Sie schließen wollten, musste ich mich beeilen, um Sie heute noch anzutreffen.«

»Ah. Ja, also, prinzipiell bin ich für alle Arten von Veranstaltungen offen, Frau äh … Winter. Aber zuerst muss ich Näheres über Sie wissen. Außerdem ist es schon ziemlich spät im Jahr, und falls Sie noch die Adventszeit nutzen wollen, kann ich Ihnen nicht versprechen, dass wir noch einen freien Termin finden. Eventuell dann erst nächstes Jahr.«

»Natürlich, Frau Krämer. Das ist mir schon bewusst. Hätten Sie trotzdem eine Minute Zeit für mich? Das wäre sehr nett von Ihnen.«

Ich überlegte und betrachtete den Schlüssel in meinen Händen.

»Nun gut«, gab ich mir einen Ruck, »ich habe heute Abend sowieso nichts Besonderes vor.«

Frau Winter legte den Kopf schief und strahlte mich aus ihren blauen Augen glücklich an.

»Können wir hineingehen?«, schlug sie vor.

»Oh. Ja, natürlich. Kommen Sie. Ich schließe wieder auf. Dann sehen Sie gleich die Räume und können sich ein Bild davon machen.«

»Prima. Das klingt gut.«

»Hm«, murmelte ich, schloss die Tür wieder auf und griff zum

Lichtschalter, aber Frau Winter legte mir ganz sachte einen ihrer behandschuhten Finger auf die Schulter.

»Das Licht der Salzkristalllampen reicht doch völlig. Ist es nicht himmlisch, dieses kuschelige Ambiente? Sie haben da wirklich ein zauberhaftes Café. Und alles aus Holz, so heimelig und ansprechend. Ein richtiges Café zum Wohlfühlen. Klein und fein. Und im Sommer kann man sicher draußen sitzen und im Schatten feine Leckereien genießen. Ist es nicht so?«

»Ja, in der Tat«, antwortete ich stolz. »Ich verkaufe fast ausschließlich regionale Produkte aus biologischem, organischem Anbau, Fairtrade-Kaffee und einige ausgewählte Teesorten. Im Sommer gibt es veganes Eis, alles selbst gemacht natürlich. Und wie Sie sehen, gibt es bei mir auch schönen Schmuck und andere besondere Geschenke, alles handgemacht von Künstlern und Kunsthandwerkern aus der Region. Im Sommer stelle ich dann immer auch noch Tische und Stühle auf die Terrasse hinter dem Haus, eingerahmt von Rosenkübeln und Sonnenschirmen.«

»Wirklich schön ist es hier. So gemütlich. Hübsche Regale haben Sie. Alles wird so exquisit präsentiert. Das gefällt mir sehr.«

»Danke.«

»Und wo finden die Seminare und Veranstaltungen statt?«

»Kommen Sie, ich zeige Ihnen den großen Raum im hinteren Teil des Cafés. Gleich hier. Wenn Sie mir folgen wollen?«

Langsam öffnete ich die große hölzerne Flügeltür, die in einen ungefähr fünfzig Quadratmeter großen Raum mit einem hellen Parkettboden führte, der mit Schafwollmatten ausgelegt war und in dessen Mitte eine große Amethystdruse stand, um die sich einige Teelichter und Seidentücher gruppierten. Salzkristalllampen in Kugelform standen in den Ecken des Raums und sorgten für ein ganzheitliches Stimmungsbild.

»Diesen Raum stelle ich für Veranstaltungen zur Verfügung.

Ich habe auch einige Untermieter, die hier Yoga, Tai-Chi und Meditationskurse anbieten. Sie haben den Raum stundenweise gemietet. Deshalb muss ich auch immer wieder wegen der Termine weit im Voraus planen, weil der Raum eben nicht ständig zur Verfügung steht.«

»Gut, gut. Und wer malt die wunderschönen Bilder mit diesen meditativen Elementen, die all die Wände zieren, hier und im Café?«

»Die male ich. Die Malerei ist sozusagen meine Entspannung, wenn ich den ganzen Tag auf den Beinen war, um Gäste zu bedienen, die Buchführung zu erledigen und Ware zu ordern.«

»Das ist klug von Ihnen. Ihre Bilder strahlen so viel Freude und dennoch Ruhe und Frieden aus.«

»Danke für das Lob.«

»Gibt es auch Sitzgelegenheiten?«

»O ja, natürlich«, beeilte ich mich zu sagen und zeigte auf eine weitere Tür am anderen Ende des Raums. »Dahinter verbirgt sich eine kleine Kammer. Dort lagern die Materialien für die Kurse, aber auch eine Reihe von Stühlen. Dreißig Stühle habe ich vorrätig. Bei Bedarf kann ich mir aber auch mehr leihen. Wir Selbstständige helfen uns hier im Ort gegenseitig.«

»Wie schön«, sagte Frau Winter und strich sich über die roten Locken.

»Möchten Sie einen Tee, Frau Winter? Und dann erzählen Sie mir von sich und Ihrer Märchenidee.«

»Gerne. Aber ein Kaffee wäre mir jetzt lieber.«

Ich nickte und öffnete erneut die Flügeltür. Wir verließen den Seminarraum, und während sich Frau Winter auf einen der Holzstühle im Café setzte, schaltete ich meine nagelneue Espressomaschine an.

»Liebe Frau Krämer, Sie brühen doch sicherlich auch Kaffee von Hand auf. So wie früher. Lassen Sie die Maschine aus und brühen Sie mir etwas ganz Starkes von Hand, einverstanden? Aber keinen Filterkaffee. Sie wissen schon, einen, bei dem ordentlich Kaffeesatz übrig bleibt.«

Ich zuckte mit den Schultern und ließ noch einmal meinen Blick über ihr altmodisches Äußeres schweifen.

»Natürlich, ganz wie Sie wollen. Und nun erzählen Sie mir von sich und Ihren Märchen.«

Frau Winter streckte die Beine aus und zog aus ihrem Mantel plötzlich ein großes, dickes Buch hervor, das aussah wie aus einem Museum, ein wenig abgegriffen, fest eingebunden und mit goldenen verschnörkelten Schriftzeichen versehen, ein echt antikes Stück sozusagen oder zumindest auf antik gemacht.

»Das ist mein Märchenbuch«, sagte sie leise. »Erschrecken Sie nicht, weil es so aussieht wie schon tausendmal gelesen. Es ist das Exemplar, das ich immer bei mir trage.«

»Und das haben Sie selbst geschrieben? Ich meine, Sie haben die Märchen selbst geschrieben?«, fragte ich erstaunt.

»Aber ja«, antwortete Frau Winter nicht ohne Stolz in der Stimme. »Ich arbeite als freie Autorin. Doch gleichzeitig trete ich als Märchenfee auf, und zwar nicht nur für Kinder, sondern für alle, weil ich finde, dass die Menschen wieder ein wenig mehr Zauber im Leben benötigen. Der Alltag ist nüchtern genug. Märchen bringen Menschen wieder dazu, zu träumen und an ihre Träume zu glauben. Und welche Zeit eignet sich besser als die Adventszeit, um das innere Kind zu hätscheln, sich verwöhnen zu lassen von geheimnisvollen Worten und sich den inneren Welten der Fantasie hinzugeben? So reise ich also vornehmlich im Winter herum, natürlich besonders in der Vorweihnachtszeit, und biete Märchenabende zwischen Dämmerung und Dunkelheit an. Als ich von Ihrem Café Rosenrot hörte, wusste ich, dass Sie meine nächste Station sein werden.«

Ich winkte ab, während ich den gewünschten Kaffee zubereitete. »Ich finde Ihr Vorhaben sehr lobenswert, aber ich kann nicht versprechen, dass es dieses Jahr noch klappt.«

Frau Winter sah mich mit verschmitzten Augen an und verzog die Lippen zu einem breiten Grinsen.

»Sie werden sehen, es wird klappen. Machen Sie sich keine Gedanken, Frau Krämer. Es wird klappen.«

»Ach. Und wie wollen Sie sich da so sicher sein?«

Frau Winter schlug die Beine übereinander und strahlte über das ganze Gesicht. Dann wechselte sie galant das Thema.

»Sie haben wunderschöne grüne Augen, wissen Sie das, Frau Krämer? Und Ihre zarte Porzellanhaut passt hervorragend zu Ihren langen roten Haaren. Im Gegensatz zu meiner Haarfarbe ist Ihre echt, nicht wahr? Wissen Sie, ich muss leider schon die Haare färben. Das Rot ist mein Markenzeichen.«

Verlegen senkte ich den Blick.

»Das muss Ihnen nicht peinlich sein. Sie dürfen meine Komplimente ruhig annehmen. Ich bin doch so viel älter als Sie. Ach …« Sie versank für einen Moment in Erinnerungen, die sie lächeln ließen. Dann hob sie den Kopf und fixierte mich mit einem weiteren Grinsen. »Außerdem haben Sie die Rundungen dort, wo sie hingehören. Wie eine Seejungfrau. Deshalb leben Sie ja auch hier am See. Sie kennen doch Arielle, die Meerjungfrau, das Disney-Märchen? Genauso hübsch sehen Sie aus.«

Ich nickte stumm, hustete und schwieg beharrlich. Komplimente über mein Aussehen waren mir wirklich peinlich. Und sie rührten an meinen inneren Schmerz, denn mein letzter Freund Maik hatte mich verlassen, weil ich ihm angeblich zu dick geworden war und er sich nicht vorstellen konnte, mit so einer Seekuh alt zu werden, geschweige denn Kinder zu haben. Seine giftigen Bemerkungen über mein Aussehen hatten mich tief verletzt und eine Wunde hinterlassen, die noch nicht geschlossen war.

»Ein heikles Thema, hab ich recht?«

»O nein, nein, nicht wirklich. Es ist nur … ein wenig kompliziert.«

»Ich verstehe.«

Sie kniff die Augenbrauen zusammen und beobachtete mich.

Ich reichte ihr den Kaffee.

»Wollen Sie nicht den Mantel ausziehen?«

Frau Winter schüttelte den Kopf.

»Ist Ihnen kalt hier drinnen?«

»Ganz und gar nicht, aber es fühlt sich im Augenblick besser an. Machen Sie sich diesbezüglich keine Gedanken. Und machen Sie sich nicht allzu viele Sorgen wegen Ihres Aussehens. Der Schmerz wird vergehen. Stattdessen wird große Freude in Ihr Leben kommen. Das kann ich Ihnen jetzt schon sagen.«

Ich kratzte mich am Hals. Das Gespräch verlief etwas seltsam, und deshalb wollte ich es wieder auf eine rein geschäftliche Ebene bringen.

»Also, wenn Sie bei mir auftreten wollen, benötigen wir einen Termin. Ein Honorar kann ich Ihnen nicht zahlen. Das ist bei mir nicht üblich. Ich stelle Ihnen den Raum zur Verfügung und behalte zwanzig Prozent der Eintrittskosten, die Sie festlegen. Der Rest ist für Sie. In der Regel konsumieren die Leute während solcher Veranstaltungen nicht viel, manchmal gar nichts. Deshalb muss ich mir vorbehalten, etwas von den Eintrittskosten zu behalten, es sei denn, Sie planen eine Benefizveranstaltung auf Spendenbasis oder über die Eintrittskosten. Dann verzichte ich auf die zwanzig Prozent. Um die Werbung kümmern sich die Künstler und ich gleichermaßen. Da sich mein Café hier ganz gut etabliert hat, können wir auf jeden Fall davon ausgehen, dass sich das Event herumspricht und Besucher kommen. Die Leute, die hier leben, sind froh, wenn auch im Winter etwas angeboten wird. Auch wenn hier überwiegend ältere Menschen leben, sind wir eine sehr innovative Gemeinde. Wir haben viele Künstler,

Kunsthandwerker, Musiker und Therapeuten jeglicher Art in Langenargen und den umliegenden Gemeinden. Deshalb bin ich mir sicher, dass Leute kommen werden.«

Frau Winter steckte ihre Nase in den Kaffee und schlürfte genüsslich, sodass ich nicht wusste, ob sie mir wirklich zugehört hatte. Der süßliche Vanillegeruch, der permanent von ihr ausströmte, vermischte sich mit dem Duft der Kaffeebohnen und dem leichten Zimtaroma, das in der Luft lag und meinen Gast nun gänzlich umhüllte. Ich schnupperte und blickte dann fragend auf Frau Winter.

»Ihr Kaffee ist sehr lecker«, erwiderte sie fröhlich.

»Äh, ja. Wegen der Konditionen …«

»Keine Sorge, ich habe Sie schon verstanden. So machen wir es. Kein Problem. Ich richte mich ganz nach Ihren Bedingungen. Atmen Sie einfach mal durch, Kindchen. Sie wirken etwas angespannt. Setzen Sie sich zu mir. Trinken Sie einen Kaffee mit mir.«

Ich wehrte ab. »Abends trinke ich eigentlich keinen Kaffee mehr.«

»Ich verspreche Ihnen, dass Sie auf jeden Fall gut schlafen werden, vor allem, wenn Sie hinterher von meinem Spezialtee trinken. Den habe ich immer bei mir. So etwas kennen Sie garantiert noch nicht.«

»Sie kennen sich mit Kräutern aus?«

»Als Märchenfee kenne ich so manche Geheimnisse«, sagte sie kichernd und legte ihre Hand mit dem Samthandschuh auf meine Hände, »aber zuerst trinken Sie mit mir ein paar Schlucke Kaffee.«

Ich atmete tief ein und aus. »Also gut. Erst ein paar Schlucke Kaffee und dann etwas von Ihrer Spezialmischung. Ich bin wirklich neugierig, was Sie mir anbieten können. Und dann erzählen Sie mir noch ein wenig von Ihrer Arbeit.«

Ich stand auf und bereitete mir ebenfalls eine Tasse Kaffee zu.

Dann setzte ich mich wieder zu Frau Winter an den runden Holztisch und sah in ihre schimmernden Augen. Sie schob mir ihr geheimnisvolles Märchenbuch hin und breitete ein paar getrocknete Kräuter vor mir aus.

»Ich lasse Ihnen das Buch da. Sie können ein wenig darin herumlesen, wenn Sie Zeit haben. Alles, was Sie wissen müssen, steht in diesem Buch. Über mich selbst gibt es nicht viel zu sagen. Seit ich denken kann, trete ich als Märchenfee auf und schreibe Märchen. Das ist sozusagen meine Lebensaufgabe. Etwas anderes kann ich nicht. Aber Sie können mir vertrauen. Wenn Sie mit mir zusammen diese Veranstaltung auf die Beine stellen, dann werden Sie es nicht bereuen. Sie werden so viel Wunderbares und Zauberhaftes erleben, dass Sie sich für immer daran erinnern werden. Ich bin eine wahre Künstlerin, wenn es darum geht, als Märchenfee zu fungieren. Sie werden begeistert sein, glauben Sie mir. Und was den Tee betrifft, nun ja, das ist ein uraltes Rezept aus meiner Familie. Das kann ich Ihnen leider nicht verraten.« Ein liebevolles Lächeln glitt über ihre geschwungenen Lippen, als sie mich bedauernd ansah.

»Ja«, erwiderte ich, »das mit den Familienrezepten verstehe ich. Und die Idee mit den Märchen finde ich auch sehr schön. Deshalb will ich mal schauen, ob ich noch einen Termin für Sie finde.«

»Den werden Sie, ganz bestimmt. Aber jetzt möchte ich mit Ihnen erst einmal den Kaffee genießen.«

»Na schön.«

Ein paar Sekunden lang hing jede von uns ihren Gedanken nach.

»Ach, und so ein hübsches Label haben Sie. Eine pinkfarbene Rose«, sagte Frau Winter plötzlich in die Stille hinein.

»Ja. Ich liebe Rosen. Deshalb heißt mein Café auch Rosenrot.«

»Wie im Märchen.«

»Wie bitte?«

»Sie kennen doch sicher das Märchen von Schneeweißchen und Rosenrot.«

»Ja, ja, natürlich. Was für ein Zufall. Aber Sie haben recht, der Begriff Rosenrot stammt aus dem Märchen.«

»Sie bieten auch Produkte aus Rosen an?«, fragte Frau Winter und griff sich an ihr kokettes Hütchen.

»Ja, Rosenmarmelade zum Beispiel. Die liefert mir eine liebe Freundin, die einen riesigen Garten mit Duftrosen hat, alles englische Rosen, die himmlisch riechen und die sich super verarbeiten lassen. Die Freundin wohnt in Oberdorf, das ist ein Ortsteil von Langenargen, der ein wenig im Landesinneren liegt, also etwas weg vom See. Dort gibt es viele schöne Häuser mit tollen Gärten.«

»Das klingt gut. Und überall findet sich die Rose versteckt. Zum Beispiel auf der Menükarte. Wie reizend! Außerdem machen sich die von Ihnen gemalten Rosenbilder auch ganz schön hier in den Räumen. Alles wirkt so liebevoll. Schnuckelig ist wohl der richtige Ausdruck. Dennoch ist nichts hier überladen oder allzu süßlich. Sie haben ein Händchen für die schönen Dinge, Frau Krämer, habe ich recht?«

Wieder wurde ich rot, als ich ihre warmen und lobenden Worte vernahm, und legte mir die kühlen Hände auf die glühenden Wangen. Dann setzte ich die Kaffeetasse an die Lippen und nahm ein paar große Schlucke.

Während ich den letzten Rest meines Kaffees trank, stand Frau Winter auf und übergoss ihre Kräutermischung mit kochendem Wasser. Dann schnappte sie sich eine von den großen Teetassen und servierte mir den dampfenden Sud. Eine lieblich heitere und sorglose Duftnote strömte von dem Gebräu aus, sodass ich tief inhalierte und mich dann wohlig zurücklehnte.

Frau Winter ergriff derweil meine leere Kaffeetasse und starrte in sie hinein.

»Was machen Sie da?«, fragte ich schmunzelnd und beäugte sie einerseits misstrauisch, andererseits leicht belustigt.

»Kaffeesatzlesen natürlich. Märchenfeen können so etwas. Sonst wäre ja nichts Magisches an uns Märchenfeen, oder?«

Nun war es an mir zu kichern.

»That's business, Kindchen.«

»Schon verstanden. Und? Was können Sie herauslesen?«

»Oh, ich sehe, dass Sie einige Enttäuschungen hinter sich haben, was Männer anbelangt. Sie sind ausgenutzt, beschimpft und gedemütigt worden. So haben Sie das Vertrauen ins andere Geschlecht verloren. Stimmt's? Sie denken, es ist besser, sich nicht mehr zu verlieben, aber schon bald werden Sie Ihre Meinung ändern. Bald schon. Es werden gleich zwei Bewerber zur Verfügung stehen. Sie werden beide auf ungewöhnliche Weise in Ihr Leben treten. Bald schon. Aber Sie müssen auf die Zeichen achten. Ja, achten Sie auf die Zeichen, dann werden Sie wissen, wer der Richtige für Sie ist.«

»Hm, sagen Sie das jedem oder nur mir? Ehrlich, ich weiß nicht, ob das etwas für mich ist. Ich glaube nicht an Prophezeiungen, schon gar nicht aus Kaffeeresten.«

Frau Winter hob die Schultern. »Glauben Sie es oder glauben Sie es nicht. Es liegt an Ihnen selbst, wieder glücklich zu werden. Letztendlich liegt alles in Ihren Händen. Achten Sie auf die Zeichen.«

»Ach ja, wenn das alles so einfach wäre. Ein bisschen Hokuspokus, und schon frisch verliebt. Friede, Freude, Eierkuchen.«

Frau Winter setzte sich ihr Hütchen zurecht, funkelte mich vergnügt an und legte eine Visitenkarte auf den Tisch.

»Hier ist meine Karte.«

»Kommen wir also zum Geschäftlichen. Ich hole nur kurz den Terminkalender.«

»Danke für den Kaffee. Es war mir ein Vergnügen, Sie kennenzulernen, Frau Krämer. Mein Buch lasse ich Ihnen hier. Und trinken Sie meinen Tee. Er wird Ihnen guttun.«

»Ich bin gleich wieder da. Warten Sie bitte kurz«, entgegnete ich und eilte in den Gang, an dessen Ende die Toiletten und ein Schrank mit Ordnern, Unterlagen, Flyern und auch mein Terminkalender zu finden waren.

Ich öffnete den Schrank und holte den Kalender heraus, drehte mich um und lief in den Verkaufsraum zurück. Doch von Frau Winter war nichts mehr zu sehen. Sie war verschwunden! Das Buch und die Visitenkarte lagen noch auf dem Tisch. Irritiert ging ich zur Eingangstür und öffnete sie mit einem Ruck. Aber der Nebel war zu dicht, als dass man etwas hätte sehen können, auch keine Person in einem roten Mantel.

2

Ärgerlich betrachtete ich die Visitenkarte. Manche Künstler waren tatsächlich etwas seltsam. Was sollte ich bloß von diesem Auftritt halten? Frau Winter wollte doch unbedingt in meinen Räumen eine Veranstaltung abhalten, einen Märchenabend. Und jetzt war sie einfach ohne Termin verschwunden. Wollte mich diese Person auf den Arm nehmen, oder was?

»Angelina Winter – Märchenfee, zauberhafte Märchenevents für Groß und Klein«, stand auf ihrer Visitenkarte. Darunter war eine mobile Nummer angegeben, die ich sofort wählte. Die Mailbox meldete sich und wies mich darauf hin, eine Nachricht zu hinterlassen, was ich auch tat, allerdings leicht säuerlich. Mein Ton fiel ziemlich harsch aus.

Ich probierte es noch dreimal unter der angegebenen Nummer. Schließlich gab ich es auf und blickte auf den dampfenden Tee aus der Spezialmischung, der sein liebliches Aroma verbreitete. Vorsichtig setzte ich die Tasse an die Lippen und ließ mich auf einen meiner Stühle fallen. Einige Sekunden später fühlte ich mich tatsächlich ausgesprochen wohl und erheitert. Es gab keinen Grund mehr, mir Gedanken zu machen. Auch nicht über Angelina Winter. Sie würde sich melden, wenn ihr ein Event hier wichtig war, da war ich mir sicher. Ansonsten fühlte ich eine Leichtigkeit und Gelassenheit in mir wie nie zuvor. Diese Kräutermischung hatte es tatsächlich in sich.

Nach einer Weile beschloss ich, dass es nun endgültig Zeit war, nach Hause zu gehen. Und so zog ich mir die Winterjacke an und verließ mein kleines Café.

Draußen herrschte immer noch so dichter Nebel, dass es fast

unmöglich war, zu Fuß heimzufinden. Doch Menschen, die nahe am See lebten, wussten, dass es in den Herbst- und Wintermonaten manchmal tagelang keinen Sonnenschein gab. Die meisten ertrugen diese Tatsache mit Genügsamkeit. Und wer sich nach Licht und Sonne sehnte, musste sich bloß ins Auto setzen und eine halbe Stunde weit ins Allgäu fahren, zum Beispiel nach Scheidegg oder Lindenberg. Diese beiden Orte rühmten sich dafür, die sonnigsten im Allgäu zu sein. Auf den Bergkuppen konnte man dann hinunter zum See blicken und die dicke Nebelsuppe betrachten, die all die Orte am Wasser verschlang.

Guter Dinge lief ich nach Hause zu meiner kleinen Wohnung am Seeufer im Gebiet Malerecke, direkt am traumhaft schönen Naturstrand. Dort lebte ich in einem der historischen Häuser mit niedrigen Decken, Stuck an den Wänden und blau bemalten putzigen Fensterläden. Die Eingangstür war ein wenig schief und quietschte beim Öffnen, aber ich liebte meine kleine Wohnung.

Ein altmodischer Briefkasten links von der Haustür wartete darauf, von mir geleert zu werden. Ich fischte nach drei Briefen und einem Katalog und legte alles auf den großen Esstisch, der in meiner Wohnküche stand und aus stabilem Eichenholz pure Gemütlichkeit ausstrahlte.

Der Kräutertee der Märchenfee hatte mich wohl auch ziemlich müde gemacht, denn ich gähnte lange und ausgiebig und beschloss, die Briefe heute nicht mehr zu öffnen. Wahrscheinlich waren es sowieso nur Rechnungen. Stattdessen streckte ich mich genüsslich auf meinem bordeauxfarbenen Sofa aus und blätterte ein wenig in dem Katalog mit hübscher Winterkleidung, der bereits mit herabgesetzten Preisen warb. Dabei dauerte es bis zum Winterschlussverkauf noch eine ganze Weile. Aber das Geschäft mit den Rabatten lief wohl das ganze Jahr über gut. Auch bei mir im Café konnte man Gutscheine erwerben. Und immer wieder vereinbarte ich mit den Künstlern, deren Ware ich in Kommission nahm, Sonderpreisaktionen anzubieten. Ab morgen würde ich mich dann zusätzlich um die Weihnachtsdekoration im Schaufenster kümmern, um das herbstliche Ambiente auf den kommenden Winterzauber vorzubereiten und das Adventsgeschäft anzukurbeln. Vor allem meine ökologischen Wintertees liefen im Advent sehr gut, sowohl als Geschenk für Weihnachten als auch im Café, wenn es draußen neblig, kalt und ungemütlich war. Dann wärmte ein winterlicher Tee Leib und Seele.

Beim Blättern im Katalog merkte ich, wie mir allmählich die Augen zufielen. Ich war wohl müder als gedacht und entschied mich deshalb, ins Bett zu gehen und mich einmal richtig auszuschlafen.

Als ich am nächsten Morgen meine Getreidemühle in Betrieb nahm, Äpfel schälte und Rosinen mischte, um mir ein leckeres Morgenmüsli zuzubereiten, fiel mein Blick wieder auf die Briefe vom Vortag. Es war noch sehr früh, draußen war es düster, und immer noch lag dichter Nebel über unserer kleinen Stadt. Ich hatte geschlafen wie ein Stein, tief und traumlos, und fühlte mich immer noch sehr heiter und beschwingt. Deshalb angelte ich mir die Briefe und öffnete sie der Reihe nach. Wie erwartet waren zwei von ihnen Rechnungen. Ich legte sie zur Seite und öffnete den dritten. Dieser Brief brachte mein Blut in Wallung und vertrieb all meine Heiterkeit auf einen Schlag.

Michael Müller, der Bruder meiner besten Freundin Isabel, teilte mir mit, dass er der neue Besitzer des Cafés Strandperle sei und seine Schwester nun in Zukunft ihre Rosenprodukte nur noch bei ihm verkaufe.

»Was erdreistet der sich!«, rief ich und knallte den Brief wütend auf den Tisch. »Der kann doch seiner Schwester nicht befehlen, ihre Sachen nicht mehr bei mir zu verkaufen!«

Ich konnte mir nicht vorstellen, dass Isabel davon wusste.

Oder etwa doch? Das musste ich sofort klären. Ich griff zu meinem Telefon, um Isabel anzurufen, obwohl es noch beinahe mitten in der Nacht war. Entsprechend müde und missmutig klang ihre Stimme, als ich sie endlich am Telefon hatte.

»Bist du verrückt, Kathie! Weißt du eigentlich, wie spät es ist? Kurz vor sechs! Du hast mich aus dem Schlaf gerissen! Was ist denn bloß los?«, krächzte sie.

»Entschuldige, aber ich muss das klären. Seit wann ist Michael wieder zurück aus Australien? Ich dachte, er wäre für immer ausgewandert und stolzer Besitzer eines Cafés irgendwo am Ende der Welt. Und nun schreibt er mir, dass er das Café Strandperle gekauft hat und du deine Rosenprodukte nicht mehr bei mir verkaufen wirst.«

»Wie bitte? Was hat er geschrieben?«

»Also stimmt es doch, dass er hier ist.«

»Ja, das stimmt. Michael ist wieder zurück. Es ging alles ganz schnell. Wir wissen auch erst seit ein paar Tagen, dass er die Strandperle gekauft hat. Aber das mit den Rosenprodukten stimmt nicht. Davon weiß ich nämlich nichts.«

Ich atmete erleichtert auf.

»Er hat mir einen Brief geschrieben, in dem er mir ankündigt, dass du deine Rosenprodukte nur noch bei ihm in der Strandperle verkaufen wirst.«

»Das kann er gar nicht! Das ist ganz alleine meine Entscheidung!«, rief Isabel jetzt aufgebracht.

»Er ist halt immer noch dein großer Bruder, der über dich bestimmen will«, sagte ich spitz.

»Das ist wahr. Ich muss mit ihm reden. So geht das nicht.«

»Ich bin alles andere als begeistert. Ausgerechnet Michael hat das Café Strandperle gekauft!«

»Beruhige dich, Kathie. Ich weiß, dass du und Michael nie gut miteinander ausgekommen seid.«

»Daran hat sich nichts geändert. Er ist einfach auf Krawall gebürstet, dein lieber Bruder.«

»Ach Kathie, sag so etwas nicht. Es ist schon Jahre her, dass er dich im Schwimmbad ständig an den Zöpfen gezogen hat.«

»Er hat mich in den Keller gesperrt, mir tote Mäuse untergejubelt und Frösche in die Schuhe gesteckt.«

»Aber da waren wir doch noch Kinder. Diese Zeiten sind längst vorbei.«

»So, meinst du? Jetzt ist Michael mein größter Konkurrent!« Ich hörte Isabel stöhnen und wartete ungeduldig auf ihre Antwort.

»Ja, ich weiß«, flüsterte sie nach einer Weile. »Glaub mir, mir tut das auch echt leid. Aber vielleicht ist das ja auch eine Chance. Ich glaube, Michael hat sich wirklich geändert. Ich habe ihn nur einmal kurz gesehen, weil er die Wohnung oben in der Strandperle bezogen hat. Aber er kam mir schon sehr verändert vor. Viel reifer als früher.«

Ich stieß wütend die Luft durch die Zähne. »Das hoffe ich sehr. Meine Güte, Isabel, du weißt doch selbst, dass dein Bruder nicht so ganz einfach im Umgang ist. Er war immer so ein schrecklicher Macho, ein Besserwisser und jemand, der andere bevormundet. Auch wenn er dein Bruder ist, aber er hat mich immer nur auf die Palme gebracht. Was hat ihn bloß zurück nach Deutschland getrieben? Ich dachte, er ist dort glücklich in diesem kleinen Nest. Wie hieß es noch mal?«

»Millthorpe.«

»Ja, Millthorpe. Diese anthroposophische Gemeinde mit einer Handvoll Einwohnern und dem tollen Café mit deinem Bruder als Hahn im Korb.«

»Michael war ja auch glücklich dort, bis … Na ja, er hat leider auch einige Schicksalsschläge einstecken müssen. Seine Frau hat ihn nach der Fehlgeburt verlassen. Er ist geschieden. Und dann gibt es noch eine uneheliche Tochter, die vier ist. Mehr weiß ich aber auch nicht. Michael ist ja erst seit ein paar Tagen zurück.«

»Und da hat er schon gleich das Café Strandperle kaufen müssen!«

»Bitte spar dir deinen Sarkasmus, Kathie. Wir wussten alle nichts davon. Und ja, irgendwie hat er genügend Geld angespart, um das Café zu kaufen.«

»Ich wusste gar nicht, dass es zum Verkauf stand.«

»Tja, wir auch nicht.«

Knurrend setzte ich mich mit dem Telefon auf mein Sofa.

»Das ist für mich ein harter Schlag, Isabel. Du weißt gar nicht, was das für mich bedeutet, wenn dein ehrgeiziger Bruder hier alles dominieren wird. Ich habe ehrlich gesagt Angst um meine Existenz, schon gar, wenn er mir gleich so kommt.«

»Aber die Strandperle ist doch ein rein klassisches Café für eher ältere Semester.«

»Ja, bisher. Aber wenn dein Bruder hier ebenfalls auf biologisch und nachhaltig macht, dann kann ich zumachen. Schließlich kommt er aus diesem ökologischen Nest aus Australien. Sein Café dort war sicher kein klassischer Sahnetortenbunker. Außerdem hat die Strandperle direkten Seeblick und Zugang zum Wasser.«

Isabel versprach mir, auf ihren Bruder aufzupassen und für mich ein gutes Wort einzulegen. Auch sie wollte nichts anderes, als dass wir uns alle gut verstanden und nicht gegenseitig die Butter vom Brot nahmen.

»Ich muss langsam los, Isabel. Aber danke, dass du deine Rosenprodukte weiterhin bei mir verkaufen wirst.«

»Ist doch selbstverständlich, Kathie, denn nur dort gehören sie hin, ins Café Rosenrot.«

»Danke«, sagte ich leise, dann beendeten wir das Gespräch.

Nun musste ich mich ein wenig beeilen, um rechtzeitig zum

Frühstück aufzuschließen. Ich wollte noch die Brötchen abholen, die ich von einem Biobäcker aus der Region erhielt und die zusammen mit der Ware für den Bioladen am Marktplatz geliefert wurden. So konnte ich meinen Gästen frische, wohlschmeckende Brötchen zum Frühstück anbieten, die ich zusammen mit den selbst gemachten Marmeladen, den frischen Eiern und unglaublich würzigem und schmackhaftem Käse servierte. Fleisch und Wurst gab es bei mir nicht, dafür aber besondere Leckereien aus frisch gemahlenem Getreide und deftige Brotaufstriche. Es war meine Aufgabe, diese Brotaufstriche herzustellen und das Getreide zu mahlen. Ansonsten stand schon in aller Frühe meine Angestellte Rebecca bereit, die den ganzen Vormittag im Café bediente.

Heute war Krabbelgruppenvormittag, und die privat organisierte Gruppe aus engagierten Müttern und ein paar Vätern, die es sich nicht nehmen lassen wollten, Elternzeit zu nehmen und ihren Nachwuchs überall hinzubringen, wo es früher ausschließlich Frauen gab, stand schon vor der Tür. Sie hatten den Seminarraum gemietet, trafen sich einmal wöchentlich, um mit den Kindern zu spielen, und versammelten sich nach der Stunde noch im Café, um gemütlich zusammenzusitzen, zu plaudern und zu brunchen.

Mein Café lebte von solchen Gruppen, insofern war die Kombination aus Café und Seminarraum ideal. Nur Rebecca machte mir heute Sorgen. Sie wirkte bleich, unausgeschlafen und desorientiert. Und just schepperte es im Küchenbereich. Wahrscheinlich war ihr eine Tasse oder ein Teller heruntergefallen. Ich eilte sofort zu ihr in die Küche und half ihr beim Aufkehren der Scherben.

»Was ist denn los mit dir, Rebecca? Du siehst schon die ganze Zeit so müde und fertig aus. Gibt es Probleme? Fehlt dir was?«

Rebecca wehrte ab und bückte sich noch tiefer, damit ich ihr Gesicht nicht sehen konnte.

»Es ist nichts, wirklich nicht. Es wird auch gleich wieder besser gehen. Ich habe nur schlecht geschlafen. Das ist alles.«

»Bist du dir da sicher?«

»Selbstverständlich«, antwortete sie müde und erhob sich langsam.

Mit den dunklen Schatten unter den Augen und dem erschöpften Ausdruck im Gesicht sah sie heute wenig ansprechend aus. Ihre blonden Haare waren strähnig und lieblos hinter die Ohren geschoben. Die hellen Augen wirkten glanzlos und leicht gerötet, und der schmuddelig beige Pullover machte sie noch bleicher und wirkte wie aus der Mottenkiste. Außerdem wies er einen Fleck auf, den ich missbilligend betrachtete. Wo war nur meine fröhliche, hübsche und strahlende Rebecca geblieben? Ich glaubte ihr nicht, dass sie einfach nur schlecht geschlafen haben sollte, und musterte sie eingehend und wohl auch ein wenig streng.

Rebecca hielt schützend die Hände vor die Brust, als sie meinen kritischen Blick bemerkte, und entschuldigte sich noch einmal für ihre Ungeschicklichkeit.

»Wäre es nicht besser, wenn du freinehmen würdest?«, fragte ich mit ruhiger Stimme, als sie nervös an dem Fleck herumrieb.

Rebecca atmete erleichtert auf und nickte mir dankbar zu.

»He, ich bin doch kein Unmensch. Wenn jemand krank ist, dann ist er krank und gehört ins Bett. Und wenn jemand sonst wie in der Krise steckt, dann hat er hier auch nichts verloren. Du weißt doch, wie wichtig es ist, dass wir alle fröhlich sind und den Gästen das Gefühl geben, dass unser sonniges Gemüt und unsere Leckereien alle Wolken am Himmel und in ihrem Leben vertreiben. Unsere Gäste sollen sich wohlfühlen. Mehr noch, sie sollen sich so wohlfühlen, dass sie hier eine Art Kraftquelle für sich entdecken und gerne wiederkommen.«

»Ich weiß, Kathie. Wir sind so eine Art Kraftplatz. Es tut mir leid, dass ich so schlecht drauf bin. Ehrlich gesagt weiß ich gar nicht, was mit mir los ist. Ich fühle mich einfach nur völlig fertig und erschöpft.«

»Dann ist es wirklich besser, wenn du nach Hause gehst. Ich rufe Nelli und Trudi an. Eine von ihnen hat immer Zeit zum Helfen. Den Rest schaffe ich alleine. So voll scheint es heute nicht zu werden.«

»Danke, Kathie.«

»Keine Ursache. Und jetzt ab mit dir nach Hause!«, befahl ich lachend.

Rebecca drehte sich noch einmal um. »Übrigens, Maja kommt heute eine Stunde später mit den Kuchen und Torten. Sie hat sich entschuldigt, aber sie schafft es nicht früher. Der kleine Moritz ist erkältet und heute nicht in der Schule.«

Ich zuckte mit den Schultern und dachte an mein großes Kühlfach, wo die Leckereien von gestern lagerten, die ich in der Zwischenzeit anbieten konnte, bis Maja mit der neuen Ware kommen würde.

»Dafür bringt sie den Himbeertraum mit, ganz frisch«, fügte Rebecca hinzu.

»Na dann«, sagte ich und winkte Rebecca zum Abschied, die in ihren Wintermantel geschlüpft war und das Café verließ.

Majas Tortenkünste waren der Knüller im Landkreis. Sie und ihre Mutter backten die besten Torten und Kuchen weit und breit und lieferten sie mir am späten Vormittag ganz frisch ins Café. Viele ihrer Kreationen waren vegan, andere waren einfach so himmlisch, dass kaum jemand ihnen widerstehen konnte. Zu den beliebtesten Torten zählte der Himbeertraum, eine kalorienarme Frischkäsetorte, die leicht, luftig und himmlisch schmeckte. Wir führten sie aber nicht täglich im Programm, sondern nur jeden zweiten Tag. Das andere Highlight von Majas Künsten war eine ausgesprochen erfrischende Mangotorte mit Quark, die ebenfalls so hervorragend schmeckte, dass wir einige Liebhaber dieser Torte hatten, die nur wegen ihr in unser Café kamen und sie jeden zweiten Tag bei uns erhielten, immer dann, wenn die Himbeertorte nicht da war. Auf diese Weise freuten sich die Tortenfans abwechselnd auf unsere Spezialitäten, die wir extra knapp hielten, um die Gäste bei der Stange zu halten.

Zwei ältere Damen betraten das Café, die ich hier noch nie gesehen hatte. Sie waren wohl Touristinnen, die sich über das Wetter beschwerten, das im Augenblick herrschte, und die Vorzüge von Wellnessbehandlungen im Ort betonten. Den Aufenthalt in Langenargen hatte die eine ältere Dame von ihrem Mann zum Geburtstag geschenkt bekommen, einschließlich zahlreicher Behandlungen, die die Frau wohl bitter nötig hatte, denn sie wirkte sehr zerknittert und faltig. Ihre Begleiterin musste wohl mit ihr gereist sein, was ich aus dem Gespräch der beiden entnahm. Sie bestellten Tee und Marmeladenbrötchen zum Frühstück und interessierten sich besonders für die Edelsteine in meinem Schaufenster.

Nachdem ich sie bedient hatte, griff ich zum Telefon und rief Nelli und Trudi an, die mir immer zur Seite standen, wenn es hier mal eng werden sollte, was immer mal wieder vorkam. Nelli und Trudi waren Zwillingsschwestern, Freundinnen meiner Mutter, die auf der anderen Seite von Langenargen lebten und sich als Rentnerinnen zu Tode langweilten. Nachdem ihre Ehemänner gestorben waren, waren sie zusammengezogen und freuten sich unbändig, wenn sie bei mir einspringen konnten. Manchmal kamen sie auch zu zweit und unterhielten die Gäste mit ihrem flotten Aussehen und ihrer guten Laune. Mit ihren gepunkteten Glockenkleidern im Stil der Fünfzigerjahre und ihren Retroaccessoires waren sie stets gern gesehen, vor allem bei unseren einheimischen Gästen. Aber auch die Touristen fanden die beiden sehr drollig und originell, wenn sie wie die putzigen

Püppchen unsere Leckereien servierten und geistreichen Small Talk machten.

Beide stimmten sofort zu, in der nächsten Stunde vorbeizukommen, sodass ich erleichtert aufatmen konnte und die Zeit nutzte, um meine Eltern auf Mallorca anzurufen, was ich mindestens einmal in der Woche tat.

Meine Mutter begrüßte mich auch gleich überschwänglich. »Es ist sonnig und mild«, säuselte sie glücklich.

»Geht es dir und Papa gut?«, fragte ich ein wenig ängstlich.

»Mädchen, uns geht es sehr gut. Du musst dir keine Sorgen machen, wirklich nicht.«

»Aber ...«

»Kein Aber. Wir sind froh, hier zu sein und den Winter nicht mehr ertragen zu müssen. Es ist zwar nicht übermäßig warm heute, aber die Sonne scheint. Das genügt uns.«

»Du sagst mir doch die Wahrheit, Mama, oder?«

»Aber natürlich. Außerdem sind wir die Eltern und nicht du.«

»Mit so einem Herzinfarkt ist nicht zu spaßen.«

»Das tun wir auch nicht, glaub mir. Dein Vater ist wieder ganz gesund. Wir haben hier in Palma sehr gute Ärzte, und fast alle sprechen Deutsch. Es könnte zu Hause nicht besser sein. Und das milde Klima tut uns so gut, dass wir wieder Bäume ausreißen könnten. Selbst ich könnte das nach der Operation. Der Tumor ist weg, ganz und gar. Also mach dir keine Sorgen. Genieße es lieber, dass du nun Herrin dieses wunderbaren Cafés bist.«

»Hm«, meinte ich nachdenklich. »Ich bin euch immer noch so dankbar, dass ihr mir die Räume finanziert habt. Als Eigentümerin habe ich doch ganz andere Möglichkeiten. Vor allem muss ich keine Pacht zahlen. So kann ich ins Personal investieren und in anständige Ware. Das hat sich wirklich gelohnt, Mama.«

»Das wissen wir, Kind. Es war schon immer dein Traum, ein eigenes Café zu haben. Und wozu hätten wir auf unserem Geld sitzen bleiben sollen? Wie du siehst, hat es auch noch für unsere bezaubernde kleine Wohnung in Palma gereicht. Diese zwei Zimmer genügen uns vollkommen. Wir sind zufrieden hier.«

»Vermisst ihr manchmal den Bodensee und Langenargen?«

»Ach was, nicht die Bohne. Wasser haben wir ja hier genug, mehr als genug. Und auf den Nebel können wir getrost verzichten. Nur du fehlst uns, Kind. Wann kommst du uns besuchen?«

Ich seufzte, und meine Mutter hatte feine Ohren.

»Schon verstanden«, sagte sie, aber es klang nicht beleidigt, eher verständnisvoll.

»Es ist gerade nicht so einfach, Mama. Die Strandperle ist verkauft worden. Und gekauft hat sie Michael Müller. Du erinnerst dich, der wüste Michael, der nach Australien ausgewandert ist und jetzt in einer Nacht-und-Nebel-Aktion zurückgekommen ist, um die Strandperle zu übernehmen.«

»Na und? Konkurrenz belebt das Geschäft. Es ist doch egal, wer die Strandperle betreibt. Sie war und ist und bleibt dein Konkurrent.«

»Ja, aber die Schulzes haben mich völlig in Ruhe gelassen. Wir haben friedlich nebeneinanderher existiert.«

»Und das hat sich jetzt geändert?«, fragte meine Mutter plötzlich scharf.

»Ja. Michael will mir vorschreiben, dass ich Isabels Rosenprodukte nicht mehr anbieten darf, weil er sie selbst in sein Sortiment aufnehmen will.«

»Ihr seid also immer noch auf dem Niveau der Kinder stecken geblieben, ihr zwei.«

»Das ist nicht wahr, Mama! Jetzt geht es um was ganz anderes«, verteidigte ich mich empört.

Meine Mutter schnaubte leise und sagte dann lachend: »Ihr seid nach wie vor Kindsköpfe. Aber ihr werdet das schon hinbekommen. Michael kocht auch nur mit Wasser. Wirst sehen, seine Drohungen sind einfach nur leere Hülsen. So wie ich mich an die kleine Isabel erinnere, lässt sie sich das nicht gefallen. Wäre ja noch schöner, dass der große Bruder aus Down Under kommt und über alle bestimmen will. Kurzfristig auch noch. Ach, herrlich!«

»Das amüsiert dich wohl! Ich glaube es nicht! Wie kannst du nur lachen?«

»Entspann dich, Kind. Es wird schon alles gut. Mama weiß das. Und nun muss ich aufhören, denn wir werden jetzt unseren Morgenspaziergang machen. Bis bald, Kathie.«

»Tschüs, Mama. Und grüß Papa von mir«, sagte ich lahm und legte dann auf.

Das Gespräch mit meiner Mutter hatte mich keineswegs beruhigt. Ich wusste nicht wirklich, wie es ihnen ging, denn beide neigten dazu, sich die Welt schönzureden und die Tatsachen zu verdrängen. Mutters Krebsoperation und Vaters Herzinfarkt wurden einfach ignoriert, zumindest mir gegenüber. Das fand ich nicht in Ordnung, aber es war nicht möglich, mit ihnen ein ernstes Wort zu reden. Immerhin ging es ihnen auf Mallorca gut. Die ärztliche Versorgung war dort wirklich ausgezeichnet, vor allem dann, wenn man bereit war, für besondere Leistungen tiefer in die Tasche zu greifen. Ich war froh, dass meine Eltern nicht unvermögend waren und sich bescheidenen Luxus gönnen konnten. Und über mein Voraberbe, das Café, freute ich mich unendlich.

Als Nelli und Trudi das Café betraten, wirkten sie wie zauberhafte Farbtupfer an diesem trüben Tag. Sie hatten ihre weit schwingenden Kleider an, unter denen sogar ein wenig farbiger Tüll hervorschaute, so eine Art Petticoat. Ihre blondierten Haare waren elegant hochgesteckt und mit winzigen Hütchen, die seitlich am Kopf befestigt waren, in Form gebracht.

»Hallo, Kathie«, begrüßten sie mich fröhlich und verzogen die knallrot bemalten Lippen zu einem angedeuteten Kussmund.

»Ihr kommt gerade recht. Die Stimmung hier braucht ein wenig Abwechslung und Aufmunterung«, erwiderte ich und umarmte die eineiigen Schwestern, die ich nur an dem kleinen Leberfleck an Trudis Hals unterscheiden konnte.

»Gut, dass du angerufen hast. Uns war schon wieder fürchterlich langweilig. Du kannst uns ruhig öfter einbestellen.«

»Ja, aber wie ihr wisst, ist Rebecca auf diesen Job angewiesen. Sie hat nach wie vor Angst, dass ihr beide ihr die Arbeit wegnehmen könntet, wenn ihr hier zu oft auftaucht.«

»Ach, das Spätzchen soll sich doch keinen Kopf machen. Wir würden ihr doch nie im Leben den Job streitig machen, nicht wahr, Nelli?«

Nelli nickte. »Rebecca weiß das eigentlich. Wir haben es ihr oft genug gesagt.«

»Das nützt nichts. Sie ist eine liebenswerte Person, aber sie hat keinerlei Rücklagen und muss den Kredit von ihrem Exmann abbezahlen, der einfach untergetaucht ist und sie sitzengelassen hat.«

»Hey, nicht wütend werden, Kathie. Das lohnt sich nicht. Es ist Rebeccas Leben und ihre Entscheidung.«

»Klar«, entgegnete ich und zügelte meine aufkeimende Wut. »Ich kann es nur manchmal nicht mehr hören, wie sie ihn immer noch verteidigt. Das ist unglaublich. So etwas ärgert mich maßlos.«

»Uns auch«, bestätigten die Schwestern, bevor wir uns den neuen Gästen widmeten, die das Café betraten.

Trudi bediente sogleich die älteren Damen, die jetzt endlich zahlen wollten, während Nelli einen jungen Mann beriet, der einen Rosenquarzanhänger für seine Freundin erwerben wollte. Derweil richtete ich den Brunch für die Krabbelgruppe, die in ein paar Minuten aus dem Seminarraum kommen würde.

Zwei Stunden später eilte eine etwas abgehetzte, aber verschmitzt grinsende Maja ins Café und brachte uns ihre frischen Backkreationen einschließlich ihres legendären Himbeertraums. Ein älterer Herr mit Stock wartete schon auf das erste Stück dieses Gaumenschmauses. Da Maja etwas später als sonst kam, vertröstete ich den Herrn mit einem edlen Latte macchiato und kleinen Gebäckstücken.

»Wie geht es Moritz?«, fragte ich Maja, die ihre dicken schwarzen Haare unter einer grob gestrickten Wollmütze verbarg und um ihren Pfefferminztee bat, den ich täglich für sie bereithielt, als Aufmerksamkeit des Hauses sozusagen, denn Maja war wirklich ein Schatz und eine großartige Frau, die ihren Sohn Moritz zusammen mit ihrer Mutter alleine großzog, nachdem ihr Mann bei einem Bootsunglück vor drei Jahren ums Leben gekommen war.

»Er hustet«, antwortete Maja und blies in die Tasse. Dann verzog sie ihre breiten Lippen und lächelte mich zufrieden an.

»Du siehst gut aus«, bestätigte ich anerkennend, »wenn man mal von dem ganz normalen täglichen Wahnsinn absieht.«

»Danke, es geht mir auch ganz gut. Ist Moritz krank, habe ich halt ein wenig Zeitdruck. Ich hoffe, ich habe euch nicht allzu lange warten lassen.«

»Nein, schon gut«, sagte ich und senkte die Stimme. »Herr Sautter konnte es schon nicht mehr erwarten. Er ist wohl verrückt nach deinem Himbeertraum. Und nach dir«, fügte ich schelmisch hinzu.

»Hihi«, kicherte Maja hinter vorgehaltener Hand. »Wenn er nach der Torte verrückt ist, dann ist ja alles gut. Auf mich kann er lange warten.«

»Dabei wäre er eine gute Partie.«

»Nein, nicht im Ernst, Kathie. Er ist mindestens dreißig Jahre älter. Mindestens.«

»Was gibt es da zu kichern?«, fragte Trudi, die soeben das leere

Glas Latte macchiato abräumte. »Für Unanständiges bin ich immer zu haben. Also raus damit, Mädels.«

»Pst, nicht so laut«, warnte ich mit einem vorsichtigen Blick auf Herrn Sautter.

Maja deutete mit dem Daumen auf ihn, woraufhin wir uns alle anblickten und beinahe laut losgeprustet hätten. Wir wussten alle, dass Herr Sautter nicht nur den Himbeertraum anhimmelte, sondern alles anschmachtete, was weiblich war und mindestens dreißig oder vierzig Jahre jünger als er. Trudi und Nelli allerdings beachtete er kaum, schließlich waren die beiden Frauen bloß an die fünfzehn Jahre jünger als er. Das zählte für ihn nicht, war ihm wohl zu alt, was die beiden Schwestern manchmal etwas auf die Palme brachte.

Wir wechselten noch ein paar amüsante Worte und zwinkerten uns unauffällig zu, wenn wir zu Herrn Sautter blickten, der jetzt versonnen den Himbeertraum verspeiste und gleichzeitig versuchte, eine der jungen Mütter zu beeindrucken. Wir schüttelten die Köpfe und wussten doch, dass unsere Gäste manchmal eben etwas eigenwillig waren. Herr Sautter war im Grunde harmlos, aber seine Vorliebe für deutlich jüngere Frauen, mit denen er flirtete, stieß nicht immer auf Verständnis.

»Danke für den Tee«, sagte Maja und zog sich die Mütze in die Stirn. »Ich muss weiter. Bis morgen!«

Die Tortenbehälter und Kuchenbleche hatte sie übereinandergestapelt und ließ sich von Nelli zur Tür bringen.

»Was ist eigentlich das?«, fragte Trudi an mich gewandt und hielt mir das merkwürdige Märchenbuch unter die Nase, das die Künstlerin bei mir gelassen hatte.

»Ach das«, erwiderte ich gelangweilt, holte tief Luft und erzählte ihr die Geschichte mit der Märchenfee.

»Mach dir nichts draus. Du weißt doch, dass viele Künstler einfach unzuverlässig sind. Das ist doch nichts Neues. Ich wundere mich sowieso, dass du dich auf so etwas überhaupt noch einlässt.«

»Na ja, es ist halt gut fürs Image.«

»Aber die Organisation ist immens, und nachher zicken diese Künstler nur herum. Wenn ich da an diese Schauspielerin denke, die partout alles anders haben wollte als abgesprochen und sich wie eine Diva aufgeführt hat. Und dann dieser vergammelte Musiker, der wohl seit Monaten nicht mehr geduscht hatte. Das war echt eine Zumutung für das Publikum.«

Wir schmunzelten beide bei ihren Worten.

»Wahrscheinlich hast du recht, ich sollte mich mit solchen Leuten nicht mehr abgeben. Wir brauchen dennoch weiterhin ein gutes Gesamtkonzept. Vor allem jetzt, wo die Strandperle einen neuen Besitzer hat …«

»Was?«, riefen beide Schwestern wie aus einem Mund.

»Ja, ihr habt richtig gehört. Die Strandperle ist verkauft worden. Der neue Besitzer ist ein unangenehmer Zeitgenosse, den ich noch von früher kenne. Aus der Kindheit sozusagen.«

»Und da wart ihr nicht die besten Freunde.«

»Ganz und gar nicht.«

»Na, das kann ja heiter werden«, unkte Nelli.

»Nicht nur heiter, sondern auch richtig spannend«, warf Trudi ein und rieb sich die Hände.

Ich starrte die beiden an, als wären sie von allen guten Geistern verlassen. »Euch macht das wohl Spaß, oder?«

»Mensch, Kathie, jetzt sei doch nicht so verbissen. Entspann dich mal. Sei locker. Was soll dir denn passieren? Dir gehört dieses Café. Es läuft gut, du hast dein Auskommen, wir arbeiten gerne für dich, und deine Gäste sind begeistert. Außerdem gibt es weit und breit kein Café mit angeschlossenem Seminar- und Kunstbetrieb. Das ist hier einzigartig. Da wirst du doch nicht vor dem neuen Besitzer der Strandperle Angst haben?«

»Ja, ja, macht euch nur alle lustig über mich. Mit diesem neuen Besitzer ist nicht gut Kirschen essen. Das weiß ich ganz genau.«

»Na, dann werdet ihr euch schon die Köpfe einschlagen, oder?«

Die beiden schlugen sich vor Lachen auf die Schenkel, sodass der Tüll wippte.

Ich verzog wütend die Augenbrauen. »Außer mir scheint hier keiner das Problem ernst zu nehmen. Ihr müsst ja auch nicht euern Lebensunterhalt mit so einem Betrieb bestreiten.«

Trudi und Nelli lenkten ein, als sie mein verzweifeltes Gesicht sahen. Sie nahmen mich in den Arm und klopften mir dann auf die Schultern.

»Es ist noch nicht aller Tage Abend, Kathie. Jetzt warte doch erst einmal ab. Vielleicht kannst du dich ganz souverän mit dem Besitzer arrangieren wie mit den alten Besitzern auch. Das wird doch unter Geschäftsleuten machbar sein.«

»Ihr kennt den Mann nicht. Der wird mich fertigmachen wollen, das weiß ich genau.«

»Und warum sollte er das wollen?«

»Weil er mich hasst, deshalb. Er hat mich noch nie leiden können und mich als Kind immer gehänselt.«

Wieder brachen die beiden Schwestern in Lachen aus.

»Jetzt benimmst du dich aber wirklich kindisch, Kathie«, sagte Trudi.

»Ach, ihr versteht mich nicht«, erwiderte ich beleidigt, straffte dann aber die Schultern, weil neue Gäste ins Café kamen.

Die nächsten Stunden verliefen relativ ruhig, sodass ich Zeit hatte, dem gesamten Café eine hinreißend zauberhafte Weihnachtsstimmung zu verleihen, die Auslage mit Plätzchen zu dekorieren, Holzengel aufzustellen, Bienenwachskerzen dazuzustellen und die Strohsterne einer Künstlerin aufzuhängen, die nicht nur als Dekoration vorgesehen waren, sondern auch käuflich erworben werden konnten.

Dezenter Glitzer, vornehmer Glanz, ein Hauch von Zimt, Vanille und Orange sowie schöne Engelsfiguren aus verschiedenen Materialien verliehen meinem Café Rosenrot nun eine heimelige, ansprechende Adventsatmosphäre.

Während Nelli und Trudi bedienten und verkauften, verwandelten sich meine Räume in ein kleines Paradies aus winterlichem Flair in lichtvollem Ambiente. Und da der Dauernebel das Tageslicht beinahe ganz verschluckte, sorgten der Kerzenschein und die Weihnachtsdekoration für ein kuscheliges und warmes Gefühl bis in die frühen Abendstunden hinein.

Zufrieden und in guter Stimmung tranken wir zum Abschluss des Tages einen aromatischen Kräutertee mit Honig, bevor ich Trudi und Nelli nach Hause schickte, mit dem Staubsauger letzte Krümel beseitigte, die Toiletten putzte und schließlich das Café abschloss, um in die neblige Dunkelheit hinauszutreten. Es würde zwar noch eine Yogagruppe kommen, aber meine Mieter hatten jeweils eigene Schlüssel und wussten, dass sie, falls sie Tee und Gebäck konsumierten, die Küche sauber zu hinterlassen hatten.

Ich war stolz auf mein schönes Café. Es war nicht nur mein Geschäft, sondern alles, wovon ich immer geträumt hatte. Dass ich mir diesen Traum am Bodensee verwirklichen konnte, in meiner Heimat sozusagen, machte mich mehr als glücklich.

3

Die klamme Luft des herannahenden Winters umfing mich sogleich mit gnadenloser Macht, als ich mein Café verließ. Die Nebelschwaden hüllten mich ein und betäubten die Geräusche des Abends. Ein paar wenige Menschen waren noch auf den Straßen, aber sie waren kaum zu sehen. Schemenhaft huschten sie an mir vorbei, während ich in Richtung Malerecke ging.

Mein Weg nach Hause führte mich stets am Café Strandperle vorbei, das direkt an der Hauptdurchgangsstraße lag und das mich bis jetzt nur wenig interessiert hatte. Ein jeder hatte hier im Ort sein Auskommen, und alle Händler und Selbstständigen setzten auf ein friedliches Miteinander. Bis jetzt. Bis Michael uns allen zeigen wollte, wer das Sagen im Ort hatte. Aber das würde ich mir nicht gefallen lassen.

Wütend ballte ich die Hände zu Fäusten und presste die Lippen zusammen. Sofort waren in mir alle Erinnerungen präsent, die ich mit dem neuen Besitzer der Strandperle verband.

Michael hatte nichts als Streiche im Kopf gehabt. Ständig hatte er sich eine neue Dummheit einfallen lassen, um über mich lachen zu können.

Ich war zwar prinzipiell kein nachtragender Mensch, aber im Augenblick kamen alle Demütigungen in mir hoch, die ich als Heranwachsende hatte ertragen müssen.

Zwar hatte ich mich gerächt, so gut ich konnte, aber Michael war ein paar Jahre älter als Isabel und ihr und mir deshalb immer eine Nasenlänge voraus gewesen.

Jetzt war er also zurückgekehrt in unseren kleinen Ort. Und prompt fing er wieder an, mich zu belästigen.

Das Café Strandperle kam immer näher auf meinem Weg. Ich drückte den Rücken durch und hob den Kopf. Mit mir war eben auch nicht gut Kirschen essen. Die Zeiten der Kindheit und Jugend waren endgültig vorbei. Dieses Mal würde ich mich erfolgreicher zur Wehr setzen. Ich würde Michael Paroli bieten.

Plötzlich sah ich, wie durch die Nebelschleier zwei flinke dunkle Gestalten auftauchten und den Mann, der direkt vor der Eingangstür des Cafés Strandperle stand, niederschlugen. Es war zu neblig, um die Personen zu erkennen, aber da fand eindeutig eine Schlägerei statt.

Die Angreifer attackierten weiterhin den Mann, der sich zwar wehrte, aber dann zu Boden geschlagen wurde und nun wehrlos Tritten und weiteren Schlägen ausgesetzt war. Die gewalttätige Aggression der Angreifer wurde von dumpfen Schreien begleitet, sodass ich vor Graus ganz erstarrt war. Diesen brutalen Angriff ansehen zu müssen überstieg fast die Grenze des Erträglichen.

Voller Entsetzen presste ich die Hände auf die Lippen, doch dann reagierte ich blitzschnell und rief die Polizei, die ebenfalls mitten im Ort ihr Büro hatte und ziemlich schnell kommen würde. Danach drückte ich mich geistesgegenwärtig an die nächste Hauswand, um nicht von den Angreifern gesehen und eventuell das nächste Opfer zu werden.

Zitternd atmete ich ein und aus und versuchte möglichst keine Geräusche von mir zu geben. Nach einer Weile, die mir endlos lange vorkam und in der ich fürchterliche Ängste ausstand, ließen die beiden gewalttätigen Gestalten von ihrem Opfer ab und tauchten im Nebel unter.

Mein Herz klopfte mir bis zum Hals, meine Beine gehorchten mir nicht. Ich war vor Entsetzen wie gelähmt, unfähig, dem Schrecken, der sich hier abspielte, entgegenzutreten. Noch immer lehnte ich an der Hauswand und versuchte, wieder klar zu denken und den Schock in mir zu überwinden.

Zwei Menschen hatten einen anderen überfallen. Direkt vor der Strandperle. Was für ein Horror!

Endlich gelang es mir, mich wieder zu bewegen und zu dem Verletzten zu eilen. Ich hoffte so sehr, dass er noch am Leben war, als ich mich zu ihm auf den Boden kniete. Blutverschmiert lag er auf dem Gehsteig, aber er lebte noch, was sein röchelnder Atem verriet. Ich war so dankbar, nicht Zeugin eines Mordes geworden zu sein und dass der Mann noch atmete.

Ich blieb nahe bei ihm am Boden sitzen und berührte ihn ganz sachte. Sie hatten ihn fast totgeschlagen, diese Monster. Was für ein Albtraum!

»Alles wird gut«, murmelte ich, als ich seine blutigen Hände in meine legte und ihm versicherte, dass bald ein Krankenwagen da sein werde.

Mir war wichtig, diesem Mann irgendwie beizustehen, und so redete ich sanft auf ihn ein, weil ich Angst hatte, er könnte das Bewusstsein verlieren und einfach unter meinen Händen wegsterben.

Der Mann war verhältnismäßig groß und muskulös. Sein kräftiger Oberkörper sprengte beinahe seine Winterjacke und verlieh ihm die Ausstrahlung eines kernigen Naturburschen. Er hatte kurz geschnittene braune Haare, in denen jetzt Blut klebte. Seine starken Hände drückten meine so fest, dass ich spüren konnte, wie schlecht es ihm ging. Seine Angst war genauso präsent wie meine. Außerdem musste er starke Schmerzen haben. Aber er lebte und war noch nicht bewusstlos.

»Halten Sie durch«, flüsterte ich beschwörend, »es ist Hilfe unterwegs. Gleich ist jemand da. Gleich werden Sie versorgt.« Ich sah, wie er versuchte die Augen zu öffnen, was ihm aber nicht gleich gelang. Er hustete ein paarmal, während ich weiterhin beruhigend auf ihn einredete. »Bitte, bitte, bleiben Sie wach. Sie sind hier bei mir in Sicherheit.«

Ich versuchte die Panik in meiner Stimme zu dämpfen, was mir aber nicht ganz gelang. Er durfte nicht sterben. Nicht, wenn ich es irgendwie verhindern konnte.

Endlich schaffte er es, die Augen zu öffnen und mich mit schmerzverzerrtem Gesicht anzustarren.

»Bleiben Sie ganz ruhig. Es ist alles gut. Ich bin ja da. Bei Ihnen. Jetzt kann nichts mehr passieren.«

Ich lächelte ihn an und hielt ihn ganz zart, sodass er weiterhin Vertrauen fassen konnte. Irgendwie kam er mir bekannt vor. Ich vermutete, dass er ein Gast meines Cafés war.

Der Nebel umhüllte uns sanft, als sich weitere Passanten um uns scharten und alle auf Polizei und Krankenwagen warteten. Jemand legte eine Decke über mich und den Verletzten, der meine Hand nicht losließ und zu zittern begonnen hatte. Da rückte ich noch näher an ihn heran, sodass er meinen Körper spüren konnte und wissen sollte, dass Hilfe kommen würde. Ich würde ihn hier nicht alleine lassen. Meine Hand war ganz fest mit ihm verbunden.

Erst als der Krankenwagen endlich eintraf, löste ein Sanitäter ganz sanft unsere Hände und führte mich behutsam ein Stück vom Ort des Geschehens weg.

»Was passiert jetzt?«, fragte ich nervös.

»Wir bringen ihn ins Krankenhaus. Und Sie trinken jetzt erst einmal etwas auf den Schrecken hin. Sie haben einen leichten Schock.«

»Nein, nein, es geht mir schon wieder gut.«

»Ruhen Sie sich aus. So ein Überfall hinterlässt auch bei den Zeugen immer Spuren. Brauchen Sie ein Beruhigungsmittel?«

»Nein, nein, es geht mir wirklich gut. Ich bin nur ein bisschen durcheinander.«

»Sind Sie in der Lage, der Polizei einige Fragen zu beantworten?«

»Aber natürlich. Wird der Mann überleben?«, fragte ich voller Sorge.

»Das wird sich zeigen.«

»O nein!«

Ich klapperte mit den Zähnen. Der Überfall war vorbei, der Mann und ich wurden versorgt, aber erst jetzt wurde mir bewusst, in welcher Gefahr wir uns befunden hatten.

Diese Brutalität hatte mich tatsächlich sehr mitgenommen. In einer kleinen Gemeinde wie unserer war so ein Verbrechen etwas ganz Schreckliches. Und ich hatte es miterlebt! Wie es dem Mann wohl ging? Ich betete, dass er überlebte.

Der Krankenwagen war schon längst abgefahren, als ich auf die Polizeistation geführt wurde und alles berichtete, was ich gesehen hatte. Trotz des Nebels war ich mir sicher, dass es sich bei den Angreifern um zwei Männer handelte. Es waren große, ebenfalls sehr kräftig wirkende Personen gewesen, die dunkle Mützen und Schals vor dem Gesicht trugen. So viel hatte ich zumindest erkennen können. Mehr konnte ich der Polizei leider nicht sagen.

»Kennen Sie das Opfer, Frau Krämer?«, fragte mich der freundliche Polizeibeamte, der alles zu Protokoll nahm.

»Nein, aber er kommt mir irgendwie bekannt vor. Sie kennen doch mein Café Rosenrot, Herr Link. Da kommen so viele Leute zu mir, dass ich stets das Gefühl habe, alle zu kennen. Und hier im Ort kennt man sich ja sowieso vom Sehen.«

»Bei dem Verletzten handelt es sich um Michael Müller. Er hatte seine Brieftasche bei sich. Vielleicht sagt Ihnen der Name etwas.«

Und ob mir dieser Name etwas sagte! Ich schnappte nach Luft, als ich hörte, bei wem ich da gesessen und wessen Hand ich gehalten hatte. Michael war verprügelt worden! Auf solch eine Art zusammengeschlagen zu werden hatte niemand verdient, auch nicht Michael, obwohl er einen Denkzettel verdient hätte. Aber nicht auf diese fürchterliche Art und Weise. Vielleicht hatte er sich noch andere Feinde gemacht außer mir? Das sah ihm ähnlich.

»Ich kenne den Mann, Herr Link. Aber ich habe ihn seit über zehn Jahren nicht mehr gesehen. Deshalb habe ich ihn nicht erkannt. Wir sind zusammen auf die Schule gegangen. Danach ist er nach Australien ausgewandert. Er ist erst seit ein paar Tagen wieder zurück.«

»So, so, Sie kennen sich.«

»Ja. Und Michael Müller ist der neue Besitzer der Strandperle. Er hat eventuell nicht nur Freunde im Ort. Sein Geschäftsverhalten ist, sagen wir mal, ein wenig aggressiv.«

Herr Link sah mich durchdringend an. »Wie kommen Sie darauf?«, fragte er und beugte sich zu mir nach vorne.

»Weil er mir gleich einen Brief geschrieben und mir mitgeteilt hat, dass er mir meine Hauptlieferantin wegnehmen will. Meine Hauptlieferantin ist zwar seine Schwester, aber trotzdem. Sein Brief klang wie eine Drohung. Falls er anderen Geschäftsleuten auch auf solch dominante und bestimmte Art und Weise geschrieben hat, kann es doch sein, dass man ihm die Schläger auf den Hals geschickt hat.«

Herr Link verschränkte die Arme. »Interessant, Frau Krämer. Sie meinen also, jemand hat die beiden Männer engagiert, um Michael Müller einzuschüchtern?«

Ich zuckte mit den Schultern. »Das weiß ich nicht, ehrlich nicht. Aber diese Möglichkeit könnte bestehen, oder?«

»Wir werden das prüfen. Ist Ihnen sonst noch etwas aufgefallen? Haben Sie etwas Verdächtiges wahrgenommen?«

Ich schüttelte den Kopf. »Ich hatte schreckliche Angst«, gestand ich, »weil ich ja nicht wusste, ob die Kerle mich auch noch schnappen würden. So etwas habe ich noch nie erlebt. Diese Gewalt schockiert mich ehrlich.«

»Brauchen Sie einen Arzt, Frau Krämer? Sie sehen wirklich mitgenommen aus.«

»Danke, aber ich glaube nicht. Ich möchte jetzt nur noch nach Hause und unter die Dusche.«

»Sie haben uns sehr geholfen, Frau Krämer. Danke für die ausführliche Beschreibung der Täter. Wir wenden uns an Sie, wenn wir noch Fragen haben. Danke.«

Damit war ich entlassen. Doch dann bemerkte der Beamte meine zitternden Knie und ließ mich von seinem Kollegen im Polizeiauto heimbringen, wofür ich sehr dankbar war.

Ich war keine halbe Stunde zu Hause, als mein Telefon klingelte und mir eine völlig aufgelöste Isabel erzählte, dass ihr Bruder auf der Intensivstation in Friedrichshafen liege.

An ihrem panischen Ton und der Verzweiflung in der Stimme erkannte ich, wie sehr sie an ihrem Bruder hing, und tröstete sie deshalb so gut ich konnte.

»Es geht ihm nicht gut. Und er fragt nach dir«, schluchzte sie.

»Wieso nach mir?«

»Weil du ihn gerettet hast. O Kathie, das werde ich dir nie vergessen. Du hast Michael gerettet.«

Ich verstummte bei ihren Worten. Die ganze Situation war mir unangenehm. Ausgerechnet ich musste zur Stelle sein, als der Überfall stattgefunden hatte. Was für ein bescheuerter Zufall.

»Es ist eine ganz große Sauerei, wenn Menschen einfach auf offener Straße zusammengeschlagen werden«, unterbrach ich schließlich Isabels Lobeshymnen. »Aber ich habe deinen Bruder nicht gerettet. Ich war nur zufällig da und habe die Tat beobachtet. Deshalb konnte ich auch die Polizei und den Krankenwagen holen.«

»Ja, eben. Michael hätte sterben können, wenn du nicht da gewesen wärst.«

»Ach was. Dann wäre jemand anders vorbeigekommen.«

»Viel später wahrscheinlich. Und das wäre vielleicht zu spät gewesen. O Kathie, ich bin dir so dankbar.«

»Schon gut.«

Ich wusste nicht mehr, was ich sagen sollte. Solch eine Ausnahmesituation hatte ich auch noch nie erlebt. Es fiel mir schwer, mich zu sammeln und so zu tun, als wäre nichts geschehen. Ich drückte die Freisprechtaste und schlüpfte in meinen Bademantel. Dann wickelte ich ein Handtuch um meine nassen Haare. Isabel hatte mich mit ihrem Anruf aus der Dusche geholt.

»Kathie?«

»Ja?«

»Bist du noch dran?«

»Ja, natürlich. Ich habe mir nur gerade einen Bademantel angezogen. Nach dem Schrecken musste ich duschen. Einfach alles wegduschen, abspülen.«

»Entschuldige, ich habe dich gestört.«

»Das ist schon in Ordnung, Isabel. Wir sind doch Freunde.«

»Ich bin so froh, dass du es warst, die Michael gerettet hat. Das ist ein gutes Zeichen. Jetzt wird alles gut.«

»Wenn du es sagst.«

»Ich hoffe es so sehr. Michael fragt ja die ganze Zeit nach dir. Er hat dich erkannt und spricht nur noch davon, wie liebevoll du dich um ihn gekümmert hast. Wenn du nicht da gewesen wärst, hätte noch viel Schlimmeres passieren können.«

Ich kratzte mich am Kopf und schwieg.

»Besuchst du ihn bald?«, fragte Isabel hoffnungsvoll.

Ich räusperte mich. »Ähm, ja. Klar. Bald mal.«

»Das ist gut. Das freut mich sehr. Ab jetzt wird sich alles zwischen euch verändern, Kathie. Michael ist so dankbar, dass es dich gibt.«

»Übertreib bitte nicht, Isabel. Und jetzt entschuldige mich,

ich bin wirklich müde. Es war ein langer und anstrengender Tag.«

»Aber ja. Ich wollte dir nur noch mal persönlich danken. Es war so großartig, was du getan hast.«

»Das hätte ich für jeden getan«, erwiderte ich. Sogar für Michael, fügte ich in Gedanken hinzu, bevor ich auflegte.

Was für ein Tag! Es wurde Zeit, dass ich zu Bett ging und den Nebel am See sowie alle größeren und kleineren Probleme hinter mir ließ.

Dennoch saß mir der Schrecken dieses Abends noch lange im Nacken. Die Angst und das Gefühl der Ohnmacht und Wut wirkten lange nach und hielten mich noch einige Stunden wach. Der Gedanke, dass Michael so schlimm verletzt worden und ich beinahe ebenfalls Opfer dieser Verbrecher geworden war, verursachte mir Kopfschmerzen. Mein Schädel pochte, als müsste er zerspringen. Erst eine Schmerztablette brachte einigermaßen Linderung. Ein heißer Melissen-Lavendel-Tee beruhigte meine strapazierten Nerven, sodass ich schließlich doch noch einschlafen konnte.

Die nächsten Tage verliefen sehr ruhig. Rebecca sah immer noch blass und erschöpft aus, doch es gelang ihr, ein fröhliches Lächeln auf die Lippen zu zaubern, wenn sie die Gäste bediente. Nelli und Trudi musste ich nicht mehr einbestellen. Die beiden Frauen ließen es sich aber nicht nehmen, als Gäste vorbeizuschauen und einen kleinen Plausch zu halten.

Der dichte Nebel hatte sich mittlerweile gelichtet und überließ einer bleichen Sonne den Vortritt. Milchig und verschwommen wirkten die nächsten Tage, nicht wirklich lichtvoll, aber immerhin wieder so klar, dass der See zu sehen war und sich die Laune der Einheimischen besserte.

Natürlich bekam ich sehr viel Zuspruch von all meinen Gästen und wurde beinahe als Heldin gefeiert, obwohl ich immer wieder betonte, dass ich einfach nur bei Michael gesessen und mit ihm auf die Polizei und den Krankenwagen gewartet hatte. Es war mir mehr als unangenehm, auf diese Weise im Rampenlicht zu stehen, während meine Eltern mir rieten, meine heldenhafte Tat gekonnt zu vermarkten.

»Du wirst sehen, dass dein beherztes Eingreifen nicht nur zur Flucht der Täter geführt hat, sondern dir viele neue Gäste bescheren wird. Denn jeder will meine großartige Tochter bewundern und die Frau sehen, die es mit diesen Verbrechern aufnehmen konnte.«

»Hör auf, Papa«, schimpfte ich am Telefon. »Ich habe die Täter nicht in die Flucht geschlagen.«

»Na und? Wer will das so genau wissen? Du bist die wahre Heldin im Ort. Mach was draus.«

»Das finde ich aber nicht in Ordnung, denn es wäre nicht die Wahrheit.«

»Papperlapapp, Kind. Jetzt sei nicht so stur. Wenn dieser Michael an deiner Stelle wäre, der hätte schon längst die Werbetrommel gerührt und behauptet, er hätte die üblen Schurken eigenhändig vertrieben.«

Insgeheim musste ich meinem Vater recht geben. Allein schon die Vorstellung, Michael würde so eine Situation schamlos für sich ausnutzen, brachte mich innerlich zum Kochen, was mein Vater wohlwollend bemerkte.

»Na«, fragte er scheinheilig, »hab ich nicht recht?«

»Doch, Papa«, gab ich mich geschlagen, »du hast mich überzeugt. Wahrscheinlich ist es keine so schlechte Idee, den Hype um den Überfall zu vermarkten.«

»Sag ich doch. Vertrau deinem alten Vater. Ich weiß doch, wie man so etwas macht. Keine Hemmungen, Mädchen. Presch nach vorne. Hol für dich raus, was rauszuholen ist.«

Mein Vater hatte manchmal wirklich das Talent, mich zu coachen, was mich von Zeit zu Zeit extrem nervte. Doch dieses Mal hatte er bei mir einen wunden Punkt getroffen. Ob ich wollte oder nicht, Michael hatte mich in die Vergangenheit zurückgeworfen und mein damaliges Abwehr- und Verteidigungsmuster aktiviert. Es war mir so vertraut, als wäre ich wieder dreizehn Jahre alt und ständig darauf bedacht, seine albernen Streiche zu parieren.

Nur Isabel merkte nicht, was in mir vorging. Sie lag mir täglich in den Ohren, endlich ihren armen Bruder zu besuchen, der wohl permanent nach mir fragte und von niemand anderem mehr sprach als von »seiner Kathie«.

»Ich habe im Augenblick gar keine Zeit für einen Krankenbesuch«, wich ich ihr verlegen aus.

Isabel saß mit mir im Café und trank einen Milchkaffee. Sie blickte mich mit ihren braunen Augen mitleidig an und ergriff meine Hände.

»Das weiß ich doch, Kathie. Aber Michael würde es sich so sehr wünschen. Er ist nicht mehr wie früher. Wirklich! Seine Augen leuchten immer, wenn er von dir spricht.«

Es war mir peinlich zu hören, wie Isabels Bruder plötzlich Gefallen an mir gefunden hatte und dies überall kundtat.

»Ich hab zu tun, tut mir leid. Du weißt doch, da gibt es diesen speziellen Abend, den ich vorbereiten muss …«

»Ja, aber findest du es in Ordnung, wenn du das Schicksal meines Bruders in aller Öffentlichkeit breittrittst?«

Schuldbewusst senkte ich den Kopf.

Isabel kannte mich viel zu gut. Sie zwang mich, ihr ins Gesicht zu schauen und Farbe zu bekennen.

»Es ist doch nur, damit so etwas hier nie wieder geschieht. Die Leute sollen nur erfahren, was passiert ist.«

Mein Verteidigungsmanöver fiel mehr als dürftig aus. Isabel

sah mich traurig an. Ihre Solidarität mit Michael ehrte sie, aber für mich war das Thema mehr als heikel.

»Ach, und deshalb gibt es am Freitag in deinen Räumen so eine Art Interview zum Tathergang, mit Tee und Gebäck. Und mit dir in der Hauptrolle«, nagelte sie mich fest und sah mich herausfordernd an.

»Ja«, antwortete ich ehrlich. »Wir alle hatten die Idee für diese Veranstaltung, damit wir jeglichen Gerüchten vorbeugen, die bereits im Ort kursieren.«

»So? Und was für Gerüchte sollen das sein?«, fragte sie erstaunt.

»Du hast noch nicht davon gehört?«

»Nein. Stell dir vor, weil ich die ganze Zeit bei Michael verbringe. Er hat ja sonst niemanden hier, nur noch mich, seine Schwester, seinen Schwager und seine beiden Neffen.«

»Das tut mir leid. Wie geht es ihm eigentlich?«

»Schön, dass du das auch mal fragst! Er ist raus aus der Intensivstation. Es geht ihm ein wenig besser, obwohl er immer noch katastrophal aussieht. Die Wunden heilen nur langsam. Michael ist trotz allem hart im Nehmen. Aber er fragt wirklich dauernd nach dir. Dich zu sehen würde ihm unendlich viel bedeuten.«

Ich wand mich, was Isabel veranlasste, enttäuscht den Kopf sinken zu lassen. Sie merkte, dass ich mich nicht überwinden konnte, Michael mit anderen Augen zu sehen. Für mich war er immer noch der Kasper aus Kinderzeiten, der mir das Leben schwer gemacht hatte.

»Was für Gerüchte sind das jetzt?«, fragte sie leise und unterbrach meine Erinnerungen.

Ich antwortete nicht gleich, sondern legte meine Hände auf Isabels Arm.

»Du bist meine beste Freundin«, fing ich umständlich an.

Isabel zog ihren Arm weg und fixierte mich ungehalten. »Das

weiß ich, und das ist wirklich schön. Aber jetzt sag mir bitte, was die Leute über Michael reden.«

»Also gut. Es wird gemunkelt, dass er nicht zufällig Opfer dieses Überfalls wurde, sondern dass die Schläger auf ihn angesetzt worden sind, weil er sich ein wenig rabiat als neuer Besitzer der Strandperle aufgeführt hat.«

Isabel sah mich entsetzt an. »Und wer hat dieses Gerücht in die Welt gesetzt?«, fragte sie erschrocken.

Ich holte tief Luft und sah ihr direkt in die Augen. »Ich war das, Isabel. Es war nur so eine Vermutung, aber die Polizei muss jeder Spur nachgehen. Und wenn die Männer auf Michael angesetzt waren, dann ist die Sachlage ganz anders.«

Isabel seufzte kopfschüttelnd, aber schließlich nickte sie und gab mir recht. Es war wichtig, jeder möglichen Spur nachzugehen.

»Darf ich dich um etwas bitten?«, fragte sie nach einer Weile.

»Aber ja, gerne.«

»Wenn du diesen Abend veranstaltest, dann erwähne bitte nicht, dass Michael vielleicht ein wenig zu harsche Briefe verschickt hat. Ich möchte nicht, dass schlecht über ihn geredet wird. Das hat er nicht verdient.«

»Du liebst deinen Bruder sehr, nicht wahr?«

»Ja. Er mag ein Ekel für dich sein, ein Macho, manchmal viel zu direkt und ständig zu Späßen aufgelegt, aber es gibt nur noch ihn und mich. Deine Eltern leben noch, Kathie. Es ist etwas ganz anderes, wenn niemand sonst mehr aus der Familie da ist.«

»Das verstehe ich. Ich verspreche dir, dass ich nichts über Michaels Geschäftsgebaren sagen werde.«

»Danke. Das weiß ich zu schätzen.«

Ich verzog die Lippen zu einem schiefen Grinsen.

»Und ja, ich kann es irgendwie verstehen, dass du Michaels Unfall vermarkten willst. Das würde er wohl auch an deiner Stelle tun. Trotzdem würde er sich freuen, wenn du ihn besuchen würdest. Den Michael von früher, der dich geärgert hat, den gibt es nicht mehr«, sagte sie mit Nachdruck und fügte hinzu: »Er ist kein kleiner Junge mehr, sondern ein Mann, der nicht immer vom Leben verwöhnt wurde.«

»Hm«, brummelte ich und verabschiedete Isabel, die mich lange und intensiv ansah.

Wir nahmen uns noch einmal versöhnlich in die Arme, dann verließ Isabel endgültig das Café, und ich widmete mich meiner täglichen Arbeit, einschließlich der Vorbereitungen dieses speziellen Abends.

4

Es war schon seltsam, wie erfinderisch all meine Freunde und meine Eltern sein konnten, wenn es um den Überfall und seine konkrete Vermarktung zu meinen Gunsten ging. Maja backte für das Café eine Art Kraftgebäck, das Bärenkräfte verleihen sollte, um alles Böse zu vertreiben. Trudi und Nelli hatten Flyer gedruckt über »die Frau mit Zivilcourage«, die überall im Ort verteilt wurden und zu meinem »spannenden Abend über die Frau, die Michael Müller gerettet hatte«, einluden. Rebecca und ich beantworteten geduldig alle Fragen unserer Gäste über das Abenteuer in Langenargen und wiesen auf den Abend hin. Und einige Künstler und Kunsthandwerker entwarfen Kraftsteine, Schutzamulette, Abwehrschmuck und Kräutermischungen für Heil und Segen, die besonderen Anklang fanden. Der Verkauf lief optimal, und das Café wurde auch von auswärtigen Gästen besucht, die in der Zeitung davon gelesen hatten.

Der Abend war restlos ausgebucht, sodass ich zusätzlich Stühle organisieren musste und dann so ehrlich wie möglich, aber auch so spannend wie möglich von dem Überfall erzählte.

Ich war sehr zufrieden mit dem Verlauf des Abends und auch mit dem geschäftlichen Erfolg. Nur Michael hatte ich immer noch nicht besucht, was ich aber jetzt endlich nachholen wollte. Schließlich hatte ich es Isabel versprochen.

Gleich am nächsten Tag überließ ich Rebecca und Nelli das Café und fuhr nach Friedrichshafen in die Klinik. Dort fand ich einen noch ziemlich verschrammten Michael vor, dessen braune Augen dennoch leuchteten, als er mich erkannte.

»Hallo«, sagte ich schüchtern.

»Kathie! Das ist aber eine Überraschung!« Er versuchte sich im Bett ein wenig aufzusetzen.

»Ich … ich wollte mal nach dir sehen.«

»Du kommst spät, aber immerhin. Gut siehst du aus.«

»Danke. Das kann man von dir nicht behaupten.«

»Warte nur, bis du mich in meiner ganzen Pracht bewundern kannst. Da wirst du aus dem Staunen nicht herauskommen.«

»Immer noch der alte Macho.«

»Und du immer noch die holde Spröde, die keinen Spaß versteht und dabei so verführerisch ist wie eine Meerjungfrau.«

Ich blitzte ihn wütend an, was er sofort bemerkte und seinen Ton veränderte.

»Ich danke dir«, sagte er ernst. »Ohne dich würde es mir wohl nicht so gut gehen. Du warst die ganze Zeit bei mir. Das war sehr selbstlos von dir.«

»Da wusste ich ja auch noch nicht, dass du es bist.«

»Du wusstest es nicht?«

»Nein. Du hast dich sehr verändert.«

Michael versuchte ein schiefes Grinsen, was ihm nicht gelang. Die heilenden Wunden in seinem Gesicht ließen noch keine ausreichende Mimik zu.

»Du dich gar nicht. Ich hätte dich am liebsten gleich geküsst, so wie du mit mir gesprochen hast. Du warst mir so nah. Aber ich hatte zu viele Schmerzen. In der Horizontalen wären wir zumindest schon mal gewesen.«

»Du bist unmöglich, Michael«, sagte ich, fragte mich aber zugleich, ob ich nun verärgert oder belustigt sein sollte.

»Lass dich nicht necken, meine schöne Kathie. Sobald ich hier raus bin, werde ich dir zeigen, was für ein großartiger Mann ich bin. Du wirst mich mögen.«

»Darauf kann ich verzichten. Und auf deine Androhungen auch. Isabel wird ihre Produkte weiterhin zu mir liefern.«

Michael zuckte mit den Schultern. »Vergiss den Brief«, sagte er beschwörend. »Es war ein großer Fehler, ihn dir zu schreiben.«

»Du gibst es also zu?«

»Nichts gebe ich zu. Aber jetzt ist alles anders. Du wirst mich ganz neu kennenlernen, Kathie.«

»Soll das ein Versprechen sein oder eine Drohung?«

Michael lachte, was ihm aber wohl ziemliche Schmerzen bereitete, denn er sackte zusammen und krümmte sich plötzlich so sehr, dass ich nach der Krankenschwester klingeln musste, die mich nur merkwürdig ansah.

»Sie sollten jetzt besser gehen, Frau Krämer. Herr Müller ist noch lange nicht auf der Höhe. Und wenn ihn etwas aufregt, dann geht es ihm gleich schlechter.«

»Was fehlt ihm denn genau?«

»Sind Sie eine Angehörige?«

»Nein.«

»Dann kann ich Ihnen leider auch keine Auskunft geben. Tut mir leid.«

»Darf ich trotzdem noch kurz bleiben?«

Die Krankenschwester überlegte, dann nickte sie plötzlich und meinte, ich solle Herrn Müller aber nicht mehr aufregen.

»Ich werde ganz brav sein wie ein Lamm«, versprach ich.

Michael lag jetzt flach auf dem Rücken.

»Du bist noch da«, flüsterte er schwach.

Ich konnte sehen, wie glücklich er darüber war, und schaute schnell nach unten.

»Ja«, sagte ich und setzte mich dann direkt auf sein Bett. »Ich wollte dich nicht aufregen. Das lag wirklich nicht in meiner Absicht.«

»Das ist es nicht«, hauchte er. »Von Aufregen kann keine Rede sein, eher erregst du mich.«

Ich schüttelte den Kopf. »Du kannst es nicht lassen, was?«

»Nein, kann ich nicht. Ich freue mich einfach so, dass du da bist. Bitte bleib noch eine Weile.«

»Aber nur, wenn du ab sofort keine blöden Witze mehr machst.«

»Du drohst mir!«

»In diesem Fall ja, aber nur zu deinem Besten.«

Ich merkte, dass er zu schwach war, mir zu antworten. Seine großen Hände tasteten nach meinen. Ich ließ es zu, dass er mich berührte und seine Hände in meine legte. Meine Anwesenheit schien ihn zu beruhigen, sodass ich es einfach duldete, seine Hände zu halten und zu warten, dass er ganz ruhig atmete. Und dann saß ich einfach eine Weile stumm an seinem Bett und lauschte seinem Atem.

Es war plötzlich eine seltsame Stille zwischen uns, die mir aber ebenfalls Zeit ließ, mich zu entspannen. Ich passte meinen Atem seinem an und schloss für einen Moment die Augen. Michaels Händedruck war warm und fest.

»Wirst du wiederkommen?«, fragte er auf einmal.

»Vielleicht«, wich ich aus, »kommt drauf an, wie lange du noch hierbleiben musst.«

»Keine Ahnung. Du kommst doch?«

»Ich weiß noch nicht, Michael. Auf jeden Fall wünsche ich dir gute Besserung.« Damit löste ich ganz behutsam unsere Hände, lächelte ihm zu, stand auf und verließ das Krankenzimmer.

Draußen schüttelte ich mich erst einmal. Die Begegnung mit Michael hatte mich geschlaucht. Er war tatsächlich anders als früher. Und doch gelang es ihm nach wie vor, mich anzustacheln mit seinen dummen Sprüchen, auf die er nicht einmal jetzt verzichten konnte. Trotz seiner Schmerzen und seiner nur langsamen Genesung schaffte er es nicht, ernst zu bleiben und ganz normal mit mir zu reden. Ich wusste nicht, was ich von ihm halten sollte, und beschloss, ihm in Zukunft einfach aus dem

Weg zu gehen. Einen zweiten Krankenbesuch würde es nicht geben.

Das erklärte ich auch kategorisch meiner Freundin Isabel, die sich nicht weiter dazu äußerte, sondern mir einfach nur dankte, dass ich Michael überhaupt besucht hatte. Damit war das Thema endgültig durch bei uns, sodass wir uns wieder ganz unbeschwert unserer Freundschaft widmen konnten.

Isabel half mir auch bei den Vorbereitungen zum Weihnachtsmarkt, der in Langenargen nur an einem einzigen Wochenende im Dezember stattfand, nämlich um den Nikolaustermin herum. Dieses Mal war es sogar so, dass der Sonntag auf den 6. Dezember fiel, was immer ein herrliches Vergnügen für Jung und Alt war. Rund um den Marktplatz wurden bereits die Buden aufgestellt. Der Weihnachtsmarkt war zwar nicht groß und umfangreich, dafür immer mit viel Liebe gestaltet und wenig kommerziell, sondern überwiegend von Künstlern und Kunsthandwerkern aus der Region bestückt, die ihre selbst gemachten Mützen, Handschuhe, Schmuck, Gewürzpasten und andere liebevoll präsentierte Produkte anboten. Mein Café, das eigentlich samstags geschlossen war, würde geöffnet haben und ebenfalls das gesamte Adventssortiment anbieten. Der Weihnachtsmarkt war jedes Jahr noch einmal ein Highlight für alle Einheimischen und ebenso für die letzten Touristen in der Vorweihnachtszeit, die eine sehr persönliche Atmosphäre schätzten und dem Massenbetrieb anderer Weihnachtsmärkte entkommen wollten.

Wir alle freuten uns schon auf den Markt und ließen es uns nicht verdrießen, als am Freitagabend erneut dichter Nebel über den See zog und zäh über dem Wasser und unserem kleinen Ort hängen blieb.

»Umso romantischer ist es, wenn die Buden hell erleuchtet sind«, frohlockten Nelli und Trudi, die die Vorweihnachtszeit ganz besonders liebten und mit anpackten, wo sie nur konnten.

Das war auch bitter nötig, denn Rebecca schien es immer schlechter zu gehen. Mittlerweile sah sie richtig schrecklich aus, vermied es aber konsequent, mir zu sagen, was mit ihr los war. Bis sie dann am Freitagabend kurz vor Feierabend endgültig zusammenbrach. Die letzten Gäste waren bereits gegangen, als sie plötzlich das Bewusstsein verlor und mitten im Café ohnmächtig wurde.

Mit einem Aufschrei lief ich zu ihr, legte ihr die Beine hoch und rieb ihre Hände, bis sie wieder die Augen aufschlug und mich fragend ansah.

»So geht das nicht weiter, Rebecca«, sagte ich streng. »Du musst endlich zum Arzt gehen.«

»Nein«, wimmerte sie, als ich ihr über ihre blonden Haare strich.

»Du siehst fürchterlich aus, und das nicht erst seit gestern. Bitte sei vernünftig und lass dich untersuchen.«

Da schlug sie die Hände vors Gesicht und begann bitterlich zu weinen.

Erschrocken nahm ich sie in die Arme. »Was ist es denn? Möchtest du es mir denn nicht erzählen? Du weißt doch, dass ich für alles Verständnis habe.«

»Das stimmt«, krächzte sie unter Tränen, »aber mir ist nicht mehr zu helfen.«

»Rebecca, jetzt hör mir mal zu«, sagte ich und half ihr ganz langsam, wieder aufzustehen und sich auf einen unserer Stühle zu setzen. »Es gibt immer eine Lösung, auch wenn es vielleicht im Augenblick nicht danach aussieht. Wichtig ist, dass du mir erzählst, was mit dir los ist.«

»Ich bin schwanger!«, platzte sie heraus und sah mich voller Entsetzen an.

»Das ist doch kein Weltuntergang, Rebecca. Eigentlich ist es ja sogar eine sehr schöne Nachricht. Du brauchst auch deshalb nicht um deinen Job Angst haben. Das schaukeln wir schon irgendwie.«

»Das ist es ja gar nicht«, schluchzte sie und klammerte sich an mich.

»Was ist es dann? Wenn du es mir nicht sagst, kann ich dir auch nicht helfen.«

»Es ist von Thorsten.«

»Nein!«

Jetzt war ich es, die die Luft anhielt und Rebecca voller Entsetzen anstarrte.

Rebecca hielt die Hände vors Gesicht. »Doch«, erwiderte sie kleinlaut und voller Scham.

»Ich fasse es nicht«, stammelte ich. »Du hast dich wieder mit deinem Ex eingelassen?«

»Ich liebe ihn immer noch.«

Ihr war wirklich nicht mehr zu helfen.

»Und jetzt?«

»Er ist wieder weg.«

»Das gibt es doch nicht! Er schwängert dich und haut wieder ab! Und du hast jetzt nicht nur seine Schulden, sondern auch noch sein Kind am Hals.«

»Ja.«

»Du liebe Zeit.«

»Kathie!«

»Lass mich nachdenken, Rebecca. Ich muss das erst einmal verdauen. Aber du kannst dir sicher sein, dass ich dich nicht im Stich lasse. Kommt gar nicht in die Tüte. Und Thorsten verklagst du auf Unterhalt.«

Rebecca sagte gar nichts mehr. Sie hing an mir wie ein schwerer Sack, völlig kraftlos und hilflos. Da hatte ich mir eine schöne Angestellte ins Café geholt!

»Diesen Thorsten würde ich liebend gern mal mit dem Nudelholz bearbeiten!«, rief ich wütend, doch Rebecca hielt mich am Ärmel fest.

»Bitte nicht. Es ist alles meine Schuld. Ich hatte gehofft, dass wir wieder zusammenkommen, und habe ihn verführt. Wir haben uns doch mal geliebt.«

»Das kann schon sein, aber Respekt und Wertschätzung gehören auch zu einer Ehe sowie Verantwortungsbewusstsein. Und davon besitzt dein Thorsten überhaupt nichts.«

»Er hat doch nur Angst …«

»Hör bitte auf, ihn zu verteidigen. Das kann ich nicht mehr hören. Und ruh dich aus und erhol dich. Und du solltest zu einem Arzt gehen. Zur Not wirst du krankgeschrieben. Außerdem möchte ich, dass du dich das ganze Wochenende über erholst und nicht zur Arbeit kommst. Verstanden?«

»Das möchte ich nicht.«

»Keine Widerrede, Rebecca. Wir kriegen das schon hin. Kümmer dich bitte um dich und das Ungeborene. Für das Café habe ich immer noch Trudi und Nelli.«

»Aber …«

»Kein Aber. Auch wenn du das nicht gerne hörst, Trudi und Nelli sind ein echter Segen. Sie machen dir den Job nicht streitig. Also entspann dich.« Es ärgerte mich, dass ich so klare Worte sprechen musste, aber Rebecca schien manchmal in ihrer eigenen Welt zu leben und sich dann völlig zu verrennen. »Schaffst du es allein nach Hause?«, fragte ich in einem sanfteren Ton.

Rebecca nickte und bedankte sich bei mir für mein Verständnis.

»Das Baby wird einfach hier im Café mit dir sein. Das wird schon gehen«, verabschiedete ich sie mit einem zuversichtlichen Lächeln.

Als Rebecca gegangen war, braute ich mir erst einmal einen Tee zum Beruhigen. Dann setzte ich mich in meinem Seminarraum auf den Boden und schloss die Augen, um den Moment der Stille zu genießen. Nachdem ich eine Weile vor mich hin meditiert hatte, öffnete ich die Augen und blickte auf meine selbst gemalten Bilder an den Wänden. Zum Malen war ich in den letzten Tagen gar nicht mehr gekommen. Aber das war immer so kurz vor Weihnachten, wenn alle Menschen einen Ruhepol suchten und dafür in mein Café kamen. Im Frühling, im Sommer und in der Adventszeit herrschte bei mir ein reges Kommen und Gehen. Und das war gut so.

Ich trank meinen Tee aus, putzte die Küche und machte mich schließlich erschöpft, aber durchaus nicht unzufrieden auf den Heimweg zur Malerecke und zu meiner gemütlichen kleinen Wohnung.

Der nächste Morgen brachte wieder dicken Nebel. Der See war ruhig und beinahe lautlos. Alle Geräusche wurden von der Nebelsuppe verschluckt, sodass auch der gesamte Weihnachtsmarkt eher ruhig und besinnlich begann.

Die ersten Gäste strömten auch schon ins Café, um sich aufzuwärmen, ein warmes Getränk zu bestellen und meine Ware zu inspizieren. Wie erwartet waren auch viele Menschen aus den umliegenden Gemeinden da, nicht nur die Einheimischen.

Sie alle drängelten sich in meinen Räumen, kauften ein, schlemmten und ließen sich vom Zauber meines Cafés sanft berühren und zur Ruhe bringen. Zur Feier des Tages gab es an diesem Weihnachtsmarktwochenende sogar doppeltes Tortenglück, nämlich den Himbeertraum und die Mangotorte gleichzeitig. Maja hatte sich mal wieder übertroffen mit ihrer Tortenkunst. Aber auch ihre Kuchen waren heute besonders unwiderstehlich. Und so gab es niemanden, der nicht genüsslich die Augen verdrehte und das eine oder andere Stück probierte.

Nelli und Trudi hatten ihre knallroten Kleider an, unter denen frech schwarzer Tüll hervorlugte. Die beiden Frauen waren für mich das Vorbild schlechthin, in aller Freude alt zu werden. Sie waren stets gut gelaunt, fröhlich, wissbegierig und offen für viele neue Ideen. Ganz anders als viele ältere Menschen, die nur noch beige Funktionsklamotten trugen und trotzdem irgendwie hinfällig wirkten.

Auch Isabel half heute bei mir im Café. Sie erklärte ihre Produkte interessierten Kunden höchstpersönlich und verpackte sie dann aufwendig in schönes Weihnachtspapier.

»Michael ist gestern noch entlassen worden«, sagte sie, während sie ihre Rosenmarmeladen und ihren Rosenlikör in ein schönes Körbchen stellte.

»Aha. Dann geht es ihm wohl schon viel besser.«

»Ja. Seit deinem Besuch geht es ihm schlagartig besser. Du tust ihm gut, Kathie, weißt du das?«

»Quatsch!«

»Nein, im Ernst. Er hat sich so schnell erholt, dass die Ärzte fast von einem Wunder sprechen.«

»Aber das hat sicher nichts mit mir zu tun.«

»Wer weiß, wer weiß.«

»Ach komm, Isabel, du willst doch nur, dass sich dein Bruder und ich gut vertragen. Aber dafür kann ich nicht garantieren.«

Isabel zog eine Schnute. »Was wäre so verkehrt daran?«, fragte sie spitz.

»Nichts natürlich, aber so etwas lässt sich nicht erzwingen.«

»Du wirst schon noch sehen, Kathie. Auf jeden Fall soll ich dir das hier von ihm geben.«

Sie stellte das Körbchen ab, bückte sich und kramte aus ihrer Handtasche ein Kästchen.

»Was ist das?«, fragte ich mit hochgezogenen Augenbrauen.

»Weiß ich nicht. Mach es doch einfach mal auf.«

»Hm.« Ich nahm das Kästchen entgegen, das mit rotem Samt überzogen war.

»Jetzt mach schon auf!«

»Also gut«, sagte ich und öffnete den Scharnierverschluss.

Eine winzige rote Rose kam zum Vorschein. Sie war haltbar gemacht und mit einer Art Lack überzogen, sodass sie nicht verwelken würde. Überrascht starrten wir beide auf das filigrane Kunstwerk.

»Ich wusste gar nicht, dass dein Bruder jetzt auch noch sentimental geworden ist«, frotzelte ich.

»Jetzt freu dich doch!«

»Ja, sicher. Aber viel lieber würde ich wissen, was er im Schilde führt.«

»Gar nichts, Kathie, gar nichts. Meine Güte, jetzt sei nicht so misstrauisch. Er meinte nur, er wolle sich mit diesem kleinen Geschenk bei dir bedanken. Und weil doch die Rose dein Zeichen ist …«

»Schon gut, schon gut, ich freue mich. Ja, ich freue mich«, sagte ich gedehnt.

»Das sieht aber nicht wirklich danach aus.«

»Ich weiß einfach nicht, was ich davon halten soll. Was will Michael von mir? Versucht er es erst auf die harte und jetzt auf die schmeichelnde Tour, mich weichzukochen?«

Unwillig schüttelte Isabel den Kopf. »Warum vermutest du hinter jeder Geste von ihm eine Schikane, Kathie? Das ist doch nicht normal.«

»Entschuldige, Isabel, aber ich traue ihm einfach nicht. Er ist dein Bruder. Du liebst ihn. Das ist völlig in Ordnung. Aber ich muss auf der Hut sein. Dieses Café hier ist meine ganze Existenz.«

Isabel legte mir begütigend die Hand auf die Schulter. »Das weiß ich doch. Und trotzdem würde ich mir wünschen, dass du Michael nicht so misstrauisch gegenüberstehst. Er hat mir in den letzten Tagen oft genug gesagt, wie dankbar er dir ist und wie sehr er sich mit dir verbunden fühlt. Und das war absolut ernst gemeint.«

»Na gut«, lenkte ich ein, »ich werde ein schönes Plätzchen für diese Rose finden. Ich mag Rosen.«

»Stimmt, Kathie. Die Rose ist einfach dein Ding.«

»Hm«, machte ich und erinnerte mich daran, dass ich schon als Kind Rosen geliebt hatte. Diese Liebe hatte ich von meiner Mutter übernommen. Sie war stets mit dem Fotoapparat losgezogen und hatte unendlich schöne Nahaufnahmen von blühenden Rosen gemacht, die sie auch verkauft hatte. Ein kleines Sortiment an ihren Rosenkarten war bei mir im Café zu haben.

Wir verbrachten die nächsten Stunden damit, unsere zahlreichen Gäste zu bewirten. Ich kam kaum zum Essen und Trinken, geschweige denn, kurz mal auf die Toilette zu gehen, so voll wurde es. Selbst am Abend herrschte noch reger Betrieb. Wir machten guten Umsatz und verkauften so manches Kunsthandwerk.

Am nächsten Tag, dem Weihnachtsmarktsonntag und Nikolaustag, wiederholte sich alles. Erneut strömten zahlreiche Gäste zu uns ins Café und genossen unsere Spezialitäten sowie unsere edlen Waren.

Erst ziemlich spät konnte ich mein Café schließen. Morgen würde ich mir und dem Café dann einen Ruhetag gönnen. Doch für heute war endgültig Schluss. Alle meine fleißigen Helfer waren bereits nach Hause gegangen, als ich endlich in den Nebel hinaustrat und sehen konnte, dass die Buden des Weihnachtsmarkts nun auch Feierabend machten und bereits abgebaut wurden.

Plötzlich war mir, als ob eine Frau in einem roten Mantel an mir vorbeihuschen würde, die mir sehr bekannt vorkam.

»Hallo, Frau Winter?«, rief ich, doch niemand antwortete. Der Nebel hatte die Person bereits verschluckt.

Vor dem Rathaus sah ich dann das Märchenzelt und Flyer von Frau Winter auf einem wackligen Tisch liegen. Das Zelt sah sehr altertümlich aus und wurde wohl mit Gaslaternen beleuchtet.

»Frau Winter?«, fragte ich vorsichtig und betrat das Zelt, in dem einfache Holzstühle auf dem Boden voller Stroh standen.

»Da ist niemand«, sagte ein mürrisch aussehender Mann auf einmal hinter mir. »Die Vorstellung ist schon längst vorbei. Wir bauen jetzt alles ab.«

»Gehört das Zelt der Märchenfee Frau Winter?«

»Nein, das gehört der Gemeinde.«

»Aber Frau Winter hat eine Vorstellung gegeben?«, fragte ich und hatte Mühe, meine Enttäuschung zu verbergen.

»Ja, aber nur heute. Frau Winter war nur kurz da, um für die andere Märchenfee einzuspringen, die heute überraschend krank geworden ist.«

»Oh«, sagte ich und biss mir auf die Lippe. »Sie wollte eigentlich auch bei mir im Café auftreten.«

»Tja«, erwiderte der Mann, »davon weiß ich nichts. Die ist schon weg, die Winter.«

»Danke«, murmelte ich und verließ das Zelt.

Plötzlich fühlte ich mich gar nicht mehr wohl. Der Tag war lang und anstrengend gewesen. Die Enttäuschung, dass mich Frau Winter versetzt hatte und nun hier auf dem Weihnachtsmarkt aufgetreten war, ohne sich noch einmal bei mir zu melden, setzte mir zu und machte mich traurig.

Außerdem hatte ich noch fast gar nichts im Magen und bemerkte, wie mir schwindlig wurde. So beschloss ich, noch die paar Meter zum Schloss Montfort zu laufen, um den Kreislauf wieder in Schwung zu bringen und ein wenig frische Luft zu schnappen. Unser Langenargener Schloss im maurischen Stil war einfach ein wunderschöner Platz zum Ausruhen, Träumen und um auf den See zu blicken. Es lag direkt am See, sodass man von der Schlossmauer ins Wasser schauen konnte, was meine Nerven jetzt sicher beruhigen würde.

Hierher zog es mich also, auch wenn der dichte Nebel das Schloss mit seinen weißen Schleiern verhüllte und ich nur langsam vorankam.

Sobald ich das Schloss erreicht hatte, ging ich zielsicher an den äußersten Rand der Mauer über die große Terrasse, auf der im Sommer Tische und Stühle standen. Nun war alles wie leer gefegt und ruhte im Winterschlaf.

Mit beiden Händen hielt ich mich an der Mauer fest und beugte mich nach vorne, um ins Wasser schauen zu können, was ich sonst so liebte. Doch dieses Mal wurde mir ganz schlecht beim Blick in den See. Ich merkte noch, wie sich alles anfing zu drehen und wie ich beinahe ins Wasser gestürzt wäre, wenn mich nicht ein Paar starke Arme aufgefangen hätten.

»Hoppla«, hörte ich eine warme Stimme an meinem Ohr, »nicht ins Wasser fallen!«

Jemand hielt mich fest, bis es mir wieder besser ging, sodass ich aufrecht stehen konnte.

Als ich die Augen aufschlug, sah ich den Nikolaus höchstpersönlich vor mir.

5

Da sind Sie ja wieder«, sagte der Nikolaus mit seiner samtenen, tiefen Stimme und lächelte.

Ich schaute ihn verdutzt an und brachte kein Wort heraus.

»Geht es Ihnen wieder besser?«, fragte er in leicht besorgtem Ton.

»Ich glaube, ja. Was ist denn passiert?«

»Ihnen ist wohl schwindlig geworden. Sie wären beinahe ins Wasser gefallen«, antwortete der Nikolaus, dessen weißer Bart beim Sprechen lustig auf und ab wippte.

»Oh, wie peinlich. Tut mir leid.«

»Keine Ursache. Kommen Sie, setzen Sie sich für einen Moment auf eine Bank dort vorne an der Uferpromenade.«

»Äh … ja. Aber machen Sie sich bitte meinetwegen keine Umstände.«

»Es ist mir ein Vergnügen, mich um Sie zu kümmern. Schließlich bin ich der Nikolaus.«

Ich lächelte scheu und ließ es zu, dass er meine kalten Hände in seine nahm, die in dicken roten Handschuhen steckten.

»Sie haben ja ganz kalte Hände«, bemerkte er. »Das kann ich sogar durch meine Handschuhe hindurch spüren.«

»Entschuldigen Sie, ich bin wohl ein wenig durch den Wind. Es war ein langer Tag.«

»Ich werde Ihnen ein wenig Wärme spenden. Das wird Ihnen guttun«, sagte er und rückte ganz nahe an mich heran.

Normalerweise hätte ich solch eine Nähe nicht geduldet. Fremde Menschen, die mir ungefragt zu nahe kamen, machten mich unsicher und nervös. Doch bei diesem Mann war alles anders. Vielleicht lag dies an dem vertrauensvollen Lächeln und seiner höflichen Art, dass ich sofort Vertrauen zu ihm fasste. Vielleicht aber lag es auch daran, dass ihn das Nikolauskostüm gutmütig und hilfsbereit aussehen ließ.

»Danke«, sagte ich, als er ganz sachte einen Arm um mich legte und mich vom Schloss fortführte.

Ich zitterte immer noch vor Hunger und Erschöpfung, sodass der Mann seinen riesigen Nikolausmantel öffnete und mich damit umhüllte.

»Damit Sie mir nicht noch einmal umfallen«, meinte er.

Ich war nun ganz eng an ihn gepresst, was mir aber gar nicht unangenehm war. Die Wärme seines Körpers strahlte so viel Geborgenheit aus, dass ich mich augenblicklich wohlfühlte. Dies erstaunte mich zwar einerseits, sorgte aber andererseits dafür, dass ich mich sofort entspannen konnte. Noch nie in meinem Leben hatte ich so viel Vertrauen zu einem Fremden wie in diesen Augenblicken.

Sein warmer roter Mantel schmiegte sich um mich und erfüllte mich mit so viel wohliger Wärme, dass ich aufatmen konnte. Ich reichte ihm bis zur Schulter, diesem Mann im Nikolauskostüm, dessen Stimme ganz geschmeidig klang und einen charmanten Akzent aufwies. Langsam gingen wir auf eine Bank zu und blieben kurz im Lichtschein der Laterne stehen, die sich neben der Bank befand. Der Nikolaus öffnete seinen Mantel erneut, sodass ich ein paar Schritte nach vorne machen konnte. Ich drehte mich zu ihm um und bedankte mich noch mal für sein beherztes Einschreiten. Im Licht der Laterne konnte ich ganz hell blitzende Augen erkennen und rabenschwarze Haare, die unter der roten Mütze hervorlugten.

»Keine Ursache. Ich wäre Ihnen sogar nachgesprungen, falls Sie tatsächlich ins Wasser gefallen wären.«

»Oh.«

Seine Worte machten mich sprachlos. Er legte eine Hand auf sein Herz und fügte leise hinzu: »Ich hätte alles getan, um Sie zu retten.«

»Das ist … das ist wirklich überaus nett von Ihnen.«

»Ich helfe gerne. Und ich stehe zu meinem Wort. Wenn es nötig ist, dann tue ich, was ich kann. Deshalb können Sie sich ganz sicher fühlen.«

»Ja, das merke ich. Bei Ihnen kann ich mich total sicher fühlen.«

Wir setzten uns auf die Bank.

»Sie haben wirklich verhindert, dass ich ins Wasser falle.«

»Ich war genau zur richtigen Zeit am richtigen Ort«, entgegnete er. »Ich wollte mich nach dem Markttreiben noch ein wenig ausruhen, und da sah ich, wie Sie taumelten und vornüberfielen.«

»Nicht auszudenken, wenn Sie nicht da gewesen wären«, erwiderte ich tonlos.

»Ich bin froh, dass ich zur Stelle war.«

»Ich habe Sie gar nicht gesehen.«

»Das habe ich bemerkt. Sie waren ganz in Gedanken und sind schnurstracks einfach zur Mauer gelaufen. Und dann ging alles ganz schnell.«

»Was hatte ich für ein Glück, dass Sie mich beobachtet haben.«

»Es sollte so sein«, sagte er schmunzelnd.

Wieder hörte ich den leichten Akzent in seiner Stimme.

»Sie haben heute den Nikolaus auf unserem Weihnachtsmarkt gespielt?«, fragte ich neugierig.

»Nicht nur ich. Wir waren vier Männer und zwei Frauen im Nikolauskostüm. Ich hatte meinen Platz direkt neben dem Märchenzelt und habe Holzschnitzereien sowie Süßigkeiten verteilt.« Mit diesen Worten zog er aus seinem braunen Nikolaussack eine kleine Figur. »Hier, bitte. Diese Figur soll Sie wärmen und Ihnen guttun und Sie an mich erinnern, wenn ich wieder fort bin.«

Er legte mir eine kleine aus Holz geschnitzte Rose in die Hand.

Ich umschloss sie mit meinen Fingern und spürte die hölzerne Struktur der schönen Schnitzerei. Die Figur fühlte sich friedlich und gut bei mir an. Sie strahlte etwas sehr Angenehmes und Liebevolles aus.

»Oh, das ist aber lieb von Ihnen«, bedankte ich mich und zauberte ein kleines Lächeln auf die Lippen. Ich wollte nicht, dass er wieder fortging. Zumindest jetzt noch nicht. Es war so angenehm, mit ihm zu reden. Irgendwie faszinierte mich dieser besonders höfliche und charmante Mann.

Eine ganz eigene Stimmung entfaltete sich zwischen uns, während wir miteinander plauderten. Da war etwas wunderbar Leichtes um uns herum, das mich innerlich zum Schwingen brachte, als ob unendlich viele Lichter in mir erstrahlen würden.

Der Nikolaus nahm nun endlich seinen weißen Bart und die rote Mütze ab. Zum Vorschein kam ein ebenmäßiges schmales Gesicht mit Lachfältchen, strahlend blauen Augen und dunklen Haaren, die kräftig und ein wenig gelockt waren.

So dicht bei ihm zu sitzen tat mir unendlich gut. Er roch so gut, dieser Mann im Nikolauskostüm. Seine Anwesenheit hatte etwas sehr Nobles und Edles sowie etwas Gewissenhaftes, das bemerkenswert anders war als das völlig Unverbindliche, das ich in Gegenwart anderer Fremder oft erlebte und das mir manchmal zu schaffen machte. Ich merkte, wie die Anspannung der letzten Stunden komplett von mir wich, während ich seine Aura spürte, die mich wohlig seufzen ließ. Selbst der dichte Nebel störte mich nicht mehr, weil es einfach nur schön war, hier mit diesem Fremden zu sitzen und seine Gegenwart zu genießen.

»Sie erinnern mich an eine Seejungfrau mit Ihren roten Haaren«, sagte der Nikolaus plötzlich.

»Oh«, entgegnete ich verlegen und schaute lange in seine klaren, blitzenden Augen, die mich irgendwie in der Tiefe meiner Seele trafen. Unsere Finger berührten sich ganz leicht, als ich mich noch einmal für seine Hilfe bedankte.

»Es ist mir eine große Ehre, die schöne Wasserfrau vom See zu retten.«

Seine Worte klangen alles andere als schwülstig, einfach nur aufrichtig und ehrlich.

Wir sahen uns in die Augen. Keiner von uns wandte den Blick ab. Offen und eigentümlich freudig lächelten wir dabei.

Schon lange war mir kein Mann mehr begegnet, der mich derart freundlich behandelte und einen ganz eigenen Zauber über uns legte. Der ganze Abend schien mir auf einmal wie verzaubert zu sein, was ich an meinem aufgeregt klopfenden Herzen merken konnte.

»Ich freue mich, dass mich der Nikolaus höchstpersönlich gerettet hat«, wisperte ich.

»Wie geht es Ihnen jetzt? Haben Sie sich erholt?«, fragte er und hob die Hand, um sie an mein Gesicht zu führen. Mitten in der Bewegung hielt er aber inne und senkte den Arm, was ich schade fand.

Beinahe hätte er mir über die Wange gestreichelt. Das hätte mir gefallen. Sehr sogar. Ich ertappte mich dabei, wie ich mir vorstellte, von seinen schlanken Fingern berührt zu werden, ganz zärtlich und liebevoll. Ein wohliger Ton entglitt meiner Kehle. Ich rückte noch ein Stück näher an ihn heran, ahnend, dass er nichts dagegen einzuwenden hatte.

Wir schwiegen eine Weile und schauten gemeinsam in die Ferne, während die Zeit dahintröpfelte. Der feuchte Nebel um uns herum machte mir auf einmal auch nichts mehr aus. Die Luft fühlte sich so perlend an wie Champagner.

»Sind Sie wohlauf?«, fragte er wieder.

In seiner Stimme lagen so viel Mitgefühl und Anteilnahme, dass ich gar nicht anders konnte, als mich dieser wunderbaren Stimmung hinzugeben.

»Danke, ja. Aber ich merke, dass ich heute noch fast gar nichts gegessen und getrunken habe. Und diese Tatsache ist wohl mitverantwortlich für meinen Schwächeanfall.«

»Dann sollten wir das schleunigst ändern. Darf ich Sie zum Essen einladen?«

»Oh … ich …« Ich wusste nicht, was ich antworten sollte. Aber irgendetwas in mir reagierte mit sehr viel Freude auf dieses Angebot, während ich auf die kleine Holzrose in meinen Händen blickte und schließlich bejahte.

»Ich kenne mich hier nicht so gut aus«, meinte er entschuldigend, »deshalb müssen Sie mir zeigen, wo es hier etwas Feines für uns beide gibt.«

»Gerne. Wir können in den Engel gehen. Das ist nur ein paar Schritte entfernt, gleich hier vorne.«

»Dann machen wir das doch.«

Wir erhoben uns fast gleichzeitig von der Bank und blieben kurz voreinander stehen, um uns noch einmal gegenseitig zu betrachten.

Irgendetwas war zwischen uns, irgendetwas ganz Besonderes. Es knisterte zwischen uns, so sehr, dass ich selbst erstaunt war. Mich durchströmte ein Glücksgefühl, das vorher nicht da gewesen war.

Ihm musste es ähnlich gehen, denn seine Augen strahlten mich an, dass mir ganz anders wurde.

Ich hielt die Rose umklammert und studierte sein schönes Gesicht und das klare Blau seiner Augen, in das ich tief hineintauchen konnte. Es war unwiderstehlich, ihn anzusehen.

»Ich bin Kathie«, sagte ich leise.

Der Fremde lauschte dem Klang meines Namens hinterher

und wiederholte ihn dann mit flüsternder Stimme, indem er die letzte Silbe betonte.

»Kathie! Wie schön!«

Er schien sich aufrichtig zu freuen, meinen Namen erfahren zu haben, und verriet mir, das er Leon hieß.

»Ich bin in Frankreich geboren, in der Champagne. Aber ich lebe seit meinem zehnten Lebensjahr in Deutschland«, fügte er hinzu.

»Deshalb dieser fast unhörbare Akzent. Es klingt wunderschön, wenn Sie meinen Namen auf diese Weise aussprechen. Was führt Sie nach Langenargen?«

»Dieser Job. Aber ich habe auch Freunde in der Nähe. Es ist schön am Bodensee, nicht wahr?«

»Ja. Ich lebe gerne hier. Im Sommer kann man sich vor lauter Radfahrern nicht mehr retten. Und natürlich kommen viele Badewillige her. Vor allem unser Naturstrand lockt viele Besucher an. Dann natürlich unser Schloss, die schöne Promenade, der Hafen mit all seinen Segelbooten, die Nähe zu Österreich und der Schweiz sowie unsere kleinen Läden und …«, ich erhob die Stimme, »natürlich mein schönes Café Rosenrot.«

»Ihnen gehört dieses besondere Café mit der künstlerischen Note?«

»Ja«, antwortete ich stolz und erzählte ihm von meinem Lebenswerk.

Er hörte mir aufmerksam zu und unterbrach mich nur, wenn er etwas wissen wollte. Seine aufrichtige Aufmerksamkeit tat mir unendlich gut. Er hatte wirklich Interesse an mir und meinem Leben, während wir im Engel saßen und eine Kleinigkeit zu essen bestellten.

Als Leon im Engel endlich den Nikolausmantel ausgezogen hatte und in seinem eleganten Pullover und seiner dunklen Hose schlank und mit fröhlichem Blick vor mir saß, ging ein ganz besonderer Ruck durch mich hindurch. Mein Herz begann vor Freude so laut zu klopfen, dass ich Angst hatte, der ganze Saal würde es hören können.

»Gefalle ich Ihnen im Nikolauskostüm besser?«, fragte er amüsiert, als er meinen bewundernden Blick bemerkte.

»Nein, im Gegenteil. Aber Sie können tragen, was Sie wollen, Ihre Ausstrahlung ist einfach … ganz besonders.«

Die feine Röte auf seinen Wangen stand ihm ungemein gut.

»Dieses Kompliment kann ich nur zurückgeben«, erwiderte er mit belegter Stimme. »Auch Sie wirken nicht nur bezaubernd, sondern einfach einzigartig. Sie sind unbeschreiblich … eine ganz besondere Frau.«

Er konnte nicht weitersprechen und sah mich einfach nur ganz offen an.

Mein Gesicht glühte, als wir unsere Weingläser erhoben.

»Auf diesen himmlisch schönen Abend«, sagte Leon.

Ich nickte ihm zu, unfähig, etwas zu erwidern. Dann schwiegen wir für eine Weile. Erneut spürte ich einen Schwindel in mir, dieses Mal aber aus anderen Gründen.

Trotz meines Hungers bekam ich dann kaum einen Bissen hinunter. Leon ging es genauso. Es lag ein Leuchten in der Atmosphäre, wie ich es schon lange nicht mehr gespürt hatte.

Keiner von uns wollte, dass dieser Abend so schnell zu Ende gehen würde.

»Sollen wir noch ein bisschen im Nebel spazieren gehen?«, fragte er höflich, als wir unser Mahl beendet hatten.

»O ja, gerne«, antwortete ich und wunderte mich über meine Courage.

»Das wäre schön«, stimmte er sofort zu.

So traten wir wieder in den Nebel hinaus. Unsere Hände fanden sich wie zufällig, als wir nebeneinanderher schlenderten und langsam in Richtung Malerecke gingen.

»Die Malerecke ist ein sehr idyllischer Weg direkt am Bodensee. Dort beginnt auch das Naturschutzgebiet. Ein steiniger Naturstrand unter großen, alten Bäumen lädt im Sommer zum Baden und Grillen ein. Es ist sehr lebendig während der Saison, aber jetzt ist es einfach nur romantisch und idyllisch.«

»Das hört sich gut an«, sagte er leise und fügte hinzu: »Es ist mir eine Ehre, Sie zu begleiten.«

Mit seinem roten Nikolausmantel war Leon zwar extrem auffällig, aber der dichte Nebel verschluckte unsere Schritte. Außerdem war fast niemand mehr draußen unterwegs, schon gar nicht an der Malerecke.

»Hier wohne ich«, erklärte ich nach einer Weile und zeigte auf das Haus mit den schönen Fensterläden, »aber jetzt gehen wir noch ein Stück in die Malerecke hinein zum Naturstrand.«

Leon folgte mir wortlos. Unsere Hände umschlossen sich wie selbstverständlich. Ein Prickeln der Freude strömte zwischen uns hin und her, sodass ich mich wie elektrisiert fühlte. Alles Fremde zwischen uns war wie weggefegt, hinfortgespült von glutvollen Strömen voller Seligkeit. Obwohl die ganze Umgebung in dichten Nebel getaucht war, hatte ich den Eindruck, den Sternen nahe zu sein.

Irgendwann blieben wir stehen und sahen uns einfach nur staunend an. Nebelschleier umhüllten uns, zogen dicht an uns vorbei, um die ganze Welt um uns herum auszublenden.

Ich nahm nichts anderes mehr wahr als diesen Zauber mit Leon, diese einzigartige Stimmung, die unvergleichlich schön und vollkommen war.

Eigentlich mussten wir keine Worte mehr verlieren. Wir merkten beide, wie uns diese Begegnung veränderte.

Wir versanken im Anblick des anderen, verloren uns in diesem Augenblick der Stimmigkeit und Eintracht. Obwohl Leon nach wie vor ein Fremder für mich war, kam es mir so vor, als würde ich ihn schon seit Ewigkeiten kennen. Er war der Mann, der so anders war als alle Männer, denen ich in meinem Leben bisher begegnet war. Da war so viel Freude zwischen uns, dass wir permanent lächeln mussten, so sehr, dass es aus uns hinausstrahlte. Wir waren wie in tanzendes Licht getaucht. Die Funken, die plötzlich zwischen uns sprühten, breiteten sich mühelos aus und ließen uns beinahe schweben.

»Geht es dir auch so?«, fragte Leon auf einmal ganz leise.

Ich nickte nur, um den Zauber dieses Moments nicht zu stören.

Es war ein magischer Augenblick voller Leuchtkraft. Und weil wir es beide gleichzeitig bemerkten, verband uns dieser Moment aufs Innigste.

»Das hier mit dir bedeutet mir so viel. Dieser Augenblick, diese Stimmung. Ich weiß nicht, warum, aber es ist so«, raunte er.

Plötzlich lag ich in seinen Armen, lauschte seinem Herzschlag und konnte an nichts anderes mehr denken. Nur noch das Gefühl der Freude tanzte in mir, als wir uns endlich küssten.

Leons Lippen schmeckten süß, fremd und vertraut zugleich. Zunächst berührten wir uns ganz sanft und vorsichtig, um die Köstlichkeit dieser neuen Dimension behutsam zu erfahren. Doch bald schon gaben wir dem grenzenlosen Hunger nach, den wir beide verspürten.

Seine Hände wühlten in meinen Haaren, wir zitterten vor lauter Wonne und Lust zugleich, drückten uns aneinander und umarmten uns so innig, als ob wir uns nicht mehr loslassen wollten.

Dieser magische Abend zeigte mir wahre Wunder. So glücklich und erfüllt wie an der Seite dieses Mannes hatte ich mich schon lange nicht mehr gefühlt.

»Du spürst es auch«, frohlockte Leon keuchend, als er versuchte, zwischen unseren Küssen, Umarmungen und Zärtlichkeiten Atem zu schöpfen.

»Ja«, gestand ich ebenso atemlos.

»Das ist Schicksal. Du bist meine Seejungfrau aus dem Bodensee. Ich habe dich gefunden.«

»Und gerettet!«

»Ja, und gerettet.«

»Leon«, flüsterte ich voller Begehren.

»Du bist so einzigartig, meine Seejungfrau.«

Ich konnte deutlich spüren, wie aufgeregt er war, wie aufgewühlt und tief berührt von der Magie zwischen uns.

Wir hielten uns fest und überließen uns der Sehnsucht, die uns überwältigte.

»Komm«, sagte ich und löste mich widerstrebend von ihm. »Komm zu mir nach Hause.«

»Willst du das wirklich?«

»Ja«, antwortete ich, »nichts will ich so sehr wie dich. Ich will dich spüren, ganz und gar. Deine Nähe will ich kosten, dich riechen, dich in mir haben …«

»Das ist so … unbeschreiblich. O ja, ich will es auch, wenn du es willst.«

Wir konnten es kaum erwarten, zu mir nach Hause zu kommen. Mir war schwindlig vor Glück, schwindlig vor Freude und von der Tatsache, was jetzt gleich passieren würde. Doch zum ersten Mal in meinem Leben hatte ich das Gefühl, dass alles richtig war, so wie es geschah. Es fühlte sich absolut stimmig an mit diesem Mann, so sehr, dass nichts anderes mehr zählte.

Es war, als ob endlich ein Damm gebrochen wäre und all meine bisherigen schlechten Erfahrungen tilgen würde. Und obwohl ich von Leon nichts wusste, herrschte in mir eine besondere Gewissheit, das Richtige zu tun und endlich nach Hause gefunden zu haben.

Leon und ich hatten keine Augen für das hübsche Ambiente in meiner Wohnung. Wir nahmen nichts anderes mehr wahr als diese zauberhafte Nacht, unsere Berührungen, unsere Hingabe und den Strom unserer Gefühle, dieses lichtvolle, jubelnde Miteinander, diese Sehnsucht nach Einheit und Verschmelzung.

Wir liebten uns zart und wild zugleich, grenzenlos und mit einer Vollkommenheit, die ich noch nie in meinem Leben erfahren hatte. Dass es Leon genauso erging, gestand er mir, indem er mir ruhig und feierlich offenbarte, wie einzigartig es war, mit mir zusammen zu sein, und dass er – wie ich auch – endlich den richtigen Platz im Leben gefunden hatte, nämlich an meiner Seite. Wir konnten nicht genug voneinander bekommen in dieser himmlischen Nacht, die uns völlig vereinte. Es lag ein besonderer Zauber über uns. Wir konnten uns wortlos verstehen, und das Schönste dabei war die Leichtigkeit und Selbstverständlichkeit, die dies noch unterstrich.

»Es ist wie ein Wunder«, sagte ich und schmiegte mich zärtlich an ihn.

»Das ist es. Vor ein paar Stunden wusste ich noch gar nicht, dass es dich gibt, und jetzt will ich mein ganzes Leben mit dir verbringen. Und das habe ich noch nie zu jemandem gesagt.«

»Es ist so unwirklich, und doch ist es wahr. Wenn ich nicht zum Schloss gegangen und mir nicht schwindlig geworden wäre, wären wir uns nie begegnet.«

»Ja. Das Leben ist manchmal unberechenbar und seltsam und manchmal eben so, dass man nur noch staunen und dankbar sein kann. Manche nennen es Schicksal.«

»Ja. Und manche nennen es ein Wunder. Und so sehe ich es auch. Es ist unser ganz persönliches Winterwunder.«

Die ganze Nacht verbrachten wir so im Rausch der Sinne und schmiedeten verrückte und reale Pläne für die Zukunft in den Pausen, in denen wir uns nicht liebten oder kurz einschlummerten.

Wir konnten nicht aufhören, uns zu lieben und immer wieder einzutauchen in diese Glücksmomente der Innigkeit, wenn sich unsere Körper und Seelen trafen.

»Mein Nikolaus«, neckte ich ihn, wenn ich auf ihm lag und mit den Lippen an seinen Brusthaaren zog.

»Meine Seejungfrau«, konterte er liebevoll und hauchte mir Küsse auf den Hals. Und dann saugte seine Zunge an meiner, sodass mir wieder schwindlig wurde vor lauter Lust.

Die Stunden vergingen viel zu schnell, während wir uns unserer Sinnlichkeit hingaben.

»Ich werde zu dir kommen, meine liebste Kathie«, sagte Leon irgendwann und streichelte mich sanft, als wir eng aneinandergekuschelt den neuen Morgen begrüßten, »dann wird ein neues Leben für uns beide beginnen.«

»Ja, komm bald, mein Leon, denn ich halte es keine weitere Stunde mehr ohne dich aus.«

»Sobald ich kann«, versprach er, »aber vorher muss ich zurück und alles klären.«

»Du bist doch frei für mich, oder?«, fragte ich in einem Anflug von Angst.

»Aber natürlich. Ich bin ganz frei und ganz und gar dein. Nichts kann uns jetzt mehr trennen.«

»Dann bleib doch gleich hier.«

»Das würde ich gerne, Liebste, aber ich muss zur Arbeit. Es ist schon Montag. Gleich am nächsten Wochenende komme ich zu dir. Bis dahin habe ich schon einiges geregelt.«

Ich nickte zufrieden, denn es war klar, dass ich nicht erwarten konnte, dass Leon Hals über Kopf alle Zelte abbrach. Wir hatten keine Zeit gefunden, darüber zu sprechen, wo er genau wohnte und arbeitete. Dafür war uns die Nacht zu kostbar erschienen. Ich wusste ja, dass Leon nicht von hier war und einen weiteren Weg auf sich genommen hatte, um hier als Nikolaus einzuspringen. Aber er versicherte mir, dass er schon heute die Weichen stellen werde, um bald in meiner Nähe zu sein.

Er strahlte mich mit seinen blauen Augen an und legte ein ganz zartes Lächeln auf.

»Ich ruf dich an, sobald ich in der Arbeit bin, ganz sicher. Bis dahin schläfst du dich aus, und bis zum nächsten Wochenende kuschelst du dich einfach an die kleine Holzrose. Sie soll dich an mich erinnern und an diese Stunden der Liebe.«

»Ja«, hauchte ich und konnte mein Glück noch gar nicht fassen.

»Ich liebe dich«, sagte Leon ernst, als er sich anzog.

»Ich liebe dich auch.«

Wir freuten uns wie die Kinder, dass wir uns gefunden hatten.

Ich wollte ihn gar nicht gehen lassen, zog ihn noch einmal küssend ins Bett und klammerte mich an ihn. Irgendeine Stimme in mir riet mir, ihn ganz eng umschlungen zu halten und nie mehr loszulassen. Etwas in mir wollte ihn auf gar keinen Fall gehen lassen.

»Leon!«

»Ich weiß, mich schmerzt es auch, wenn ich jetzt gehen muss. Aber ich kann mich nicht einfach krankmelden. Ich bin ein pflichtbewusster Mensch, Kathie. Ich werde mich entsetzlich nach dir sehnen und es kaum erwarten können, wieder bei dir zu sein. Und das wird schon bald sein. Hab Vertrauen. Bis zu unserem Wiedersehen werden wir ganz viel telefonieren. Ich melde mich bei dir. Heute noch.«

»O Leon, es tut so weh, als ob ein Teil von mir mit dir gehen würde.«

Wir hielten uns noch einmal fest in den Armen.

»Ich weiß«, tröstete er mich, »es geht mir doch genauso. Das habe ich so auch noch nie erlebt.«

»Wir sind füreinander bestimmt, nicht wahr?«

»Ja. Das sagst du schön. Das ist wahr.«

»Es ist zwar verrückt, dass wir das nach einer gemeinsamen Nacht schon wissen, aber ich bin mir ganz sicher.«

»Das bin ich mir auch. Und nun schlaf noch ein wenig. Ruh dich aus und träum von mir.«

Selig schlummerte ich ein, nachdem Leon mir einen Abschiedskuss auf die Lippen gedrückt und leise die Wohnung verlassen hatte.

Es war so herrlich, von Leon zu träumen und dann zu wissen, dass unsere Begegnung alles andere als ein Traum war.

Ich hatte mich in den Nikolaus verliebt!

Diese Nacht hatte mir ein Wunder beschert, mein ganz persönliches Nikolauswunder.

6

Grinsend wie ein Honigkuchenpferd stand ich erst gegen Mittag auf und kontrollierte zuerst einmal den Anrufbeantworter. Doch nur meine Eltern schickten mir liebe Grüße und fragten, wie das Weihnachtsmarktwochenende gelaufen sei. Stirnrunzelnd prüfte ich den Apparat und dann mein mobiles Telefon, auf dem keine Nachrichten eingegangen waren. Seltsam, Leon musste doch schon längst in seiner Firma sein.

Für einen kurzen Moment überkam mich ein ganz merkwürdiges Gefühl zwischen Bangen, Übelkeit und Angst. Dann wiederum fühlte ich nagende Ungewissheit und bohrende Zweifel in mir. Hatte ich die Begegnung mit Leon nicht doch einfach nur geträumt?

Aber nein. Unsere Liebesnacht war überaus real gewesen. Wehmütig blickte ich auf die wunderschöne Rose aus Holz. Jede seiner Umarmungen war in mir präsent, jedes seiner Worte, jeder Kuss, jede Berührung. Warum meldete er sich dann nicht?

Während ich duschte, mich anzog und mir einen starken Kaffee bereitete, ließ ich mir tausend Entschuldigungen einfallen, warum Leon noch nicht dazu gekommen war, mich anzurufen.

Als das Telefon endlich klingelte, sprang mir fast das Herz aus der Brust vor lauter Freude. Doch es war nur Isabel, die sich für das erfolgreiche Weihnachtsmarktwochenende bedanken wollte. Sie hatte fast all ihre Rosenprodukte verkaufen können.

»Ohne dich und dein Café hätte ich gar keine Möglichkeit, eigenes Geld zu verdienen«, flötete sie, hielt dann aber inne, als sie die Enttäuschung in meiner Stimme vernahm. »Was ist los, Kathie? Du klingst so komisch.«

Isabel war meine beste Freundin, ich vertraute ihr voll und ganz. Wir kannten uns so gut, dass wir kaum etwas voreinander verbergen konnten. Es würde mir guttun, ihr alles zu erzählen.

»Das ist ja wunderbar!«, gratulierte sie mir. »Meine Kathie ist endlich wieder verliebt. Und dann gleich so. Der Mann muss ja der volle Hammer sein.«

»Das ist er, in jeder Hinsicht. Ich habe mich noch nie so wohl und glücklich gefühlt, so angenommen, so geliebt.«

»Und wo liegt dann das Problem?«

»Er ruft nicht an.«

»O nein, nicht diese Schiene. Oder? Erst heiße Liebe, und dann ist alles vergessen. Und der Mann meldet sich nie wieder.«

»Das glaube ich nicht, Isabel. Nie im Leben.«

»So, wie es klingt, glaube ich es auch nicht, Kathie. Beruhige dich. Wahrscheinlich ist etwas ganz Wichtiges dazwischengekommen. Oder er wollte dich nicht aus dem Schlaf reißen.«

»Kannst du nicht zu mir kommen? Ich vermisse dich, Isabel. Wir hatten in letzter Zeit nicht viel Muße zum Reden. Und die Sache mit deinem Bruder steht auch irgendwie zwischen uns. Das tut mir echt leid.«

Isabel schien zu überlegen.

»Martin hat heute frei«, hörte ich sie sagen. »Wir wollten eigentlich heute früh Weihnachtsgeschenke besorgen.«

»Aber?«

»Martin und ich hatten anderes vor, als die Buben endlich im Kindergarten waren.«

Ihr breites Grinsen war durch den Hörer zu vernehmen.

»Verstehe«, sagte ich, »da hatten wir ja beide eine tolle Nacht beziehungsweise einen tollen Morgen.«

»Hihi, wir müssen unsere Schäferstündchen halt anders planen. Mit so zwei Kids im Haus muss man jede Gelegenheit nutzen.«

»Und deshalb wollt ihr jetzt am Nachmittag Weihnachtsgeschenke kaufen.«

»Eventuell. Ich frage Martin noch mal. So richtig Lust hat er nicht auf solche Shopping-Touren. Das war eher meine Idee.«

»Ich würde mich freuen, wenn du zu mir kommst. Wenn es geht.«

»Also gut, ich komme. Martin wird unendlich erleichtert sein, wenn ihm der Einkaufsstress erspart bleibt. Es bleibt dann halt alles wieder an mir hängen. Aber das ist ja nichts Neues.«

»Danke. Und sag deinem Martin, dass er eine tolle Frau hat.«

Eine halbe Stunde später war Isabel bei mir. Wir saßen im Schneidersitz auf dem Sofa und schlürften unseren Tee. Da sich der Nebel heute verzogen hatte, fiel sogar ein wenig Sonnenschein in meine kleine Stube.

»Und«, fragte Isabel, »hat er sich jetzt gemeldet?«

»Nein«, antwortete ich traurig.

»Aber er hat sich deine Nummer notiert, oder?«

»Ja, sicher. Die Nummer von hier, die Nummer vom Café und meine mobile Nummer.«

»Hm«, meinte Isabel kopfschüttelnd, »dann weiß ich auch nicht, was da los ist.«

»Ich hätte ihn nicht gehen lassen sollen«, schimpfte ich. »Und ich hätte mir seine Nummer geben lassen sollen, dann hätte ich ihn anrufen können. Ich könnte mich ohrfeigen.«

»O Kathie, Schuldgefühle bringen dich jetzt nicht weiter. Bist du denn sicher, dass er es ernst mit dir gemeint hat und nicht nur so ein Schürzenjäger ist, der auf schnellen Sex aus war?«

Ich zuckte mit den Schultern. »Mein Gefühl und mein Herz sagen mir, dass er es ernst gemeint hat. Du hättest es spüren müssen, diese tiefe Innigkeit, dieses Gefühl, endlich angekommen zu sein. Das kann man nicht schauspielern.«

»Aber?«

»Aber andererseits weiß ich wirklich nicht, was ich jetzt denken soll. Er hätte sich schon längst melden müssen. Es ist bereits früher Nachmittag.«

»Die Tatsachen sprechen gegen ihn, Kathie.«

Ich seufzte und brach dann in Tränen aus. Isabel nahm mich tröstend in die Arme.

»Es wird sich alles klären«, beruhigte sie mich. »Über kurz oder lang wirst du wissen, ob dieser Mann es ernst mit dir meint oder nur so getan hat.«

»Es bricht mir das Herz, Isabel. Es tut so unendlich weh.«

»Vielleicht ist ihm wirklich etwas sehr, sehr Wichtiges dazwischengekommen. Hab noch ein wenig Geduld, bevor du dich völlig verrückt machst.«

Ich zeigte ihr die schöne Rose aus Holz.

Isabel riss erstaunt die Augen auf. »Die ist ja wunderschön!«

»Ja. Dies ist das Zeichen unserer Liebe«, sagte ich stolz.

»Toll! Dann hast du ja jetzt schon zwei Rosen, die von meinem Bruder und die von deinem Leon.«

»Stimmt, ich habe zwei Rosen.«

»Auf was hättest du denn heute Lust?«, fragte mich Isabel schnell, als sie sah, dass ich gleich wieder weinen würde.

»Ablenkung.«

»Dann lass uns rüber nach Lindau fahren und bummeln. Was hältst du davon? Und in der Zwischenzeit wird sich dein Leon sicher melden.«

Ich nickte und trocknete mir die Augen.

In Lindau bummelten wir in den heimeligen Gassen und hielten nach Geschenken Ausschau. Lindaus schöne Altstadt hatte einiges zu bieten, war praktisch autofrei und sehr malerisch. Isabel schaffte es sogar, mich so zu beschäftigen, dass ich nicht alle zehn Minuten mein Mobiltelefon zur Hand nahm, um die Nachrichten zu überprüfen.

Wir kehrten erst am frühen Abend nach Langenargen zurück. Ich fühlte mich ein wenig besser. Immer wieder spürte ich all das Glück, das ich mit Leon erlebt hatte, wie einen sanften Strom der Liebe in mir. Dazwischen aber litt ich Höllenqualen, weil ich nichts von ihm hörte und mir vorwarf, völlig naiv gewesen zu sein.

Als dann weder auf dem heimischen noch auf dem geschäftlichen Anrufbeantworter eine Nachricht von ihm zu hören war, warf ich mich erneut heulend in Isabels Arme.

Hilflos hielt mich meine Freundin fest.

»Er hat dir etwas vorgemacht, der Schuft«, sagte sie mit unterdrücktem Zorn in der Stimme. »Vielleicht hat er doch eine Beziehung, Frau und Kinder, und sich einfach in diesem Traum mit dir verloren. Oder er war wirklich nur auf Sex aus und hat dir das Blaue vom Himmel erzählt.«

»Nein! Ich weiß, dass es nicht so ist. Aber irgendetwas stimmt da nicht. Und das muss ich herausbekommen.«

»Was hast du vor?«

»Ich werde ihn finden«, sagte ich mit neuer Stärke in der Stimme.

»Was weißt du denn von ihm?«

Ja, das war das Problem. Ich kannte einzig seinen Vornamen. Ich hatte weder einen Nachnamen von ihm noch eine Nummer oder sonst irgendetwas, an das ich mich halten konnte. Er kam ursprünglich aus der Champagne, lebte aber hier. Nur wo?

»Ihr habt also nicht wirklich miteinander geredet, oder?«, fragte Isabel nüchtern.

»Doch, aber nur über die Zukunft. Wir haben davon geträumt, zusammenzuziehen, gemeinsam etwas aufzubauen, miteinander zu leben, eine Familie zu gründen. O Isabel, es war so ernsthaft, so wahr, so echt!«

»Die meiste Zeit habt ihr euch geliebt, nicht wahr?«

»Ja«, gab ich zu, »die Nacht war viel zu kurz für uns.«

»Und wie willst du jetzt nach ihm suchen?«

»Ich weiß es nicht!«, rief ich verzweifelt.

Isabel überlegte. »Frag am besten morgen auf der Gemeinde«, meinte sie nach einer Weile. »Die organisieren doch den Weihnachtsmarkt. Vielleicht ist dort sein Name bekannt.«

Ich sah meine Freundin dankbar an. »Das ist ein guter Tipp. Danke. Das klingt vielversprechend.«

»Ich wünsche dir Glück«, sagte Isabel, aber ich konnte an ihrem Gesichtsausdruck sehen, dass sie daran zweifelte.

Wir verabschiedeten uns mit einer Umarmung. Dann legte ich mich in mein Bett und drückte die Holzrose fest an mein Herz, in der Hoffnung, dass sich Leon noch am Abend melden würde. Doch leider hörte ich nichts von ihm.

Während der Nacht kam ich kaum zur Ruhe. Schon das Einschlafen war ein Problem. Bleiern lag die Müdigkeit auf mir, doch ich konnte nicht in den Schlaf finden, sondern wälzte mich unruhig hin und her. Meine Telefone lagen bei mir auf dem Nachttisch, sodass ich sofort hätte abheben können, wenn Leons Anruf gekommen wäre. Aber Leon meldete sich nicht, weder in der Nacht noch am nächsten Morgen.

Übermüdet und zerschlagen schleppte ich mich ins Café und bereitete alles für die Frühstücksgäste vor. Dabei sah ich nicht besser aus als die schwangere Rebecca, die ab heute wieder im Café war und ein wenig zuversichtlicher in die Welt blickte als noch vor ein paar Tagen. Ich freute mich für sie, dass sie sich wieder ein wenig gefangen hatte. Das Desaster mit ihrem Exmann war ihr zwar immer noch anzumerken, aber ich sicherte ihr noch einmal zu, dass sie bei mir weiterhin ihr Auskommen haben werde.

Rebecca war es schließlich, die mir riet, Nelli und Trudi anzurufen.

»Du siehst katastrophal aus, Chefin«, sagte sie.

»Ich weiß«, erwiderte ich, »aber es hat nichts mit dir zu tun. Ich hätte Nelli und Trudi sowieso angerufen. Ich muss auf die Gemeindeverwaltung.«

»Ist was mit dem Café? Geht es dir deshalb so schlecht?«, fragte sie bange.

»Nein, nein, mit dem Café ist alles in Ordnung. Ich habe nur gerade ein paar persönliche Belange, die ich regeln muss. Und leider habe ich in den letzten Nächten nicht so viel Schlaf bekommen.«

»Kann ich was für dich tun?«

»Das ist lieb von dir, Rebecca. Du hilfst mir, wenn du gesund bleibst und deine Schwangerschaft gut über die Bühne bringst. Ich brauche dich hier. Du bist wichtig für mich und das Café.«

Rebecca lächelte schwach. »Danke. Ich rufe Nelli und Trudi an.«

»Ja, mach das. Ich bin dann mal weg.«

Der klare Tag versprach sonnig zu werden. Die aufgehende Sonne ließ den See sanft glitzern und wirkte friedlich und freundlich zugleich.

Aufgeregt meldete ich mich bei der Verwaltungsbeamtin, die mich sogleich mit einem breiten Grinsen begrüßte.

»Guten Morgen, Frau Herrmann«, sagte ich brav.

»Ah, die Frau Krämer. Hatte letztens von Ihrer Mangotorte probiert. Phänomenal, kann ich nur sagen. Wir sind echt froh, dass wir Sie hier im Ort haben. Was kann ich für Sie tun?«

»Wissen Sie«, stammelte ich, »auf dem Weihnachtsmarkt gibt es doch immer auch ein paar engagierte Nikoläuse. Wahrscheinlich von Ihnen, also der Gemeinde, engagiert. Äh, wäre es möglich zu wissen, wer die Nikoläuse sind?«

Frau Herrmann sah mich verständnislos an. »Nikoläuse?«, fragte sie mit großen Augen.

»Ja. Gibt es da eine Möglichkeit zu erfahren, wer die Nikolausrolle dieses Jahr übernommen hat? Es müssten vier Männer und zwei Frauen gewesen sein, die auf dem Markt den Nikolaus machten.«

Frau Herrmann stöhnte. »Verstehe ich Sie richtig, Sie wollen wissen, wer als Nikolaus während des Weihnachtsmarkts aufgetreten ist?«

»Ja«, erwiderte ich freudig.

»Also von uns war nur der Herr Sander. Das dürfte ich Ihnen eigentlich nicht sagen, aber den kennen Sie doch. Der ist doch Stammkunde bei Ihnen.«

Ich runzelte die Stirn und dachte nach, bis mir ein untersetzter Mann in den Sinn kam, der Majas Apfelkuchen bevorzugte und grünen Tee dazu trank.

»Ja, den Herrn Sander kenne ich. Und die anderen?«

»Tut mir leid, da müssen Sie bei den Kirchengemeinden nachfragen. Die anderen sind wohl privat organisiert, zum Beispiel von den Vereinen. Ich kann Ihnen da leider auch nicht weiterhelfen.«

»Hm«, meinte ich enttäuscht.

»Rufen Sie bei den Pfarrämtern an, Frau Krämer, und bei den Vereinen, wenn es so wichtig ist.«

Ich ignorierte den neugierigen Blick von Frau Herrmann, bedankte mich und trottete zurück zum Café.

Zu allem Unglück erwartete mich dort bereits Michael. Er saß auf einem der Stühle und trank einen Kaffee. Trudi servierte ihm gerade ein herzhaftes Frühstück.

»Kathie!«, rief er fröhlich aus, als er mich erblickte.

»Du siehst immer noch aus, als ob du in eine Schlägerei gekommen wärst«, sagte ich kalt.

»Haha, immer witzig, meine Kathie.«

»Ich bin nicht deine Kathie.«

»Doch, jetzt schon. Du hast mich gerettet.«

»Ich hätte dich mal besser liegen lassen sollen, dann würdest du mir jetzt nicht auf der Pelle hängen. Was willst du?«

»Nur freundlich sein und dich besuchen. Und frühstücken natürlich. Das macht man nämlich so in einem Café.«

»Das glaube ich dir nicht.«

»Hast du meine Rose bekommen?«, fragte er.

»Ja, danke. Und jetzt sag mir bitte, warum du wirklich hier bist.«

»Gönnst du mir das Frühstück nicht, oder was?«

Ärgerlich stieß ich den Atem durch die Nase. »Natürlich gönne ich dir dein Frühstück. Wir haben ein besonders leckeres Frühstück. Trotzdem würde ich gerne wissen, was dich herführt.«

»Das würde ich dir gerne unter vier Augen sagen. Die anderen Gäste schauen schon komisch.«

Ich verkniff mir zähneknirschend ein weiteres Schnauben und sagte so betont höflich wie nur möglich: »Also gut. Sobald du gegessen hast, gehen wir in den Seminarraum. Und nun entschuldige mich, ich habe zu tun.«

Sein triumphierendes Grinsen begleitete mich bis in die Küche.

»Kindchen, der ist hinter dir her«, stellte Nelli fest, kaum dass ich drin war.

»Nelli, bitte!«, sagte ich genervt.

»Ich kann das nur bestätigen«, säuselte Trudi.

»Leute, wollt ihr es euch mit mir verscherzen?«, stieß ich unsanft hervor.

Die beiden Frauen lenkten augenzwinkernd ein.

»Bist heute wohl mit dem falschen Fuß aufgestanden, was?«, meinte Trudi.

»Vielleicht«, knurrte ich, »und wenn ich Michael Müller sehe, habe ich nur linke Füße.«

Nun mussten sie beide kichern.

»Geh mal schön zu ihm. Der ist jetzt fertig mit essen. So wie der alles hinuntergeschlungen hat, muss es ja überaus wichtig sein.«

»Als ob ich nicht genug andere Probleme hätte«, murmelte ich, als ich zu Michael an den Tisch trat.

Michael erhob sich ein wenig schwerfällig. Er schien immer noch Schmerzen zu haben. Aber das interessierte mich im Augenblick überhaupt nicht.

Wir gingen in den Seminarraum.

»Setzen wir uns«, sagte ich und wies ihm einen Platz zu. Dann nahm ich ebenfalls Platz und hörte, wie mein Magen rebellierte. Solch eine Störung war das Letzte, was ich jetzt gebrauchen konnte.

»Also, Michael, was willst du?«, fragte ich barscher, als ich eigentlich wollte.

»Mit dir über deinen Lover sprechen!«, parierte Michael.

7

Sekundenlang war ich sprachlos und starrte diesen dreisten Kerl einfach nur fassungslos an. Dann verfinsterte sich mein Gesicht.

»Bevor du meiner Schwester die Schuld gibst, lass dir sagen, dass ich rein zufällig gerade ins Haus kam und Teile deines Telefongesprächs mit ihr mitbekommen habe.«

»So, so, rein zufällig.«

»Ja, auch wenn du es nicht glauben willst.«

»Michael«, explodierte ich, »was geht dich das eigentlich an? Es hat dich einen feuchten Dreck zu scheren, mit wem ich gerade zusammen bin oder nicht!«

»Jetzt schrei hier nicht herum!«, befahl er.

Trudi steckte erschrocken den Kopf in die Tür. »Alles in Ordnung bei euch?«, fragte sie besorgt.

»Ja, alles in Ordnung. Dieser Mensch hier will gerade gehen. Trudi, sei so gut und bring ihn heraus.«

»Wie jetzt?«

»Sofort! Bring ihn hinaus, bevor ich platze oder etwas ganz Schlimmes passiert.«

»Oh, meine rothaarige Wildkatze fährt die Krallen aus«, amüsierte sich Michael, den mein Ausbruch keineswegs aus der Ruhe brachte.

Ich hätte ihn schlagen können, so wütend war ich.

Trudi, die sofort registriert hatte, dass hier gleich die Fetzen fliegen würden, nahm mich fest an der Hand und schleifte mich einfach aus dem Seminarraum hinaus.

»Dein Geschrei hören unsere Gäste, Kathie. Reiß dich zusammen und klär deine Differenzen bitte nicht so lautstark im Café.«

So hatte Trudi noch nie mit mir gesprochen, doch ihre Worte brachten mich zur Besinnung.

»Du hast recht«, sagte ich kleinlaut. »Dieser Mann hat jedoch einen sehr wunden Punkt bei mir getroffen.«

»Schon klar, aber ausrasten tust du besser draußen.«

»Sicher«, erwiderte ich.

Allerdings wurde mir jetzt wieder meine Bitterkeit in Bezug auf Leon bewusst. Mein verzweifelter Blick veranlasste Trudi, mich sachte in den Arm zu nehmen und mich behutsam in die Küche zu führen.

»Mädchen, das sind die Männer nicht wert«, sagte sie lässig.

»Ich weiß«, schluchzte ich auf einmal und konnte die Tränen nicht mehr zurückhalten. Und dann erzählte ich Nelli und Trudi von meiner einzigartigen Nacht mit Leon. Natürlich erwähnte ich keine Details, aber beiden wurde klar, wie ernst es mir mit Leon war.

»Weißt du«, tröstete mich Nelli, »in den allermeisten Fällen braucht es eine ganze Weile, bis Menschen bereit für eine Beziehung sind. Dass sich dies innerhalb einer einzigen Nacht entscheidet, ist eher unrealistisch.«

»Du bist doch sonst ein sehr vernünftiger Mensch«, fügte Trudi hinzu, »und hättest dir eigentlich denken können, dass so schnelle Entschlüsse oft bereut werden.«

»Was meint ihr damit?«

»Na, dass dein Leon kalte Füße bekommen hat. Welcher Mann wirft sein ganzes Leben nach nur einer Liebesnacht über den Haufen? Im Rausch der Sinne sagt man viel«, erklärte Nelli.

»Und meint es schließlich ganz anders, wenn der Tag gekommen ist. Dann schämt man sich vielleicht sogar, dass man sich hat hinreißen lassen.«

»Und ist dann zu feige, dem anderen zu sagen, dass man keine solchen gewagten Schritte bereit ist zu gehen nur wegen einmal gutem Sex.«

Ich schlug die Hände vors Gesicht. Nellis und Trudis Worte zerstörten all meine Hoffnungen.

»Ich muss trotzdem herausfinden, was los ist, könnt ihr das verstehen? Ich will, dass er mir ins Gesicht sagt, dass er sich mit mir geirrt hat und dass es einfach nur Sex war, ein One-Night-Stand.«

»Lass es bleiben. Behalte die Nacht in guter Erinnerung, und Schluss.«

»Das kann ich nicht. Ich kann damit erst abschließen, wenn ich genau weiß, was Leon wirklich über uns denkt. Und dazu muss ich ihn suchen.«

Nelli und Trudi rieten mir dringend davon ab. Sie meinten, dieses Vorhaben würde mich nur noch mehr schmerzen und meine Qual verlängern, falls Leon mir ins Gesicht sagen würde, dass er kein Interesse an mir habe.

»Du wirst nur noch mehr leiden«, prophezeiten sie, aber ich straffte die Schultern und war nicht bereit, von meinem Vorhaben abzulassen.

Als ich nach einigen Minuten, in denen ich einen belebenden Gewürztee trank, aus der Küche hinaus ins Café trat, erwartete mich Michael an der Verkaufstheke mit aufmerksamem Blick.

O Gott, den hatte ich ganz vergessen!

»Ich habe bereits mit allen Vereinen und mit den Kirchengemeinden gesprochen«, überfiel er mich in ganz ruhigem Ton.

Damit nahm er mir allen Wind aus den Segeln. Ich konnte ihn nur noch mit offenem Mund anstarren.

»Jetzt bist du platt, was!«, sagte er, aber in seiner Stimme war keine Spur von Überheblichkeit zu hören.

»Wieso tust du das?«, stotterte ich.

»Weil du mir nicht gleichgültig bist, deshalb.«

»Würdest du dich bitte aus meinem Leben heraushalten«, zischte ich gefährlich leise. »Ich will nicht, dass du dich in meine Angelegenheiten einmischst. Hast du das verstanden?«

»Natürlich, Süße, aber ich habe dir einfach ein wenig Arbeit abgenommen. Du wolltest doch sowieso nach den Nikoläusen fahnden.«

»Ich wiederhole mich: Das geht dich nichts an! Du musst mir keine Arbeit abnehmen. Ich will das nicht! Hast du denn nicht selber was zu tun? Mit der Strandperle zum Beispiel?«

»Mit der Strandperle?«

»Jetzt tu nicht so dumm. Du hast das Café Strandperle gekauft, wenn ich dich erinnern darf.«

»Ja, und? Das wird sowieso in den nächsten Wochen renoviert werden. Neueröffnung ist frühestens im März. Läuft alles schon. Ich habe also Zeit für dein Liebesleben.«

»O Gott, Michael! Wenn dir wirklich was an mir liegt, dann lässt du mich bitte in Ruhe.«

»Du bist so herrlich erotisch, wenn du wütend bist.«

Ich gab es auf. »Mach, was du willst«, schleuderte ich ihm entnervt entgegen.

»Willst du denn gar nicht wissen, was ich bezüglich der Nikoläuse herausgefunden habe?«

Ich schloss für ein paar Sekunden die Augen und zählte innerlich bis zehn. »Doch«, antwortete ich dann.

»Na siehst du. Wusste ich doch, dass ich dir lästige Telefongespräche abnehme.«

»Jetzt sag schon endlich!«

»Geduld, Geduld, Wildkatze. Außerdem spitzen hier gerade alle die Ohren.« Er beugte sich zu mir nach vorne und flüsterte mir ins Ohr: »Wo willst du es erfahren, im Seminarraum oder in der Küche? Ich folge dir überallhin.«

Ich hustete und schob ihn von mir weg. »Im Seminarraum, wenn es denn sein muss.«

Wir gingen in den Seminarraum. Michael setzte sich wieder auf den Stuhl und sah mich an wie ein Kind, das eine Überraschung ausplaudern will.

»Das hätten wir vorhin auch schon haben können«, begann er, »aber du musstest ja unbedingt die Krallen zeigen. Das hat dich jetzt mindestens eine halbe Stunde gekostet.«

»Gib Ruhe«, schnauzte ich zurück, »und sag mir endlich, was du weißt.«

»Gerne. Also, die Frauen im Nikolauskostüm kamen von den Kirchengemeinden, die drei Männer von unterschiedlichen Vereinen. Es war aber keiner dabei, dessen Vorname Leon war.«

»Das kann nicht sein!«

»Doch. Ich habe dann natürlich auch gleich nachgehakt und herausgefunden, dass es üblich ist, auf eigene Faust eine Vertretung zu organisieren, falls man verhindert ist.«

»Einer von den Männern hat also Leon als Vertretung geschickt.«

»Kluges Mädchen!«

»Danke, Michael«, sagte ich mit Erleichterung, »du hast mir wirklich geholfen.«

»Das lag auch in meiner Absicht. Ganz ehrlich, Kathie, ich denke ganz anders über dich, seit du mich gerettet hast und ich dich wiedergesehen habe.«

Michael beugte sich nach vorne und schnappte sich meine Hand. Sein Blick war der eines großen Jungen, der ein neues Spielzeug erhalten hatte.

Mit einem unsanften Ruck entzog ich ihm meine Hand.

»Ich hätte dir diesen Brief nicht schreiben dürfen«, sagte er leise. »Der hat dich verständlicherweise gegen mich aufgebracht. Wenn ich gewusst hätte, was für eine tolle Frau aus dir geworden ist, dann hätte ich den Mund gehalten. Aber ich bin dem Schicksal dankbar, dass du an meiner Seite warst, als mich die Schläger erwischten.«

»Gibt es diesbezüglich schon was Neues?«, fragte ich, um vom Thema abzulenken.

»Die Polizei ermittelt noch. Und um weiteren Gerüchten vorzubeugen: Nein, ich habe keine Drohbriefe im Ort verschickt. Die Schläger waren offensichtlich Einbrecher. Wahrscheinlich eine organisierte Gruppe. Sie machten sich an der Hintertür zu schaffen, als ich zum Haupteingang kam.«

»Du hast sie aufgeschreckt.«

»Vermutlich.«

»Aber warum sind sie nicht einfach weggelaufen, als du kamst?«

»Keine Ahnung. Vielleicht wollten sie ihre Wut zum Ausdruck bringen, weil ich sie gestört habe.«

»Es gibt schon extrem aggressive Menschen auf der Welt. Meine Güte! Das war eine schreckliche Nacht.«

»Ja, aber dafür habe ich gelernt, dich mit anderen Augen zu sehen. Es hat mich wie ein Blitz getroffen.«

Ich wehrte ab. »Schon gut, Michael. Das war eine Ausnahmesituation. Wir wollen das jetzt vergessen.«

»Gut. Reden wir lieber von deinem Lover.«

»Nein, das tun wir nicht!«, rief ich und schnellte von meinem Stuhl hoch, »ich möchte dich noch einmal ausdrücklich darauf hinweisen, dass ich mir jegliche Einmischung in mein Privatleben verbiete!«

Auch Michael erhob sich nun ein wenig schwerfällig.

»Ich bin nicht dein Feind, Kathie.«

»Trotzdem!«

Ohne Verabschiedung drehte ich mich um und verließ den Seminarraum. Dann zog ich mich in die Küche zurück und wartete, bis Michael endlich das Café verlassen hatte.

Der restliche Tag verlief sehr ruhig. Es kamen kaum Gäste ins Café, sodass ich am Abend noch sehr viel von Majas Torten und Kuchen übrig hatte, die ich alle ins Kühlfach legte. Ich telefonierte mit Maja und bestellte für den nächsten Tag nur die Hälfte an Waren.

Leon hatte immer noch nicht angerufen, sodass es immer unwahrscheinlicher wurde, dass er sich überhaupt noch melden würde.

Eine Stimme in mir erklärte mir ganz deutlich, dass ich mir die große Liebe mit ihm nur eingebildet hatte. Doch da gab es auch diese andere Stimme, die wie ein klangvoller Hauch in mir ertönte und mir riet, mich auf die Weisheit meines Herzens zu verlassen, und mir versicherte, dass sich das Missverständnis, dem ich ausgeliefert war, noch aufklären würde.

Die realistischste Erklärung für Leons Verhalten war die, dass er meine Nummern verloren hatte. Dann würde er einfach am nächsten Wochenende vor meiner Tür stehen und mich endlich in seine Arme schließen.

Um mich an unsere wunderbare Begegnung zu erinnern und das Gefühl der tiefen Liebe und Verbundenheit wieder zu spüren, lief ich am Abend die Malerecke entlang bis zum Naturstrand. Ich wusste noch genau, an welchem Platz wir gestanden hatten, um uns das erste Mal zu küssen. Dort blieb ich stehen und lauschte auf die leisen Klänge meines Herzens. Ich blickte auf den ganz still ruhenden See und verharrte an diesem Platz, bis meine Füße eiskalt wurden.

Es konnte nicht sein, dass Leon sich so feige aus meinem Leben stahl! Er war so ehrlich und aufrichtig gewesen. Das konnte er nicht erfunden haben. Und er hatte auf mich auch nicht den Eindruck gemacht, seine Meinung zu wechseln wie sein Hemd.

Warum nur meldete er sich nicht?

Ich überlegte, wie ich es anstellen könnte, über die drei verbliebenen männlichen Nikoläuse herauszufinden, für welchen er eingesprungen war. Dabei fiel mir auf, dass ich Michael gar nicht nach den Namen gefragt hatte.

Seufzend rieb ich mir die Hände und eilte zurück nach Hause. Ich würde wohl oder übel mit Michael telefonieren müssen. Vorher aber wollte ich mit Isabel sprechen.

Doch Isabel war nicht daheim. Martin teilte mir mit, dass sie in den Kindergarten zum Bastelabend der Eltern gegangen war. Zähneknirschend ließ ich mir von ihm Michaels Nummer geben.

Ich war bereit, den Stier bei den Hörnern zu packen. Es machte keinen Sinn, bis zum nächsten Morgen zu warten. Also wollte ich das unangenehme Gespräch jetzt sofort über die Bühne bringen.

Michael meldete sich gleich beim ersten Ton. »O Kathie!«, rief er freudig aus, als er meine Stimme hörte. Ich wartete auf irgendeine blöde Bemerkung oder Anspielung, doch da kam dieses Mal nichts. Das ließ mich Mut schöpfen, und so fragte ich direkt, ob er die Namen der drei Männer erfahren habe.

»Aber ja. Ich hätte dich morgen deswegen sowieso noch einmal angerufen. Aber dass du dich heute noch meldest, das freut mich wahnsinnig.«

»Bitte brems dich, Michael. Wir tun uns sonst nicht gut, du und ich.«

»Das ist nicht wahr, Kathie. Ich sehe das ganz anders.«

»Aber ich nicht. Akzeptier das bitte.«

»Wie du willst«, entgegnete er betont locker, aber ich konnte den bitteren Unterton in seiner Stimme vernehmen.

»Es ist besser, wir gehen uns einfach aus dem Weg. Du lebst dein Leben mit der Strandperle, und ich lebe meines.«

»Wie du willst«, wiederholte Michael, der mittlerweile krampfhaft versuchte, sich seinen Frust nicht anmerken zu lassen.

»Es ist besser so!«, betonte ich noch einmal.

Daraufhin erwiderte Michael nichts mehr. Dann räusperte er sich und nannte mir die drei Namen, die mir nichts sagten.

»Der eine wohnt direkt in Langenargen-Oberdorf, nicht weit von Isabel und Martin entfernt. Der andere ist ein Student aus Stuttgart, der hier bei seinen Eltern vorbeigeschaut hat, die in Kressbronn wohnen. Und der dritte ist aus Scheidegg. Er hat bis vor zwei Monaten noch in Langenargen gewohnt.«

»Danke«, sagte ich, bevor ich auflegte.

Das war also geschafft.

Die Nummern der drei Männer hatte Michael allerdings nicht herausgefunden, und so setzte ich mich an den Computer. Leider fand ich nur den Mann aus Oberdorf auf Anhieb. Und da es noch nicht allzu spät war, hängte ich mich gleich ans Telefon. Es hob niemand ab. Ich ließ es klingeln und wartete auf einen Anrufbeantworter, doch ein solcher war wohl nicht installiert.

Traurig ließ ich die Schultern sinken und merkte, wie müde ich war. Bleischwer hing auch dieser Tag an mir. Ich kam mir vor wie mit Pech übergossen. Also beschloss ich, dass es reichte, wenn ich morgen früh meine Recherche fortsetzte. Ich war nicht nur müde, sondern vor allem enttäuscht, erschöpft und desillusioniert. Vielleicht gelang es mir, den nagenden Frust wegzuschlafen.

Am nächsten Morgen erwartete mich eine herrlich weiße Schneedecke. Immer noch rieselten dicke Schneeflocken zur Erde und erhellten die morgendliche Finsternis. Wie immer war es noch dunkel draußen, als ich aufstand und ins Bad ging, um anschließend alles für den neuen Arbeitstag im Café zu richten.

Meine Hoffnung, dass Leon mir vielleicht beim Anblick des herrlichen Schnees eine Nachricht hinterlassen hatte, erfüllte sich nicht. Schmerzhaft traktierte diese bittere Erkenntnis meinen ganzen Körper. Ich fühlte mich wie von einer Dampfwalze überfahren und schlüpfte lustlos in die Kleider vom Vortag. Für wen sollte ich mich auch schick machen?

Ohne Leon an meiner Seite bedeutete es mir gar nichts mehr, mich in hübsche Kleidung zu hüllen. Zumindest heute nicht. Es war einfach nur deprimierend, auf solch schmähliche Art und Weise sitzen gelassen worden zu sein.

Mit schweren Beinen trat ich in die winterliche Pracht hinaus und stapfte schwer atmend den Weg entlang zum Café Rosenrot, wo mich Rebecca schon erwartete. Sie wirkte an diesem Morgen noch bleicher als sonst, ausgezehrt, pickelig und mit fettigen Haarsträhnen im Gesicht.

Mein kritischer Blick ließ sie seufzen. »Das sind die Hormone«, meinte sie entschuldigend. »Ich kriege kaum einen Bissen hinunter, so übel ist mir dauernd. Und meine Haut juckt und fettet gleichzeitig wie noch nie. Ich hoffe, das legt sich bald wieder.«

»Hm. Ist das denn immer so am Anfang einer Schwangerschaft?«

»Nein, nein, das ist das Progesteron, das Schwangerschaftshormon, das in den ersten Wochen dafür sorgt, dass es dem Baby gut geht, bis die Plazenta die Versorgung übernommen hat. Nicht alle Frauen reagieren dermaßen auf dieses Hormon, aber ich halt schon.«

»Hast du wenigstens ein gutes Make-up für die vielen Pickel?«

»Leider nein. Ich vertrage im Moment gar nichts. Alles juckt, und dann muss ich kratzen. Das sieht dann noch schlimmer aus als ganz ohne Make-up.«

»Aha.«

Ich wollte Rebecca nicht vor den Kopf stoßen, aber so, wie sie im Augenblick aussah, wirkte sie dermaßen ungepflegt und unappetitlich, dass ich mir ernsthaft überlegte, sie einfach wieder nach Hause zu schicken. Mit ihrer speckig glänzenden Nase und den hässlichen Pickeln war sie eine Zumutung für unsere Gäste.

»Ich weiß, was du denkst, Chefin«, sagte Rebecca schnell, »und deshalb werde ich mich wohl lieber in der Küche aufhalten. Es ist wohl besser, wenn du die Gäste bedienst. Oder von mir aus Nelli und Trudi.«

Mein Gesicht erhellte sich bei ihren Worten. Ich hatte mit Rebecca einen guten Griff getan, denn sie war eine sensible Frau mit einem guten Gespür für das Praktische, auch wenn sie in puncto Ehemann völlig blind war. Einer anderen Frau hätte ich jetzt lang und breit erklären müssen, warum es im Augenblick besser war, sich nicht allzu oft unter die Gäste zu mischen. Rebecca schlug es von selbst vor.

Als Trudi und Nelli eintrafen, kam augenblicklich wieder Schwung in das Café, denn auch ich wirkte heute nicht sonderlich geistreich. Und schon gar nicht fröhlich.

»Wie wäre es, Kathie, wenn du heute auch mal einen Küchentag einlegst?«, versuchte mir Nelli zu verstehen zu geben.

Ich kapierte den Wink mit dem Zaunpfahl sofort. »Ist es so schlimm?«, fragte ich bange.

»Schlimmer, Kathie, schlimmer. Du siehst aus wie drei Tage Regen, hast die Ausstrahlung einer Schlaftablette und die Aura eines missgelaunten Zombies. Unsere Gäste werden sich fragen, ob sie hier im Gruselcafé gelandet sind.«

»Okay, okay, ich habe verstanden. Das ist zu viel des Guten, das sehe ich ein.«

»Du bist doch jetzt nicht beleidigt, Schätzchen?«

»Nein. Ich danke euch für die offenen Worte. Ich habe nur all meine Freude verloren und weiß nicht, wie ich das ändern kann. Es gelingt mir nicht, Theater zu spielen und Frohsinn vorzutäuschen. Mir ist so elend.«

»Das sieht man, und das ist nicht gut. Du wirst doch wohl nicht in eine Depression schlittern?«

Ich zuckte mit den Schultern. »Keine Ahnung. Es fühlt sich so schrecklich bitter an und so hoffnungslos. Ich bin so müde, so unendlich müde.«

»Dann geh doch wieder nach Hause. Wir schmeißen den Laden schon. Auf uns kannst du dich verlassen.«

»Das ist wirklich lieb, und ich weiß das auch zu schätzen, aber …«

»Kein Aber! Du gehst jetzt nach Hause und sortierst dich neu. Lass dir Zeit, bis du weißt, dass es Millionen Männer auf dieser Welt gibt und dass da draußen irgendwo einer herumläuft, der es wirklich ernst mit dir meint und der dich nicht so verzweifelt hängen lässt.«

»Ach …«

»Ja, ich weiß, das willst du jetzt noch nicht sehen. Aber ehrlich, es gibt unendlich viele Möglichkeiten, der Liebe seines Lebens zu begegnen. Den einen Einzigen gibt es nicht. Es gibt viele Einzige, hihi.«

»Vielleicht.«

»Nein, nicht vielleicht. Es ist wirklich so. Aber es ist verständlich, dass du das im Augenblick noch nicht so sehen und wahrnehmen kannst. Erst muss mal der Schmerz weg.«

Trudi, die sich zu uns gesellt hatte und bei Rebecca ein Frühstück für eine unserer Stammkundinnen orderte, fügte hinzu: »Geh doch in die Sauna, Kathie. Schwitz den ganzen Dreck und Kummer weg, dann fühlst du dich gleich befreit. Das hilft dir, mit diesem unleidigen Kapitel abzuschließen.«

»Hm, klingt zumindest ganz gut.«

»Ja dann, worauf wartest du noch! Raus mit dir, Mädchen. Wir machen das hier schon.«

Gemeinsam schoben sie mich zur Küche hinaus und schließlich hinaus aus meinem Café. Ich dankte ihnen und trottete langsam am See entlang, zurück zu meiner Wohnung, begleitet von tanzenden Schneeflocken und einem leichten Windhauch, der über mein Gesicht strich und mir die weißen Flocken auf die Wimpern und Haare setzte.

Noch immer fühlte ich mich erschöpft und verzagt. Nelli und Trudi hatten wohl gar nicht so unrecht mit ihrer Vermutung. Wie ein endloses schwarzes Loch lag die deprimierte Stimmung über mir und sorgte dafür, dass mir alles gleichgültig war. Neben dem Schmerz und der Trauer überwogen all die Gedanken der Sinnlosigkeit in mir.

Wozu hatte ich dieses schöne Café, wenn es keine richtige Zukunft für mich gab? Ich werkelte jeden Tag vor mich hin, in einem endlosen Trott, ohne dass ich mein Glück mit jemandem teilen konnte. Sollte dies denn ewig so weitergehen? Mein Traum vom eigenen Café machte mir auf einmal keine Freude mehr. Alles fühlte sich so hohl und leer an.

Zu Hause machte ich mir erst einmal einen heißen Tee und kuschelte mich aufs Sofa. Dann rief ich meine Eltern an. Meine Mutter freute sich sehr, von mir zu hören, und war so damit beschäftigt, mir von dem neuen Welpen zu erzählen, den sie sich angeschafft hatten, dass sie meine schleppende Stimme gar nicht wahrnahm.

»Machst du im Februar wieder zu? Du könntest dann zu uns kommen und ein bisschen Sonne tanken.«

»Ich weiß noch nicht, Mama«, erwiderte ich lahm.

»Aber alle machen doch im Februar zu. Ganz Langenargen ist geschlossen und hat Betriebsferien. Das kannst du dir leisten, Kind. Und ein bisschen Urlaub tut dir gut.«

»Ich weiß, Mama. Januar und Februar sind unsere toten Monate.«

»Das war schon immer so. Also kannst auch du dich dran halten. Wir haben dich schon so lange nicht mehr gesehen.«

»Ich hab so viel zu tun.«

»Das sind Ausreden, Kind. Du musst dir keine Sorgen machen, der Laden gehört dir, schon vergessen? Und der Seminarbetrieb läuft ja sowieso weiter. Geld kommt also trotzdem rein. Außerdem hast du schon das letzte Jahr durchgearbeitet. Ein wenig Urlaub wird dir guttun, und deinen Angestellten auch.«

»Vielleicht.«

»Schon im letzten Jahr war doch im Februar in deinem Café gar nichts mehr los. Da sitzt du doch lieber bei uns in der Sonne.«

»Ach, Mama.«

Ich musste die Tränen unterdrücken, die in mir aufstiegen, als mein Kopf mir all die Bilder von Leon wieder ins Gedächtnis brachte und wie wir uns die gemeinsame Zukunft ausgemalt hatten.

»Du klingst so komisch«, sagte meine Mutter plötzlich, und ich konnte die Wachsamkeit in ihrer Stimme ganz deutlich hören.

»Du täuschst dich, es ist alles in Ordnung. Ich bin bloß müde, das ist alles. Hier schneit es nämlich ganz fürchterlich. Die Temperaturen fallen immer weiter, und das schlaucht mich ein wenig.«

»Seit wann schlaucht dich ein bisschen Schnee! Kathie, das glaube ich dir nicht.«

»Dann ist es halt etwas anderes«, sagte ich schnell und versuchte, nicht zu jammern, sondern zuversichtlich zu klingen.

»Brütest du eine Erkältung aus? Kind, zieh dich warm an. Du musst einen Schal tragen und eine Mütze aufsetzen, wenn du hinausgehst. Auch wenn es von deiner Wohnung nicht sehr weit bis zu deinem Café ist, so bringt es nichts, wenn du keine Winterkleidung trägst.«

»Das wird es sein, Mama«, sagte ich, dankbar, ein gutes Thema gefunden zu haben, um von meinem wirklichen Kummer abzulenken.

»Nun bin ich aber erstaunt. Mein Mädchen ist erwachsen geworden.«

»Wieso das?«

»Weil du nicht mehr genervt reagierst, wenn ich dir sage, dass du dich warm anziehen sollst.«

Nun musste ich trotz allem Leid ein wenig schmunzeln.

»Das wird es sein, Mama«, wiederholte ich.

»Wirst du es dir überlegen?«

»Was?«

»Na, dass du im Februar schließt und zu uns kommst.«

»Ja, ich werde es mir überlegen.«

»Gut. Das wollte ich hören. Ich kann ja schon mal für dich nach Flügen schauen.«

»Lass mal, Mama. Das ist gut gemeint, aber ich habe mich ja noch nicht entschieden.«

»Ich schaue trotzdem mal. Schauen kostet nichts.«

»Wie du willst. Grüß Papa schön von mir.«

»Mach ich. Du wirst es nicht bereuen, wenn du kommst. Unser Peppo ist so süß. Wir haben uns in dieses Hundebaby gleich verliebt. Du musst ihn kennenlernen.«

»Sicher.«

»Also dann.«

Wir verabschiedeten uns. Ich legte das Telefon wieder an seinen Platz und trat ans Fenster. Der Schnee hatte mittlerweile alles unter einer weißen Decke begraben, doch seine Schönheit erreichte mich nicht. Ich hatte keinen Blick für die dicken Flocken, die weiterhin auf die Erde fielen. Und ich hatte keinen Blick für den herrlichen Winterzauber, der ansonsten mein Herz erheiterte, wenn sich die wahre Magie des Winters zeigte. Das einzige Wort, das in meiner Seele einen Widerhall fand, war das Wort »begraben«. Genau so fühlte ich mich.

8

Und so kroch ich in mein Bett, unfähig, all die Bilder und Szenen in meinem Gehirn abzustellen, die mir reihenweise geliefert wurden und mir von einem gemeinsamen Glück mit Leon erzählten.

Warum bloß hatte er das getan? Kein Mann hatte mich je so sehr geliebt und gleichzeitig verletzt wie Leon.

Ich legte mir mein Kissen um die Ohren und schloss verzweifelt die Augen. Jetzt wollte ich nur noch schlafen, um alles zu vergessen. Ich wollte das wirkliche Leben nicht mehr bei mir haben. Es sollte verschwinden, eingetauscht werden in einen schönen Traum, in dem Leon weiterhin präsent war.

Das Elend in mir war nicht mehr zu ertragen. Ich wollte ihm entfliehen, es aussperren aus meinem Leben, meinem gesamten Dasein, aber wenn ich noch länger wach blieb, dann würde ich daran ersticken. Ich würde die schmerzhafte Wirklichkeit besiegen und meinem Kummer entfliehen im Schlaf.

Und so schlief ich und verlor dabei jegliches Zeitgefühl, um mit meinen Träumen davonzufliegen in eine Welt, in der alles in Ordnung war, in der sich die Menschen wertschätzten und mühelos zueinanderfanden. Nichts in mir wollte wach werden, um dann die grausame Wirklichkeit zu erleben, in der ich von heftigem Liebeskummer geplagt wurde.

Ich schlief, bis irgendwann meine Wohnungsglocke so laut und lange klingelte, dass ich schwankend zur Tür gehen musste, um zu öffnen, damit endlich Ruhe herrschte.

»Was ist das denn für ein Lärm!«, knurrte ich schlaftrunken, als ich die Tür öffnete.

Davor standen Isabel und Michael. Isabel hatte ihre langen glatten Haare unter einer dicken Mütze versteckt, während auf Michaels kurzen Haaren lauter Schneeflocken hingen. Es schneite also immer noch.

»Kathie, so geht das nicht!«, schimpfte Isabel und trat auf mich zu. Sie riss sich wütend die Mütze vom Kopf und sah mich herausfordernd an.

»Was will der hier?«, fauchte ich zurück. Michaels besorgte Augen ignorierte ich ebenso wie Isabels Empörung.

»Wir machen uns Sorgen um dich. Seit drei Tagen bist du abgetaucht, lässt nichts mehr von dir hören, igelst dich hier ein.«

»Na und?«

»Du bist nicht alleine auf der Welt. Wir dachten schon an das Schlimmste.«

»Das ist mir egal. Ich will schlafen.«

»Ohne Trudi und Nelli würde jetzt das reinste Chaos herrschen. Die beiden haben einfach die Regie in deinem Café übernommen. Mensch, Kathie, du kannst dich doch nicht so gehen lassen!«

»Ich kann noch viel mehr. Es ist mein Leben. Und wenn ich drei Tage lang schlafen will, dann tue ich das einfach«, protestierte ich und merkte, dass mir auf einmal derart schwindlig wurde, dass sich alles drehte. Michael und Isabel fingen mich gemeinsam auf. Mir wurde schwarz vor Augen.

»Hast du sie?«, hörte ich Isabel sagen.

»Ja«, erwiderte Michael, auf dessen Schulter ich mich plötzlich befand.

»Was machen wir mit ihr?«

»Aufs Sofa und dann die Beine hoch, das bringt den Kreislauf in Schwung«, sagte Michael.

»Lass mich sofort runter!«, schrie ich, als mir bewusst wurde, wie nahe ich Michael war. Er hielt mich fest in seinen Armen.

Der Geruch seines Körpers hüllte mich ein und machte mir klar, dass ich so schnell wie möglich von ihm wegwollte, in Sicherheit.

»Wird gemacht, Prinzessin. Drei Schritte musst du es aber noch aushalten.«

Damit wuchtete er mich auf mein Sofa, während Isabel mir die Hände hielt und sich entschuldigte, dass sie soeben so streng zu mir gewesen sei.

»Ich bin einfach wütend geworden, als ich dich da so verwahrlost stehen sah«, gab sie zu.

Langsam konnte ich meine Umgebung wieder wahrnehmen und bemerkte, wie angeschlagen Isabel und ihr Bruder aussahen.

»Ihr schaut aber auch nicht gerade gut aus«, konstatierte ich.

»Es geht ihr eindeutig wieder besser«, sagte Michael. »Sie wird schon wieder frech.«

»Michael!«, zischte Isabel.

»Ist doch wahr«, verteidigte er sich. »Sie kann schon wieder beleidigend sein. Also geht es ihr gut.«

»Du bist und bleibst ein Tölpel!«

»Könnt ihr euren Geschwisterzwist mal endlich lassen«, maulte ich und versuchte mich aufzusetzen.

»Nichts lieber als das«, sagte Michael forsch. »Ich koche dir was. Du siehst aus, als könntest du ein saftiges Steak vertragen.«

»Ich esse kein Fleisch.«

»Sag ich doch. Steak ist kein Fleisch, das ist ein Grundnahrungsmittel. So wie Brot.«

Isabel warf ein Kissen nach ihm. Michael verzog sich daraufhin tatsächlich in meine Küche, was mich veranlasste, mich in Windeseile zu erheben. Doch bei dem Versuch, vom Sofa aufzustehen, wurde mir sofort wieder schwindlig.

»Wann hast du denn das letzte Mal etwas gegessen?«, fragte Isabel ruhig und drückte mich zurück aufs Sofa.

»Keine Ahnung. Ich habe kein Fleisch im Haus«, giftete ich in Richtung Küche.

»Das macht gar nichts, ich habe eingekauft«, schallte es zurück.

»Dein Bruder raubt mir den letzten Nerv«, keuchte ich und sah Isabel dabei vorwurfsvoll an.

Isabel hob die Schultern und tätschelte meine Finger. »Lass ihn einfach kochen. Wenn er etwas kann, dann saftige Steaks zubereiten. Die Australier machen nichts anderes. Die stehen pausenlos an ihren riesigen Barbecue-Grills und hauen ein Steak nach dem anderen drauf. Tag und Nacht sozusagen.«

»Haha. Ich esse nun mal kein Fleisch.«

»Mach heute eine Ausnahme. Du siehst echt katastrophal aus. Außerdem dachte ich immer, dass du diesbezüglich nicht dogmatisch fundamentalistisch bist.«

»Bin ich auch nicht.«

»Na also. Ich esse auch kaum Fleisch. Aber seit ich weiß, wie gut Michael Steaks zubereiten kann, lasse ich mich öfter mal überreden. Außerdem achtet er darauf, nur ausgewähltes Fleisch einzukaufen, von biologisch aufgezogenen Tieren. Nichts aus Massentierhaltung.«

Was sollte ich daraufhin schon sagen?

»Mensch, Kathie«, fuhr Isabel nach ein paar schweigsamen Sekunden, in denen wir dem Geklapper aus der Küche lauschten, fort, »wir hatten schon Angst, du hättest dir was angetan.«

»So weit kommt es noch!«, entgegnete ich vehement.

»Prima«, sagte Isabel zufrieden. »Das ist der tollste Lover nicht wert.«

»Ich war total deprimiert. Und ich bin es immer noch. Das hat mir alle Lebenskraft geraubt.«

»Das verstehe ich. Du wolltest kurz mal vor der gesamten Realität entfliehen und hast dich ins Bett verkrochen. Aber jetzt kommst du wieder zur Besinnung.«

»Klar kommt sie wieder zur Besinnung«, rief Michael aus der Küche. Er hatte wohl jedes Wort mit angehört.

»Ach«, schnaubte ich, »weil du es mir sagst, oder was?«

»Nein, weil mein Steak dich beleben wird. Mit dem kannst du Tote erwecken.«

»Das will ich nicht hoffen.«

»Bruder, das ist nicht witzig«, mischte sich Isabel ein.

»Pah, wer hat gesagt, dass ich witzig sein muss! Ich bin der größte Koch aller Zeiten, das ist alles.«

»Der größte Angeber aller Zeiten«, bemerkte Isabel und wandte sich dann mir zu. »Ich würde dir jetzt eine heiße Dusche empfehlen.«

Ich nickte und erwiderte dann flüsternd: »Kannst du nicht dafür sorgen, dass er hier verschwindet?«

»Wer, Michael?«

Ich verdrehte die Augen. »Ja, Michael, wer denn sonst?«

»Aber du musst was essen. Und Michael kocht wirklich fantastisch.«

»Huldige ihm nur. Das wird ihn noch eingebildeter machen, als er es schon ist.«

»Übertreib nicht, Kathie.«

»Er benimmt sich doch jetzt schon unmöglich.«

»Tut er nicht, wirklich. Du solltest lernen, ihn endlich mit anderen Augen zu betrachten.«

»Da kannst du aber lange warten.«

»Ach, Kathie, Michael meint es gut mit dir.«

»So? Er regt mich auf wie kein anderer.«

»Immerhin sorgt er dafür, dass du dich wieder lebendig fühlst.«

»Also gut, ihr habt gewonnen. Ich dusche jetzt«, sagte ich, als ich Isabels unerbittlichen Blick sah.

»Kommst du alleine klar, Süße, oder soll ich dir helfen?«, kam es aus der Küche.

»Untersteh dich. Ich schlag mit Töpfen und Pfannen nach dir, wenn du es wagst, mir ins Bad zu folgen.«

»Michael, du bleibst, wo du bist«, befahl Isabel und half mir beim Aufstehen, während wir Michaels tiefes Lachen aus der Küche hörten.

Zehn Minuten später saß ich frisch geduscht und angezogen am Esstisch. Isabel hatte den Tisch gedeckt und einen leckeren Feldsalat bereitet. Zum Steak gab es Rosmarinkartoffeln und eine Pfeffersoße. Alles schmeckte so vorzüglich, dass ich sogar wagte, ein kleines Stück Fleisch zu probieren.

»Na, wie schmeckt es dir?«, fragte Michael, als wir einträchtig am Tisch saßen und miteinander speisten.

»Ehrlich gut«, musste ich zugeben.

»Tja, und das aus dem Mund eines eingefleischten Vegetariers!«, triumphierte Michael und klopfte sich auf die Schenkel vor Lachen.

»Schön, dass du über deine eigenen Witze lachen kannst«, brummte ich und blitzte ihn zornig an.

»Er neckt dich nur, Kathie. Nimm das nicht so ernst.«

»Ich necke niemals!«, empörte sich Michael. »Siehst du nicht, dass sie mir zu Füßen liegt, Schwester? Sie betet mein Steak regelrecht an.«

»Ich dir zu Füßen liegen? Dein Steak anbeten? Das hättest du wohl gerne. Aber da kannst du warten, bis du schwarz wirst, du Scheusal!«

»Es ist mit euch wie in alten Zeiten«, seufzte Isabel und wischte sich den Mund mit einer meiner Winterservietten mit Tannenbaummuster.

»Ach was, es ist noch viel schlimmer, Schwesterherz. Oder viel besser, wie man es nimmt. Kathie und ich sind jetzt ein Herz und eine Seele. Schließlich hat sie mich gerettet. Wir sind jetzt auf ewig miteinander verbunden.«

»Das könnte dir so passen. Aber ohne mich!«

»Hat sich dein Lover eigentlich gemeldet?«, fragte Michael und grinste mich dabei frech an.

Sofort verdüsterte sich meine Miene. Das Thema Leon war Sperrgebiet, äußerst vermintes Sperrgebiet.

»Musst du sie ausgerechnet jetzt daran erinnern!«, schimpfte Isabel und schlug mit der Tannenbaumserviette nach ihrem Bruder.

Mit versteinertem Blick starrte ich tränenblind auf meinen Teller.

»Jetzt siehst du, was du angerichtet hast. O Michael, wie kann man nur so unsensibel sein.«

»Ja, rüg mich nur, Schwester. Du hast ja recht, das war nicht sehr klug von mir«, flüsterte Michael zerknirscht.

Ich spürte seinen besorgten Blick auf mir und konnte trotz allem nicht verhindern, dass mir die Tränen über die Wangen liefen.

»Du bist so ein Grobian«, sagte Isabel.

»Es tut mir leid, ehrlich. Ich konnte ja nicht wissen, dass sie so an dem Typen hängt.« Mit diesen Worten stand er auf, trat zu mir hin und legte mir seine warmen Hände auf die Schultern. »Weine nur, kleine Kathie.«

»Puh«, schnaubte ich und stieß seine Hände zur Seite. »Könnt ihr mich jetzt endlich in Ruhe lassen! Und du, Michael, zisch endlich ab. Isabel, bitte, schnapp dir dieses Rindvieh und zieh ab. Es ist genug für heute.«

»Ich bin kein Rindvieh. Wenn, dann höchstens ein Hornochse. Nein, eigentlich auch nicht. Ich bin ein Stier, ein richtiger Stier. Du wirst schon sehen, was du an mir hast.«

»Michael, jetzt ist es gut. Wir sollten wirklich besser gehen. Kathie, entschuldige bitte, mein Bruder benimmt sich unmöglich. Du hast recht, das ist unentschuldbar. Komm, Michael.«

»Aber ich wollte noch das Geschirr spülen.«

»Michael! Hast du nicht gehört, wir gehen!«

»Die Küche sieht aber aus …«

»Das schaffe ich schon«, fuhr ich dazwischen und war heilfroh, als sich die beiden verabschiedeten.

So sehr ich Isabel schätzte, ihr Bruder war ein unverbesserlicher Querulant. Es war schon peinlich genug, dass er überhaupt von Leon wusste. Jeder Umgang mit ihm glich einer unsäglichen Strapaze. Ich war froh, dass endlich wieder Ruhe einkehrte, auch wenn die Küche aussah, als hätte eine Bombe eingeschlagen. Diesbezüglich war Michael zwar ein begnadeter Koch, aber auch ein schrecklicher Chaot. Ich fragte mich, wie er sein Café in Australien geführt hatte und wie er gedachte, der Strandperle zu neuem Glanz zu verhelfen. Doch andererseits ging mich das alles gar nichts an. Ich würde auch in Zukunft jeglichen Kontakt zu Michael meiden.

Nachdem ich das Chaos in der Küche beseitigt hatte, raffte ich mich auf, meinem Café Rosenrot einen Besuch abzustatten und mich bei meinen Mitarbeitern für mein Fehlen zu entschuldigen.

Ich war sehr dankbar, dass mir keine Vorwürfe entgegengebracht wurden. Stattdessen erntete ich Verständnis und erhielt die Gewissheit, dass sich alle Sorgen um mich gemacht hatten und jetzt froh waren, dass es mir wieder gut ging. Leider wusste jetzt wohl halb Langenargen von meiner unglücklichen Liebe zu Leon und dass er mich hatte sitzen lassen. Die Leute tuschelten zwar nicht hinter vorgehaltener Hand über mich, aber ihre mitleidigen Blicke sagten mir alles und brachten mich auch im Café in Verlegenheit. Denn es gab den einen oder anderen Gast, der mir mit gnadenloser Offenheit begegnete und mich nach pikanten Details über »diesen schamlosen Franzosen« ausfragte. Zwei ganze Tage lang war ich also das Gesprächsthema Nummer eins im Ort, wobei es mir so vorkam, als ob sich schlussendlich alle mit mir verschwören und über die Tatsache wettern würden, dass es »dieser Franzose« gewagt hatte, eine unbescholtene Langenargener Bürgerin an der Nase herumzuführen.

Zwei Tage lang machte meine Nikolausgeschichte die Runde, bis sich das Blatt wendete und plötzlich jemand ganz anderer im Mittelpunkt des öffentlichen Interesses stand. Und dieser Jemand war niemand anderer als Michael, der Schwerenöter aus Australien mit seinen unsäglichen Weibergeschichten.

9

Alles begann damit, dass am Abend des dritten Tages plötzlich eine fremde Frau mit einem kleinen Mädchen an der Hand mein Café betrat. Es war eine ziemlich große Frau mit platinblond gefärbten Haaren, einem breiten Grinsen im braun gebrannten Gesicht und extrem großen Füßen, die in leichten Sneakers steckten. Obwohl draußen tiefster Winter herrschte und es stark schneite, trug sie nur eine leichte Fleecejacke in Pink und einen sommerlichen Schal, der ihr lose um die Schultern hing. Das kleine, sehr zarte und schmale Mädchen mit den wippenden braunen Locken steckte in einem rosafarbenen Anorak, der mindestens zwei Nummern zu klein war. Es hatte vor Kälte rot gefärbte Wangen und schien zu frieren, zumal es an den Füßen ein Paar rosafarbene Lackschuhe trug, das so gar nicht zum hiesigen Winterwetter passte. Seine weiße Strumpfhose wies einige Löcher auf, und das rosa Röckchen bedeckte noch nicht einmal die Knie. Das war eindeutig kein Aufzug für diese Jahreszeit.

Ich war bereits am Aufräumen und lächelte die Kleine mitfühlend an.

»Ziemlich kalt und ungemütlich draußen«, bemerkte ich und nickte den beiden aufmunternd zu.

Die Kleine starrte mich aus großen Augen an und sagte kein Wort.

»Hi, I am Milly«, antwortete stattdessen die große Frau und zerrte an ihrem dünnen Schal. »I am waiting for Mike. He said, he will meet us in a few minutes in this café.«

»Aha«, sagte ich leicht dümmlich und konnte das breite, weiche Englisch der großen Frau nicht einordnen. Touristen waren um diese Zeit sehr ungewöhnlich. Englische Touristen sowieso nicht, schon gar, wenn sie keine passenden Klamotten trugen.

»Mike?«, fragte ich mit hochgezogenen Augenbrauen.

»Yes, Mike, my husband.« Sie grinste mich weiterhin an und blieb mit dem Kind mitten im Raum stehen.

Ich verstand immer noch nicht, wen sie hier gedachte zu treffen, und lächelte erst einmal unverbindlich zurück. Dann forderte ich sie höflich auf, Platz zu nehmen und sich in meiner warmen Stube aufzuwärmen.

Sie bestellte einen Kaffee für sich, den sie schwarz und ohne Zucker haben wollte und den sie ohne abzusetzen in sich hineinschüttete, sobald er nicht mehr ganz so heiß war. Dem Kind brachte ich einen Kakao, den die Kleine aber nicht anrührte. Sie saß immer noch in ihrem Anorak stocksteif da und starrte verloren ins Weite, während die große Frau wohlig grunzte, ihre Beine ausstreckte und sich zufrieden nach hinten lehnte. Irgendwie wirkte sie ein wenig ordinär, aber ich bediente sie so höflich, wie ich nur konnte. Schließlich war sie ein Gast wie jeder andere.

Ich fragte, ob ich ihnen noch etwas bringen könne, aber die blonde Frau wehrte ab, blickte auf die Uhr und zuckte dann lässig mit den Schultern. Ihr allzu brauner Teint passte so gar nicht zu diesem Wetter und auch nicht zu unseren europäischen Verhältnissen. Sie und das Kind mussten einen weiten Weg hinter sich haben. Ich sah sie fragend an, aber sie meinte nur, dass sie hier warte, bis sie abgeholt werde. Also würde es wohl noch etwas dauern, bis besagter Mike den Weg zu meinem Café fand.

Da es immer mal wieder vorkam, dass ich nicht pünktlich schließen konnte, weil sich noch jemand in allerletzter Minute dazu entschied, etwas zu kaufen oder sich zu einem Tee oder Kuchen niederzulassen, verzog ich mich geräuschlos in die Küche, um dort in aller Ruhe zu putzen und schon einmal alles für den morgigen Tag hinzustellen.

Ein paar Minuten später hörte ich dann endlich, wie jemand das Café betrat. Sofort war eine lautstarke Diskussion im Gange, deren Inhalt mir entging, da die englischen Sätze im wütenden Stakkato geäußert wurden. Es war mir, als ob mir die männliche Stimme bekannt vorkäme, aber ich wagte kaum zu atmen, um nicht Zeuge dieser unschönen Auseinandersetzung werden zu müssen.

Das arme Kind tat mir leid. Es saß wohl mutterseelenallein in dem Stimmengewitter und konnte nicht verhindern, dass verbal die Fetzen flogen. Und so hörte es sich auch an. Der Mann und die Frau schrien sich an, dass ich selbst in der Küche in Deckung ging. Nach einer Weile nahm der Streit an Lautstärke sogar noch zu, sodass ich zu dem Entschluss kam, energisch dazwischenzugehen. Mein Café war schließlich kein Ort für kriegerische Schlachten. In diesem Moment klirrte es scheppernd. Es klang, als ob jemand Geschirr geworfen hätte. Danach herrschte plötzlich Stille.

Das war eindeutig zu viel. Sich zu streiten war das eine, aber mein Inventar zu werfen, das ging zu weit. Wütend riss ich die Tür auf und stürmte aus der Küche in mein Café. Dort fand ich die blonde Frau, wie sie in Michaels Armen lag und leise schluchzte. Das Kind saß immer noch bewegungslos auf seinem Platz und betrachtete seine Lackschuhe.

Als Michael mein entgeistertes Gesicht sah, ließ er die Frau augenblicklich los und straffte die Schultern.

»Milly, please«, sagte er, doch die Frau hängte sich sofort wieder an ihn.

»Hätte ich mir doch denken können, dass du es bist, Michael. Du machst nichts als Ärger. Streit und Zwietracht – Michael ist immer mit dabei! Könnt ihr verdammt noch mal euern Ehekrach woanders abhalten? Muss es ausgerechnet mein Café sein?«

»Du missverstehst das.«

»Ach so. Ich missverstehe alles! Natürlich! Jetzt bin ich schuld daran, dass du mit deiner Frau Krach hast, oder was?«

»Es ist nicht so, wie du denkst.«

»Ich denke gar nichts, Michael. Ich finde es nur erbärmlich, dass ihr diesem armen Kind das alles antut. Schau sie dir doch mal an, die Kleine. Ganz verängstigt ist sie. Ein Häufchen Elend.«

»Sie ist kein Häufchen Elend, sie ist meine Tochter Holly.«

»Umso schlimmer. Was seid ihr nur für Eltern?«

Nun mischte sich Milly ein und erklärte mir in schnellen Worten, die ich nicht verstand, was wohl gemeint war. Ich warf ihr einen vernichtenden Blick zu, denn sie klebte wie eine Ertrinkende an Michael, beide Arme um seinen Hals gelegt.

Es war mehr als offensichtlich, dass es Michael peinlich war, wie Milly an ihm hing. Doch je mehr er versuchte, sie loszuwerden, desto intensiver und fester krallte sie sich an ihn. Diese Geste hatte etwas so Demütigendes und Erniedrigendes an sich, dass mir beinahe schlecht wurde.

»Milly ist nicht meine Frau«, sagte Michael lahm, als er mein angewidertes Gesicht sah.

»Das ist mir völlig gleichgültig! Wie kannst du es wagen, dich mit ihr ausgerechnet in meinem Café zu treffen? Bist du wahnsinnig geworden? Du hast ein eigenes Café. Triff dich gefälligst dort mit deinen Frauen.«

»Bei mir ist Baustelle.«

»Ach, und das entschuldigt alles, oder was? Du bist ein bedauernswerter Mensch, Michael, weißt du das? Ich verachte dich.«

Zum ersten Mal war Michael sprachlos. Er sah mich an, als hätte ich ihm ein Messer in den Bauch gerammt. Ich genoss das Gefühl, ihn endlich getroffen zu haben, und funkelte ihn und Milly zornig an. In diesem Moment begann das kleine Mädchen bitterlich zu weinen.

»Da habt ihr die Bescherung.« Ich setzte mich neben Holly,

die zaghaft ihre dünnen Ärmchen um mich legte, und sagte ein paar tröstende Worte, die die Kleine aber nicht verstand. Doch da ich zu aufgewühlt war, um einen ordentlichen englischen Satz herauszubringen, verstummte ich und streichelte dem zitternden Kind über Kopf und Rücken.

Währenddessen versuchte Milly mir in langsamen Sätzen zu erklären, dass sie mit Michael zusammenleben wolle und deshalb aus Australien gekommen sei.

Zu Michael gewandt sagte ich: »Hör mal, mir ist das völlig gleichgültig, mit wem du wie und wann zusammenleben willst. Ich will das auch gar nicht wissen. Es wäre deshalb sehr nett von euch, wenn ihr nun zu euch nach Hause gehen würdet, um dort eure Diskussionen weiterzuführen. Ich will nämlich jetzt schließen!«

Dieser Mann war eine einzige Plage. Es war ein Desaster, dass er ausgerechnet Isabels Bruder war und nun wieder in Langenargen wohnte.

»Ich will aber gar nicht mit Milly zusammenleben«, erwiderte Michael kleinlaut.

»Habe ich nicht gerade gesagt, dass es mir völlig gleichgültig ist, mit wem du zusammenleben willst oder nicht! Mach, was du willst, aber bitte nicht in meinem Café! Ist das so schwer zu verstehen?«

»Schon gut, schon gut, wir gehen ja schon. Komm, Holly!«

Die Kleine schaute ihren Vater unsicher an. Michael wiederholte seine Bitte auf Englisch, doch sie rührte sich immer noch nicht. Völlig verängstigt schaute sie von einem zum anderen und wusste nicht, was sie tun sollte. Es war schließlich Milly, die sich endlich von Michael löste und das Kind auf den Arm nahm. Dann öffnete sie ihren großen Mund, verabschiedete sich zufrieden lächelnd und schob ihre Tochter samt Michael zur Tür hinaus.

Endlich war ich alleine. Und völlig fix und fertig.

Nachdem ich mir einen starken Beruhigungstee gebraut hatte, holte ich einen Besen und eine Schaufel, kehrte die Scherben der zerschmetterten Kaffeetasse zusammen und saugte die restlichen Splitter auf. Dann machte ich mich auf den Heimweg.

Ich fragte mich, warum mir um Himmels willen ausgerechnet Michael ständig über den Weg lief. Das Leben war im Augenblick schon kompliziert genug. Und jetzt zog mich dieser Mann auch noch in seine Weibergeschichten hinein!

Um mich noch ein wenig zu beruhigen, ging ich nicht gleich nach Hause, sondern marschierte bis zum äußersten Ende des Naturstrands. Dort setzte ich mich auf eine der verschneiten Bänke und blickte auf die Wellen des wogenden Sees.

Die friedliche Winterstimmung, das Schneeflockentreiben und der idyllische Schneezauber täuschten. Unter der weißen Pracht lagen glühendes Feuer und brodelnde Erde. Und nichts war wie zuvor. Im Schein der spärlichen Laternen fasste ich den Entschluss, mein Ansinnen, Leon ausfindig zu machen, weiter zu verfolgen.

Zu Hause versuchte ich deshalb noch einmal die Recherche nach den Nikolausmännern aufzunehmen. In Oberdorf hatte ich schon so oft angerufen, aber nie hatte jemand abgenommen. Es war wie verhext, und ich fragte mich, ob dieser Mann überhaupt irgendwann zu Hause war. Weder morgens noch mittags oder abends war er erreichbar. Ich verfluchte innerlich den Umstand, dass kein Anrufbeantworter geschaltet war. Womöglich war der Mann verreist. Oder lag tot in seiner Wohnung. War alles schon vorgekommen.

Ich beschloss, morgen in den Mittagsstunden selbst nach Oberdorf zu fahren und bei ihm zu klingeln. Noch war ich nicht bereit, Leon so ohne Weiteres davonkommen zu lassen. Früher oder später würde ich ihn ausfindig machen. Und dann war er mir eine Erklärung schuldig.

Meine Hoffnung, Leon würde am Wochenende überraschend vor meiner Tür stehen, hatte sich ebenfalls zerschlagen. Doch dieses Mal stürzte ich nicht in eine weitere depressive Stimmung, sondern spürte einzig und allein genügend Entschlossenheit in mir, der Sache auf den Grund zu gehen.

Leon hatte mich sitzen lassen. Es gab keine Entschuldigung mehr für sein Verhalten. Er würde was erleben, wenn ich ihn endlich in die Finger bekommen würde.

Die nächsten Stunden verbrachte ich damit, die beiden anderen Nikolausmänner im Internet zu suchen, doch das gestaltete sich schwieriger als gedacht. Schließlich gelang es mir, den Studenten aus Stuttgart per Facebook zu ermitteln und seine Telefonnummer herauszubekommen. Der Mann aus Scheidegg war hingegen erst einmal unauffindbar. Er hatte wohl keinen Festnetzanschluss und war auch über die üblichen sozialen Medien nicht zu finden.

Schwitzend schaute ich auf die Uhr und stellte fest, dass es schon weit nach Mitternacht war. Ich hatte zwar die letzten Tage fast nur geschlafen, aber dennoch wurde es höchste Zeit, endlich in die Federn zu steigen, um morgen früh wieder fit zu sein.

Leider war es mir nicht vergönnt, mich im Bett zu entspannen. Ruhelos wälzte ich mich von einer Seite auf die andere und stöhnte, als ich sah, dass bald der nächste Morgen anbrechen würde. Als ich endlich einschlief, war es schon sehr spät, und so riss mich der Wecker nach nur drei Stunden gnadenlos aus dem Tiefschlaf.

Fluchend schlüpfte ich aus den Federn und streckte mich ausgiebig. Doch die Müdigkeit war selbst mithilfe einiger gymnastischer Morgenübungen nicht zu überwinden.

Schwankend verließ ich das Haus, um festzustellen, dass es auf den Straßen spiegelglatt und der Schnee in Regen übergegangen war. Das hatte mir zu allem Unglück noch gefehlt. Schimpfend tappte ich vorsichtig über die eisigen Flächen. Viele Hausbesitzer hatten noch nicht gestreut, und so eierte ich den Gehweg entlang. Prompt rutschte ich aus und landete unsanft auf dem Hosenboden. Alle Knochen taten mir weh, als ich mich mühsam erhob und langsam und sehr, sehr vorsichtig zum Café humpelte.

Wegen der schlechten Witterungsverhältnisse waren die Straßen menschenleer. Niemand traute sich vor die Tür, und so schloss ich mein Café auf in der Vorahnung, dass ich heute nicht sehr viel Umsatz machen würde. Trotzdem würde ich die Stellung halten, wenn nötig auch ganz alleine, schließlich wollte ich weder Rebecca noch Nelli und Trudi zumuten, sich in Gefahr zu bringen.

Ich streute zunächst erst einmal ausgiebig Splitt auf die eisigen Flächen rund um das Café und braute mir dann einen starken Kaffee zum Wachwerden und Durchhalten. Anschließend rief ich Rebecca, Trudi und Nelli an, um ihnen mitzuteilen, dass sie heute besser zu Hause bleiben sollten. Auch mit Maja telefonierte ich. Es war noch genügend Ware im Kühlfach, sodass sie sich heute nicht bemühen musste, mir neue Kuchen und Torten zu bringen.

Je weiter der Dezember voranschritt, desto weniger Muße hatten die Leute, sich gemütlich zu mir ins Café zu setzen. Die meisten waren jetzt schon voll und ganz mit Weihnachtsfeiern und Einkaufen beschäftigt sowie mit Plätzchenbacken und Bastelstunden für die Weihnachtsdekoration. Mein Café wurde zwar dennoch besucht, aber in der Regel nur, um kurz einen heißen Tee zu trinken oder sich für ein paar Minuten aufzuwärmen. Was vor Weihnachten dagegen sehr gut lief, war der Verkauf von Geschenken. Ich konnte mich auf den Umsatz aus liebevoll verpackten Teesorten, Tassen, Kunsthandwerk und Schmuckstücken gut verlassen. Meine Kunden schätzten es, nicht allzu teure Kleinigkeiten, die ich wunderschön verpackte, als Geschenk oder Mitbringsel für Weihnachten zu erwerben.

Kurz schaute ich auf die Uhr und stellte fest, dass während des ganzen Vormittags nur drei Leute da gewesen waren. Alle hatten Geschenke gekauft und sich über das schreckliche Wetter beklagt.

Meinen Besuch in Oberdorf musste ich wohl oder übel verschieben, denn ich konnte das Café nicht einfach schließen. Aber auf einen Tag mehr oder weniger kam es jetzt auch nicht mehr an.

Mittlerweile hatte ich es aufgegeben, daran zu glauben, dass Leon sich von sich aus melden würde. Ich musste diese Tatsache akzeptieren, ob ich wollte oder nicht.

Ein paar Minuten später riss mich Isabel aus meinen Grübeleien.

»Was führt dich her?«, fragte ich sie und nahm sie in die Arme.

»Eigentlich nichts. Ich wollte nur nach dir sehen und mal wieder in Ruhe mit dir quatschen, bevor der Kindergarten aus ist. Ich dachte mir schon, dass es heute bei dir ziemlich ruhig sein würde.«

»Tja, das Wetter ist unmöglich. Wie bist du hergekommen? Ist es immer noch so glatt draußen?«

»Es geht. Langsam wird es besser. Die Straßen sind auf jeden Fall geräumt. Das bedeutet, dass man mit dem Auto besser dran ist als zu Fuß.«

»Soll ich dir einen Kaffee machen?«

»Gerne. Mit viel Milch heute«, antwortete sie und setzte sich an einen der Tische.

»Einen Latte macchiato? Kommt sofort.« Ich ließ meine teure Espressomaschine arbeiten.

»Sag mal«, begann Isabel, »was hältst du von dieser Milly?«

Ich verzog die Lippen. »Keine Ahnung. Das geht mich nichts an.«

»Ja, schon, aber ich würde trotzdem gerne wissen, was du von ihr hältst. Sie war ja hier bei dir, hat Michael erzählt.«

»Ja, und ich habe sie hinausgeworfen, alle beide. Sie haben sich angeschrien, dass die Wände gewackelt haben. Und das alles vor dem Kind.«

»Die Kleine ist süß, nicht wahr?«

»Sie kommt mir etwas vernachlässigt vor.«

»Das kann gut sein. Milly ist irgendwie seltsam. Sie will unbedingt mit Michael zusammenkommen, obwohl er das gar nicht will.« Isabel schüttelte den Kopf. Ich sah ihr an, dass sie sich über Milly ziemlich viele Gedanken machte. »Michael ist schon sehr eigen«, gab sie zu.

»Sehr eigen? Wer es mit Michael aushält, müsste eine Goldmedaille bekommen. Und diese Milly will sich das wirklich antun?«

»Sie ist ihm auf jeden Fall bis hierher gefolgt.«

»Aus Australien?«

»Ja, sicher.«

»Hast du nicht erzählt, dass Michael verheiratet war und die Frau nach einer Fehlgeburt weggegangen ist?«

»Stimmt. Michael war mit Hester verheiratet. Sechs Jahre lang. Sie haben ständig versucht, ein Kind zu bekommen. Leider hat es nicht geklappt. Hester hatte angeblich verklebte Eileiter. Nach einer künstlichen Befruchtung ist sie dann doch endlich schwanger geworden. Die Fehlgeburt hat sie nicht verkraftet. Die Ehe wurde geschieden.«

»Und Holly?«

»Holly ist ein uneheliches Kind. Das war ein Ausrutscher, sagt Michael. Er war wohl an dem Abend betrunken, an dem es passiert ist, und schon tief in der Kinderwunschkrise mit Hester. Milly hat sich wohl an ihn herangemacht und verführt. Ich glaube, sie hat es sogar darauf angelegt, ein Kind von ihm zu bekommen.«

»So, so. Wie alt ist Holly eigentlich?«

»Vier.«

»Dann ist das alles also während Michaels Ehe passiert.«

»Ja, ist wohl so. Aber Michael schwört, dass er nur eine Nacht mit Milly zusammen war und dass er eigentlich gar nicht weiß, was genau passiert ist.«

»Dann ist er vielleicht gar nicht Hollys Vater?«, mutmaßte ich.

»Doch. Es gab wohl einen Vaterschaftstest. Michael wollte es so, was ich gut verstehen kann.«

Ich servierte Isabel den schaumigen Kaffee und setzte mich zu ihr.

»Warum erzählst du mir das alles?«, fragte ich.

»Ich möchte nicht, dass du einen falschen Eindruck von Michael bekommst.«

»Das ist echt lieb von dir, aber das ist vergebene Liebesmühe. Selbst wenn Michael der letzte Mann auf dieser Welt wäre, würde mich das nicht interessieren.«

»Aber er sieht das anders, er mag dich sehr. Er redet von dir in einer Art, die ich nicht von ihm kenne.«

»Was meinst du damit?«

»Mein Bruder ist … Ich weiß nicht, er hat sich in diesem kindischen Muster mit dir verfangen, das euch früher begleitet hat. Aber so ist er nicht mehr. Er ist im Grunde ein sehr tiefgründiger Mensch, jemand mit tiefen Gefühlen.«

Ich sah sie schief an. »Das glaubst du doch wohl selbst nicht.«

»Doch, Kathie. Ich weiß auch nicht, warum er sich dir gegenüber so idiotisch benimmt. Er ist ganz anders.«

Ich legte Isabel meine Hände auf ihren Unterarm. »Hör zu, Isabel. Nur weil wir beide beste Freundinnen sind, muss das nicht auch für Michael und mich gelten. Dein Bruder ist für mich nicht zu ertragen.«

»Das tut mir so leid.«

»Aber das muss es doch gar nicht. Weißt du, du bist so lieb, so einfühlsam, so offen und herzlich. Michael dagegen ist wie ein Elefant im Porzellanladen.«

»Das ist nicht wahr, Kathie. Du hast ihm nur noch keine Chance gegeben, weil du nur diese eine Seite an ihm kennst. Er ist ganz anders, als du denkst.«

»Warum merke ich dann nichts davon?«

»Ich weiß es nicht, Kathie. Aber Michael ist, wie gesagt, ein Mensch mit Tiefgang. Diese Tiefe versucht er wohl zu verstecken. Ich gebe ja zu, dass er manchmal arg über die Stränge schlägt, doch das macht er nur, weil er dir gegenüber so unsicher ist.«

»Michael und unsicher? Isabel, jetzt machst du dich lächerlich. Dein Bruder trampelt alles nieder, was ihm in den Weg kommt. Von Unsicherheit keine Spur.«

»Ich wollte doch nur, dass du nicht dauernd böse auf ihn bist. Gib ihm eine Chance.«

»Das tue ich, glaub mir, das tue ich«, lenkte ich ein.

»Weißt du, Kathie, diese Milly bringt Unfrieden zu uns. Ich befürchte, sie wird alles tun, um sich Michael zu angeln. Sie ist irgendwie hinterlistig.«

»Und was wäre so schlimm daran, wenn sie sich Michael angelt? Schließlich haben die beiden ein Kind miteinander.«

»Sie tut Michael nicht gut. Er ist seit gestern völlig fertig mit den Nerven. So habe ich meinen Bruder noch nie erlebt.«

»Na, da sieht er mal, wie es anderen so geht. Meistens ist er es, der anderen auf die Nerven geht.«

»Du verstehst das nicht. Du …«

»He, Isabel, verrenn dich bitte nicht. Dein Bruder ist alt genug, um zu wissen, was er tut. Die beiden werden sich arrangieren. Und je weniger wir uns da einmischen, desto besser.«

»Ich mache mir Sorgen, ehrlich. Diese Milly ist so komisch. Die arbeitet mit allen Tricks. War anscheinend in einer zwiespältigen Bar beschäftigt.«

»Ach komm, Isabel, wir lassen uns doch nicht von Vorurteilen und Klischees leiten. Menschen, die in einer Bar arbeiten, sind nicht alle sofort halbe Verbrecher oder aus dem halbseidenen Milieu.«

»Ich weiß, trotzdem habe ich kein gutes Gefühl bei ihr.«

»Soll ich dir einen Tee machen, einen zur Beruhigung und Erheiterung?«

»Nein, nein, es geht schon, danke. Ich wollte nur mal deine Meinung zu dieser Milly hören.«

In diesem Moment betrat eine jüngere Frau mein Café und suchte nach einem originellen Teegeschenk.

»Eines mit einer lustigen Teekanne. Haben Sie so etwas?«

Ich nickte Isabel zu und trat mit der Kundin an eine meiner Vitrinen.

»Mit Pünktchenmuster? Oder diese hier mit dem Schmetterlingsgriff? Unsere Froschkanne ist aber auch ganz beliebt oder die Blütenkanne mit dem Deckel in Blumenform.«

Die Kundin entschied sich für die rot getupfte Kanne. Dazu nahm sie einen lieblichen Rosenblütentee und die dazugehörige Tasse, ebenfalls mit fröhlich roten Tupfen. Ich richtete alles auf einem kleinen Tablett an und umwickelte es mit durchsichtiger Geschenkfolie. Eine große rote Schleife zierte abschließend die hübsche Dekoration. Mit einem zufriedenen Lächeln verließ die Kundin mein Café, und ich setzte mich wieder zu Isabel, die derweil auf ihrem Smartphone herumgetippt hatte.

»Ich muss nach Hause. Der Kindergarten hat mir gerade eine WhatsApp geschickt, dass Benno und Max wohl eine Erkältung ausbrüten. Ich muss die beiden abholen.«

»Dann geh gleich. Und pass wegen der Glätte auf.«

Wir umarmten uns noch zum Abschied, dann verließ Isabel mein Café.

Ich schnappte mir mein Telefon und versuchte den Herrn aus

Oberdorf zu erreichen. Doch es war immer noch unmöglich, ihn an den Apparat zu bekommen. Dem Studenten aus Stuttgart hatte ich eine Nachricht auf Facebook hinterlassen, aber er hatte sich noch nicht gemeldet. Auf den Anruf über seine Mobilfunknummer hatte er ebenso wenig reagiert. Frustriert ließ ich den Hörer sinken und fragte mich, ob ich zu dumm sei, diese drei Nikoläuse zu kontaktieren, um herauszubekommen, für wen Leon eingesprungen war.

Am Nachmittag kamen dann ein paar mehr Gäste in mein Café. Das Wetter hatte sich während der Mittagsstunden verbessert. Draußen hatte matschiges Tauwetter eingesetzt. Die Temperaturen stiegen weit über die Nullgrenze. Sogar ein paar Sonnenstrahlen waren über dem See zu sehen, auch wenn über dem Schweizer Ufer noch dicke Regenwolken hingen. Hier bei uns zeigte sich die Wintersonne hin und wieder von ihrer freundlichen Seite.

Noch einmal griff ich zum Hörer, um Isabel anzurufen und mich nach ihren Buben zu erkundigen.

»Sie brüten tatsächlich etwas aus. Max hat sogar Fieber, und Benno hustet. Ich habe den beiden gleich einen von deinen Erkältungstees gemacht. Jetzt bleiben sie erst mal zu Hause. Leider, aber ich kann sie nicht krank in den Kindergarten schicken.«

»Du weißt schon, was richtig für die beiden ist. Und ein Tee ist immer gut.«

»Na ja, ich musste ihn ordentlich mit Honig süßen, sonst hätten sie ihn nicht getrunken.«

Ich kicherte. »Das kennen wir doch noch aus unserer Kindheit. Ich hätte niemals einen Tee ohne Zucker hinuntergebracht. Heute ist das anders. Es besteht also noch Hoffnung für Benno und Max.«

Isabel stimmte mir lachend zu.

»Sag mal, Isabel, könntest du mir einen Gefallen tun, wenn du heute noch ein paar Minuten übrig hast?«

»Worum geht's denn?«

Ich erzählte Isabel von meinen fruchtlosen Bemühungen, den Nikolaus aus Oberdorf zu erreichen.

»Ihr wohnt doch im Grunde gleich um die Ecke. Kannst du nicht mal kurz rübergehen und bei ihm klingeln?«

»Aber sicher. Da hätte ich auch früher draufkommen können.«

»Kannst du ihn fragen, ob Leon für ihn eingesprungen ist, falls du ihn triffst?«

»Klar, mach ich doch gerne. Aber ich kann erst in zwei Stunden weg, dann kommt Martin heim.«

»Danke. Es ist völlig egal, wann du rübergehst. Er wird doch irgendwann zu Hause sein. Per Telefon ist er nicht erreichbar.«

»Das ist bescheuert. Ich finde es auch blöd, wenn die Leute keinen Anrufbeantworter haben oder eine mobile Nummer. In der heutigen Zeit ist das fast strafbar, diese dauernde Unerreichbarkeit.«

»Ja. Manche übertreiben es wirklich.«

Ich legte auf und widmete mich den Rest des Nachmittags den wenigen Gästen, die mein Café besuchten.

Dann begann ich wieder mit dem Aufräumen. Am Abend würde noch ein Seminar stattfinden, und so saugte ich den großen Raum und befreite die Accessoires vom täglichen Staub. Später rief mich Isabel auf meinem Handy an.

»Also, ich war jetzt drüben. Da brennt Licht, aber es macht keiner auf. Ich habe dreimal geklingelt, dann habe ich es aufgegeben.«

»Seltsam, da will wohl jemand nicht erreichbar sein.«

»Sorry, Kathie. Ich werde morgen noch mal klingeln und dir berichten. Probier du es noch mal per Telefon. Vielleicht hebt er ja doch noch ab.«

»Hm, mach ich jetzt gleich. Danke, Isabel. Ich melde mich, wenn ich was erreicht habe. Wenn du nichts von mir hörst, dann klingel doch bitte morgen noch mal bei ihm.«

Nach dem Gespräch wählte ich die Nummer, die ich jetzt schon beinahe auswendig kannte. Wieder erfolglos.

Seufzend ging ich nach Hause, wo mich noch einmal der große Kummer überfiel. Der Schmerz wegen Leon war einfach nicht zu beseitigen. Während ich im Café zu tun hatte, konnte ich ihn einigermaßen ignorieren und verdrängen, doch zu Hause, so ganz allein mit mir und meinen Gedanken, zersprang mir fast das Herz vor Bitterkeit und Verzweiflung.

Ich schaltete den Fernseher ein, aber es gelang mir nicht, mich abzulenken. Hätte Leon mich im Streit verlassen oder mir ins Gesicht gesagt, dass es mit uns nichts werden würde, dann hätte es zwar auch sehr, sehr wehgetan, aber es wäre kein dauerhaft dumpfer Schmerz zurückgeblieben. Die Ungewissheit war schlimmer als alles andere. Nach unserer so wunderschönen Nacht und seinen Liebesschwüren war sein Verhalten für mich schlicht und ergreifend nicht zu verstehen, so oft ich mir auch das Hirn zermarterte.

Und so fragte ich mich zum tausendsten Mal, ob mir irgendein kleines Detail während unserer Nacht entgangen war, irgendein Hinweis, mit dem ich für alles eine Erklärung bekommen würde. Zum Beispiel ein verräterischer Ringabdruck an seinem Finger, ein seltsamer Ton bei meiner Frage, ob er frei für mich sei, oder ein unbedachtes Wort, eine unklare Geste, ein allzu schwülstiger Satz. Ich versuchte mich an jedes Detail zu erinnern. Aber da war nichts, einfach nichts.

Leon musste der größte Lügner aller Zeiten sein, ein grandioser Schauspieler, ein Heuchler und Scheinheiliger, ein Eheschwindler, ein Abenteurer und Blender.

Ich schämte mich, dass ich so naiv gewesen war, alles für bare Münze zu nehmen. Was musste er über mich gelacht haben, dieser Schuft!

O ja, ich würde ihn finden und zur Rede stellen. Und dann

würde ich lachen und ihm ins Gesicht sagen, wie bedeutungslos er für mich war. Ich würde ihm sagen, dass er der erbärmlichste Nikolaus aller Zeiten war.

Dennoch liebte ich ihn. Ich hatte mein Herz an ihn gebunden und fest verknotet, in der Hoffnung, mit ihm ein ganz neues Leben zu beginnen. Trotz all meiner Wut und Enttäuschung war es mir nicht möglich, dieses Gefühl aus meinem Herzen zu verbannen. Es leuchtete weiterhin übermächtig in mir.

10

Am nächsten Morgen – es war bereits Mitte Dezember – hatte sich an meiner Stimmung nichts geändert. Immer noch schwankend zwischen Wut und Verzweiflung, marschierte ich ins Café und begrüßte Rebecca, die ein paar Minuten vor mir erschienen war.

Rebecca sah etwas besser aus, hatte frisch gewaschene Haare und ihre Hautunreinheiten einigermaßen gut kaschiert. Obwohl sie immer noch unendlich bleich war, wirkte sie fröhlicher als sonst und nicht ganz so erschöpft.

»Ich glaube, heute kommen wir ohne Nelli und Trudi aus«, meinte sie munter.

»Das freut mich zu hören. Aber falls dir irgendetwas zu viel wird, sag es mir bitte gleich«, entgegnete ich, bevor ich noch ein paar Geschenke in durchsichtige Folie packte und als fertiges Präsent auf die Ladentheke legte.

Kaum war ich mit der Dekoration fertig, als schon Isabel anrief. Sie klang ein wenig kurzatmig, als ob sie schnell gelaufen wäre.

»Geht es dir gut?«, fragte ich, als ich ihr Keuchen hörte.

»Ja, ja, ich bin nur gerade schnell gelaufen. Wollte dich gleich erreichen.«

»Okay, dann schieß los. Was hast du herausgefunden? Hast du unseren mysteriösen Nikolaus endlich zu Hause angetroffen?«

»Nein, aber jetzt bei Tageslicht ist mir aufgefallen, dass das Licht immer noch so brennt wie gestern am späten Nachmittag. Außerdem läuft sein Briefkasten über. Überall liegen Werbeprospekte herum, die der Wind im ganzen Garten verteilt hat. Das konnte ich gestern im Dunkeln nicht sehen.«

»Oh«, sagte ich und rieb mir das Kinn, »das klingt nicht gut. Wahrscheinlich ist er verreist und hat das Licht als Abschreckung gegen Einbrecher angelassen. Es soll so aussehen, als ob er zu Hause wäre.«

»Ja, das ist eine Möglichkeit. Aber es kann ihm auch was passiert sein. Mir ist ganz komisch, Kathie.«

»Na ja, wir wollen den Teufel nicht an die Wand malen. Hast du mit einem Nachbarn sprechen können? Vielleicht hat ihn ja jemand gesehen.«

»Nein, leider. Da war niemand. Wir wohnen zwar nur zwei Straßen weiter, aber das ist zu weit weg. Ich habe auch keine Ahnung, wer dieser Berthold Meier ist, den du da suchst. Bestimmt kenne ich ihn vom Sehen, aber der Name sagt mir nichts.«

»Danke, Isabel. Ich denke, wir sollten die Angelegenheit im Auge behalten. Wenn ich es zeitlich einrichten kann, komme ich über die Mittagszeit kurz rüber und schau mir das vor Ort mal an. Was machen deine Buben? Geht es ihnen besser?«

»Ja, der Tag zu Hause tut ihnen gut. Du weißt ja, bei kleinen Kindern kommt es schnell mal zu erhöhter Temperatur, aber die ist dann auch rasch wieder weg. Benno und Max bleiben auf jeden Fall heute drinnen.«

»Recht so.«

Ich legte auf und kümmerte mich gemeinsam mit Rebecca um unsere Gäste und hielt anschließend mit Maja einen kleinen Plausch. Heute gab es wieder von ihrer leckeren Mangotorte.

»Ich dachte, ich nehme eine Rosentorte ins Sortiment auf. Würdest du mir die abnehmen?«, fragte sie und schüttelte vergnügt ihre dicken schwarzen Haare, um die sie so manche Frau glühend beneidete. Majas Haare waren ein Traum an Weiblichkeit und Fülle. Und sie selbst war eine so kluge und lebensbejahende Persönlichkeit, dass ich mich wunderte, warum sie nach dem Tod ihres Mannes immer noch keine neue Partnerschaft eingegangen war. Aber vielleicht war es mit ihrem Sohn Moritz nicht so einfach, einen Mann zu finden, der nicht nur sie, sondern auch ihr Kind ins Herz schloss. Maja schien sich nicht daran zu stören, dass sie alleine lebte. Sie schwärmte von ihrer Arbeit und dass sie es liebte, kreative Torten zu kreieren, die nicht nur himmlisch aussahen, sondern ebenso schmeckten.

»Rosentorte? Was meinst du damit?«

»Im Grunde ist das ein Biskuitteig mit einer leichten Rosencremefüllung und Ummantelung, verziert mit selbst gemachten Zuckerrosen. Sieht zauberhaft aus und schmeckt nach Rosen.«

»Aha. Bring mir doch mal eine mit. Ich bin wirklich offen für deine Zauberkünste kulinarischer Art. Deine Patisserie ist großartig. Alle lieben deine Torten. Warum sollten sie dann nicht auch deine Rosentorte lieben?«

»Danke. Ich mach mich gleich an die Arbeit. Morgen hast du deine Rosentorte.«

Maja verabschiedete sich, während ich auf die Uhr sah und Rebecca fragte, ob sie mich eine Stunde entbehren könne.

»Ich will nach Oberdorf fahren«, erklärte ich.

»Du willst den Nikolaus finden.«

»Ja«, antwortete ich. Mehr musste ich nicht sagen, denn die halbe Stadt wusste ja schon über meine Geschichte Bescheid.

Rebecca zwinkerte mir zu und wünschte mir viel Erfolg.

Der Weg nach Oberdorf war nicht weit. In fünf bis acht Minuten erreichte man diesen Teil von Langenargen. Der dörfliche Charakter, die gepflegten Häuser und schnuckeligen Gärten sowie Obstplantagen rundherum kennzeichneten diesen Ortsteil.

Hier, in einem der schmucken Häuser, lebte also Berthold Meier. Das brennende Licht bemerkte ich schon von Weitem. Als ich durch den Vorgarten zur Haustür gelangte, sah ich, was Isabel gemeint hatte. Überall lagen Werbeblätter verteilt zwischen den Beeten. Der Briefkasten quoll über. Einige Briefe lagen bereits auf dem Boden.

Ich runzelte die Stirn. Hier stimmte etwas nicht. Jeder, der für länger in den Urlaub fuhr, beauftragte einen Nachbarn oder Bekannten, sich um die Post zu kümmern, die Mülltonnen auf die Straße zu stellen und die Blumen zu gießen, falls man welche im Wohnraum hatte. Doch hier sah es aus, als ob seit vielen Tagen niemand nach dem Haus geschaut hätte. Beherzt klingelte ich bei mehreren Nachbarn und bekam zur Auskunft, dass Herr Meier seit vielen Tagen nicht mehr gesehen worden war. Dass er in den Urlaub fahren wollte, davon wusste niemand etwas. Sein Auto stand auch noch brav in der Einfahrt. Wenn er also weg war, dann mit einem anderen Verkehrsmittel.

Ich atmete kurz ein und aus, dann beschloss ich, mich bei Herrn Link auf der Polizeiwache zu melden. Sollten mich doch alle für verrückt halten, ich sah es als meine Pflicht an, ihn über diesen mysteriösen Umstand zu informieren.

Herr Link hielt mich keineswegs für verrückt. Er dankte mir für meine Informationen und versprach mir, sich um Herrn Meier zu kümmern. Damit war ich entlassen, aber ich war mir sicher, dass meine Auskunft ernst genommen werden würde.

Am nächsten Tag sprach ganz Langenargen von nichts anderem, als dass Herr Meier tot in seiner Wohnung gefunden wurde.

Wieder war ich die Heldin von ganz Langenargen, völlig unfreiwillig. Der erneute Rummel um meine Person passte mir gar nicht. Mein mutiges Eingreifen hatte der zweideutigen Situation ein Ende bereitet, sonst wäre Herr Meier wohl noch eine lange Zeit tot in seinem Haus geblieben. Er wurde friedlich in seinem Sessel sitzend gefunden. Da die Zeitung vom Nikolauswochenende noch auf seinen Beinen lag, war er wohl gleich nach seinem Auftritt als Nikolaus gestorben. Er musste einen Infarkt erlitten haben, ganz überraschend und plötzlich. Es war furchtbar.

Natürlich konnte ich nicht verhindern, dass meine persönliche Nikolausgeschichte mit dem tragischen Herzinfarkt von Herrn Meier in Verbindung gebracht wurde und Anlass für wilde Spekulationen im Ort war. Nichtsdestotrotz versammelte sich der halbe Ort in meinem Café, um bei mir aus erster Hand Näheres zu erfahren. Für meinen Umsatz und das Geschäft waren solche Sensationen vorzüglich, für mich persönlich war der Tod des Nikolaus eine weitere Katastrophe, denn wieder war eine Chance vertan, etwas über Leon zu erfahren.

Die Leute zerrissen sich das Maul über die Tatsache, dass keiner der Nachbarn etwas bemerkt hatte. Sie beklagten das anonyme Leben und die Gefahr, als älterer Single alleine zu leben und eventuell Jahre später als Skelett gefunden zu werden. Die Gruselgeschichten nahmen kein Ende, und alle bedauerten den geschiedenen Herrn Meier, der noch nicht einmal sechzig Jahre alt geworden war. Das Alleinleben und seine stressige Scheidung im letzten Jahr mussten ihm wohl das Herz gebrochen haben, so der Tenor im Ort.

Immerhin stürzten sich alle auf Majas neue Tortensensation, während sie über Herrn Meier spekulierten und über die schreckliche Aussicht, vielleicht einmal selbst eines Tages unbemerkt zu sterben.

Ich wunderte mich über die Tatsache, dass es für manche Menschen kein Problem war, eifrig ein Stück Torte nach dem anderen zu vertilgen und gleichzeitig über Tod und Verwesung zu sprechen. Angeekelt verkroch ich mich in der Küche und überließ es Trudi und Nelli, im Café zu bedienen.

Majas Rosentorte war der Renner, aber leider hatte ich heute keine Freude daran. Maja war deshalb nicht traurig. Sie konnte mich gut verstehen und wusste, dass mir dieser absonderliche Schicksalsschlag im Magen lag.

Außerdem hasste ich das ständige Gerede über den Toten, dieses üble Getratsche, das so gar nicht zu meinem Café und mir passte. Dennoch biss ich die Zähne zusammen und ließ die Leute reden. Der Umsatz sprach eben auch für sich.

Rebecca, Trudi und Nelli verbat ich es allerdings, sich ebenfalls über Herrn Meiers Tod auszulassen. Ich legte ihnen dringend ans Herz, sich völlig neutral zu verhalten, wenn sie auf dieses heikle Thema angesprochen werden sollten. Auch über mich und meine Nikolausgeschichte sollte nicht geredet werden. Mein schönes Café sollte auf gar keinen Fall zur Gerüchteküche ausarten.

Nelli und Trudi fiel es sichtlich schwer, sich nicht hinreißen zu lassen, diesen neuesten Klatsch auszuweiten. Aber unter meiner strengen Aufsicht verkniffen sie sich jeglichen Kommentar, wenn ein Gast versuchte sie auszuhorchen.

Rebecca hingegen zuckte nur mit den Schultern und meinte, dass sie froh sei, wenn sie sich nicht übergeben müsse. Zum Tratschen hatte sie weder die nötige Energie noch überhaupt Freude daran.

Auf diese Weise konnten wir die nächsten zwei Tage gut überstehen und erleben, dass das Getratsche auch schnell wieder verstummte und der winterliche Alltag ins Café einzog. Die Menschen konzentrierten sich erneut auf das bevorstehende Weihnachtsfest und die Suche nach schönen Geschenken. Recht so!

Herr Link kam in seiner Uniform in mein Café und bedankte sich für mein umsichtiges Verhalten.

»Das ist nicht selbstverständlich, Frau Krämer«, meinte er und schielte dabei auf Majas Kuchenspezialitäten.

»Darf ich Ihnen etwas anbieten?«

»Na ja, eigentlich bin ich im Dienst. Aber dieser Apfelkuchen sieht wirklich so verführerisch aus, ich glaube, da kann ich nicht widerstehen.«

»Aber gerne.«

»Bitte nur ein ganz kleines Stück. Ist das möglich?«

»Selbstverständlich.«

Lächelnd überreichte ich Herrn Link den Teller mit einem schmalen Streifen Apfelkuchen.

»Bitte setzen Sie sich doch«, sagte ich und deutete auf Tische und Stühle.

»Wissen Sie«, fuhr er fort und suchte sich einen Platz am Fenster, »wir erleben das leider immer wieder, vor allem bei älteren Menschen, die ganz alleine leben. Selbst in einem so kleinen Ort wie Oberdorf ist es eben unmöglich, dass sich jeder um jeden kümmert. Aber ein überlaufender Briefkasten ist immer ein Alarmsignal. Da stimmt dann wirklich etwas nicht. Deshalb war es richtig, dass Sie gleich angerufen haben.«

»Nun«, ich räusperte mich, »es war ein Zufall, dass ich ausgerechnet Herrn Meier kontaktieren wollte.«

Herr Link blickte mich süffisant grinsend an.

»Ich weiß über Ihre etwas unglückliche Liebesgeschichte Bescheid, Frau Krämer.«

»Oh.« Ich schluckte und wurde knallrot.

»Das muss Ihnen nicht peinlich sein. Unser Ort ist einfach zu klein, was aber auch Vorteile hat. Ohne Sie wäre Herr Meier vielleicht noch bis ins neue Jahr hinein tot in seinem Haus geblieben. Und dann hätte er ordentlich gerochen.«

»O Gott, bitte sagen Sie nichts mehr.«

»Das werde ich auch nicht. Als Polizist muss man eine ganze Menge aushalten. Das ist nicht immer einfach. Aber mit der Zeit lernt man, damit umzugehen. Sie haben da den weitaus angenehmeren Job, Frau Krämer.«

»Ja, das stimmt. Und dafür bin ich auch sehr dankbar. Sagen Sie, Herr Link, können Sie mir vielleicht bei der Suche nach meinem … äh … Bekannten behilflich sein.«

»Nun ja … Was wissen Sie von Ihrem Bekannten? Gibt es ein Autokennzeichen? Irgendwelche Anhaltspunkte? So viel ich mitbekommen habe, kennen Sie noch nicht einmal seinen vollen Namen. Ist das richtig?«

»Ja, leider. Ich weiß nur, dass er Leon heißt.«

»Sonst nichts?«

»Nein, gar nichts.«

Herr Link betrachtete mich mit einer Mischung aus Bedauern und Unverständnis. Was er von meiner grenzenlosen Naivität hielt, konnte ich in seinem Gesicht lesen.

»Ich will Ihnen ja nicht zu nahe treten, Frau Krämer, aber das ist wirklich etwas dürftig. Damit kann niemand etwas anfangen.«

»Ich weiß«, seufzte ich und räumte den leeren Teller ab.

Herr Link verabschiedete sich höflich und lobte mich noch einmal für meine Umsicht. Immerhin war er souverän genug, mich nicht als dumme Gans zurückzulassen. Der Mann hatte wirklich Größe. Schade nur, dass er verheiratet war.

Zu Hause überprüfte ich meine elektronischen Nachrichten und war freudig überrascht, dass sich der Student jetzt endlich gemeldet hatte. Seine Antwort war knapp, aber eindeutig. Er wisse nichts von einem Leon, sondern sei selbst als Nikolaus aufgetreten. Blieb immer noch der Mann aus Scheidegg übrig, der weiterhin unauffindbar war.

Weihnachten rückte derweil immer näher.

11

Nach ein paar unfreundlich nassen und relativ warmen Tagen fing es endlich wieder an zu schneien. Immer öfter machte sich nun die weihnachtliche Betriebsamkeit bemerkbar, die alle Menschen irgendwie in Hektik versetzte. Die letzten Weihnachtsvorbereitungen wollten getroffen werden.

In meinem Café stand jetzt ein frisch geschmückter Weihnachtsbaum. Trudi und Nelli hatten mir geholfen, einen auszusuchen und neben der Ladentheke aufzustellen. Wir schmückten ihn mit Holzfiguren und bunten Lichtern. Der würzige Tannenduft vermischte sich auf feinste Weise mit den Tee- und Kaffeegerüchen, sodass ein angenehmes Aroma entstand, das winterlich gute Laune machen sollte.

Und so war es auch, denn jeder, der mein Café betrat, verließ es hinterher mit einem kleinen Lächeln im Gesicht. Mein Café Rosenrot machte im Augenblick alle glücklich, nur nicht mich. Und Michael wohl auch nicht.

Ich traf ihn und seine Milly am Marktplatz. Natürlich stritten sie wieder. Sie schrien sich an und beschimpften sich, gestikulierten wild in der Luft herum und hielten sich auf Abstand, bis Milly ihm wieder schluchzend und wimmernd und bettelnd um den Hals fiel.

Ich zog die Schultern ein und wollte mich so schnell wie möglich unbemerkt aus dem Staub machen, doch Michael hatte mich schon gesehen und strebte zielsicher auf mich zu, während Milly an ihm hing wie ein Mehlsack. Immerhin trug sie jetzt anständige Winterklamotten und war auch nicht mehr ganz so braun gebrannt wie vor einigen Tagen.

Michael aber schien es schlecht zu gehen. Er hatte eingefallene Wangen, sah erschöpft und müde aus und wirkte wie ein Schatten seiner selbst, als ob er nicht mehr richtig schlafen würde.

Im Augenblick versuchte er den Klammergriff seiner Milly zu lösen, was ihm aber nicht gelang. So schleppte er sich zu mir.

Ich wich ein paar Schritte zurück. Michael und diese Frau hatten mir jetzt gerade noch gefehlt.

»Kathie!«, rief er in einem fröhlichen Ton, der so gar nicht zu seinem Äußeren passte.

»Hallo, Michael, hi, Milly. Ich habe gar keine Zeit«, erwiderte ich und wollte mich auf dem Absatz umdrehen. Doch Michael hielt mich am Ärmel fest.

»Denk nicht schlecht von mir. Das möchte ich nicht.«

»Warum sollte ich das tun?«, fragte ich unwirsch.

»Weil es zwischen uns mit der Verständigung nicht immer klappt. Das möchte ich so nicht stehen lassen.«

Ich holte tief Luft, während Milly mich irritiert anfunkelte. Sie verstand kein Wort, fühlte sich aber sichtlich bedroht von meiner Präsenz, was ich völlig lächerlich fand.

»Das tut jetzt wirklich nichts zur Sache, Michael. Ich denke, du solltest erst einmal dein Privatleben klären. Deine Frau ist nicht sehr begeistert davon, wenn du mit mir sprichst.«

»Sie ist nicht meine Frau, verdammt noch mal!«, brauste er auf.

Milly klammerte sich derweil noch fester an ihn. Dennoch gelang es ihr, sich zwischen mich und Michael zu quetschen.

Instinktiv wich ich ein paar Schritte zurück.

»Entschuldigt mich bitte. Ich habe für diese Spielchen keine Zeit und auch keinen Nerv. Wenn ihr mich jetzt bitte vorbeilassen würdet.«

»Kathie!«

»Nein, ich will jetzt nicht mit dir reden. Schon gar nicht, wenn es für deine Frau so aussieht, als ob ich eine Rivalin wäre, was völliger Irrsinn ist.«

»Sie ist nicht meine Frau, wie oft muss ich das noch sagen!«

»Gut«, erwiderte ich ganz ruhig und ließ die beiden einfach stehen.

So schnell ich konnte eilte ich fort. Ein idiotischer Kerl und eine eifersüchtige Frau waren einfach zu viel. Zu allem Überfluss eilte mir Michael hinterher, was mit Milly an seinem Hals nicht gerade schnell ging.

»Bist du übergeschnappt?«, schrie ich über meine Schulter. »Du siehst doch, dass wir jetzt nicht sprechen können. Also lass mich in Ruhe!«

»Aber ich möchte nicht, dass du schlecht von mir denkst.«

»Himmel noch mal, sieh zu, dass du deine Frauengeschichten klärst. Oder bist du so dumm, dass du nicht merkst, was hier vor sich geht?«

Konnten Männer wirklich so blöd sein? Was dachte er sich bloß dabei, mir ausgerechnet jetzt hinterherzulaufen.

»Kathie!«

»Muss ich dich erst beleidigen, dass du von dannen ziehst?«

Das hatte gesessen. Michael blieb stehen wie ein begossener Pudel und sah mich an, als hätte ich ihn geschlagen.

»Ich wollte nur freundlich sein«, sagte er.

Ich winkte ab und machte, dass ich davonkam.

Zurück in meinem Café, schnappte ich mir ein paar Weihnachtsplätzchen und beruhigte meine Nerven.

Nelli bemerkte, dass ich etwas neben der Spur war, und fragte mich, was denn passiert sei.

»Ich hatte gerade eine etwas unschöne Begegnung mit Michael Müller und seiner Partnerin. Die beiden stressen mich.«

»Hm, ich glaube, der mag dich mehr, als dir lieb ist«, erwiderte sie und reichte mir noch ein Plätzchen.

»Das glaube ich nicht, Nelli. Der hat einfach kein Gefühl für ein normales Miteinander. Sein Verhalten ist oft so widersprüchlich und macht mich einfach wütend. Und das liegt nicht daran, dass er als Kind gemein zu mir war. Es ist sein jetziges Verhalten, das mich total nervt.«

»Na ja, die Müller-Kinder hatten es nicht leicht, wobei es vor allem Michael war, der viel aushalten musste«, erklärte Nelli und legte mir eine Hand auf die Schulter. »An den Vater erinnere ich mich noch gut, ein unangenehmer Zeitgenosse, ein Patriarch, der hier im Ort ständig den Ton angeben wollte. Michael war als Kind ein völlig verschreckter kleiner Junge, der sofort eine Ohrfeige bekam, wenn dem Alten etwas nicht passte. Zu Hause musste er kuschen, und so ließ er draußen auf der Straße und in der Schule dann wohl Dampf ab und wurde zum Kasper, der ständig Streiche ausheckte.«

»Daran erinnere ich mich gar nicht. Isabel hat nie etwas Derartiges erzählt. Und wir waren schon immer die besten Freundinnen.«

»Ja, Isabel war auch das Mädchen. Sie wurde weitgehend verschont, wenn der Vater mal wieder unleidlich war. Und Michael hat sie auch noch beschützt. Als großer Bruder hat er immer dafür gesorgt, dass seine Schwester einigermaßen unbeschwert groß werden konnte.«

»Woher weißt du das alles, Nelli?«, fragte ich neugierig.

»Weil Margo und ich befreundet waren. Margo hat sich oft bei mir über ihren Ehemann und sein dominantes Verhalten ausgeheult. Es war ihr nur bedingt möglich, Michael zu schützen.«

»Dann ist es ja fast ein Segen, dass der Vater so früh gestorben ist. Er ist verunglückt, nicht wahr?«

»Ja. Heinrich ist viel zu schnell gefahren. Und er war betrunken. Aber Margo ans Steuer zu lassen war für ihn undenkbar. Er war der Meinung, dass Frauen zu dumm fürs Autofahren seien.«

»Was für ein Stinkstiefel.«

»Ja, er hat sich wirklich wie ein Patriarch aufgeführt, völlig entgegengesetzt dem Zeitgeist. Aber seine Eltern und Großeltern waren auch schon so extrem traditionell. Heinrich hat dieses Muster übernommen. Es hat ihn und Margo das Leben gekostet.«

»Ich erinnere mich nur schwach daran. Michael und Isabel waren plötzlich ganz alleine.«

»Ja, ihre Tante hat die Erziehung übernommen, allerdings nur recht unwillig. Michael hat dann ganz schnell Verantwortung übernehmen müssen.«

»Und ist trotzdem ein Kasper geblieben.«

»Das war wohl sein Schutz gegen die äußeren Umstände.«

»Bemerkenswert.«

»Siehst du, Kathie, deshalb solltest du nicht allzu streng mit ihm ins Gericht gehen.«

»Ja, aber das wird mir schwerfallen, weil er mich ständig provoziert.«

Nelli kicherte und meinte nur, ich solle mal einen meiner Yogakurse besuchen, die in meinem Seminarraum abgehalten wurden. Auf diese Weise würde ich lernen, gelassener zu bleiben.

»Ach, du weißt doch, dass ich viel zu viel zu tun habe, um auch noch einen Kurs zu besuchen. Noch nicht einmal zum Malen komme ich mehr. Die Malerei hat mich immer entspannt. Aber im Augenblick ist so viel los …«

»Du weißt, dass Trudi und ich immer für dich da sind. Dein Café ist ein Teil unseres Lebenssinns. Ältere Menschen wie Trudi und ich brauchen ebenso eine Aufgabe wie alle anderen auch.«

»Danke, Nelli, ich weiß das auch sehr zu schätzen. Ich hab es echt gut mit euch.«

»Na dann, lass dich nicht von Michael provozieren und genieße dein Leben.«

»Wird gemacht!«

Doch trotz Nellis gut gemeinter Worte fühlte ich mich weiterhin elend. Die Arbeit im Café machte mir nicht mehr richtig Freude, solange ich nicht wusste, warum Leon sich nicht mehr meldete. Der Mann aus Scheidegg war einfach nicht aufzutreiben, als würde er nicht existieren. Aber das konnte nicht sein. Wahrscheinlich war ich einfach zu unkonzentriert, um ihn im Internet ausfindig zu machen. Ich nahm mir fest vor, mir morgen früh freizunehmen und nach Scheidegg zu fahren, um vor Ort etwas herauszubekommen.

Allerdings konnte ich meine Pläne wieder vergessen, denn Rebecca rief mich am späten Abend an und erklärte, dass sie in Friedrichshafen im Krankenhaus liege. Sie hatte eine Fehlgeburt und musste sich erst einmal schonen. Mit schluchzender Stimme berichtete sie, dass sie am Abend starke Blutungen bekommen habe. Leider hätten die Ärzte nichts mehr für das Baby tun können und eine Ausschabung durchgeführt. Ich tröstete sie, so gut ich konnte.

Rebecca war todunglücklich, und ich versprach, sie morgen zu besuchen. Und sie müsse sich in keiner Weise um ihren Arbeitsplatz Sorgen machen. Sobald es ihr besser gehe und sie all den Stress und die körperlichen Strapazen überwunden habe, komme sie einfach wieder ins Café.

Insgeheim fand ich es nur fair vom Schicksal, der armen Rebecca nicht noch ein Kind aufzubürden, aber natürlich würde ich mit meiner Meinung sehr zurückhaltend sein, zumal Rebecca ehrlich trauerte.

Da ich selbst nie schwanger gewesen war und auch nicht gedachte, es in absehbarer Zeit zu werden, konnte ich mich nicht so ganz in ihren jetzigen Zustand nach der Fehlgeburt hineinversetzen. Selbst ihre Schwangerschaft und das seltsame Ausmaß ihrer Übelkeit und der Hautveränderungen konnte ich nicht nachvollziehen, aber Isabel meinte, dass das Schwangersein und Kinderkriegen sowieso nur jemand verstehen könne, der es selbst erlebt habe.

Trotz allem tat mir Rebecca leid. Sie hatte es nicht verdient, dass das Schicksal so übel mit ihr spielte. Schließlich hatte sie sich sehr auf das Kind gefreut.

Ich informierte Nelli und Trudi, dass Rebecca wahrscheinlich bis Weihnachten ausfallen werde.

Am nächsten Morgen besorgte ich einen Blumenstrauß und fuhr in die Klinik.

Rebecca lag apathisch im Bett. Ihr Gesicht war ganz aufgedunsen vom vielen Weinen. Zärtlich strich ich ihr über die blonden Haare, die jetzt in Strähnen herunterhingen. Als sie mich sah, rannen ihr schon wieder die Tränen über die Wangen.

»Es ist schlimm für dich«, sagte ich leise.

Rebecca nickte und drehte den Kopf zur Seite.

»Du musst dich nicht schämen, weil du weinst. Das würde ich auch an deiner Stelle. Es ist so unfair.«

»Ich habe mich so gefreut, und jetzt ist alles aus«, schluchzte sie.

»Ich weiß. Es ist so … ungerecht … so … Mir fehlen die Worte.«

»Ich fühle mich so leer, so allein.«

»Du bist nicht allein, Rebecca. Wir alle stehen zu dir, was auch immer geschieht.«

»Ja, aber das ist nicht dasselbe. Das Baby ist weg!«

Ich stieß den Atem durch die Zähne.

»Bist du mit Thorsten in Kontakt? Weiß er irgendetwas?«

Rebecca schüttelte den Kopf. »Er weiß nichts, und ich habe keine Ahnung, wo er ist.«

»Das ist vielleicht besser so.«

Bei meinen Worten weinte Rebecca nur noch lauter. Ich ahnte, dass ich einen Fehler gemacht hatte.

»Ich will, dass er wieder zurückkommt! Und das Baby auch!«

»Schsch, jetzt wirst du erst einmal wieder gesund.«

»Ich will aber nicht gesund werden«, entgegnete sie trotzig. »Ich will meinen Mann und mein Kind zurück.«

Ich beschloss, dass es besser war, nichts mehr zu sagen, sondern einfach nur ihre Hand zu halten, bis sie sich wieder ein wenig beruhigt hatte.

»Ich habe dir ein wenig von der neuen Tortenkreation von Maja mitgebracht«, sagte ich nach einer Weile. »Und den Strauß stelle ich dir so hin, dass du ihn die ganze Zeit ansehen kannst. Der Anblick der hübschen Blumen soll dir guttun und dir wieder Energie schenken.«

»Danke«, erwiderte Rebecca matt.

»Und ich habe dir einen Rosenquarz mitgebracht, du weißt schon, den großen geschliffenen Stein. Er gehört jetzt dir, er soll dich trösten und dir wieder Mut machen.«

Erneut bedankte sie sich lustlos. Aber es war verständlich, dass ich keine Begeisterungsstürme erwarten konnte.

»Ich kann dich ein wenig verstehen. Nicht, weil ich weiß, wie es ist, schwanger zu sein und eine Fehlgeburt zu haben, sondern weil ich ebenfalls sehr, sehr traurig bin. Wegen Leon.«

»Leon, der Nikolaus.«

»Ja, genau. Der Nikolaus, mit dem ich eine so wundervolle Nacht verbracht habe, dass ich geglaubt hatte, dass nichts uns jemals wieder trennen könnte. Aber er hat sich nie wieder bei mir gemeldet.«

»Mein Mann ist auch meine große Liebe. Immer noch. Ich weiß, dass er Angst hat und dass er mich liebt.«

»O Rebecca, das ist keine Liebe, wenn ein Mann eine Frau mit Schulden im Stich lässt.«

»Er hat das nicht so gemeint.«

»So? Wie dann?«

»Er war immer ein rücksichtsvoller und liebenswerter Mann, ein wunderbarer Liebhaber und Ehemann.«

»Trotzdem verschwindet er und lässt dich mit all seinen Problemen zurück. Ist das in Ordnung?«

»Er kann nicht anders.«

»Und von dem Kind hat er auch nichts gewusst, oder?«

»Nein. Ich will ihm doch nicht noch mehr Probleme bereiten.«

»Ach, Rebecca. Du liebst diesen Mann bedingungslos, obwohl er es nicht verdient hat.«

»Ja.«

»Hm, vielleicht geht es mir mit Leon ähnlich, obwohl er mich so schändlich hat sitzen lassen. Ich liebe ihn.«

»Unfassbar, nicht wahr?«

»Ja. Da behandeln sie uns schlecht, und wir hängen immer noch an ihnen. Sind wir noch zu retten?«

»Sind wir nicht. Und bei dir, Kathie, hätte ich nie gedacht, dass du so ein Traumprinzenmodell in dir trägst. So überaus romantisch bist du doch gar nicht. Da bin ich schon eher der Typ, der auf den Prinzen mit dem Pferd wartet.«

Nun kicherte sie tatsächlich ein klein wenig.

»Ja, wir sollten wirklich auch über uns selbst lachen. Ich bin tatsächlich eher ein pragmatischer Mensch, aber eben doch auch eine Frau. Ein klein wenig Prinzessin steckt doch in uns allen, ob wir wollen oder nicht.«

»Ach«, seufzte sie und verdrückte wieder ein paar Tränen.

»Wir überleben das«, sagte ich und drückte ihre Hand ganz fest.

»Ich weiß nicht …«

»Doch, Rebecca! Versprich mir, dass du das überlebst, so wie ich das mit Leon überlebe.«

»Wenn du meinst.«

»Wir schaffen das!«

Daraufhin entgegnete sie nichts mehr, aber ich hoffte, dass meine Worte ihr wieder ein ganz klein wenig Mut gemacht hatten.

»Ich sag Trudi und Nelli, dass sie bei dir vorbeischauen sollen. Und Isabel und Maja.«

»Danke.«

Dann verabschiedete ich mich und fuhr zurück nach Langenargen.

Im Café herrschte eine bedrückte Stimmung. Trudi und Nelli bedauerten Rebeccas Schicksal.

»Das ist so unfair«, wetterte Trudi. »In ein paar Tagen ist Weihnachten, und Rebecca liegt im Krankenhaus, ohne Mann und ohne Kind.«

»Sie wird nicht über Weihnachten im Krankenhaus bleiben.«

»Trotzdem, sie ist ganz alleine«, erwiderte Trudi und wandte sich dann an ihre Schwester: »Sag mal, Nelli, sollen wir Rebecca über Weihnachten zu uns einladen? Ich kann mir vorstellen, dass sie jetzt nicht mutterseelenalleine zu Hause sitzen will.«

»Gibt es denn niemanden, mit dem sie feiert?«, fragte Nelli und blickte mich erwartungsvoll an.

»Ich glaube nicht«, antwortete ich. »Von ihren Eltern hat sie nie was erzählt, und Geschwister gibt es auch keine. Nicht einmal Tanten und Onkel. Das ist wahrscheinlich auch der Grund, warum sie so an ihrem Exmann klebt.«

»Wir laden sie gerne zu uns ein, nicht wahr, Nelli?«

»Aber sicher. So ein Küken lassen wir doch nicht alleine. Und das gilt auch für dich, Kathie.«

Ich hob abwehrend die Hände. »Oh, das ist lieb von euch, aber nicht nötig. Ich habe mir vorgenommen, über die Feiertage mal wieder ein wenig zu malen. Und vor dem Alleinsein habe ich auch keine Angst.«

»Du kannst es dir jederzeit anders überlegen, falls dich nach der unleidlichen Nikolausgeschichte das heulende Elend überkommt.«

»Nein, das lass ich gar nicht erst an mich heran. Wäre ja noch schöner!«

»Unser Angebot steht dennoch. Man weiß ja nie …«

»Danke«, sagte ich und drückte beiden einen Kuss auf die Wange, »ihr seid echt süß. Ich wüsste gar nicht, was ich ohne euch täte.«

»Wir sind ja hier auch wie eine Familie. Schließlich sind deine Eltern ziemlich weit weg. Apropos, wann siehst du sie wieder? Willst du im Februar mal hinfliegen?«, fragte Trudi. »Da würdest du die Mandelblüte mitbekommen.«

»Ich weiß noch nicht«, wich ich aus. »Ich bin mir nicht sicher, ob ich im Februar schließen soll.«

»Du musst nicht schließen, Kindchen, wenn du das nicht willst. Wir übernehmen das Café gerne mal für ein paar Tage.«

»Oder sogar für ein oder zwei Wochen«, fügte Nelli hinzu.

»Das ist in der Tat ein verlockendes Angebot. Doch im Augenblick kann ich das noch nicht entscheiden. Ich werde euch aber rechtzeitig Bescheid geben, wenn es so weit ist.«

»Wir haben nichts anderes erwartet, nicht wahr, Trudi?«

Daraufhin gingen beide in den Ausschankraum. Es waren neue Gäste gekommen.

So verbrachten wir zu dritt den restlichen Tag damit, Kaffee, Tee und Kuchen zu servieren und immer wieder das eine oder andere Geschenk zu verkaufen.

»In vier Tagen ist Heiliger Abend«, meinte Trudi nachdenklich, als wir langsam aufräumten.

»Das ist die beste Zeit für Geschenke«, erwiderte ich munter. »Manche holen sich auf den letzten Drücker noch etwas. Deshalb habe ich auch an Heiligabend bis um vierzehn Uhr geöffnet. Ihr glaubt nicht, wer da noch schnell bei mir vorbeischaut.«

»Doch, doch, Kathie, wir können uns das denken.«

»Ihr braucht an Heiligabend aber nicht zu kommen. Ich schaffe das schon alleine. Zum Kaffeetrinken hat da sowieso keiner Zeit. Die wollen nur noch ein paar Geschenke haben. Und dann kann ich auch schon schließen.«

»Du kannst uns trotzdem immer anrufen, falls es eng werden sollte. Nelli und ich haben sowieso nicht viel zu tun. Wir werden dieses Mal auch nicht so viel Zeit fürs Kochen aufwenden. Diese üppigen Schlemmereien tun uns nicht gut und gehen direkt in Hüftgold über. Das tun wir uns nicht mehr an«, sagte Trudi und sah ihre Schwester grinsend an.

»Wir werden uns dieses Jahr ein indisches Linsengericht gönnen.«

»Aha, also etwas völlig Untypisches!«, konstatierte ich und holte den Staubsauger aus dem Schrank.

»Rote Linsen mit Tandoori-Paste, Spinat, Gurke und Kartoffeln. Schmeckt ausgezeichnet, ein wenig scharf und ist zudem rein vegetarisch.«

»Seid ihr jetzt auch Vegetarier?«

»Nein, wirklich nicht. Aber wir probieren gerne Speisen aus fernen Ländern aus.«

»Warum auch nicht«, sagte ich und schaltete den Staubsauger ein.

Im Lärm der Maschine war ein weiteres Gespräch nicht mehr möglich. Ein paar Minuten später verabschiedete ich die beiden und machte den Tagesabschluss der Kasse. Wir hatten heute wieder einmal ordentlich Umsatz gemacht, sodass ich mit meinem Geschäft äußerst zufrieden sein konnte. Aber glücklich war ich eben nicht. Wieder einmal fragte ich mich, wofür ich das alles eigentlich machte. Ich konnte meinen Erfolg mit niemandem teilen und verbrachte die Weihnachtsfeiertage stets alleine zu Hause mit meiner Malerei. Seit meine Eltern auf Mallorca lebten, war ich hier auf mich alleine gestellt, nicht gerade vereinsamt, aber dennoch immer nur mit mir selbst beschäftigt.

Nach meiner letzten gescheiterten Beziehung war die Begegnung mit Leon ein echter Glücksfall gewesen, so vielversprechend und tief berührend. Diese eine Nacht hatte mir so viel bedeutet, und jetzt war ich enttäuschter als je zuvor.

Da fiel mir wieder ein, dass ich diesen Tag eigentlich hatte nutzen wollen, um nach dem Mann aus Scheidegg zu fahnden. Wieder eine verpasste Chance.

Stattdessen würde ich jetzt brav nach Hause gehen, die Beine hochlegen und ein wenig lesen. Vielleicht würde ich noch bei Rebecca anrufen. Eventuell auch noch bei Isabel. Und das war es dann für heute.

Ein wenig ratlos und desillusioniert schaltete ich die Lichter meines Tannenbaums aus, goss mir ein Glas Wasser ein und setzte mich ans Fenster meines Cafés. Dann stützte ich meinen Kopf auf beide Arme und blickte hinaus in die Dunkelheit, wobei ich erkennen konnte, dass wieder Nebel aufgezogen war. Die Straße war nicht mehr zu sehen. Weiße Schleier zogen am Fenster vorbei.

Zeit, dass ich nach Hause kam, sagte ich mir und trank das Wasser in einem Zug aus. Ich stellte das leere Glas in das Spülbecken und schlüpfte in meinen Wintermantel. Dann löschte ich das Licht im Café bis auf die Salzkristalllampen und nahm den Schlüssel heraus.

Ich öffnete die Tür und trat ins Freie, hinaus in den Nebel.

Plötzlich war mir, als ob eine Gestalt in einem roten Mantel an mir vorbeihuschen würde. Für mich war das wie ein Déjà-vu, sodass ich irritiert meinen Schlüssel fallen ließ.

»Frau Winter?«, krächzte ich. »Sind Sie es?«

12

Ich bückte mich, um meinen Schlüssel aufzuheben, und starrte dann angestrengt in den Nebel hinein. Die Gestalt im roten Mantel trat mit einem Ruck aus den Nebelschwaden auf mich zu und erschreckte mich dermaßen, dass ich zusammenzuckte.

»Frau Winter?«, fragte ich noch einmal, dieses Mal mit einem ärgerlichen Unterton.

»Schön, Sie zu sehen«, antwortete die Person. Es war Frau Winter.

»Sie haben mich ja ganz schön hängen lassen!«, sagte ich vorwurfsvoll.

»Das habe ich ganz und gar nicht, Frau Krämer«, erwiderte Frau Winter mit sanfter Stimme. Sie trug dieselbe Kleidung wie vor ein paar Wochen.

»Doch, Sie sind einfach verschwunden. Ich habe nicht verstanden, warum Sie das getan haben.«

Frau Winter lächelte. Ihre Augen blitzten vergnügt, als sie mich gütig mit einem Blick ansah, der kein Wässerchen trüben konnte. Als wäre nichts geschehen.

Ich wartete auf eine Erklärung, aber Frau Winter lächelte einfach nur. Ich hätte ihr das kecke Hütchen vom Kopf reißen können, so wütend machte mich ihr scheinheiliges Getue.

»Warum sagen Sie nichts?«, zeterte ich.

»Die Dinge sind nicht immer so, wie man es sich erhofft. Es kam mir etwas dazwischen.«

»Ach, auf einmal! Und ganz plötzlich!«

»Ja, in der Tat.«

»Und da hatten Sie keine Zeit, mir das persönlich mitzuteilen?«, fragte ich. Meine Stimme triefte vor Sarkasmus, doch ich war nicht gewillt, mich auf belangloses Plaudern einzustellen.

»Es tut mir leid, aber es gibt im Leben immer mehrere Optionen. Die Schicksalswege sind nicht immer gleichförmig. Sie sind verworren und verflochten. Es blieb mir nichts anderes übrig, als mich schnell auf den Weg zu machen. Doch das Wichtigste haben Sie erhalten.«

»Ich verstehe kein Wort.«

Frau Winter entgegnete zunächst wieder nichts. Sie sah mich durchdringend an, während feuchte Nebelschleier uns umflossen. Es war seltsam, in ihrer Gegenwart draußen in der nebeligen Dunkelheit zu stehen und Argumente zu finden für etwas, was ich nicht ganz verstand.

»Die Winterzeit ist eine magische Zeit«, sagte sie schließlich.

Ihre Stimme kam wie von weit her. Sie hatte etwas Schmeichelndes an sich und doch auch etwas Eigenartiges, das fremd für mich war. Vielleicht lag es auch am Nebel, dass mir die Situation so unheimlich vorkam.

»Diese magische Zeit«, fuhr Frau Winter fort, »sorgt dafür, dass sich mehrere Möglichkeiten im Leben offenbaren. Welche Möglichkeit Sie auch immer wählen, es wird letztendlich die richtige sein. Das entscheidet das Schicksal. Und Ihr freier Wille. Sie wählen einen Weg im Leben, und dem folgen Sie dann.«

»Was Sie nicht sagen! Ich habe genug gehört, Frau Winter, und kann nur erwidern, dass ich maßlos enttäuscht bin.«

»Ich kann Ihre Betroffenheit verstehen, aber alles folgt einem besonderen Plan. Sie haben mein Märchenbuch und somit all meine Botschaften. Mehr braucht es nicht. Das Schicksal wird sich entscheiden. Und dann wird auch der richtige Zeitpunkt für eine Lesung bei Ihnen kommen.«

»Das glauben Sie wohl selbst nicht! Es wird keine Lesung geben, Frau Winter. Ich arbeite nicht mit Menschen zusammen, die mich derart hängen lassen und auf die ich mich nicht verlassen kann.«

Frau Winter legte den Kopf schief und griff nach meinen Händen. Doch ich wollte mich unter gar keinen Umständen von ihr anfassen lassen und zog die Hände demonstrativ zurück. Frau Winter bemerkte meinen Widerstand und ließ ihre Hände sinken. Sie lächelte unaufhörlich. Meine Verärgerung schien ihr nichts auszumachen. Zumindest ließ sie sich nichts anmerken.

»Achten Sie auf die Zeichen«, sagte sie leise. Dann drehte sie sich um und verschwand im Nebel.

Ich blieb mit offenem Mund an der Schwelle zu meinem Café stehen und wusste nicht, was ich von diesem Auftritt halten sollte.

»Achten Sie auf die Zeichen«, äffte ich sie nach und schnaubte. Einen größeren Blödsinn hatte ich noch nie gehört.

Dieses seltsame Gespräch hatte mir den Rest gegeben. Ich fühlte mich so bedrückt und missverstanden wie schon lange nicht mehr. Im Nebel tappte ich den Weg in Richtung Malerecke und blieb am Seeufer im Park stehen. Unweit der Strandperle setzte ich mich auf eine der Bänke und überließ mich den wabernden Nebelschwaden.

Es war schmerzhaft, so alleine auf der Bank zu sitzen und zu begreifen, dass mein Leben mir eine Menge Stolpersteine in den Weg legte. Und dennoch musste ich zugeben, dass es mir gut ging. Ich hatte ein eigenes Café, war gesund und erfolgreich und äußerst beliebt in unserem Ort. Liebe Menschen waren an meiner Seite, die mit mir befreundet waren und mir beistanden. Und mein eigenes Schicksal war keineswegs vergleichbar mit dem von Rebecca oder gar dem des armen Herrn Meier. Ich war am Leben und hatte eine traumhafte Nacht mit einem Mann erlebt, die so himmlisch war, dass es beinahe überirdisch schön gewesen war. Warum gelang es mir nicht, dies alles einfach so anzunehmen und stehen zu lassen? Warum wollte ich gleich alles? So eine Nacht war doch ein Geschenk des Himmels. Warum wollte ich gleich ein ganzes Leben mit Leon?

Aber war es so verkehrt, von einem gemeinsamen Leben mit Leon zu träumen, wo er es mir doch versprochen hatte? Es war so viel Liebe in mir für ihn.

Ich wollte glücklich sein im Beruf und gleichzeitig glücklich in einer Partnerschaft. Vielleicht aber war es vermessen, beides zu wollen. Vielleicht war das zu viel des Guten.

»Kathie? Was machst du so alleine hier im Nebel?«, fragte eine Stimme, die ich nur zu gut kannte.

»Michael? Was willst du?«, fuhr ich auf und drehte mich ruckartig um.

»Warum reagierst du eigentlich immer gereizt, wenn du mich siehst, Kathie?«

»Ich … ich …«, stotterte ich und fühlte mich ertappt. Ja, warum reagierte ich immer so gereizt auf Michael? »Tue ich das wirklich?«, fragte ich.

Michael setzte sich zu mir auf die Bank.

»Ja«, sagte er.

Seine Stimme war leise und ruhig, ganz anders als sonst, wenn er mir auf die Nerven ging.

»Heute nicht, denn im Augenblick bist du ganz normal«, bekannte ich.

»Doch, Kathie, gerade hast du mich angegiftet, als du merktest, dass ich es bin.«

»Na ja«, gab ich zu, »ein kleines bisschen schon, das stimmt. Aber das liegt nur daran, dass du bei mir wohl alle Knöpfe drückst. Du neckst mich, provozierst mich, benimmst dich sonderbar …«

»Das tut mir leid. Ich will das gar nicht. Es ist mir arg, wenn das bei dir so ankommt. Ich will nur fröhlich sein.«

»Aber du übertreibst dabei. Merkst du das denn gar nicht?«

Michael hob die Schultern und kratzte sich am Kopf. »Ehrlich, ich merke es wohl nicht.«

»Aber jetzt bist du auch ganz anders. Also kannst du es.«

»Vielleicht liegt es daran, dass ich dich mag, sehr mag.«

Seine gestammelten Worte rührten mich irgendwie. Ich drehte mich zu ihm um und sah ihn direkt an.

»Kathie!«, sagte er mit Inbrunst.

Es lag so viel Gefühl in seiner Stimme, dass ich erschrak und wieder von ihm abrückte.

»Halt, halt, Michael, du hast eine Frau und ein Kind. Komm mir also nicht so.«

»Milly wird wieder nach Hause fahren.«

»Ach. Und warum? Es sah so aus, als ob aus euch was werden könnte.«

»Das hätte sie gerne gehabt, aber das geht nicht.«

»Habt ihr es wenigstens probiert?«

Michael holte tief Luft und sah mich prüfend an. »Wenn du wissen willst, ob wir miteinander geschlafen haben, dann ist die Antwort ja.«

»Oh, oh, so genau wollte ich es gar nicht wissen«, sagte ich und rutschte unruhig auf der Bank herum. Das Gespräch hatte eine Wendung genommen, die mir gar nicht genehm war.

»Es macht dir also nichts aus, dass ich mit Milly im Bett war?«, fragte Michael und hatte plötzlich eine Schärfe in der Stimme, die mich auf der Hut sein ließ.

»Nein, warum sollte es? Ich bin doch nicht deine moralische Instanz. Es geht mich nichts an, mit wem du zusammen bist und mit wem du ins Bett gehst.«

»So ist das also«, sagte er und fuhr sich mit der Hand übers Gesicht.

»Michael, was hast du erwartet?«, fragte ich nun ebenso scharf.

»Tja, wenn ich das wüsste! Irgendwie dachte ich, dass du mich magst und dass wir …«

»Ich mag dich ja. Du bist Isabels Bruder.«

»Und das ist alles, was du in mir siehst? Den Bruder deiner besten Freundin? Sonst nichts?«

»Ja, natürlich. Außerdem ärgere ich mich dauernd über dich. Das ist wirklich nicht die geeignete Grundlage für eine Freundschaft.«

»Freundschaft, so, so.«

Michael atmete schwer. Meine Antwort behagte ihm nicht, aber ich konnte nichts daran ändern. Fröstelnd zog ich die Schultern zusammen.

»Dir ist kalt«, bemerkte Michael und zog sich seine Jacke aus, um sie mir um die Schultern zu legen.

»Aber nun sitzt du ganz ohne Jacke da.«

»Na und? Das halte ich schon aus.«

Zweifelnd hob ich die Augenbrauen.

»Du hast es also mit Milly versucht«, ermunterte ich ihn, weiterzusprechen.

»Ja, weil es das Mindeste war, was ich tun konnte. Wegen Holly.«

»Aber Milly sah ganz danach aus, als ob sie sich nichts sehnlicher wünschen würde als eine Ehe mit dir.«

Michael schüttelte den Kopf. »Milly liegt nichts an mir persönlich. Sie wünscht sich einfach den Status einer Ehefrau und ein sicheres Leben.«

»Das ist doch legitim, oder?«

»Ich bin ihr ja auch entgegengekommen. Wir haben einen Versuch gestartet. Aber das wird nichts. Wir schlagen uns die Köpfe ein. Und im Bett klappt es auch nicht.«

»Das will ich nicht wissen«, wehrte ich ab.

»Du liebst diesen Nikolaus, stimmt's?«, fragte Michael plötzlich und überrumpelte mich mit seiner Frage. Den traurigen Unterton in seiner Stimme wollte ich nicht hören.

»Ja«, antwortete ich schlicht.

»Gut. Ich werde dir helfen, ihn zu finden.«

»Nein, das musst du nicht. Das ist mir unangenehm.«

»Doch, Kathie, das muss ich. Weil du mir wichtig bist. Und weil ich will, dass du endlich glücklich bist. Es ist unerträglich, dich leiden zu sehen. Ich finde diesen Kerl für dich, ich verspreche es dir.«

»Bitte kümmer dich um deine eigenen Angelegenheiten. Vielleicht wird es ja doch noch was mit Milly. Wenn ihr euch zusammenrauft …«

»Lenk nicht ab, Kathie. Milly und ich sind nicht zusammen. Wir haben nicht die geringste Chance miteinander. Es geht einfach nicht. Wir lieben uns nicht. Es ist bedauerlich, dass wir dieses Kind miteinander haben, aber mehr verbindet uns nicht und wird uns nicht verbinden.«

»Aber du wirst deine Tochter kaum sehen, wenn Milly wieder nach Australien geht.«

»Das ist ein Irrtum. Holly bleibt bei mir. Milly kann mit ihr nichts anfangen.«

Ich starrte Michael ungläubig an.

»Ja, da staunst du. Es ist mir egal, ich werde sie alleine erziehen.«

»Und du glaubst, dass du das schaffst?«

»Besser als Milly auf jeden Fall. Ich habe schon als Kind gelernt, Verantwortung zu übernehmen«, erwiderte er trocken, »und ich werde ein besserer Vater sein, als meiner es je war.«

Ich schwieg betreten.

»Also«, sagte Michael nach einer Weile in einem geschäftigen Ton, »widmen wir uns deinem Nikolaus. Herr Meier ist tot. Der Student war es auch nicht. Bleibt also noch Nils Lütger aus

Scheidegg. Ich nehme an, dass du ihn noch nicht kontaktiert hast.«

»Äh …«

»Also habe ich recht. Ich finde ihn, versprochen.« Damit erhob er sich.

»Deine Jacke«, sagte ich verwirrt.

»Du bedeutest mir wirklich etwas, Kathie«, erklärte er plötzlich. »Merkst du das nicht?«

Der Schmerz in seiner Stimme erschreckte mich. Ich war unfähig, mich zu bewegen. Auf einmal war da etwas zwischen uns, das ich nicht erklären konnte. Es war wie ein seltsames Glühen, das über sein Antlitz glitt und ihn auf einmal veränderte, sodass ich unter die Oberfläche schauen konnte, als hätte sich ein Spalt in ihm geöffnet, um mir eine andere Perspektive zu offenbaren. Ich blickte ihn staunend an und sah ihn für einen Moment lang wirklich mit ganz anderen Augen. Doch der Moment ging vorüber. Ich zwinkerte mit den Augen und verbot mir, etwas ganz Neues an ihm wahrzunehmen, was mich vielleicht irritieren könnte. Es war sicherer, auf dem gewohnten Terrain zu verbleiben und Michael nicht zu nahe zu kommen. Noch einmal konnte ich das Aufglimmen der Hoffnung und der Freude in seinen Augen erkennen, aber ich wollte mich nicht darauf einlassen. Ich reichte ihm die Jacke und blickte zu Boden.

Michael trat noch einen Schritt auf mich zu. Als ich mich aber nicht rührte, nahm er seine Jacke, hängte sie sich über die Schulter und drehte sich grußlos um. Dann verschluckte ihn der Nebel.

Ich saß wie vom Donner gerührt da. Erst Minuten später erwachte ich aus meiner Trance und eilte nach Hause.

Beunruhigt griff ich zum Telefon und rief Isabel an. Mein Anruf bei Rebecca musste bis morgen warten. Ich war zu verwirrt, um jetzt alleine zu sein. Meine beste Freundin würde mir hoffentlich beistehen.

Während ich Isabels Nummer eintippte, fiel mein Blick auf die beiden Rosen, die auf meinem Nachttisch lagen – Leons Rose und Michaels Rose. Was für eine Ironie, dass sie mir beide Rosen geschenkt hatten. Der eine hatte mich hängen lassen, der andere brüskierte mich ständig. Es war so lächerlich!

Isabel meldete sich gleich. Sie gähnte zur Begrüßung ausgiebig. Im Hintergrund hörte man das Gezanke der beiden Buben.

»Wart mal kurz, ich suche mir ein stilles Plätzchen, verstehe sonst kein Wort. Die Rasselbande ist mal wieder außer Rand und Band.«

Ich wartete, bis es bei Isabel ruhiger wurde.

»So, jetzt höre ich dich. Was gibt es Neues?«

Ich erzählte ihr von meiner Begegnung mit ihrem Bruder und dass er Leon finden wollte.

Nun hörte ich Isabel herzlich lachen.

»Das ist typisch Michael«, entgegnete sie.

»Wusstest du, dass Milly wieder abreist und Holly bei Michael lässt?«

»Ja, aber auch erst seit heute. Ich habe trotzdem ein komisches Gefühl, Kathie. Milly ist nicht so gestrickt, dass sie sich das einfach so gefallen lässt. Sie sieht sich schon als Michaels Frau.«

»Meinst du?«

»Ja, meine ich. Michael ist diesbezüglich völlig naiv. Er glaubt, er kann ihr einfach sagen, dass es nichts mit ihnen wird, und sie stimmt sofort mit ihm überein und packt ihre Sachen.«

»Glaubst du, dass sie Ärger machen wird?«

»Leider ja. Da müsste schon ein Wunder geschehen, wenn eine Frau wie Milly so schnell aufgibt.«

»Hat Michael Näheres erzählt?«

»Seit wann interessierst du dich für meinen Bruder?«

»Oh, mir tut nur die kleine Holly leid. Ich will nicht, dass sie in diesen Erwachsenenkrieg mit hineingezogen wird.«

»Das wollen wir alle nicht. Michael sagte nur, dass Milly nach den Feiertagen wieder abreisen wird. Ich hätte mich auch gewundert, wenn es mit den beiden geklappt hätte. Er und Milly passen einfach nicht zusammen. Er braucht eine liebevolle Frau an seiner Seite, eine, die integer ist und zu ihm hält. Milly ist durchtrieben, auch wenn sie ihre guten Seiten haben sollte.«

»Das kann ich nicht beurteilen.«

»Ach Kathie, ich wünschte …« Sie hielt plötzlich inne und sprach nicht weiter.

»Was wolltest du sagen?«, forderte ich sie auf, weiterzusprechen. Aber Isabel schwieg beharrlich, während ich auf eine Antwort wartete.

»Sehen wir uns noch mal vor Weihnachten?«, fragte sie stattdessen nach einigen schweigsamen Sekunden.

»Ich hoffe doch.«

»Wie geht es eigentlich Rebecca?«, fragte sie, bevor ich das Gespräch beenden konnte.

Ich erzählte ihr, wie traurig Rebecca war und dass es schön wäre, wenn sie morgen bei ihr vorbeischauen würde.

»Ich denke, sie wird bald entlassen. Die Krankenhäuser behalten ihre Patienten heutzutage nicht mehr allzu lange. Aber bestimmt ist sie morgen noch dort.«

Wir verabschiedeten uns. Wieder fiel mein Blick auf die beiden Rosen, die ich nun wütend packte und in die Schublade des Nachttisches legte. Ich wollte nach vorne schauen, so gut ich konnte. Die Rosen hielten mich irgendwie davon ab.

In der Nacht träumte ich von Leon, lag noch einmal in seinen Armen, hielt ihn fest umschlungen und schmiegte mich an seinen warmen Körper. Wir waren uns so nahe wie nie zuvor, und alles war gut und schön, friedlich und hoffnungsvoll, freudig und glückselig.

Ja, Leon war der richtige Mann für mich. Im Traum war er bei mir und offenbarte mir eine glückliche gemeinsame Zukunft. Verheißungsvoll waren seine Worte und seine Zärtlichkeiten. Ich konnte all meine Sehnsucht wieder spüren und dass ich ihn unendlich vermisst hatte. Jetzt im Traum fand ich Frieden und Erfüllung.

13

Umso schrecklicher war das Erwachen. Leon war nicht bei mir. Alles war nur ein Traum gewesen. Die Realität war bitter und hässlich. Ich konnte nicht anders, als wieder einmal in Tränen auszubrechen und mich mit Mühe ins Bad zu schleppen.

Eine ausgiebige Dusche würde mir jetzt guttun und all die Gespenster vertreiben, die mich verfolgten. So kam es, dass ich das Klingeln an der Tür nicht bemerkte. Erst als ich das Wasser abdrehte, hörte ich, dass jemand dringend versuchte mich zu erreichen. Es klingelte nämlich unaufhörlich.

»Ist ja schon gut«, murmelte ich und wickelte mich in ein Handtuch, bevor ich barfuß zur Tür lief und öffnete.

Draußen stand Michael und schaute mich mit großen Augen an. »Ist was passiert?«, fragte ich blöderweise, bis mir bewusst wurde, dass ich nichts trug außer dem roten Badetuch. Michael konnte die Augen nicht von mir wenden. »Sorry«, sagte ich und eilte nach drinnen, um in mein Schlafzimmer zu verschwinden. »Setz dich, ich komm gleich«, rief ich mit lauter Stimme, doch Michael war mir bereits gefolgt. »Raus!«, schrie ich, aber er rührte sich nicht. Er war wie gelähmt. »Michael! Das ist mein Schlafzimmer! Geh bitte raus und warte, bis ich mich angezogen habe.«

»Du bist so …«

»Sag es nicht!«, unterbrach ich ihn und packte ihn mit beiden Händen, um ihn hinauszuschieben. Dabei öffnete sich mein Handtuch und rutschte zu Boden. Nun stand ich nackt vor ihm, ebenfalls unfähig, mich zu rühren. »Wage es nicht!«, zischte ich, als ich merkte, dass er sich kaum beherrschen konnte.

»Du machst mich verrückt, Kathie«, stöhnte er und rannte dann aus dem Zimmer, als wäre der Teufel hinter ihm her.

»Puh«, ächzte ich und holte mir schleunigst frische Sachen aus dem Schrank.

Drei Minuten später war ich angezogen und verließ das Schlafzimmer.

»Michael«, fragte ich, »bist du noch da?«

»Ja«, knurrte es aus der Küche.

»Was führt dich so früh am Morgen zu mir?«, erkundigte ich mich und tat so, als ob der Vorfall soeben nicht stattgefunden hätte.

Michael stand in der Küche und blickte aus dem Fenster. Es war immer noch neblig draußen.

»Ich habe ihn!«, stieß er hervor, ohne sich umzudrehen.

»Wen? Was?«

»Ich habe deinen Lover!«

»Wie jetzt?«, fragte ich zitternd.

Alles Blut war mir aus dem Gesicht gewichen. Ich fürchtete, gleich ohnmächtig zu werden, so sehr erschütterte mich seine Aussage.

»Ich habe deinen Leon gefunden«, wiederholte er ganz ruhig.

»O Gott!« Ich taumelte.

Michael trat auf mich zu und hielt mich fest. »Jetzt nicht umfallen!«

»Ich bin so … Wie hast du …?«

»Jetzt setzt du dich erst einmal, dann erzähl ich dir alles.«

»Gut, gut«, erwiderte ich, schüttelte seine Hände ab, eilte ins Wohnzimmer und ließ mich aufs Sofa fallen. Michael folgte mir mit ernstem Gesichtsausdruck. »O Gott!«, sagte ich noch einmal und spürte meinem rasenden Herzschlag nach.

»Alles in Ordnung mit dir, Kathie?«, fragte Michael.

»Ja, ja, alles bestens. Bitte erzähl mir endlich, was du erfahren hast.«

Michael schnappte sich einen Stuhl und setzte sich mir gegenüber.

»Reich mir deine Hände, Kathie.«

»Nein!«

»Doch. Du zitterst dermaßen, dass ich mich fürchte zu sprechen.«

»O Michael, mach es doch nicht schwerer, als es ist.«

»Erst, wenn du mir deine Hände reichst.«

»Also gut«, gab ich nach. Meine Hände zitterten tatsächlich und waren eiskalt.

»Hör zu, Kathie. Er heißt Leon Dupret, lebt in Freiburg und ist für den Mann aus Scheidegg als Nikolaus eingesprungen. Die beiden kennen sich aus Studienzeiten.«

»Und weiter?«, drängte ich ungeduldig.

»Was du jetzt hören wirst, wird dir nicht gefallen, Kathie. Ich bitte dich, jetzt ganz stark zu sein. Schaffst du das?«

Michaels Worte versetzten mich in Panik. »Was? Was?«, stammelte ich.

»Ganz ruhig, Kathie, ganz ruhig. Lass deine Hände bei mir, ja?«

»Michael, sag mir sofort, was los ist!«

»Nicht hyperventilieren. Atme ganz ruhig ein und aus. Hast du mich gehört, Kathie?«

Mir wurde fast schwarz vor Augen, sodass sich Michael erhob und sich neben mich auf das Sofa setzte.

»Sag es mir endlich«, bettelte ich.

»Also, Leon hatte einen schweren Unfall, als er in den frühen Morgenstunden des 7. Dezembers von hier nach Freiburg fuhr.«

»Nein!«, schrie ich und schlug die Hände vors Gesicht.

»Ruhig, ruhig, er ist nicht tot, aber schwer verletzt.«

»Also er lebt. Wirklich?«

»Er lebt, Kathie. Er ist im Krankenhaus.«

»Gott sei Dank«, wisperte ich. Und dann wurde ich ohnmächtig.

Als ich erwachte, lag ich in Michaels Armen. Er hielt mich sehr sachte an sich gedrückt und ließ mir Zeit, langsam wieder zu mir zu kommen.

Schlagartig wurde mir bewusst, was soeben geschehen war. Sofort regte ich mich wieder auf, was Michael veranlasste, mich sanft zu streicheln. Ich fühlte mich zu schwach, um ihn von mir zu stoßen.

»Leon«, flüsterte ich voller Verzweiflung.

Da erst ließ mich Michael los und setzte sich mühsam auf.

»Geht es wieder?«, fragte er nüchtern.

»Ja, danke. Ich bin dir so dankbar, dass ich nun Klarheit habe.«

»Gern geschehen. Es war mir ein Vergnügen, deinen Lover zu finden.«

Ich überhörte den bitteren Unterton in seiner Stimme und richtete mich ebenfalls auf.

»Er lebt«, frohlockte ich. Und dann überkam mich die ganze Erkenntnis dieser Tragödie. »Jetzt weiß ich auch, warum er sich nicht mehr gemeldet hat. Er hat es nicht absichtlich getan. Er hat mich gar nicht versetzt. Es war der Unfall. O Michael, ich bin ja so froh!«

»Ja«, sagte Michael düster.

»Wann hast du es erfahren?«, fragte ich.

»Heute Morgen.«

»Und dann bist du gleich zu mir gekommen?«

»Ich habe es dir versprochen. Daran halte ich mich.«

»Oh Michael, das ist so lieb von dir. Ich bin dir ja so dankbar. Oh, oh, Leon lebt. Und er hat mich nicht absichtlich versetzt. Oh, alles wird gut. Ich weiß es.«

»Du entschuldigst mich jetzt, Kathie. Ich habe noch zu tun.«

»Natürlich. Danke, Michael, danke. Ich bin dir auf ewig dankbar.«

»Spar dir das. Ich habe getan, was ich konnte. Nun werde glücklich. Auf Wiedersehen, Kathie.« Mit diesen Worten wandte er sich zur Tür und verließ meine Wohnung, ohne sich noch einmal umzudrehen.

Verdattert blieb ich erst einmal sitzen und erlaubte mir, die Nachricht in aller Ruhe zu verdauen. Und dann wusste ich, was zu tun war. Ich würde nach Freiburg fahren. Zu Leon. Jetzt sofort.

In aller Eile rief ich Trudi und Nelli an und erklärte ihnen kurz, was geschehen war. Sie reagierten sehr verhalten auf meine Nachricht und baten mich, ganz ruhig zu bleiben und vor allem auf der Fahrt nach Freiburg nicht nervös zu werden oder in Panik zu geraten und ebenfalls einen Unfall zu riskieren. Dennoch versprachen sie sofort, das Café zu übernehmen, bis ich wieder zurück sei.

Ich dankte ihnen von Herzen und rief dann Isabel an, um ihr von Leon zu berichten. Meine Stimme überschlug sich fast, so aufgeregt war ich.

»Sachte, sachte, Kathie. Du möchtest also jetzt gleich nach Freiburg fahren?«, fragte sie und fügte hinzu: »Das kann ich verstehen. Aber bitte pass auf dich auf. Fahr vorsichtig, es ist schließlich immer noch neblig.«

Ich konnte ihr kaum zuhören, so energiegeladen fühlte ich mich. Mein ganzer Körper kribbelte. Ich stand total unter Strom.

»Ja, ja«, hechelte ich. »Ich bin ja so glücklich! Ich kann dir gar nicht sagen, wie glücklich ich bin. Das hat dein Bruder gut gemacht.«

»Ja, mein Bruder ist schon ein Goldschatz, wenn man ihn mit anderen Augen betrachtet.«

Den Wink mit dem Zaunpfahl verstand ich sehr wohl, ging aber nicht darauf ein, weil ich ganz anderes im Kopf hatte.

Ich würde Leon sehen, bald schon. Und dann würden wir uns

endlich in den Armen liegen, auch wenn er in der Klinik war. Meine Liebe würde dafür sorgen, dass er schnell wieder gesund werden würde.

»Wo liegt er denn?«, fragte Isabel.

Ich sagte es ihr und gluckste noch einmal jubelnd in den Hörer, wie dankbar ich sei und dass nun alle Wunder wahr werden würden.

»Bitte nimm dein Handy mit und bleib erreichbar.«

»Warum sagst du das?«, hakte ich nach.

»Weil ich dich kenne. Du bist ja jetzt schon völlig aus dem Häuschen. Du klingst so aufgeregt, fast hysterisch. Das sind keine guten Voraussetzungen für eine Nebelfahrt nach Freiburg.«

»Ich werde vorsichtig sein. Ich verspreche es dir.«

»Ruf mich an, wenn irgendetwas schiefgehen sollte.«

»Was sollte schon schiefgehen? Isabel, du übertreibst.«

»Man weiß nie. Ich bin auf jeden Fall für dich da, was auch immer geschieht. Wenn du reden oder dein Herz erleichtern willst, ruf mich an. Ich halte mich bereit.«

»Bitte unke nicht.«

»Ich unke nicht. Das gilt selbstverständlich auch für den Fall, dass du mir sofort von eurem Glück erzählen willst. Und wie das Wiedersehen war. Ich bin dann ganz Ohr, schließlich will ich mitbekommen, wie meine beste Freundin den Mann ihres Lebens wiederfindet.«

»Das ist lieb. Oh, Isabel, ich bin ja so glücklich!«

»Das gönne ich dir von Herzen. Du hast es wirklich verdient. Ich drücke dir die Daumen, dass du gut nach Freiburg kommst.«

Wieder bedankte ich mich und beendete das Gespräch, um schleunigst aus dem Haus zu kommen.

Nach all den bangen Tagen ohne Leon war dies jetzt ein Glückstag für mich. Ich konnte es kaum erwarten, ihn endlich zu sehen. Da Michael nichts mehr über den Unfall erzählt hatte, malte ich mir all die Details aus, die dazu geführt hatten, dass Leon die ganze Zeit nicht in der Lage gewesen war, mich zu kontaktieren.

Ich tröstete mich mit dem Gedanken, dass er aufgrund des Unfalls meine Telefonnummern verloren hatte und nun sehnsüchtig darauf wartete, von mir zu hören. Dass er eventuell im Koma lag, an solch einen schrecklichen Gedanken wollte ich gar keine Zeit verschwenden. Vielleicht machten es die Umstände unmöglich, mich zu verständigen. Oder er wollte mich schonen und sich erst melden, wenn es gute Neuigkeiten gab. Vielleicht aber war der Unfall schlimmer als gedacht, und so wollte Leon mir ein Leben an der Seite eines Unfallopfers nicht zumuten. Doch wie auch immer, ich würde ihn vom Gegenteil überzeugen. Meine Liebe zu ihm war stark genug, um mit diesem Schicksalsschlag fertigzuwerden.

14

Meine Gedanken überschlugen sich unaufhörlich auf der Fahrt nach Freiburg. Obwohl Herz und Seele zu meinem Liebsten drängten, zügelte ich meine Ungeduld und fuhr äußerst vorsichtig.

Nach einiger Zeit lichtete sich der Nebel. Sobald man das Bodenseegebiet verließ, war das oft der Fall. Strahlender Sonnenschein machte meine Weiterfahrt zu einer wahren Glücksfahrt. Ich stellte das Radio an und gab mich den heiteren Liedern hin, die mich auf dem Weg nach Freiburg begleiteten.

Endlich erreichte ich die hübsche Stadt im Breisgau. Nun trennten mich nur noch ein paar Minuten von meinem Leon.

Er wird Augen machen, wenn er mich sieht. Auf seinen freudigen Gesichtsausdruck freute ich mich schon jetzt.

Als ich das Krankenhaus erreichte, klopfte mein Herz wieder so laut, dass ich glaubte, es würde durch die ganze Eingangshalle zu hören sein. Am Empfang fragte ich mit nervöser Stimme nach Leon Dupret und bekam seine Station sowie seine Zimmernummer aufgeschrieben. Mit zitternden Knien musste ich zuerst die Toilette aufsuchen, bevor ich ihm einen Besuch abstatten würde.

Immerhin glänzten meine roten Haare im Winterlicht wie eine feurige Fackel, auch wenn ich dunkle Schatten unter den Augen sehen konnte und meine Haut an den Wangen rote Flecken der Aufregung aufwies. Mit meinen eiskalten Händen kühlte ich meine Wangen und lächelte mir aufmunternd zu. Jetzt trennten mich nur noch Sekunden von meinem Geliebten.

Im Aufzug wurde mir kurz schwindlig. Ich atmete tief ein und aus, um meine flatternden Nerven zu beruhigen.

Alles war gut! Gleich war ich bei Leon. Und ich würde die Kraft haben, alles zu ertragen, was uns dieser schreckliche Autounfall aufbürden würde.

Endlich stand ich vor seiner Zimmertür. Ich presste eine Hand auf mein Herz und klopfte an, um dann leise und behutsam die Tür zu öffnen.

Und dort lag er, mein Leon. Aber er war nicht alleine.

Eine junge Frau in blauen Jeans, einem grauen Pullover und hochgesteckten dunkelblonden Haaren saß an seinem Bett und küsste ihn sehr zärtlich und innig zugleich. Und dies war kein brüderlicher Kuss, sondern ein Kuss unter Liebenden. Die beiden saßen eng umschlungen da und liebkosten sich ungeniert. Aber es war eben auch kein anderer Patient im Zimmer. Leon hatte wohl ein Einzelzimmer.

Ich musste mich am Türrahmen festhalten, um nicht in Ohnmacht zu fallen.

»Leon!«, keuchte ich.

Die beiden fuhren auseinander und sahen mich erstaunt an. Leon setzte sich mühsam auf. Er war schmal geworden, mein Leon. Seine blauen Augen hatten an Glanz verloren.

Ich starrte die Frau, die vielleicht ein paar Jahre jünger war als ich, und Leon, der mich höflich anlächelte, entsetzt an.

Und dann kam der Satz, an den ich mich mein Leben lang erinnern würde.

»Guten Tag, kann ich Ihnen behilflich sein? Suchen Sie jemand Bestimmten?«, fragte Leon.

»Leon!«, brachte ich nur mühsam hervor.

Die junge Frau erhob sich. Sie merkte, dass etwas nicht stimmte und dass ich wohl gleich zusammenbrechen würde. Rücksichtsvoll schob sie mir einen Stuhl zu. »Bitte nehmen Sie doch Platz.«

Ich achtete gar nicht auf ihre Worte, sondern blickte weiterhin

Leon an, der mich unverbindlich höflich anlächelte und seine hübschen blauen Augen auf mich richtete, als ob ich eine Fremde für ihn wäre und als ob es diese eine wundervolle Nacht nicht gegeben hätte.

Ich war schockiert, brachte kein Wort mehr heraus und wusste nicht, ob ich das alles nur träumte oder ob diese Situation wirklich real war.

»Verzeihen Sie«, sagte Leon nun mit seiner samtenen Stimme, »ich weiß nicht, ob wir uns kennen. Durch den Unfall habe ich leider mein Kurzzeitgedächtnis verloren. Deshalb muss ich Sie bitten, mich aufzuklären. In welchem Zusammenhang kennen wir uns?«

Seine schön formulierten Worte drangen nur bedingt zu mir vor. Schwer atmend musste ich erst einmal verdauen, was ich soeben gehört hatte. Die junge Frau legte derweil liebevoll eine Decke um Leons Schultern und berührte seine schwarzen Haare mit einer Sanftmut, die mir entsetzlich wehtat.

»Liebster, es ist alles in Ordnung. Reg dich nicht auf. Deine Erinnerung wird eines Tages zurückkehren. Ganz bestimmt.« Dann wandte sie sich an mich mit ebenso freundlichen Worten. »Es regt Leon leider nach wie vor auf, dass er sich nicht erinnern kann. Und so, wie es aussieht, wussten auch Sie nicht, dass Leon Sie nicht mehr erkennen würde. Das tut uns sehr leid. Würden Sie so lieb sein und uns sagen, was Sie herführt?«

Schweigend starrte ich das Paar an. Meine Gedanken überschlugen sich. War diese Frau schon lange Leons Geliebte? Und wie war es möglich, dass Leon eine Nacht wie unsere einfach vergessen konnte? Er hatte mich und unsere Nacht vergessen. Einfach vergessen! Ich konnte es nicht fassen.

»Möchten Sie ein Glas Wasser? Kann ich irgendetwas für Sie tun?«, fragte mich die junge Frau, als ich nicht gleich antwortete.

»Leon, ich begreife es nicht!«

»Wir begreifen es alle nicht«, sagte Leon lapidar, »aber wie Sie sehen, haben Henriette und ich den Unfall überlebt. Es geht mir schon besser. An Weihnachten darf ich nach Hause. Bis auf den Gedächtnisverlust bin ich schon wieder ganz gut hergestellt.«

Es war schrecklich zu hören, dass er mich siezte, nach allem, was wir miteinander erlebt hatten. All unsere Träume, unsere Pläne, unsere Liebe – nichts davon war übrig.

»Henriette?«, fragte ich scharf.

»Oh, natürlich. Verzeihen Sie, dass ich mich noch nicht vorgestellt habe. Ich heiße Henriette König. Leon hat mich in den frühen Morgenstunden vor dem Unfall als Tramperin mitgenommen. Ich stand ganz alleine im Nebel und wollte nach Freiburg. Ich hatte gleich Vertrauen zu ihm, was ja nicht selbstverständlich ist.«

»Er hat Sie mitgenommen?«

»Ja. Und er vertraute mir noch an, dass er gerade sehr, sehr glücklich sei. Leider kam er nicht mehr dazu, mir zu erzählen, warum. Da krachte es schon. Leon hat es schlimmer erwischt als mich. Ich habe nur eine Rippenprellung.«

»Was ist passiert?«, stieß ich hervor.

»Wir waren zu schnell unterwegs. Die Fahrbahn war plötzlich spiegelglatt. Und dann der Nebel …«

Ich musste mich sehr zusammenreißen, um nicht die Beherrschung zu verlieren. Henriette musste mich stützen, denn mir wurde plötzlich derart schwindlig, dass sich alles um mich drehte.

»Was ist mit Ihnen?«, fragte sie besorgt und zog die Augenbrauen hoch.

»Nichts«, log ich keuchend, »nur das Wetter.«

Doch ich hatte Henriettes Scharfsinn unterschätzt. Sie musterte mich und presste dann die Lippen zusammen. Die Situation kam ihr wohl plötzlich nicht mehr ganz geheuer vor, im Gegensatz zu Leon, der mich völlig arglos ansah. Ihm war ganz entgangen, dass mich seine Geschichte fast an den Rand des Wahnsinns trieb.

»Henriette hat mich jeden Tag in der Klinik besucht«, plauderte er drauflos. »Sie ist eine wundervolle Frau. Wir haben uns ineinander verliebt, was man unschwer erkennen kann.«

Ich schluckte, immer noch schwer atmend, und blickte Leon beschwörend an. Er musste sich doch an mich erinnern. Wie konnte er sich sofort in eine andere verlieben?

Leon fuhr unbeeindruckt fort: »Ich bin sehr glücklich, Henriette an meiner Seite zu haben. Aber Sie haben uns immer noch nicht erzählt, woher wir uns kennen. Ich wäre Ihnen dankbar, wenn Sie mir diesbezüglich auf die Sprünge helfen würden. Es ist gut, wenn mich Menschen aus meiner nahen Vergangenheit besuchen. Vielleicht erinnere ich mich dann irgendwann wieder.«

»Ich … ich …«

»Verraten Sie uns Ihren Namen? Vielleicht weckt das eine Erinnerung in mir. Wissen Sie, ich weiß noch alles aus meiner Kindheit und von den Wochen vor dem Unfall. Aber mein Kurzzeitgedächtnis ist komplett weg.«

Ich war völlig überfordert mit der Situation und konnte immer noch nicht fassen, dass Leon mich und alles, was mit mir zusammenhing, vergessen hatte. Aber vielleicht würde er sich an meinen Namen erinnern.

»Ich heiße Kathie Krämer«, sagte ich laut und deutlich und bemerkte, dass es in Henriette Königs Mundwinkeln zuckte.

Sie wusste etwas. Hatte ich es doch geahnt. Nervös begann sie ihre Hände zu kneten.

Leon hingegen blieb völlig ruhig, als er meinen Namen hörte.

»Bedaure«, er zuckte mit den Schultern, »das sagt mir gar nichts. Aber das kann ja noch kommen. Die Ärzte machen mir Hoffnung, dass ich mich eines Tages an alles erinnern werde.«

Ich war kurz vor einem Heulanfall. Alles lief hier schief. Alles!

Wenn ich Leon so ansah, dann war wieder jede Sekunde unserer Begegnung präsent. Ich erinnerte mich an jedes Wort von ihm, an all seine Küsse, die Liebkosungen, unser intimes Zusammensein, unsere Pläne und diese Art von Verschmelzung, die auch er gespürt hatte. Ich sah in sein schmales Gesicht, lenkte meinen Blick auf die feinen Linien um seine Augen, floss mit meinem Herzen zu ihm hin, doch er behandelte mich so höflich wie eine Fremde.

Das war fast nicht zu ertragen. Und nun kam noch die seltsame Spannung hinzu, die von der Frau ausging.

»Ich habe etwas mitgebracht«, sagte ich leise.

Dies war mein letzter Triumph. Ich hatte die kleine Holzrose in meiner Handtasche, holte sie heraus, stand mühsam auf und legte sie ihm in die offenen Hände.

»Das ist sehr nett.« Er fuhr mit den Fingerspitzen über die Schnitzerei, bevor er mich fragend ansah.

»Keine Erinnerung?«, fragte ich und konnte mich nicht überwinden, ihn zu siezen oder zu duzen.

Es war ein Energiefeld zwischen uns, das völlig unklar war. Niemandsland. Ich versuchte mich vorsichtig voranzutasten in diesem Feld des Unbekannten, aber es gelang mir nicht wirklich.

Das Schicksal hatte mir Leon zum zweiten Mal geraubt.

Leon schüttelte den Kopf und gab mir die Rose zurück.

»Tut mir leid. Mich macht das selbst verrückt. Andererseits kann ich froh sein, dass nichts Schlimmeres passiert ist.«

»Ja«, erwiderte ich lahm und ließ die Holzrose zurück in meine Handtasche gleiten. Kurz überlegte ich, ob ich sie ihm lassen sollte, entschied mich aber dann dagegen. Er hatte mir diese Rose geschenkt. Ich würde sie behalten für den Rest meines Lebens.

»Liebling, reichst du mir mal bitte das Wasser? Das viele Reden hat mich durstig gemacht.«

Henriette sprang auf und reichte ihm einen Becher.

Das wäre mein Part gewesen. Stattdessen war diese junge Frau bei ihm, versorgte ihn, umhegte ihn und sah ihn so liebevoll an, dass es mir schwer ums Herz wurde.

»Nun, wollen Sie uns nicht verraten, woher wir uns kennen?«, fragte Leon, nachdem er getrunken hatte.

»Ein anderes Mal«, hörte ich mich sagen. »Ich glaube, für heute ist es genug. Ich wünsche noch einen schönen Nachmittag.« Dann verließ ich das Zimmer beinahe taumelnd und voller Verzweiflung in der Gewissheit, dass nichts mehr war wie vorher. Dieser Unfall hatte mein Leben zerstört, restlos.

»Warten Sie!«, vernahm ich plötzlich eine Stimme hinter mir.

Henriette König war mir auf den Flur hinaus gefolgt und passte mich vor dem Aufzug ab. »Hätten Sie kurz Zeit für mich? Wir könnten unten in die Cafeteria gehen. Ich muss mit Ihnen reden.«

»Ach ja?«, erwiderte ich. Sie sah mich unsicher an, und ich entdeckte so viel Angst in ihrem Blick, dass ich seufzend zustimmte. »Also gut. Aber machen Sie es mir nicht noch schwerer, als es so schon ist.«

Sie zupfte an ihren aufgesteckten Haaren herum und sah mich mit ihren grauen Augen an wie ein kleines Kind, das etwas ausgefressen hatte.

Wir schwiegen, während wir im Aufzug nach unten fuhren. In der Cafeteria bestellten wir uns beide einen Kaffee und setzten uns ans Fenster. Ein paar Sonnenstrahlen fielen auf den Tisch und sorgten für eine versöhnliche und friedliche Stimmung, doch in mir tobte einzig und allein das Wissen, dass sich Leon nicht mehr an mich erinnerte und diese Henriette meinen Platz eingenommen hatte. Ich ließ sie daher zappeln und wartete geduldig, bis sie unser Schweigen nicht mehr aushielt.

»Ich glaube, ich weiß, wer Sie sind«, begann sie das Gespräch.

»Ach, auf einmal! Und warum haben Sie das nicht vor Leon erwähnt?«

»Weil ich ja auch nichts weiß. Ich habe bloß diesen Zettel in Leons Jackentasche gefunden.«

»Welchen Zettel?«

»Da war ein Zettel in seiner Jacke, auf dem standen ein paar Nummern und der Name Kathie. Und dann war darum ein Herz gemalt.«

Ich atmete tief ein und aus. Dann wurde mir bewusst, dass diese Frau Leon den Zettel unterschlagen hatte.

»Und Sie hatten nichts Besseres zu tun, als den Zettel zu beseitigen, stimmt's?«, zischte ich.

»Nein, so ist das nicht!«, beteuerte sie und nahm einen großen Schluck Kaffee. »Er konnte sich ja sowieso an nichts erinnern. Und ich dachte, dass die Frau auf dem Zettel wohl bald auftauchen würde, falls sie ihn vermisste. Liebende wissen doch eigentlich alles voneinander. Aber da kam nie jemand. Bis heute.«

»O Gott!« Ich stützte meinen Kopf in die Hände.

»Wenn es eine Frau oder Ehefrau in Leons Leben gegeben hätte, dann hätte er sich daran erinnert. Einzig die letzten Tage vor dem Unfall sind bei ihm nicht mehr präsent. Ich nahm an, dass dieser Zettel wohl nichts zu bedeuten hatte, nachdem niemand nach ihm suchte.«

»Aber ich suchte nach ihm!«, rief ich verzweifelt und erzählte dann dieser fremden Frau die ganze Geschichte. Wir hatten beide Tränen in den Augen, als ich zu Ende gesprochen hatte.

Henriette König war völlig erschüttert von meiner Erzählung. Sie sah mich nur voller Entsetzen an und legte beide Hände auf ihr Herz. Ich konnte förmlich riechen, in welch einer Panik sie nun war. Angstvoll zitterten ihre Lippen, als sie mich fragte, was ich zu tun gedachte.

Ich sah ihr fest in die Augen, wissend, dass ich nun eine Entscheidung treffen musste. Und plötzlich war mir, als ob die Zeit stehen bleiben würde. Die Frequenz der Zeit sammelte sich, um mir Kraft und Stärke zu verleihen, um über mich selbst hinauszuwachsen. In diesem Moment würde sich mein Schicksal entscheiden, meines und Leons und das von Henriette König. Es lag in meiner Macht, dem Leben eine neue Richtung zu verleihen, um entweder um Leon zu kämpfen oder die Größe zu beweisen, ihn gehen zu lassen.

Während ich mich sammelte und aufrichtete, liefen mir bittere Tränen über die Wangen. Ich konnte sie nicht mehr zurückdrängen. Sie tropften auf meinen Pullover und in meinen Kaffee, ohne dass ich den Blick abwendete. Ich sah Henriette König immer noch offen und fest an und betete innerlich um weitere Kraft.

Wenn ich mein Herz befragte, dann wollte es nichts anderes, als mit Leon glücklich sein. Mit Leib und Seele sehnte ich mich nach der Erfüllung, mit diesem Mann das Leben zu teilen. Ich wäre ihm überallhin gefolgt. Doch die Situation hatte sich grundlegend verändert.

Leon liebte mich nicht mehr. Er liebte Henriette, und selbst seine Seele fand keinen Zugang mehr zu mir. Vielleicht niemals mehr wieder. Was würde es mir nützen, um ihn zu kämpfen? Ohne seine tiefe Liebe, die ihm völlig bewusst war und die er mir zeigen konnte, war es nicht möglich, den Weg mit ihm weiter zu gehen.

»Nichts«, antwortete ich tonlos und griff nach ihren eiskalten Fingern. »Ich werde nichts tun, sondern einfach aus Leons Leben verschwinden.«

»Sie wollen nicht um ihn kämpfen?«, fragte sie völlig verblüfft, und ich konnte durch den Schleier meiner Tränen sehen, wie glücklich sie plötzlich aussah.

»Ihnen fällt ein Stein vom Herzen, nicht wahr?«, sagte ich. »Es hat keinen Sinn, um Leon zu kämpfen. Es wäre mühsam. Und im Grunde würde es ihn und Sie unglücklich machen. Wir würden etwas erzwingen wollen, was es nicht mehr gibt. Vielleicht wird sich Leon nie wieder an mich erinnern. Vielleicht aber wird er es eines Tages tun, und dann wird es ihm peinlich sein, weil er sich ja mit Ihnen verbunden fühlt. Er würde sich schuldig fühlen und innerlich zerrissen.«

»Das ist … das ist … Sie sind eine ganz besondere Frau.«

»Sie lieben ihn sehr, nicht wahr?«, stellte ich fest. Die höllischen Schmerzen in meinem Inneren versuchte ich tapfer zu ignorieren.

»Ja«, gab sie zu, »mehr, als ich Ihnen sagen kann.«

»Das ist schön. Dann sorgen Sie dafür, dass es so bleibt. Bauen Sie sich eine gemeinsame Zukunft auf. Und bitte haben Sie nie das Gefühl, dass ich zwischen Ihnen stehen werde. Ich werde jetzt da hinausgehen, und Sie werden nie wieder etwas von mir hören.«

»O Gott, das ist so … Danke, Frau Krämer, danke!«

Ich erhob mich und reichte ihr die Hand. »Seien Sie gut zu ihm«, sagte ich tapfer, »er hat es mehr als verdient. Er ist ein wunderbarer Mensch.«

»Das werde ich. Ich verspreche es Ihnen.« Nun liefen auch ihr die Tränen über die Wangen. »Darf ich Sie kurz mal in den Arm nehmen?«, fragte sie zaghaft.

»Ja«, antwortete ich schniefend.

Wir umarmten uns kurz und intensiv. Dann wischte ich mir über die Augen und brachte mühsam ein kleines Lächeln zustande.

»Auf Wiedersehen, Henriette.«

»Auf Wiedersehen, Kathie.«

15

Ich hastete nach draußen, als ob eine ganze Horde Büffel hinter mir her wäre. Bis vor das Krankenhaus und zum Parkplatz reichte meine Kraft, dann fühlte ich mich derart schwach und erschöpft, als hätte mich jemand geschlagen.

Im Wagen heulte ich erst einmal laut schluchzend vor mich hin. Hier war ich endlich alleine und konnte die erzwungene Haltung aufgeben.

Wie ungerecht das Leben doch war!

Leon und ich hatten eine so einmalige Chance erhalten – und jetzt war alles zerstört. Seine Erinnerung an mich war einfach ausgelöscht. Und mit ein bisschen Glück für ihn würde das auch so bleiben.

Ich hatte ihn freigegeben, damit er unbeschwert ein neues Leben beginnen konnte, das er ja sowieso schon angefangen hatte. Ein Leben an der Seite von Henriette König. Es war deutlich sichtbar gewesen, dass auch er sie liebte.

Dafür litt ich wie ein Hund. Mir war zum Sterben zumute.

Es gab nichts mehr, was ich hier tun konnte, aber ich schaffte es einfach nicht, jetzt direkt nach Hause zu fahren. Ich musste mich ablenken, um irgendwie diesen fürchterlichen Schmerz zu ertragen. Es blieb mir nichts anderes übrig, als ihn auszuhalten, auch wenn es mich fast umbrachte.

Ich tupfte mir die restlichen Tränen aus den Augen und puderte meine rot angelaufene Nase. Dann atmete ich einige Male tief ein und aus, um meine Nerven zu beruhigen. Ich wollte in die Stadt fahren, bummeln gehen, alles anschauen, mich ablenken, vergessen, aber auch das Vergessen konnte man nicht erzwingen.

Es überkam einen, so wie es Leon überkommen hatte. Er konnte nichts dafür. Es war einfach geschehen. Schicksal.

Es war schwierig, so kurz vor Weihnachten einen Parkplatz in der Stadt zu bekommen, doch ich stellte mich ins Parkhaus und lief dann den restlichen Weg bis zur Fußgängerzone.

Die Schwere meines Entschlusses hing wie ein Bleiklotz an mir, aber ich hatte trotz aller Trauer das Gefühl, die richtige Entscheidung getroffen zu haben.

Wieder kamen mir die Tränen. Es war einfach nicht möglich, mich durch die hübschen Gassen, das alte Münster und die weihnachtliche Stimmung der Stadt aufheitern zu lassen. Meine Gedanken waren ganz bei Leon und dem Glück, das wir hätten haben können, wenn dieser Unfall nicht geschehen wäre. So verfing ich mich immer wieder in Träumereien und stellte mir vor, wie es mit uns weitergegangen wäre, um dann sofort wieder von der Realität eingeholt zu werden und die schrecklichen Konsequenzen zu spüren, die mit dem Unfall und dem Gedächtnisverlust einhergingen.

Ich beschloss, mich in ein Lokal zu setzen. Irgendwie musste ich mich jetzt betäuben, um nicht durchzudrehen. Ein badischer Rotwein würde mich dabei begleiten.

Normalerweise trank ich nie Alkohol. So etwas brauchte ich nicht, denn ich war nicht der Typ, der sich aus der Wirklichkeit schleichen oder sich das Leben schöntrinken musste oder ein Beruhigungsmittel brauchte, um abschalten zu können. Wenn ich Wein trank, dann nur, um mit lieben Menschen auf ein besonderes Ereignis anzustoßen oder bei einem guten Essen mit Freunden. Dann reichten mir ein paar Schlucke, um der Situation gerecht zu werden. Heute jedoch nicht. Ich schüttete den Alkohol regelrecht in mich hinein, um endlich nichts mehr spüren zu müssen. Entsprechend war mein Körper es nicht gewohnt, damit umzugehen, und reagierte sofort, sodass ich ziemlich schnell sturzbetrunken war.

Nun pochte mein ganzer Kopf, alles drehte sich und veränderte sich in der Perspektive, wurde lauter und leiser zugleich und verzerrte die Wirklichkeit. Tatsächlich veränderte sich auch das schmerzhafte Gefühl in meiner Herzgegend. Es zog sich zurück, um schaukelnden Eindrücken Platz zu machen, die sich aber trotzdem dumpf und bedrückend anfühlten. Ich war wohl weniger der Mensch, der mit heiteren Gefühlsausbrüchen auf Alkohol reagierte. Stattdessen war alles noch schwerer als zuvor, aber nicht mehr ganz so krass, eher wie in Watte gepackt.

Als ich gerade zu einem erneuten Schluck ansetzte, klingelte mein Handy. Ich ignorierte es zunächst, weil ich es nicht als Klingelton erkannte. Es dauerte eine ganze Weile, bis mir bewusst wurde, dass dieser seltsame Ton, den ich vernahm, von meinem mobilen Telefon kam.

Es war überaus schwierig, die richtige Taste zu drücken, aber irgendwann schaffte ich es und hielt mir das Gerät ans Ohr.

»Hallllooo!«, lallte ich.

Isabel war am anderen Ende. Sie merkte gleich, dass mit mir etwas nicht stimmte, und wollte wissen, was passiert war. Doch ich war nicht in der Lage, ihr anständig zu antworten, und verhedderte mich beim Reden.

»Du bist ja betrunken!«, schimpfte sie in einer Lautstärke, dass mir fast das Ohr abfiel.

»Nich … so … laut«, sagte ich mit schleppender Stimme.

»Du setzt dich auf keinen Fall mehr in diesem Zustand ans Steuer! Hast du verstanden?«

»Hä?«

»Bleib, wo du bist, Kathie!«

»Klaro … bleib ich … hier.«

»Wo bist du? Kannst du mir sagen, wo du bist?«

»Keine … Ahnung.«

»Was siehst du, wenn du aus dem Fenster schaust? Kannst du mir das sagen?«

»Kirche … da … draußen.«

»Das Münster? Bist du am Münsterplatz?«

»Äh … jaaaa … so … was … glaub ich.«

»Versuch dich zu konzentrieren, bitte. Bist du am Münsterplatz?«

»Jaaaa«, antwortete ich und wunderte mich, warum sie so komisch klang. Wen interessierte jetzt das Münster?

»Bleib, wo du bist, ich schick dir Michael vorbei!«

Das verstand ich jetzt gar nicht. »Mich…a…el ist … doch … zu … Haus, oder?«

»Nein, er ist heute und morgen in Freiburg, um einen neuen Lieferanten für seine Strandperle kennenzulernen. Aber das erzähl ich dir ein anderes Mal.«

»Waaas?«

»Kathie, hör mir zu! Du bleibst jetzt einfach, wo du bist. Michael wird dich abholen.«

Ich legte den Kopf auf den Tisch. Plötzlich war ich so müde geworden, dass ich ihn nicht mehr alleine hochhalten konnte. Von Isabel hörte ich nichts mehr.

Eine Weile beschimpfte ich mein Handy, dass es nicht mehr mit mir reden wollte, dann schob ich es frustriert zurück in meine Handtasche und bestellte mir noch ein Glas Rotwein, das mir der Kellner aber nicht mehr bringen wollte.

»Ich glaube, Sie haben genug getrunken. Ich kann Ihnen in diesem Zustand nichts mehr geben. Es wäre besser für Sie, Sie würden jetzt unser Lokal verlassen.«

»Niemals!«, schrie ich und klopfte auf den Tisch. »Saftladen! Kein … anständiger … Wein hier!«

Die wenigen Gäste drehten sich alle zu mir um und musterten mich mit Abscheu.

»Glotzt … nicht … so«, randalierte ich und verlangte sofort ein neues Glas Rotwein. »Ex…ze…lllenter Wein hier. Gut … gegen … Kummer, hicks.«

Plötzlich packten mich zwei starke Arme, zwei sehr männlich aussehende Arme, die sich herrlich fest anfühlten.

Ich konnte nicht mehr klar denken. »Wer … bist … du?«, lallte ich, weil ich plötzlich alles verschwommen sah.

»Michael. Halt dich an mir fest, Kathie. Ich bring dich hier raus.«

»Nein!«, krakeelte ich. »Hier … bleiben!«

»Ich diskutiere nicht mit betrunkenen Frauen. Lass dir in den Mantel helfen, und dann gehen wir.«

Irgendwie gelang es ihm, mich in meinen Mantel zu zwängen und mich mit sanfter Gewalt aus dem Lokal zu schieben.

An der frischen Luft merkte ich erst, wie betrunken ich wirklich war. Ein normales Gehen war nicht mehr möglich.

Wieder spürte ich Michaels Arme um mich. Er sorgte dafür, dass ich überhaupt vom Fleck kam.

»Wo … gehen … wir … hin?«, wollte ich wissen und merkte, wie mir derart schwindlig war, dass ich gar nichts mehr richtig mitbekam.

»Zu mir ins Hotel«, antwortete er streng.

»Neiiiiiiin!«

»Keine Widerrede. Du brauchst jetzt ein Bett, und fertig!«

Meine Stimme gehorchte mir sowieso nicht mehr. Michaels starker Griff machte jeden Widerstand zwecklos. Er schleppte mich voran, stützte mich und trug mich halb. Und dann musste ich wohl die Augen verdreht haben und bewusstlos geworden sein.

Ich hatte in der nächsten Stunde einen kompletten Filmriss und war erst wieder ansprechbar, als ich in Michaels Armen erwachte.

Wir lagen in einem großen Boxspringbett in einem fremden Zimmer, das ich nicht kannte. Immer noch drehte sich alles. Außerdem war mir jetzt so elend, dass ich kaum noch atmen konnte.

»Mir … ist … schlecht«, wimmerte ich.

Sofort richtete sich Michael auf und griff nach mir, um mich zur Toilette zu bringen. Doch es war schon zu spät. Der erste Schwall landete auf dem Teppich vor dem Bad. Erst den zweiten konnte ich dann dem Klo übergeben.

Michael hielt mich eisern fest, während ich mich übergab. Er hielt meinen Kopf und half mir auch, als es wieder losging.

Irgendwann blieb ich völlig erschöpft am Boden liegen, sodass er mich auf seine Schulter nahm und ins Bett trug. Dann holte er ein nasses Handtuch und säuberte mein Gesicht ganz sachte. Anschließend reinigte er den Teppich und organisierte mir danach einen Kamillentee, den ich schluckweise zu mir nahm.

Michael kümmerte sich rührend um mich, während ich mit mir und dieser elenden Übelkeit kämpfte.

Noch einmal musste er mich auf die Toilette bringen, bis nur noch Galle hochkam.

»Kopfschmerzen!«, stöhnte ich, als er mich zurück ins Bett brachte, in die Zudecke wickelte und mir eine Schmerztablette einflößte. Völlig ermattet lag ich in den Kissen und wünschte, ich wäre tot.

»Du musst ein wenig trinken, Kathie, auch wenn es schwerfällt. Du bist total ausgetrocknet.«

Ich verzog die Lippen, aber Michael setzte mir die Tasse an den Mund und wartete geduldig, bis ich ein paar Schlucke genommen hatte.

»Sag mir, wenn du Durst hast, ich helfe dir.«

Ich nickte schwach.

Mit dem einsetzenden Kater kamen auch all meine seelischen Schmerzen zurück. Die Qual war fast noch schlimmer als zuvor. Ich lag zitternd im Bett und merkte, dass mir Sturzbäche von Tränen über die Wangen liefen. Regelrecht geschüttelt wurde ich von der Erkenntnis, dass ich Leon für immer verloren hatte.

Michael kroch zu mir ins Bett und drückte mich fest an sich. Seine Arme hielten mich so zart und liebevoll, dass ich mich völlig geborgen fühlte, während all meine Pein aus mir herausbrach.

Als das Schlimmste überstanden war, entspannte ich mich endlich und schlief eng an Michael geschmiegt ein.

16

Viele Stunden später erwachte ich. Es war mitten in der Nacht, und ich lag immer noch in Michaels Armen in einem mir völlig unbekannten Hotelzimmer, von dem ich einzig und allein die Toilette kannte.

Mit einem Schlag war ich hellwach und nüchtern. Dann spürte ich, wie die Trauer in mein Herz zurückkehrte und mir in Erinnerung brachte, warum ich überhaupt hier war. Meine verlorene Liebe zu Leon fiel mir wieder ein und mein anschließendes Besäufnis.

Und hier lag ich nun mit einem Mann, den ich gar nicht so wirklich mochte und der dennoch alles getan hatte, dass es mir besser ging.

Es fühlte sich tröstlich an, Michael so nahe zu sein. Mit Erstaunen stellte ich fest, dass es mir nicht unangenehm war, seiner körperlichen Nähe ausgesetzt zu sein. Außerdem konnte ich an unserer Situation im Augenblick sowieso nichts ändern. Also beschloss ich, mich einfach treiben zu lassen und die Nacht zu überstehen, so gut es ging. Michael lag so nahe bei mir, dass ich seinen gleichmäßigen Herzschlag und seinen tiefen Atem vernehmen konnte. Ich spürte seine Wärme und atmete den Geruch seiner Haut. Er roch ausgesprochen gut und strömte eine Wohligkeit aus, die mir bisher an ihm entgangen war.

Wie anders es doch war, mit ihm hier in diesem Bett zu liegen.

Es war ganz still im Raum. Sonderbar war darüber hinaus die Tatsache, dass ich es zu genießen begann, neben einem Mann in einem fremden Bett zu liegen. Es hatte etwas leicht Verruchtes und Verbotenes, das Bett mit einem Menschen zu teilen, mit dem man ansonsten keinerlei Beziehung hatte, außer, dass man sich andauernd mit dummen Sprüchen traktierte.

Doch in dieser außergewöhnlichen Situation hatte ich Michael von einer ganz anderen Seite kennengelernt und schloss nun erneut die Augen, um mich dieser neuartigen Stimmung zu überlassen.

Mich ganz auf ihn zu konzentrieren hielt mich zudem von meinen Grübeleien ab und davor, mich in meinem Schmerz ganz zu verlieren.

Ich liebte Leon, und ich wusste, dass es seine Zeit brauchen würde, um davon Abstand zu gewinnen, denn es war mir unmöglich, mir diese Liebe auf Kommando aus dem Herzen zu reißen.

In mir war alles wund. Die Wunde blutete unaufhörlich und war ganz frisch. Noch vor vierundzwanzig Stunden war ich mir wie der glücklichste Mensch auf der ganzen Welt vorgekommen, und nun war alles anders. Ich wollte und musste mir Zeit lassen, um diese Trauer zu verarbeiten. Vorher würde ich nicht bereit sein für eine neue Liebe. Dennoch war da etwas in mir, das mir versprach, dass ein neues Leben auf mich wartete.

Michael brummelte auf einmal leise im Schlaf und drehte sich so, dass seine Lippen meine Wange berührten.

Ich hielt den Atem an, aber nicht aus Angst, sondern weil ich merkte, dass ich positiv auf Michael reagierte. Es war auf eine ganz eigene Art und Weise schön, jetzt hier mit ihm zu liegen und zu spüren, dass mich neuartige Empfindungen durchfluteten. Ich öffnete die Augen und erlaubte mir, das Kribbeln meines Körpers nicht zu unterbinden. Zwar redete ich mir ein, dass dies eine ganz natürliche körperliche Reaktion war, geboren aus der Sehnsucht nach Nähe und Zärtlichkeit, aber dennoch wollte ich dieses lebendige Gefühl in mir nicht einfach wieder abstellen. Das prickelnde Trommeln in mir wurde immer stärker.

Michael schien zu spüren, dass ich wach war, denn er schlug plötzlich die Augen auf und sah mich aufmerksam an.

»Etwas ist anders an dir«, flüsterte er und wagte es, noch näher an mich heranzurücken.

»Ich glaube nicht. Ich bin wie immer«, erwiderte ich ebenso leise.

»Ich kann das spüren«, sagte er.

»Bist du immer so sensibel?«

»Wenn es um dich geht, schon.«

Und dann küsste er mich ganz zart, ahnend, dass ich ihn nicht abwehren würde.

In mir waren dennoch zwei Stimmen. Die eine sagte mir, dass es richtig war, mich einer neuen Erfahrung zu öffnen. Die andere warnte mich und meinte, dass es viel zu früh war, weil die Trauerphase gerade erst begonnen hatte und ich Michael nicht liebte, da ich Leon noch in meinem Herzen trug. Trotzdem tat es gut, diesen Kuss zu spüren und ihn zu erwidern, sodass ich mich entschloss, beide Stimmen zu ignorieren und einfach darauf zu vertrauen, dass es sich für den Augenblick gut und richtig anfühlte, zumal mir ganz heiß vor lauter Sehnsucht nach liebevollen Berührungen wurde.

Plötzlich spürte ich eine Glut in mir, die mir bisher völlig fremd war. Ich war fast berauscht von den strömenden Wellen, die mich in heißes Feuer tauchten, als Michaels Lippen über meinen Hals wanderten und seine Zunge feuchte Spuren auf meiner Haut hinterließ.

Michael war ebenso entflammt wie ich, und dennoch zeigte er sich äußerst rücksichtsvoll und abwartend, bis ich es war, die die Initiative ergriff und ihn von seinen Kleidern befreite.

Es war seltsam, einen Menschen seit seiner Kindheit zu kennen und ihn nun doch ganz anders zu erleben. Dieser leidenschaftliche Mann, der mich aus meinen Schmerzen riss und stattdessen heftige

Lust in mir entfachte, war derselbe, der einst meinen Schulranzen versteckt hatte und sich jetzt immer noch wie ein Clown aufführte und mich mit seinen albernen Sprüchen zur Weißglut brachte. Nun feuerte er eine andere Glut in mir an, die mich zum Klingen und Schwingen brachte, so gewaltig und großartig fühlte sie sich an. Abwartend hielt Michael für einen Moment inne und brachte mich zurück in die Wirklichkeit, als er mich fragend ansah.

Aber ich wollte es ebenso wie er und hauchte ihm ein leidenschaftliches Ja entgegen, um dann wieder im Rausch der Sinne abzutauchen und mich dieser ekstatischen Begegnung hinzugeben. Doch dann war ich ganz wach und bei vollem Bewusstsein, als Michael zum ersten Mal in mich hineinglitt. Ich konnte nicht anders, als einen leisen Schrei von mir zu geben, der uns beiden zeigte, wie viel Lust und Freude wir aneinander fanden. Keuchend wälzten wir uns auf dem breiten Bett, berührten uns und sahen uns in die Augen, um innezuhalten und das Feuer zu bändigen, damit es noch höhere Flammen schlug. Immer wenn Michael seine Bewegungen in mir stoppte, hielt ich es kaum aus und küsste ihn fordernd, damit ich ihn wieder spüren konnte und mit ihm all die Wonne, die er mir schenkte.

Es war nichts Fremdes oder Verschämtes mehr zwischen uns, nur noch pures Begehren und der Wunsch, miteinander etwas ganz Einzigartiges zu erleben. Etwas, das ich selbst mit Leon nicht erfahren hatte.

Ich kostete ihn ganz und gar, diesen Mann, der plötzlich so ernst und tiefgründig sein konnte und mir seine wilde und dennoch achtsame Seite seiner Seele offenbarte. Ich wollte ihn so sehr! Jetzt! Sofort!

Ich wollte alles von ihm. Und er schenkte mir alles, weil er mich ohne Worte verstand, sich in mich einschwingen konnte, so stark und kraftvoll, dass keine Zweifel oder Unsicherheiten zurückblieben.

Ich wollte befriedigt werden, so sehr wie noch nie im Leben. Und Michael spürte es und griff all meine Wünsche auf, um mich an meine Grenzen zu führen. Unsere Begegnung war wie eine Urgewalt, ein Strom unaufhörlicher Lebendigkeit, ein Signal voller Begeisterung und unendlicher Fülle. Seine Hände auf mir, seine Haut an meiner, sein Atem in meinen Ohren, seine saugenden Küsse, sein Begehren so stark wie meines – es war, als hätten wir uns seit ewigen Zeiten gesucht und nun endlich wiedergefunden.

Im Moment der Vereinigung mit Michael war ich ganz bei ihm und bei mir zugleich. Wir hielten uns dabei fest, damit uns nichts entgehen konnte. Immer wieder kosteten wir voneinander. Ich zeigte Michael ganz offen, wie sehr ich ihn empfangen wollte und wie tief ich diese Lust feiern konnte. Doch mein Herz blieb dabei ein stiller Beobachter. Es war, als wäre ich zweigeteilt. Der eine Teil erlebte wunderbar leidenschaftlichen und erfüllenden Sex, der andere hatte sich zurückgezogen und verschlossen gegenüber Gefühlen der Herzensliebe.

Während wir miteinander schliefen, gelang es mir, ganz bei Michael zu sein, nicht nur, als er mich zum Höhepunkt brachte, sondern während der ganzen Zeit. Und ich konnte sehen und erleben, wie glücklich es ihn machte. Das Strahlen in seinen Augen sagte mir alles. Danach jedoch kehrte die Trauer in mein Herz zurück, die mich blockierte und an mir nagte. Aber ich konnte nicht von mir erwarten, dass ich gleich all die Liebe in mir spürte, die mir bei Leon mühelos und wie selbstverständlich erschienen war.

Nach unserer intimen Begegnung schlief Michael selig lächelnd neben mir ein, während ich hellwach in die Dunkelheit starrte und mich fragte, was ich da getan hatte.

Ich hatte es regelrecht darauf angelegt, mit ihm zu schlafen, mich lebendig zu fühlen und mir Glücksempfindungen zu verschaffen, die ich eigentlich mit Leon hatte teilen wollen.

Im Herzen war ich noch nicht frei für Michael, was ich in diesem Moment ehrlich bedauerte. Mit ihm zu schlafen war so eigenartig perfekt gewesen, dass ich jetzt mit laut klopfendem Herzen neben ihm lag, völlig überdreht und tief erschüttert zugleich, und nicht zur Ruhe fand, obwohl mich unsere Vereinigung satt und zufrieden gemacht hatte. Ich hielt den Atem an, weil ich jeden Kuss von ihm noch einmal erlebte, mich an jede seiner Berührungen erinnerte und seine Spuren in mir trug. Unvorstellbar, dieser Grad an Intimität!

Seufzend streckte ich mich aus und verbat mir, weiter über mein verworrenes Leben und meine ebenso verwirrten Gefühle nachzudenken. Stattdessen schmiegte ich mich an Michael und versuchte mich in seinen ruhigen Atem hinein zu entspannen.

17

Michael und ich erwachten gleichzeitig. Es war schon spät, denn es dämmerte bereits, aber keiner von uns wollte sich rühren. Wir kuschelten uns aneinander, als wäre es das Selbstverständlichste der Welt. Doch Michaels nackter, warmer Körper an meinem Rücken machte mich beinahe verrückt. Ich konnte es selbst nicht glauben. Dass es ihm genauso ging, war deutlich spürbar.

Das Ungewöhnlichste dabei war, dass ich mich in seiner Gegenwart ganz und gar gehen lassen konnte. Wir waren es gewohnt, uns zu beschimpfen und mit nervigen Sätzen verbal zu attackieren. Und jetzt war es ganz natürlich, dass ich keinerlei Scheu hatte, meinen Körper sprechen zu lassen und laut zu stöhnen, als er wieder in mir war. Es war unbegreiflich, wie sehr er mich ausfüllte mit seiner Kraft und Männlichkeit.

»Wenn du so laut schreist, stürmen sie gleich das Zimmer«, keuchte er.

»Sollen sie, das ist mir egal«, stöhnte ich und setzte mich auf ihn, um ihn noch tiefer zu spüren.

Es war herrlich! Ich verlor jegliches Gefühl für Zeit und Raum. Wie in der Nacht zuvor überschritten wir alle Grenzen und betraten gemeinsam neues Land.

Das war mehr als bloßer Sex, das wusste ich auch. Aber jetzt war nicht der richtige Zeitpunkt, darüber nachzudenken.

Irgendwann lag Michael auf mir und hielt mich in seinen Armen. Er sah mich einfach nur an, und ich konnte so viel in diesem Blick lesen, dass es mir fast das Herz zerriss, weil ich ihm nicht ebenso antworten konnte. Dafür war es noch zu früh. Ich wusste, dass er auf eine Antwort wartete, aber mein Herz war einfach noch zu wund, um sie ihm klar und deutlich geben zu können.

Die Liebe in seinen Augen zu sehen schmerzte unsagbar, sodass bittere Tränen über meine Wangen liefen. Ich konnte nicht anders, als ihn in einem dieser kostbaren Momente zu verletzen, in denen wir uns nah waren wie sonst nie zuvor. Doch ich konnte nicht sagen, dass ich ihn liebte. Ich konnte es einfach nicht. Das hätte mich in dieser Situation total überfordert.

Michael war in diesem Augenblick der Wahrheit außerhalb von mir. Ich konnte ihm nicht geben, was er wollte, auch wenn ich sah, wie sehr er sich danach sehnte. Stattdessen konnte ich seinen Namen flüstern und in meine Stimme all das legen, was ich wirklich empfand, nämlich diese absolute Harmonie und Grenzenlosigkeit, die uns verband, während wir uns liebten, diese schonungslose Offenheit und Selbstaufgabe im Rausch der Einheit unserer Körper.

»Michael«, flüsterte ich so ehrlich, wie ich nur konnte, und merkte, dass sich in diesem Moment auch ein Teil unserer Seelen begegnete. »Oh Michael, bitte!«, hauchte ich und wusste sogleich, dass er verstand, was in mir vor sich ging, auch wenn es ihn verletzte.

»Ich liebe dich«, sagte er ganz ruhig, bevor er mich anhob und seinen Körper wieder mit meinem verband.

Es war so ungewöhnlich, diesen Satz von ihm zu hören, hatten wir uns doch stets nur beschimpft. Aber das, was er sagte, war so eindeutig, dass ich ihn nur tief betroffen ansehen konnte.

Michael ließ mir Zeit, seine Worte aufzunehmen, während er ganz still verharrte und sich nicht in mir bewegte, bis ich es kaum noch aushalten konnte, weil mich seine Liebe überflutete.

Meine Sinne waren so offen und bereit, diesen Mann ganz und gar zu erfahren, dass ich kaum noch Luft bekam, als all die hitzigen Wellen seiner Liebe in mich hineinschwappten, obwohl er mich immer noch ganz fest und unbeweglich in den Armen hielt. Es gelang mir nicht mehr, mich zu verschließen. Ich gab jeglichen Widerstand auf, um mich nur noch dem Gefühl der Einheit mit ihm hinzugeben und seine Liebe zu empfangen. Seine Worte hallten in meinen Ohren und hinterließen brennende Spuren in mir.

Michael machte mich regelrecht betrunken mit seiner Liebe, und es reichte für uns beide. Nie im Leben hätte ich geahnt, zu welchen Gefühlen dieser Mann fähig war. Ich badete regelrecht darin, alles von ihm zu bekommen, Leib, Herz und Seele.

Danach dämmerten wir noch einmal weg, um erst am späten Vormittag aufzustehen.

Schweigend duschten wir und zogen uns an. Keiner von uns brachte ein Wort heraus. Wir mussten beide erst einmal verkraften, was da zwischen uns geschehen war.

Michael war genauso aufgewühlt wie ich. Er führte ein kurzes Telefonat und verschob seinen Termin um eine Woche nach den Weihnachtsfeiertagen. Dann rasierte er sich und sah mich mit ernstem Blick an.

»Bist du in Ordnung?«, fragte er leise.

Nein, wollte ich sagen, denn ich bin erschüttert über all das, was zwischen uns passiert ist. Aber ich nickte nur.

»Das ist wie eine Zäsur. Es gibt ein Vorher und ein Nachher, Kathie. Deshalb kann ich jetzt meinen Geschäftstermin nicht wahrnehmen. Ich bin nicht in der Lage dazu und schlage vor, wir frühstücken. Dann fahren wir nach Hause. Geht es dir gut? Kannst du fahren?«

»Sicher«, antwortete ich und bedankte mich für all das, was er für mich getan hatte.

Doch er winkte ab. »Du weißt, was ich für dich empfinde, Kathie.«

Ich bat ihn mit meinem Blick, mich nicht weiter zu quälen,

aber er legte den Finger in die Wunde und wiederholte ganz laut und deutlich, wie sehr er mich liebe.

Da brach ich zusammen. Ich hatte keine Kraft mehr, diesen starken Emotionen standzuhalten, und schlug die Hände vors Gesicht. Dann folgte eine erneute Tränenflut.

»Das ist zu viel, Michael«, schluchzte ich. »Mein Herz ist gestern zerbrochen. Das mit Leon ist total schiefgelaufen, aber ich kann jetzt nicht darüber reden. Später vielleicht. Und dann bist du da, und es ist so unbeschreiblich mit dir. Ich kann nicht mehr denken, wenn du in mir bist. Aber mein Herz verweigert jegliche Mitarbeit. Es muss erst heilen.«

»Das verstehe ich doch«, sagte er sachte und nahm mich in die Arme.

»Das mag ja sein, aber ich sehe doch, wie enttäuscht du bist und wie sehr es dich verletzt. Das trifft mich ins Mark. Ich ertrage das nicht, das alles.«

»O Gott, Kathie, das tut mir so leid.«

»Michael, nein, sag das nicht. Es soll dir nicht leidtun. Weißt du eigentlich, was da in der Nacht mit uns geschehen ist? Wie sehr du mich berührt hast?«

»Wir haben das alles miteinander erlebt, wir haben jede einzelne dieser flutenden Hitzewellen miteinander geteilt. Ich weiß, ich war dabei. Wir haben uns nicht nur körperlich berührt.« Er reichte mir ein Taschentuch und wiegte mich dann tröstend in seinen Armen. »Weißt du was?«, fragte er nach einer Weile. »Ich habe eine Idee! Ich fahr mit dir zum Schauinsland, Freiburgs Hausberg sozusagen. Dort oben liegt Schnee. Die Höhen des Südschwarzwalds sind bekannt für traumhafte Winterlandschaften. Das wird uns auf andere Gedanken bringen.«

Und so kam es, dass wir frühstückten, auscheckten und dann mit Michaels Wagen aus Freiburg hinausfuhren, hinauf in die Höhen des Schwarzwalds und hinein ins Schneeparadies.

»Lass uns einfach die Freude teilen, die ich gerade empfinde«, bat er mich, »und nicht über die Zukunft oder sonst irgendetwas reden, was die Stimmung trüben könnte.«

Ich erklärte mich bereit, ihm in den Schnee zu folgen und einfach den Tag zu genießen.

Wir fassten uns an den Händen und wanderten ausgelassen durch den Schnee. Wie Verliebte küssten wir uns immer wieder, lachend wie die Kinder, die reines und unschuldiges Vergnügen empfanden und sich über nichts Gedanken machen mussten.

Meine offenen Sinne nahmen nichts anderes mehr wahr als Michael – sein Geruch, seine Hände in meinen, sein glückliches Grinsen, seine kraftvollen Arme, die mich in den Schnee warfen, sein Herzschlag an meinem, wenn wir uns im Schnee wälzten und atemlos aufeinander liegen blieben.

Und während ich mir Michaels Nähe einverleibte, horchte ich auf mein Herz und darauf, dass es den Platz endlich freiräumen würde. Tatsächlich war es mir in manchen Minuten, als ob Leons Bild in meinem Herzen zu verblassen begänne. Trotzdem erlebte ich immer wieder den Zustand der Gespaltenheit. Dann fühlte sich alles wie betäubt an und so, als ob ich mich selbst von außen beobachten würde.

Ich erinnerte mich an ein schamanisches Seminar in meinem Café, in dem der Kursleiter über verlorene Seelenanteile gesprochen hatte. Darunter hatte ich mir nichts vorstellen können. Doch jetzt ahnte ich, dass es so ein Phänomen tatsächlich gab. Der Schock über Leons Gedächtnisverlust hatte dies wohl ausgelöst. Ich war nicht ganz bei mir.

Dann aber gab es auch ganz andere Empfindungen, solche, in denen ich mich mit Michael derart verbunden fühlte, dass es einfach alles in mir jubeln ließ.

Drei wundervolle Stunden später brachte mich Michael zurück in die Stadt und ins Parkhaus, in dem noch immer mein Wagen stand.

Unterwegs erzählte ich ihm dann auch endlich, was gestern geschehen war. Ich erzählte ihm alles, auch von meinem Entschluss, Leon freizugeben.

Michael hörte mir einfach nur zu. Erst als ich geendet hatte, sagte er: »Es war nicht schwer zu erraten, dass die Begegnung mit Leon schiefgegangen war. Du hättest sonst wohl keinen Grund gehabt, dich derart zu betrinken.«

Ich wurde rot bei seinen Worten und erwiderte: »Es ist mir peinlich, dass du mich so gesehen und erlebt hast.«

»O Kathie, ich habe dich noch ganz anders gesehen und erlebt.«

Ich wusste, was er meinte, was meine Gesichtsfarbe noch verstärkte. Dennoch konnte ich nicht umhin, innerlich zu schmunzeln. Auch ich hatte Michael so erlebt wie nie zuvor, was ich ihm auch sagte.

Kurz überließen wir uns unseren Erinnerungen, bis wir mein Auto erreicht hatten.

»Bitte pass auf dich auf, wenn du nach Hause fährst«, sagte er und küsste mich noch einmal voller Leidenschaft.

»Du aber auch«, wisperte ich.

Plötzlich fiel es uns schwer, uns voneinander zu lösen. Uns war beiden klar, dass sich eine intime Begegnung zwischen uns so schnell nicht wiederholen würde. Erst einmal musste ich für Klarheit in meinem Leben sorgen und den Verlust von Leon überwinden.

Wir standen an meinem Wagen und konnten einander nicht loslassen. Wir blickten uns an und hielten uns an den Händen, unfähig, uns zu rühren. Ich wusste, dass uns nur ein Sprung auf die Ebene unserer verbalen Attacken retten konnte.

»Jetzt schlagen wir gleich Wurzeln«, sagte ich kichernd.

»Das wäre nicht so schlimm. Dann könnte ich nämlich tagaus, tagein in deinem Gesicht sehen, wie du dich vor lauter Lust nach mir verzehrst.«

»Das hättest du wohl gerne. Aber das kriegst du nur zu sehen, wenn du in mir bist. Also müsstest du in meine Richtung wachsen und zur Schlingpflanze werden.«

»Kein Problem! Und dann möchte ich deine lustvollen Schreie hören, wenn es so weit ist.«

»Blödmann!«

Endlich gelang es uns, genügend Abstand aufzubauen, dass ich mich in mein Auto setzen konnte.

Michael litt jetzt schon darunter, von mir getrennt zu sein, ich konnte es genau sehen. Seine Schultern hingen herab, sein Gesicht zog sich nach unten, seine Adern pochten an seinen Schläfen. Es stresste ihn kolossal, mich gehen lassen zu müssen.

Ich kurbelte noch einmal die Scheibe herunter und flüsterte seinen Namen. Dann startete ich den Wagen und brauste davon.

18

Die Heimfahrt verlief ereignislos, sodass ich mühelos nach Langenargen zurückkam. Da ich vor Michael aufgebrochen war, war ich auch als Erste wieder zu Hause. Doch im Ort herrschte Aufruhr. Blinkende Feuerwehrautos blockierten die Straßen, der innerörtliche Verkehr wurde umgeleitet. Ich geriet auf diese Weise in einen Stau und erkundigte mich bei vorbeilaufenden Passanten nach der Ursache dieses großen Feuerwehraufgebots.

»Das Café Strandperle brennt. Vermutlich Brandstiftung«, erklärte mir ein Mann, der seinen Hut tief in die Stirn gezogen hatte.

»Was?«, schrie ich entsetzt, aber der Mann konnte mir keine Einzelheiten sagen, sodass ich am Straßenrand parkte und den Rest der Strecke im Eiltempo zum Café Strandperle zurücklegte. Ich betete, dass niemand verletzt war.

Das war eine Katastrophe für Michael. Die Strandperle war seine ganze Existenz. Wer konnte so hasserfüllt sein, das Café, das gerade renoviert wurde, in Brand zu setzen?

Je näher ich der Strandperle kam, desto mehr aufgeregte und verängstigte Menschen rannten kreuz und quer über die Straßen. Und dann sah ich das Flammenmeer schon am Firmament.

Die Löscharbeiten waren in vollem Gange, während ich mich dem Ort des Schreckens näherte. Plötzlich sah ich am Straßenrand ein kleines Mädchen stehen. Es war Holly, die ganz alleine auf dem Gehweg kauerte und keinerlei Beachtung fand. Wo war ihre Mutter? Milly war nirgends zu sehen.

Ich lief zu Holly und nahm sie auf den Arm. Die Kleine zappelte kurz, doch als sie mich erkannte, brachte sie ein kleines Lächeln zustande und legte ihre Ärmchen um mich.

In diesem Moment sah ich Michael daherkommen. Er war verständlicherweise völlig außer sich. So wütend hatte ich ihn noch nie erlebt. Mit wildem Blick kam er auf mich zu.

Als Holly ihn entdeckte, schrie sie laut nach ihrem Daddy. Und schon strampelte sie so heftig, dass ich sie absetzte, sodass sie zu ihrem Vater laufen konnte, der sie sogleich an die Hand nahm.

Die Löscharbeiten, das Durcheinander der Passanten, die Polizeisirene und das lautstarke Aufflammen des Feuers waren so überwältigend geräuschintensiv, dass Michael und ich uns nur stumm ansehen konnten.

Er fragte mich wohl, wo Milly sei, aber ich konnte ihn kaum verstehen und schüttelte nur den Kopf.

Dann passierte alles gleichzeitig. Ein Polizist, den ich nicht kannte, kam mit einer struppig aussehenden Milly im Schlepptau auf uns zu, es gab einen lauten Knall in dem brennenden Gebäude, der uns zusammenfahren ließ, und Holly riss sich von Michael los, um zu ihrer Mutter zu rennen. Dabei übersah die Kleine ein herannahendes Polizeiauto, in dem ich Herrn Link erkannte.

Holly würde augenblicklich unter die Räder kommen! Das alles geschah innerhalb einer Sekunde, in der ich ohne nachzudenken instinktiv wahrnahm, dass das Kind in Gefahr war. Ich handelte blitzschnell, setzte mich in Bewegung und sprang Holly hinterher. Dann warf ich mich über die Kleine und rollte mit ihr über die Straße.

Ich hörte die quietschenden Bremsen des Polizeiautos, Schreie der Panik von allen Seiten und das dumpfe Grollen in der Ferne, wo die brennende Strandperle gelöscht wurde. Irgendetwas geschah anschließend, an das ich aber keinerlei Erinnerung mehr hatte. Mein Verstand musste sich innerhalb dieser Gefahrensekunden einfach abgeschaltet haben, um mich nicht mit einer schmerzhaften Wahrnehmung zu quälen. Für einige Sekunden herrschte in mir absolute Funkstille, eine Oase der Ruhe innerhalb einer unberechenbaren Situation, die mir all meine Kraft raubte.

Erst sehr viel später setzte meine Erinnerung erneut ein. Da wusste ich dann plötzlich wieder, dass Michael auf das Polizeiauto zugesprungen war, um es zum Stehen zu bringen, was ihm einige Prellungen eingebracht hatte. Wie durch ein Wunder war Holly und mir nichts geschehen, außer, dass sich mein ganzer Körper anfühlte, als wäre ich unter einen Traktor geraten. Herr Link hatte rechtzeitig bremsen können. All das hatte ich zwar gesehen, aber nicht wirklich registriert, weil mein Gehirn mir eine gnädige Pause gegönnt hatte.

Wir wurden in Decken gehüllt und anschließend von Sanitätern untersucht. Aber es ging mir gut, sodass ich es ablehnte, ins Krankenhaus gebracht zu werden.

Auch Michael wollte nicht ins Krankenhaus. Er sah richtig grau aus im Gesicht, und ich konnte an seinem verzweifelten Blick erkennen, was in ihm vorging. Sein Café brannte gerade komplett ab, und seine Tochter hätte er beinahe auch noch verloren, ebenso wie mich, wenn Herr Link uns überfahren hätte. Aber ich hatte das Richtige getan, als ich mich über das kleine Mädchen geworfen hatte.

Holly schmiegte sich weinend an Michaels Brust. Ich saß neben den beiden und starrte vor mich hin. Keiner von uns war fähig, etwas zu sagen. Wir waren extrem erschöpft und warteten einfach auf das, was weiter geschehen würde.

»Möchtet ihr bei mir schlafen, du, Holly und Milly?«, fragte ich irgendwann matt. Schließlich war Michaels Wohnung ebenfalls ein Opfer des Feuers.

»Nein«, antwortete Michael müde, »ich werde zu Isabel gehen.«

Ich respektierte seine Entscheidung. In diesem Moment des Chaos war jedes weitere Wort zu viel.

Plötzlich tauchte Herr Link wieder auf und wandte sich an Michael. »Herr Müller, ich muss Ihnen leider mitteilen, dass das Feuer von Ihrer Lebensgefährtin gelegt wurde. Wir haben sie bereits festgenommen.«

Michael erstarrte.

Ich sah Herrn Link mit großen Augen an und glaubte mich verhört zu haben. »Das ist nicht wahr!«, stammelte ich und sah zu Michael, der nur mühsam seinen Zorn unterdrücken konnte.

»Leider ja«, entgegnete Herr Link. »Es gibt keinen Zweifel, dass sie es war. Sie hat es zugegeben.«

»Aber warum?«

»Weil sie mir mein Glück mit dir nicht gönnt«, antwortete Michael gepresst. »Sie hat sofort mitbekommen, dass ich etwas für dich empfinde. So blöd ist sie nicht, als dass sie das nicht gemerkt hätte.«

»Das ist doch kein Grund!«

»Für sie wohl schon. Jetzt, da ich ihr gesagt habe, dass aus uns nichts wird und sie zurück nach Australien muss, ist sie wohl ausgerastet.«

»Aber sie hat ihr eigenes Leben und das von Holly aufs Spiel gesetzt.«

»Ich weiß, und das macht es nur noch schlimmer.«

Ich konnte es nicht fassen. Wie konnte ein Mensch so rachsüchtig sein und das eigene Kind damit in Gefahr bringen? Millys Verhalten war mir unbegreiflich.

»Sie muss sehr krank sein. Im Kopf, meine ich.«

»Ich hätte es ahnen müssen. Sie hat wirklich alles versucht, um mich an sie zu binden. Ich gebe mir die Schuld an allem. Ich hätte eingreifen müssen und Holly nicht mit ihr alleine lassen dürfen.«

»Nein, du kannst nichts dafür, Michael. Keiner von uns hätte ahnen können, dass es so weit kommt.«

»Doch«, beharrte er, »ich hätte es ahnen können. Ich war in den letzten Tagen mit ihr zusammen. Aber ich wollte es nicht sehen. Selbst Isabel hat mich gewarnt, dass mit Milly etwas nicht stimmt.«

»Das ist wahr, Isabel hat es mir gegenüber auch erwähnt.«

»Siehst du. Aber ich war so blind. Ich dachte, ich könnte es im Guten regeln.«

»Du bist nicht verantwortlich für sie. Dich trifft keine Schuld.«

»Du verstehst das nicht, Kathie.«

»O Michael.« Ich berührte seine verschrammten Hände, die von dem Beinahe-Unfall etwas abbekommen hatten.

Michael reagierte nicht auf meine Berührung. Er brütete düster vor sich hin.

Noch vor ein paar Stunden hatten wir uns in einer Seifenblase der Fröhlichkeit befunden. Wir hatten die Realität völlig ausgeblendet, hatten dieser seltsamen Begierde nachgegeben, die uns zueinander hingezogen hatte, und waren auf unserem eigenen Traumpfad gewandelt.

Doch jetzt war alles anders. Wir waren wie Zerbrochene, jeder auf seine Weise.

Der Schmerz über Leons Gedächtnisverlust überkam mich aufs Neue, stärker als zuvor, während Michael mit seinen Schuldgefühlen kämpfte und vor den Trümmern seiner Existenz stand.

»Mummy!« Holly weinte jetzt wieder herzzerreißend. Es war ganz offensichtlich, dass sie mitbekommen hatte, dass wir über ihre Mutter gesprochen hatten.

»Darf ich dich mit Holly kurz allein lassen?«, fragte Michael plötzlich.

»Aber sicher. Komm, Holly, komm auf meinen Schoß«, sagte ich und wiederholte es auf Englisch.

»Ich muss etwas mit der Polizei klären.« Mit diesen Worten reichte er mir seine Tochter.

Die Kleine war alt genug, um zu spüren, dass etwas ganz und gar nicht in Ordnung war, und rutschte unruhig auf meinem Schoß herum. Erst als eine atemlose Isabel auftauchte, entspannte sich Holly. Ihre Tante Isabel war ihr wohl nicht mehr so fremd wie ich.

»Kathie, Kathie, was ist hier bloß los? Das darf doch nicht wahr sein! Die Strandperle ist abgebrannt! Seid ihr in Ordnung?«

Ich nickte und erzählte ihr dann, dass Milly das Feuer gelegt hatte.

»Ich habe ihr von Anfang an nicht getraut«, war ihr einziger Kommentar. »Wo ist Michael?«

»Er wollte zur Polizei, etwas klären. Ich denke, er wird bald wieder da sein.«

Isabel betrachtete meine zerrissene Kleidung.

»Was ist mit dir passiert?«

»Nichts«, erwiderte ich und erklärte dann ganz knapp, dass ich Holly vor dem Polizeiauto in Sicherheit bringen musste. Dafür umarmte Isabel mich und bedankte sich überschwänglich.

Dann fragte sie mich nach Leon, aber ich winkte ab und erklärte ihr, dass ich im Augenblick nicht darüber sprechen könne. Von dem, was dann geschehen war, konnte ich ihr ebenso wenig sagen.

Kurz darauf kam Michael zurück und wurde von Isabel in die Arme genommen.

»Milly wird morgen schon nach Australien zurückkehren, ohne Holly. Ich verzichte auf eine Anzeige. Ich will auch nicht, dass Milly eine Strafe zu erwarten hat, und werde für etwaige Kosten selbst aufkommen. Das gibt zwar noch eine Menge Bürokratie, aber ich kann das Holly nicht antun.«

Wir waren sprachlos.

»Das ist sehr großmütig von dir«, sagte ich anerkennend.

»Ich tue das für Holly. Sie soll nicht mit dem Wissen aufwachsen, dass sich ihre Eltern gegenseitig zerfleischen und dass ihre Mutter als Brandstifterin gebrandmarkt ist.«

»Es wird sowieso schwierig sein, die Gerüchte in Schach zu halten«, gab Isabel zu bedenken.

»Umso wichtiger ist es jetzt, für klare Verhältnisse zu sorgen. Isabel, würdest du bitte Holly mit nach Hause nehmen?«

»Ja, natürlich.«

»Gut, ich muss noch mit aufs Revier. Das wird wohl ein langer Abend für mich. Ich komme dann irgendwann, wenn alles geregelt ist.« Und zu mir gewandt: »Danke, dass du Holly gerettet hast.« Dann nickte er uns zu und verließ uns.

Mittlerweile war das Feuer gelöscht. Noch ein paar restliche qualmende Schwaden lagen in der Luft, es sah so aus, als rauchte und dampfte der Himmel. Ein beißender Brandgeruch zog durch ganz Langenargen. Von Michaels Strandperle war nur noch eine Ruine übrig geblieben. Milly hatte wahrlich ganze Arbeit geleistet.

»Ich muss ebenfalls nach Hause, Isabel. Ich bin fix und fertig. Und übel ist mir auch.«

»Noch die Nachwirkungen vom Alkohol?«

»Erinnere mich nicht daran. Das war der reinste Albtraum.«

»Gute Besserung, und schlaf dich aus. Übermorgen ist Heiliger Abend.«

»Das wird vielleicht ein Fest dieses Jahr in Langenargen. Mit der Brandruine mittendrin.«

»Wir können es nicht ändern. Langenargen wird es verkraften.«

Ich schlief wie ein Stein in dieser Nacht, völlig traumlos, lang, tief und fest.

In der Nacht hatte es geschneit. Wunderschön glitzerte der

Schnee in der erwachenden Morgensonne. So friedlich und hoffnungsvoll sah die Landschaft aus, dass mir der gestrige Tag fast wie ein böser Traum erschien.

Doch als ich mich ein wenig später auf den Weg zu meinem Café machte, musste ich an der Ruine der Strandperle vorbei und blieb tief betroffen stehen. Traurige Reste der einstigen Pracht ragten verkohlt in den strahlenden Himmel hinein.

Zugegeben, die Strandperle war schon ein älteres Gebäude gewesen, aber ihre Lage direkt am Wasser war hervorragend. Es war eine ganz besondere Adresse und hatte zu jeder Jahreszeit zahlreiche Besucher angelockt, die es sich drinnen und auf der sehr großzügigen Terrasse gemütlich gemacht hatten.

Ich hatte bisher nicht mit Michael über seine Renovierungspläne gesprochen, aber so wie es ausgesehen hatte, wollte er das ganze Café auf Vordermann bringen, es modern gestalten und ihm höchstwahrscheinlich ein alternatives Gesamtkonzept verpassen. Seine Erfahrungen in Millthorpe sowie sein Termin in Freiburg, über den wir nicht mehr gesprochen hatten, würden dazu passen. Freiburg war nicht umsonst eine politisch sehr grün angehauchte Stadt mit einem hohen Anteil an Studenten und einer aktiven ökologisch orientierten Szene.

Ich konnte es zwar nur vermuten, aber Michael hatte sich bestimmt mit einem ökologischen Anbieter treffen wollen. Es war meine Schuld, dass er seinen Geschäftstermin nicht hatte wahrnehmen können. Ich hatte ihn davon abgehalten, an beiden Tagen. Dennoch empfand ich es als großes Glück, dass er ausgerechnet an diesen Tagen in derselben Stadt gewesen war wie ich.

Wenn ich daran dachte, wie schrecklich ich mich im betrunkenen Zustand benommen hatte, wurde ich puterrot. Ich hätte mich wohl noch irgendwann im Lokal übergeben und wäre letztendlich in einer Ausnüchterungszelle gelandet. Nicht auszudenken!

Michael hatte sich um mich gekümmert. Jeder andere hätte seinen Geschäftstermin wichtiger genommen als eine stockbesoffene Frau, die sich selbst bemitleidete.

Er war kein Mann, der nur hilflos zuschaute, sondern einer, der anpacken konnte, der die Ärmel hochkrempelte und Verantwortung für alles übernahm, was ihm wichtig erschien.

Und ich war ihm offensichtlich wichtig. Mehr noch, er hatte mir gesagt, dass er mich liebte.

Ich wusste, dass er eine Frau brauchte, die seine Liebe erwidern konnte. Warum nur war ich so blockiert, dass mir das nicht gelang?

19

Das alles ging mir durch den Kopf, als ich vor der verkohlten Ruine stand, deren Reste beinahe zärtlich vom Schnee bedeckt wurden. Das Gelände war weitläufig abgesperrt worden, damit niemand es betrat. Ein »Betreten verboten« sowie ein dürftiger Bretterzaun waren sichtbar angebracht worden, sodass Schaulustige und Neugierige nicht auf die Idee kamen, hier nach Wertgegenständen zu suchen.

Während der Feiertage und zwischen den Jahren würde hier wohl nicht viel passieren. Und dann war fraglich, was Michael vorhatte.

Da ich weder über seine finanziellen Ressourcen Bescheid wusste noch seine jetzigen Pläne kannte, konnte ich das Trümmerfeld nur missbilligend betrachten und zu dem Schluss kommen, dass Michael ein gutes Herz hatte. Kein anderer Mann hätte solch eine Tat ungesühnt gelassen. Milly würde ungeschoren davonkommen. Wie ungeheuerlich!

Andererseits wollte ich seine Beweggründe nachvollziehen. Ich hatte keine Kinder und wusste nicht, wie es war, die Nachkommen so zu schützen, dass man dabei selbst ins Hintertreffen geriet.

Sobald Langenargen erwachte, war der Brand das einzige Thema des Tages. Ich schämte mich, weil so viele Menschen in mein Café kamen, um sich dort aufzuwärmen und den neuesten Klatsch zu erfahren. Wie immer profitierte ich von den Aufregungen im Ort. Da der Brand die ganze Gemeinde betraf und ein Bild des Schreckens in unseren Ort brachte, waren alsbald auch Horden von Journalisten da, die über die Brandstiftung berichteten, Fotos machten und anschließend bei mir im Café einen schwarzen Espresso hinunterschütteten.

Nelli, Trudi und ich hatten wieder einmal alle Hände voll zu tun, um allen Besuchern gerecht zu werden. Weil meine beiden Helferinnen gerne tratschten, riet ich ihnen, ihrer Empörung zwar Ausdruck zu verleihen, aber keine zusätzlichen Gerüchte in die Welt zu setzen und nicht auf allzu neugierige Fragen einzugehen. Das war gar nicht so einfach, weil viele der Berichterstatter versuchten, uns alle subtil auszuhorchen und mithilfe von Schmeicheleien der Brandstiftung auf die Spur zu kommen.

Das Gute war, dass ich neben Michael, Isabel und der Polizei die Einzige war, die davon wusste, dass Milly die Strandperle angezündet hatte. Ich schwieg wie ein Grab, wenn die Sprache auf die Täter kam, und ließ alle in dem Glauben, dass es wohl mehrere Personen gewesen waren, die Michael aus niederen Beweggründen schaden wollten. Dazu passte auch der Überfall auf ihn vor einigen Wochen. Sollte doch die Presse glauben, dass der Überfall und die Brandstiftung etwas miteinander zu tun hatten.

Natürlich wusste ich nicht, welche Meldungen die Polizei herausgeben würde, aber ich hoffte, dass sich Michael diesbezüglich durchsetzen und verhindern würde, dass die Mutter seines Kindes in den Schmutz gezogen wurde. Obwohl sie es verdient hätte.

Über Mittag, als es ein wenig ruhiger wurde im Café und bevor die Nachmittagsgäste eintreffen würden, setzten sich Trudi und ich im Seminarraum zusammen, um über das Unglück zu sprechen. Nelli hielt derweil vorne im Café die Stellung.

»Wir werden eine Hilfsaktion ins Leben rufen«, erklärte mir Trudi.

Wir kauten an unseren Mittagsbroten und tranken heißen Kräutertee. Ich nahm nur kleine Bissen zu mir und hoffte, dass mir nicht wieder übel werden würde. Doch Trudi war ganz mit der Unglückssensation beschäftigt, sodass sie nicht bemerkte, wie ich mich beim Essen abquälte.

Ich wusste, dass die beiden Frauen immer wieder im Ort aktiv waren und sich ehrenamtlich engagierten. Kauend nickte ich Trudi zu, als sie mir ihre Ideen unterbreitete.

»Der arme Kerl hat ja jetzt gar nichts mehr. Es ist ja alles verbrannt, wirklich alles. Um die Neubeschaffung seiner Papiere wird er sich selber kümmern müssen, aber Nelli und ich können für ihn sammeln«, führte Trudi aus.

»Aha!«, meinte ich und hörte aufmerksam zu.

»Das ist natürlich ein völlig blöder Zeitpunkt, so kurz vor den Feiertagen, aber ich bin sicher, dass wir für Michael Müller und seine Kleine eine Wohnung organisieren können. Er wird ja wohl vorübergehend bei seiner Schwester bleiben, aber dann braucht er was Eigenes.«

So weit hatte ich noch gar nicht gedacht, aber Trudi hatte recht.

»Wir werden uns umhören«, sagte sie, »auch was Mädchenkleidung anbelangt. Wir halten doch hier im Ort zusammen.«

»Wie wollt ihr beide das anstellen?«, fragte ich neugierig.

»Wir haben da so unsere Anlaufstellen«, antwortete Trudi und zwinkerte mir zu. »Er braucht Kleidung und vor allem eine Unterkunft, Möbel und Hausrat. Das können wir organisieren, vielleicht über einen Basar zwischen den Jahren. Mal sehen.«

»Das ist ganz wunderbar!«

»Das ist selbstverständlich, Kathie. Er hat ja gar nichts mehr, der arme Kerl. Doch Mitleid hilft ihm jetzt auch nicht weiter. Da müssen die Leute schon anpacken und was rausrücken. Aber wir kriegen das hin, Nelli und ich.«

Trudi klatschte in die Hände. Sie wusste auch schon, was zu tun war.

Ich freute mich riesig, dass diese beiden Frauen mit mir befreundet waren. Sie waren ein Glücksfall für den ganzen Ort.

Nachdem wir uns die kleine Pause gegönnt hatten, gingen wir zurück in die Küche. Neue Gäste waren inzwischen eingetroffen und wollten bedient werden.

Majas Kuchen wurden an diesem Tag vor Heiligabend ebenfalls gut konsumiert. Am Abend konnte ich einen exzellenten Umsatz verzeichnen und voller Stolz auf gute Arbeit zurückblicken.

Auf dem Heimweg kam ich wieder an der Ruine vorbei, die nun ein wenig bedrohlich in den schwarzen Nachthimmel ragte. Nur die Tatsache, dass der liebliche Schnee sie bedeckte, nahm ihr ein wenig den Schrecken der Zerstörung und Verwüstung.

Von Michael hatte ich nichts mehr gehört, aber er würde jetzt auch alle Hände voll zu tun haben, um sich um den Scherbenhaufen seines Lebens zu kümmern.

Da ich vermutete, dass auch an Heiligabend am Vormittag genügend Besucher in mein Café kommen würden, um über das Unglück zu berichten oder Näheres darüber zu erfahren, hatte ich Nelli und Trudi gebeten, morgen ebenfalls noch einmal zu erscheinen. Meinen ursprünglichen Plan, das Café morgen alleine zu betreuen, hatte ich aus aktuellem Anlass aufgegeben. Ich brauchte die Hilfe der beiden, um über die Runden zu kommen, zumal mir auch immer wieder übel wurde, was ich auf die Aufregungen der letzten Tage zurückführte.

Gerade wieder verspürte ich einen komischen Geschmack im Mund und verzog angewidert die Nase. Der Ekel ließ sich auch mit einem süßen Tee nicht vertreiben, und so machte ich mir eine Wärmflasche und legte mich aufs Sofa. Dann schnappte ich mir ein Buch und konzentrierte mich auf die vergnügliche Lektüre. Erst das Klingeln meines Telefons riss mich aus meiner versonnenen Abendstimmung.

Es war Isabel, die mir mit angespannter Stimme mitteilte, dass sie und ihr Bruder gestern Abend noch einen heftigen Streit gehabt hatten.

»Martin und ich finden es nicht in Ordnung, dass diese Milly für ihre grausame Tat fast noch belohnt wird. Stell dir vor, Michael hat ihr sogar das Flugticket bezahlt und sie heute noch nach Frankfurt gefahren. Unglaublich!«

Ich seufzte. Irgendwie konnte ich Michael verstehen, aber ebenso Isabels Reaktion.

»Wenn du jetzt erwartest, dass ich für dich oder für Michael Stellung beziehe, dann muss ich dich enttäuschen. Ich kann euch beide verstehen. Jeder von euch hat seine Beweggründe.«

»Dieser Frau muss doch klargemacht werden, dass sie eine große Schuld auf sich geladen hat. Sie muss bestraft werden. Sie hat doch überhaupt kein Unrechtsbewusstsein.«

»Reg dich nicht so auf, Isabel. Dein Bruder weiß schon, warum er so gnädig mit ihr umgeht.«

»Ja, und jetzt bleibt er auf allen Kosten sitzen. Es tut mir weh zu sehen, wie er leidet. Das hat er nicht verdient. Und dass diese Frau ihm auf der Nase herumtanzt und straflos davonkommt, das kann ich nicht verstehen.«

»Bitte respektier seine Entscheidung«, sagte ich.

»Seit wann schlägst du dich auf seine Seite?«

»Das tue ich doch gar nicht, Isabel. Aber wenn du jetzt nicht zu ihm hältst, dann fühlt er sich komplett verlassen. Einen Streit mit dir und Martin kann er jetzt bestimmt nicht gebrauchen.«

»Ich weiß«, gestand Isabel zerknirscht. »Er ist auch gestern noch weg, hat sich Holly geschnappt und ist davon.«

»Was? Und wo ist er hin?«, fragte ich entsetzt.

»Keine Ahnung. Er hat nur gesagt, dass er sich ein Hotelzimmer suchen wird. Dann war er auch schon weg.«

»Hast du versucht, noch einmal mit ihm zu sprechen?«

»Ja, sicher, aber er hat sein Handy ausgeschaltet. Ich kann ihn nicht erreichen.«

»Und jetzt willst du von mir Absolution erhalten, oder was?«

»Nein, natürlich nicht. Ich wollte nur mit dir reden.«

»Ach, Isabel, Michael wird sich schon wieder melden. Es ist gerade alles zu viel für ihn.« Wie für mich auch, wollte ich hinzufügen, sagte aber stattdessen: »Er weiß, was er tut. Du kannst ihm vertrauen.«

»Seit wann setzt du dich so für Michael ein?«, fragte sie noch einmal misstrauisch.

»Es wäre schade, wenn ihr wegen so einer Frau wie Milly streitet«, wich ich aus. »Als Geschwister solltet ihr zusammenhalten.«

»Das tun wir auch ansonsten immer, aber Milly ist zu weit gegangen. Und nun verbringt Michael wohl Weihnachten in einem öden Hotelzimmer. Das wollte ich nicht.«

Wieder stieß ich einen Seufzer aus. »Wenn es so sein soll, dann ist es eben so. Du wirst nichts daran ändern können. Vielleicht erreichst du ihn noch. Dann sag ihm, dass du ihn verstehst, auch wenn du sein Handeln nicht billigst. Versöhn dich mit ihm.«

»Das habe ich sowieso vor.«

»Na also. Michael hat ein gutes Herz.«

»Ich bin echt erstaunt, wie schnell du deine Meinung über ihn geändert hast. Was ist da eigentlich in Freiburg zwischen euch vorgefallen?«

Wie gut, dass Isabel jetzt nicht sehen konnte, wie ich errötete. Sie hätte sonst sofort Bescheid gewusst.

»Er hat sich um mich gekümmert, das ist alles.«

»Tatsächlich? Das ist alles?«

»Ja. Ich werde dir demnächst alles erzählen.«

Ich meinte damit die ganze Geschichte über Leon. Die intime Begegnung mit Michael würde hingegen für immer mein Geheimnis bleiben. Ich war mir sicher, dass Michael ebenso darüber dachte.

Als Isabel hörte, dass Nelli und Trudi eine Hilfsaktion für Michael ins Leben rufen wollten, brach sie in Tränen aus.

»O Isabel«, tröstete ich sie, »du darfst dir diesen Streit nicht so zu Herzen nehmen. Es wird sich schon wieder alles zwischen euch einrenken.«

»Aber er ist weg. Martin und ich haben ihn vertrieben. Das kann ich mir nicht verzeihen. Ausgerechnet jetzt. Er hat doch niemanden sonst außer mir und Martin.«

»Michael ist kein kleiner Junge mehr«, versuchte ich zu erklären.

»Ja, aber es ist ihm gar nichts mehr geblieben. Gar nichts mehr! Und ich mache ihm wegen Milly die Hölle heiß. Ich verstehe mich selbst nicht mehr.«

Sie schluchzte herzzerreißend, sodass ich fast nicht mehr wusste, wie ich sie am Telefon trösten konnte.

»Michael ist nicht allein, Isabel. Der ganze Ort steht hinter ihm. Wir alle.«

»Aber das weiß Michael noch nicht. Im Augenblick meint er, dass alle gegen ihn sind, selbst seine eigene Familie.«

»Dann versuch weiter, ihn zu erreichen. Das, was Michael jetzt am allerwenigsten gebrauchen kann, ist dein Selbstmitleid.«

»Du hast ja recht«, schniefte sie.

»Ich wünschte, das alles wäre nicht passiert.«

In diesem Moment spürte ich erneut eine Welle der Übelkeit in mir aufsteigen und verabschiedete mich von Isabel. Dann schwankte ich ins Bad, aber mein Magen beruhigte sich wieder.

Ich bereitete mir einen Verdauungstee und kroch anschließend müde und erschöpft ins Bett.

20

In der Nacht hatte es wieder geschneit. So wie es aussah, konnten wir weiße Weihnachten erwarten, was die Laune aller Langenargener hob, auch wenn natürlich »das Verbrechen« immer noch Stadtgespräch war und mir auch an diesem Vormittag ein paar zusätzliche Kunden einbrachte. Hinzu kamen noch all jene, die auf den letzten Drücker nach einem passenden Geschenk für ihre Lieben suchten und bei mir mehr als fündig wurden. Schmuckstücke, Edelsteine, Kunsthandwerk und Isabels liebevoll dekorierte Rosenprodukte fanden noch einmal einige Abnehmer und wurden von Trudi, Nelli und mir kunstvoll verpackt.

Die letzten zwei Stunden verbrachte ich ohne Trudi und Nelli und begann schon einmal alles in Ordnung zu bringen und zu putzen. Nun verirrte sich wohl niemand mehr in mein Café. Aber ich hielt mich an meine Öffnungszeiten, weil es immer noch sein konnte, dass jemand kurz vor vierzehn Uhr, also kurz vor Schluss, hereinkam und noch ganz eilig etwas kaufte.

Während der Aufräumaktion klemmte ich mir das Telefon zwischen Ohr und Schulter und rief Rebecca an. Sie war nämlich bereits entlassen worden und verbrachte die Tage alleine zu Hause. Nelli und Trudi hatten ihr vorgestern einen kurzen Besuch abgestattet, kurz nach Feierabend im Café, als ich noch stockbetrunken in Freiburg im Hotelzimmer hing und von Michael Kamillentee eingeflößt bekam.

Die Fehlgeburt deprimierte Rebecca immer noch, was ich an ihrer Stimme hören konnte. Sie klang richtiggehend elend. Meinen Vorschlag, sie nachher noch zu besuchen, lehnte sie ab.

»Entschuldige, Chefin, aber mir geht es heute gar nicht gut. Ich will mich einfach nur ins Bett legen und fernsehen.«

»Das verstehe ich, Rebecca. Aber wenn du deine Meinung ändern solltest, ruf mich an. Ich bin jetzt noch am Putzen. In ungefähr zwei Stunden schließe ich das Café endgültig über die Feiertage. Dann könnte ich immer noch kommen. Du weißt ja, auf mich wartet auch niemand.«

Ihr schwaches Lächeln konnte man hören, aber sie lehnte noch einmal ab.

»Kann ich sonst etwas für dich tun?«, fragte ich.

»Nein, wirklich nicht. Ich bin so froh, dass ich bei dir arbeiten kann. Das ist mein einziger Lichtblick gerade.«

»Das freut mich. Ich würde dich nie hängen lassen. Du bist eine ganz arg liebe Person und hast ebenso einen ganz arg lieben Mann verdient. Und ich bin überzeugt, dass dieser schon irgendwo auf dich wartet. Du musst ihm nur noch begegnen.«

Ich glaubte selbst nicht, was ich da sagte, aber es sollte sich tröstend anhören.

»Danke«, erwiderte sie, doch wir wussten beide, dass es gar nicht so einfach war, einen lieben Mann zu finden.

»Jeder von uns hat mit seinen Herausforderungen zu kämpfen, Rebecca«, fügte ich hinzu. »Das Leben bringt so einige Schicksalsschläge mit sich.«

»Stimmt«, entgegnete sie, und dann sprachen wir über den großen Brand und wie übel das Schicksal gerade mit Michael umsprang.

»Damit will ich sagen«, endete ich, »dass es wirklich niemanden gibt, der immer nur glücklich ist und bei dem alles immer glattläuft. Die Kunst besteht darin, an diesen Krisen nicht zu zerbrechen.«

»Das sagt sich so einfach.«

»Das ist wahr. Während der Krise hat man das Gefühl, sterben zu müssen. Das ist fast nicht zum Aushalten. Und weißt du was? Ich habe mich sogar schon einmal so betrunken vor Kummer, dass ich transportiert werden musste.« Dass dies erst ein paar Tage zurücklag, wollte ich ihr natürlich nicht offenbaren.

»Nein! Echt? Du? Wo du doch gar keinen Alkohol anrührst?«

»Ja, stell dir vor, ich.«

»Dann muss es aber sehr schlimm gewesen sein, du Arme.«

»Das war es, in der Tat, das war es.«

»Da bin ich aber froh, dass du das überlebt hast.«

»Ich auch, Rebecca. Aber ich weiß, wie das ist, wenn man ganz tief in der Verzweiflung steckt.«

»Dabei wirkst du immer so ausgeglichen, so stark und souverän.«

»Das täuscht. Auch bei mir ist nicht immer alles gut. Es beutelt mich manchmal ganz schön arg. Deshalb ist es gut, wenn wir alle immer füreinander da sind.«

Ich hoffte, dass ich Rebecca damit wieder ein wenig aufgebaut hatte. Jeder Impuls, nach vorne zu schauen, war ein wichtiger und richtiger. Ich hatte am eigenen Leib erfahren, wie sehr einen das Leben aus der Bahn werfen konnte. Und ich war noch lange nicht darüber hinweg.

Wir wünschten uns schöne Weihnachten, dann legte ich auf und beendete meine Putzaktion.

Kurz vor Schluss ging dann noch einmal die Tür auf. Es war Michael, der über die Schwelle trat und vor mir stehen blieb. Schweigend sahen wir uns an, bis die ungewohnte Stille zwischen uns unerträglich wurde. Der Brand und seine Folgen hatten eine Schwere über uns beide gelegt. Dieses verheerende Unglück entriss uns jeglicher Leichtigkeit und Freude.

»Kathie, ich habe eine Bitte an dich«, begann er mit rauer Stimme.

»Worum geht es denn?«, fragte ich.

»Um Holly. Könntest du sie für ein paar Stunden zu dir nehmen? Ich weiß, dass du gleich schließt. Vielleicht hättest du Zeit, ein wenig mit ihr zu spielen. Ich muss noch so viel erledigen. Ich weiß echt nicht, wo mir der Kopf steht.«

»Das ist gar kein Problem. Wo ist die Kleine?«

»Im Auto. Ich wollte dich zuerst fragen, ob du überhaupt Zeit hast.«

»Natürlich habe ich Zeit. Aber bitte, Michael, ruf deine Schwester an. Sie macht sich echt Sorgen um dich.«

Michael schüttelte den Kopf. »Isabel übertreibt es manchmal. Aber ich bleibe bei meinem Entschluss.«

»Das habe ich ihr auch gesagt. Sie bereut es schon sehr, dass sie dich vertrieben hat. Ruf sie an und versöhn dich mit ihr. Bitte!«

»Ich werde es mir überlegen«, entgegnete er trotzig.

»Michael!«

Da trat er ganz nahe an mich heran und ergriff meine Hände. Sofort schoss mir das Blut in die Wangen. Seine Berührungen lösten in mir ein Verlangen aus, das ich nicht kontrollieren konnte. Natürlich bemerkte er es und lächelte.

»Du hast meinen Namen schon ganz anders ausgesprochen«, flüsterte er.

»Das wird sich nicht wiederholen.«

»Bist du dir da so sicher?«

Darauf konnte ich nicht antworten. Michael beugte sich zu mir.

»Wir hätten das nicht tun sollen!«, sagte ich mühsam.

»Bereust du es?«, fragte er bestürzt.

»Nein, aber das war in Freiburg. Hier ist alles anders.«

»Du hast nur Angst vor dir selbst. Glaubst du, du warst in Freiburg eine andere als hier?«

»Ja.«

Michael streichelte zart über meine Wange und blickte mich

nachdenklich an. Hätte mich früher so eine Geste von ihm wütend gemacht, bewirkte sie nach Freiburg etwas ganz anderes in mir. Er hatte recht, es hatte eine Zäsur gegeben. Freiburg hatte alles verändert. Und das wirkte nach bis heute.

»Siehst du! Du machst dir etwas vor. Aber wir wollen jetzt nicht darüber reden.«

»Gut. Ich bin froh, wenn wir das Thema wechseln. In der Zeitung habe ich gelesen, dass die Einbrecher gefasst worden sind, die dich zusammengeschlagen haben.«

Er nickte. »Sie sind in Ravensburg auf frischer Tat ertappt worden.«

»Es ist so furchtbar, an diesen Abend zurückzudenken.«

»Wem sagst du das! Das einzig Gute an diesem Abend war die Freude, zu wissen, dass du bei mir warst.«

»Ich … ich … will gar nicht mehr daran zurückdenken!«

»Das musst du auch nicht, Kathie, es ist vorbei. Die beiden gehören zu einer ziemlich brutalen Bande.«

»Ist es sicher, dass es dieselben waren, die dich zusammengeschlagen haben?«, fragte ich voller Angst.

»Ja. Bei einem von ihnen wurde etwas gefunden, was eindeutig aus dem Schuppen neben der Strandperle stammte. Außerdem haben sie es zugegeben und ein Geständnis abgelegt. Reue stimmt eventuell die Richter milde.«

»Die sollen ihre gerechte Strafe bekommen!«, fauchte ich grimmig.

»Entspann dich«, flüsterte Michael, als er merkte, wie sehr mich die Sache mitnahm. Er streichelte über meinen Rücken, bis ich einen wohligen Laut von mir gab.

»Musst du deshalb jetzt noch weg?«, fragte ich leise.

»Unter anderem. Ich gehe jetzt Holly holen. Vielen Dank, Kathie.«

Ich war ihm dankbar, nicht weiter darüber reden zu müssen.

Die Gefühle der Angst und Unsicherheit wollte ich gerne hinter mir lassen.

»Ich bin dann mit ihr zu Hause«, erklärte ich. »Du kannst dir Zeit lassen. Gibt es etwas, was ich beachten muss?«

»Nein. Sie ist ein ganz normales kleines Mädchen.«

»Gut.«

Michael ließ meine Hände los und verschwand aus der Tür, um ein paar Minuten später mit Holly zurückzukehren.

Der Kleinen war es nicht geheuer, mit mir allein gelassen zu werden, aber Michael erklärte ihr behutsam, dass er noch ganz viel erledigen müsse. Und dann komme das Christkind.

Bei seinen Worten fiel mir ein, dass ich bei mir zu Hause nichts hatte, das an Weihnachten erinnerte. Ich hatte weder einen Tannenbaum noch Weihnachtsgeschenke, von Kinderspielsachen ganz zu schweigen. Nicht einmal ein paar Kinderbücher hatte ich in meiner Wohnung. Wozu auch? Die Weihnachtsstimmung konstruierte ich ausschließlich für mein Café. Hier erzählte der Glanz von einer heilen Welt wunderbare Geschichten, zu Hause ersparte ich mir diverse Dekorationen. Außer mir würde sie ja doch keiner wahrnehmen. Es lohnte sich nicht, alles für mich alleine zu schmücken.

Michael warf mir noch einmal einen dankbaren Blick zu und ging dann endgültig.

Holly sah mich mit großen Augen an und wirkte sehr verloren. Was in ihrem kleinen Kopf wohl vor sich ging?

Sie hatte Millys Gesichtsform, aber Michaels braune Augen. Auch die Farbe ihrer Haare und ihre Beschaffenheit glichen Michaels, obwohl ich nicht wusste, ob auch er Locken hätte, wenn er sich die Haare wachsen lassen würde.

Sie wirkte unglaublich schüchtern und scheu, was aber kein Wunder war bei diesen Verhältnissen. Milly hatte sie aus ihrer gewohnten Umgebung gerissen und hier in die Fremde gebracht.

Selbst die Sprache war ihr fremd, und so bemühte ich mich, alles auf Deutsch und Englisch zu sagen, denn sie würde unsere Sprache lernen müssen.

Ich wusste nicht, ob Michael einen Plan hatte, wie er als alleinerziehender Vater klarkommen wollte. Jetzt hatte er noch nicht einmal ein Zuhause für sich und das Kind. Das war bitter.

Holly wartete geduldig, bis ich im Café alles so weit gerichtet hatte, dass ich schließen konnte. Dann zog ich ihr den neuen roten Mantel an, den ihr Michael wohl besorgt hatte und der nicht mehr zu klein war. An den Füßen trug sie ordentliche Stiefel und keine Lackschuhe mehr. Ich setzte ihr die Mütze auf und zog ihr die Handschuhe über.

»Siehst du den Schnee da draußen?«, fragte ich sie und zeigte auf die dicken Flocken, die fröhlich vom Himmel tanzten. »Wir müssen gut aufpassen, es könnte rutschig sein. Aber dafür bekommen wir weiße Weihnachten.«

Ich wusste natürlich, dass die Kleine mit weißen Weihnachten nichts anfangen konnte. In Australien war es an Weihnachten Hochsommer. Die Leute dort feierten im Garten, grillten und genossen die langen sonnigen Abende. Ihre Weihnachtsbäume waren allesamt aus Plastik. Manche behängten auch die Gartensträucher mit Kugeln oder die überall wachsenden Eukalyptusbäume.

Der Gedanke an die unterschiedlichen Möglichkeiten, einen Weihnachtsbaum aufzustellen, brachte mich auf die Idee, noch einen letzten kleinen Baum zu erstehen. Für Holly. Ihr erstes Weihnachtsfest in Deutschland sollte nicht in einem leeren Hotelzimmer stattfinden. Ich wollte Michael vorschlagen, wenigstens den Heiligen Abend mit mir zu verbringen.

»Du kennst sicher keinen Schnee«, sagte ich und nahm Holly an die Hand. »Und unsere Art der Weihnachtsbäume kennst du auch nicht. Deshalb werden wir jetzt noch einen besorgen.«

Ich wusste, wo ich noch einen bekommen konnte, und machte mich mit ihr auf den Weg dorthin. Holly tappte willig hinter mir her. Sie traute sich wohl nicht, den Mund aufzumachen, und sprach kein einziges Wort mit mir, was ich ein bisschen mühsam fand. Also übernahm ich die Konversation und wechselte beim Sprechen vom Deutschen ins Englische und umgekehrt, aber sie gab weiterhin keinen Ton von sich, weder in der einen noch in der anderen Sprache. Nichtsdestotrotz redete ich pausenlos auf sie ein, während wir zum Verkaufsstand der Weihnachtsbäume gingen und tatsächlich noch in letzter Minute einen kleinen Baum erstanden.

Der Händler wickelte ihn in das übliche engmaschige Netz und befestigte eine kleine Haltevorrichtung daran, sodass ich ihn gut nach Hause tragen konnte. In der Abstellkammer hatte ich noch Kugeln und echte Kerzen, sodass ich den Baum zusammen mit Holly ganz traditionell würde schmücken können.

Auf dem Weg zur Malerecke erklärte ich Holly unseren ganzen Ort. Ich zeigte ihr das Rathaus, das Polizeirevier, die Hotels und alten Häuser, den Spielplatz, die Promenade und den Park am See.

Als wir allerdings an den Ruinen der Strandperle vorbeikamen, zuckte sie zusammen und drängte sich zwischen meine Beine. Die Verwüstung war unübersehbar und würde es wohl bis ins neue Jahr hinein bleiben. Wie ein verschandeltes Mahnmal lagen die Trümmer der Zerstörung unter dem friedlichen Schnee begraben. Nichts erinnerte mehr daran, dass hier ein imposantes Bauwerk gestanden hatte.

Holly schien sich ebenfalls an den schrecklichen Abend des Brandes zu erinnern. Sie fing an zu schluchzen und rief nach ihrer Mummy.

»Komm«, sagte ich sachte und nahm sie auf den Arm.

Den Baum und Holly gleichzeitig zu tragen war gar nicht so einfach.

Doch Holly beruhigte sich keineswegs, und ich schimpfte mit mir selbst, dass ich keinen Umweg gemacht hatte, um ihr diesen fürchterlichen Anblick und all die damit zusammenhängenden Erinnerungen zu ersparen. Sie rief abwechselnd nach ihrer Mummy und ihrem Daddy, sodass ich kurz davor war, Michael anzurufen. Aber dann verbat mir mein Stolz, mich derart lächerlich zu machen. Michael wäre nicht begeistert, wenn ich ihn zurückzitierte. Ich würde doch wohl noch mit einem kleinen Mädchen fertigwerden. Er hatte mir zwar für alle Fälle seine mobile Nummer gegeben, aber die wollte ich unter gar keinen Umständen strapazieren.

Endlich hatten wir den Ort des Unglücks hinter uns und erreichten die Malerecke. Ich lehnte den Baum an mein Haus und setzte Holly ab.

»Komm, wir gehen noch ein Stück. Der Schnee ist gerade so schön«, sagte ich aufmunternd und wischte ihr mit einem Papiertaschentuch die restlichen Tränen vom Gesicht.

Holly hatte sich inzwischen ein wenig beruhigt. Sie schniefte zwar noch ab und zu vor sich hin, aber trottete mir nun folgsam hinterher, als wir in Richtung Naturstrand weiterliefen.

»Sollen wir einen Schneemann bauen?«, fragte ich und wusste zugleich, dass sie nicht wissen konnte, was ich meinte. »Ich zeige dir, wie es geht. So etwas hast du nämlich noch nie gesehen.« Ich machte mich daran, den Schnee zusammenzuscharren, als wir den Naturstrand erreicht hatten. »Komm, hilf mir!«, forderte ich sie auf und zeigte ihr, was zu tun war.

So verbrachten wir die nächste halbe Stunde damit, einen richtig großen Schneemann zu bauen, obwohl es mittlerweile kräftig schneite und die Schneeflocken in unseren Haarspitzen und Wimpern hingen. Da der Naturstrand stets voller Steine war, hatte der Schneemann bald auch ein fröhliches Gesicht.

»Weißt du was«, sagte ich, als wir fertig waren, »wir schicken

Daddy ein Foto von uns und dem Schneemann. Komm her, Holly!«

»Schneemann«, sagte Holly plötzlich, und ich lobte sie für ihr erstes deutsches Wort in meiner Gegenwart.

»Los«, kommandierte ich, »wir machen ein Selfie!« Und schon drückte ich auf die entsprechende Taste auf meinem Handy.

Wir wählten ein schönes Foto aus und sendeten es Michael.

Ohne auf eine Nachricht von ihm zu warten, gingen wir dann zu mir nach Hause, packten den Baum aus und begannen ihn gemeinsam zu schmücken. Vorher aber wusch ich Hollys eiskalte Hände mit warmem Wasser ab und machte ihr einen schönen warmen Kakao, den sie gierig trank. Dabei verschüttete sie ein bisschen, sodass ich den Fleck auf ihrer Kleidung erst einmal entfernte und trocken föhnte. Dann war der Weihnachtsbaum dran.

Holly schaute zunächst interessiert zu, traute sich aber doch nach einer Weile, mir zu helfen. Sie war ganz geschickt mit ihren kleinen Händen und lächelte sogar, als ich sie lobte. Nur die Kerzenhalter und die Kerzen steckte ich selbst an unseren kleinen Baum.

Während es draußen langsam dunkel wurde, fiel mir ein, dass ich für Holly gar kein Geschenk hatte. Doch da erinnerte ich mich, dass ich im Bad noch ein paar wunderschöne Haarspangen aufbewahrte, die ich mir bei diversen Feierlichkeiten gerne mal in meine rote Mähne steckte. Die smaragdfarbene glitzernde Spange würde gut zu Hollys braunen Locken passen, und so kramte ich in einer meiner Schubladen nach einer Möglichkeit, die Spange schön zu verpacken.

Holly hatte ich im Wohnzimmer auf das Sofa gesetzt und ihr ein paar bunte Zeitschriften hingelegt, in denen sie derweil blättern sollte. Das war alles, was ich ihr an Zerstreuung anbieten konnte. Meine kleine Wohnung gab nicht so viel her, was wirklich interessant für sie gewesen wäre.

Aber Holly war brav. Sie schaute sich neugierig die bunten Bilder an und rührte sich kaum vom Fleck. Dann jedoch dachte ich an all meine schönen Farben. Ich war schon eine ganze Ewigkeit nicht mehr zum Malen gekommen. Nun zog ich die Schublade auf, in der ich Acrylfarben und Papier sowie kleine Leinwände aufbewahrte. Einige größere Leinwände musste ich auch noch haben.

Nachdem ich sie gefunden hatte, räumte ich den Esstisch leer, breitete eine Wachsdecke darauf aus und legte Holly Pinsel und Farben zurecht.

Holly traute sich nicht, die Utensilien in die Hand zu nehmen. Sie schaute mich mit scheuem Blick an, ihre braunen Augen auf mich richtend, wie Michael es schon so oft getan hatte.

Seufzend setzte ich mich zu ihr und nahm sie auf den Schoß.

Für die Kleine war das neue Leben hier in Deutschland mehr als fremd. Es tat mir so leid, dass sie Milly vermisste und Michael jetzt auch nicht viel Zeit für sie hatte. Sie musste sich komplett verloren und verlassen vorkommen.

Immerhin mochte sie mich und wehrte sich nicht gegen meine Streicheleinheiten. Vertrauensvoll legte sie ihren Kopf an meine Brust und ließ sich trösten. Zwischendurch fragte sie nach Mummy und Daddy, was mir beinahe das Herz brach. Dieser kleine, verlorene Mensch hatte es verdient, ein schönes Zuhause zu haben und glücklich zu sein. Wenigstens konnte ich ihr heute das Gefühl geben, dass alles in Ordnung war.

»Komm, Schatzilein«, sagte ich zu ihr, »du darfst gerne malen, wenn du willst.«

Sie erwiderte nichts, sondern hielt sich weiterhin an mir fest.

»Möchtest du mal meine Bilder sehen, Holly? Weißt du, ich male nämlich auch. Das ist zwar schon eine Weile her, aber es macht mir unheimlich Spaß.« Wie gehabt versuchte ich den deutschen Satz zu übersetzen, damit sie mich verstehen konnte.

Holly nickte.

»Dann musst du dich mal umdrehen und alle meine Wände ansehen«, forderte ich sie auf. »Schau mal«, fuhr ich fort, »alle Bilder an allen Wänden sind von mir.« Ich zeigte ihr die Motive und erklärte ein wenig, warum und wie ich ein Bild gemalt hatte. »Wenn man gerne mit Farben umgeht, macht das Malen richtig viel Freude. Und jetzt kannst du es auch probieren.« Ich krempelte ihr den Pullover hoch und band ihr ein Geschirrtuch um, damit sie die Farben ausprobieren konnte.

Ein wenig später bemerkte ich zufrieden, dass sie Gefallen daran gefunden hatte, Farbe auf die Leinwand zu bringen.

Nach einer Weile konnte ich sie damit erst einmal alleine lassen. Sie war ganz vertieft in diese neue Beschäftigung, sodass ich mich jetzt meinen weiteren Tätigkeiten widmen konnte, ohne sie aus den Augen zu verlieren.

Ich suchte immer noch nach einer Möglichkeit, die Spange zu verpacken, und stieß bei meiner Suche auf die beiden Rosen, die sich in meiner Nachttischschublade befanden. Beim Anblick der beiden Rosen bekam ich wildes Herzklopfen ...

Leon und Michael.

Die Rosen lagen friedlich nebeneinander, jede in ihrer eigenen Beschaffenheit, Schönheit und Aussagekraft. Aber in mir tobte wieder all das Durcheinander, das mich weiterhin begleitete. Von weihnachtlichem Frieden keine Spur.

Plötzlich hatte ich auch all die Bilder wieder im Kopf, wie ich mit Leon geschlafen und eine überaus schöne, märchenhafte Nacht erlebt hatte, so magisch, so vollkommen und erfüllend, dass es immer noch schmerzte, daran zu denken. Leon war so ganz anders als Michael. Mit ihm hatte ich trotz des körperlichen Feuers zwischen uns sehr viel mehr Romantik erlebt. Leon hatte eine ritterliche Art, mein Herz zu öffnen, während Michael mich überrumpelte und viel mehr sehr starke und intensive Gefühle in mir bewegte.

An Michael zu denken war leidenschaftlich, grenzenlos und überwältigend und machte mich atemlos. Jede Erinnerung an ihn entfachte sofort ein sehnsüchtiges Verlangen in mir.

Ich presste beide Hände an meinen Kopf und krümmte mich, um all die Bilder zu verscheuchen, die mich in diesem Moment heimsuchten und alles durcheinanderwirbelten.

Mit einem vehementen Ruck schob ich die Schublade zurück. Es war mir nicht möglich, mich beim Anblick der beiden Rosen zu erfreuen. Sie regten mich einfach nur auf.

In diesem Moment klingelte mein Handy. Es war Isabel, um mir frohe Weihnachten zu wünschen. Ich erzählte ihr, dass Holly bei mir sei und Michael nachher ebenfalls vorbeikommen werde, um die Kleine abzuholen.

Isabel atmete auf. »Er hat sich immer noch nicht bei mir gemeldet«, klagte sie.

»Gräm dich nicht«, tröstete ich, »er ist nach dem Unglück extrem beschäftigt. Aber er wird sich bestimmt bald wieder mit dir versöhnen.«

»Wenn er meine Nummer sieht, geht er nicht dran. Ich habe schon so oft versucht, ihn anzurufen und mich zu entschuldigen.«

»Er ist im Stress, Isabel.«

»Ich weiß, ich weiß. Bitte richte ihm aus, dass er jederzeit vorbeikommen kann. Er soll Weihnachten nicht alleine mit der Kleinen in einem anonymen Hotelzimmer verbringen müssen.«

»Ich sage es ihm.«

»Kommst du mit Holly zurecht?«

»Aber ja, doch. Sie ist ein ganz liebes Kind. Es wird aber wohl noch lange dauern, bis sie sich hier wohlfühlen kann.«

»Sie wird mit Max und Benno in den Kindergarten gehen. Im Augenblick sind ja Kindergartenferien, und deshalb spielen die drei zu Hause. Aber der Kindergarten wird Holly helfen, hier Fuß zu fassen und die Sprache zu lernen.«

»Bestimmt. Verträgt sie sich gut mit deinen Jungs?«

»Ausgezeichnet. Ich bin froh, dass es mit den dreien so gut klappt. Holly wirkt dabei manchmal wie ein Puffer, sodass sich meine beiden Racker nicht immer streiten. Für mich ist das im Augenblick eine echte Erholung.«

»Klingt gut.«

»Ja, es hätte auch anders sein können. Aber es muss ja nicht alles schieflaufen.«

»Immerhin etwas.«

»Ach ja, und richte bitte Michael aus, dass Martin und ich jederzeit für ihn und Holly da sind. Er soll nicht das Gefühl haben, dass ihn seine Familie im Stich lässt.«

»Mach ich. Keine Existenz mehr und mit Kind, das ist für Michael eine harte Herausforderung.«

»Er kann auf uns zählen.«

»Wir werden alle zusammenhalten. Ich schließe mich da mit ein.«

»Danke, Kathie, du bist ein Schatz. Es ist echt großmütig von dir, dass du deine Querelen mit meinem Bruder zurückstellst und ihn unterstützt. Aber er hätte dir Holly nicht anvertraut, wenn er nichts von dir halten würde. Michael mag dich sehr.«

Wenn du wüsstest, wie nahe wir uns schon gewesen sind.

»Das ist mir schon klar«, erwiderte ich ausweichend und wünschte allen nochmals fröhliche Weihnachten, bevor das Gespräch allzu heikel wurde.

Nachdem ich noch einmal nach Holly geschaut hatte, fand ich endlich ein schönes Geschenkpapier, in das ich die grüne Spange wickelte.

Dann setzte ich mich zu ihr an den Esstisch und begann ebenfalls mit der Malerei. Immer wieder erklärte ich ihr, wie man Farben flächig auf die Leinwand auftrug und welche Formen entstehen konnten, wenn man wusste, wie man es machen musste.

Eine Stunde später klingelte es an der Tür.

21

»Daddy!«, rief Holly aufgeregt und hüpfte vom Stuhl.

Es war tatsächlich Michael, der draußen stand und müde und abgekämpft aussah. Doch als die Kleine in seine Arme sprang, leuchteten seine Augen.

»Komm herein«, sagte ich.

»Alles klar bei euch?«

»Aber ja. Holly hat mir geholfen, den Baum zu schmücken. Jetzt haben wir zusammen gemalt.«

Michael setzte seine Tochter ab und wechselte ein paar Worte mit ihr in englischer Sprache. Er betrachtete sich ihre kleinen Kunstwerke, lobte sie und sah mich dankbar an. Dann trat er in die Küche und hielt eine Tasche voller Lebensmittel hoch.

»Ich werde uns ein leckeres Lammsteak bereiten.«

»Wieder was mit Fleisch!«, murrte ich.

»Ich will dir ja nicht zu nahe treten, meine geliebte Kathie, in deiner Küche gibt es ein paar wundersame Leckereien, aber leider nichts Anständiges.«

»So, so, meine Leckereien sind also nichts Anständiges.«

»So habe ich das nicht gemeint. Alles in deiner Küche ist anständig, aber Lamm ist noch anständiger.«

Ich grinste und war Michael dankbar, dass er mit mir wieder die Ebene der Neckereien und Späße erreicht hatte. Auf diese Weise konnte ich wenigstens nicht unter seinen durchdringenden Blicken verbrennen.

»Hältst du es noch aus, oder sollen wir gleich anfangen?«

Die Zweideutigkeit seiner Frage ließ mein Herz stolpern und meine Haut erglühen.

»Also gleich«, antwortete er sich selbst und marschierte in die Küche. »Erst die Arbeit, dann das Vergnügen, nicht wahr, Kathie?«

»So ähnlich sehe ich das auch.«

»Auf das Vergnügen freue ich mich schon besonders. Oder was meinst du?«

»Ganz deiner Meinung.«

»Erst einmal alles schön heiß machen. Da braucht es bei dir ja gar nicht viel. Das geht fast von alleine.«

Ich konnte mir ein Kichern nicht verkneifen.

»Ich meinte natürlich den Herd.«

»Natürlich meinst du den Herd. Was auch sonst!«

Ich trat zu ihm in die Küche und bemerkte erstaunt, dass er sich schon bestens auskannte.

»Ich habe schon mal hier gekocht, du erinnerst dich vielleicht.«

»Natürlich. Kann ich dir helfen?«

»Nein, auch wenn das lieb gemeint ist. Das soll mein Weihnachtsgeschenk für dich sein. Ich hatte keine Zeit mehr, etwas für dich zu besorgen.«

»Heißt das, dass wir den Heiligen Abend gemeinsam feiern?«

Nun wurde Michael verlegen. »Wenn wir dürfen?«, fragte er sehr leise und blickte mich unsicher an.

»Ich … ich … natürlich … aber …«

Da stellte sich Michael vor mich hin. »Ich weiß, dass du gegen dich selbst kämpfst. Das kannst du nicht vor mir verbergen. Ich würde nie etwas tun, was du nicht willst.«

»Aber … ich …«

»Hör zu, Kathie, niemand zwingt uns, jetzt sofort weitreichende Entscheidungen für die Zukunft zu treffen. Wir folgen einfach unserem Gespür, Schritt für Schritt.«

»Das ist … sehr fair.«

»Das ist das Einzige, was mir bleibt – fair sein. Ich weiß genau, was ich will. Aber du weißt das noch nicht. Also lass dir Zeit. Spür in dich hinein, was du willst. Was mich betrifft, ich bin schon längst in deinem Rhythmus, seit dem Moment, als du mich vor den Einbrechern gerettet hast.«

»Oh, sag das nicht«, bat ich, tief bewegt von seinen Worten.

»Warum sollte ich es nicht sagen? Ich habe dir alles gesagt, was mir wichtig ist. Du weißt, dass ich dich liebe. Mehr kann ich nicht tun, als dir zu zeigen, dass ich es ernst meine. Nun liegt es an dir.«

»Ich kann nicht!«

»Das ist mir bewusst.«

»Es überfordert mich. Es ist zu stark.«

»Was ist zu stark?«

»Das, was du in mir auslöst. Damit komme ich nicht klar.«

»Noch nicht, aber das wird noch kommen. Lass dich von meiner Stärke führen.«

»Michael, ich kann damit nicht umgehen.«

»Das brauchst du jetzt auch noch nicht. Du denkst zu viel. Verleg deine Aufmerksamkeit nicht so sehr in deinen Verstand, dann wird es besser«, sagte er und küsste mich so zart und doch so intensiv, dass ich nach Luft schnappen musste. »Schon besser«, konstatierte er. »Ich weiß gar nicht, wovor du solche Angst hast? Es ist doch alles absolut klar und logisch.«

»Ja, für dich.«

»Lass dir Zeit«, wiederholte er ganz sanft und wandte sich dann der Zubereitung des Weihnachtsessens zu.

Während Michael unser Menü zusammenstellte, entzündete ich die Kerzen auf unserem kleinen Weihnachtsbaum.

Holly blickte staunend in den Kerzenschein und machte große Augen.

»Das sind echte Kerzen«, erklärte ich und legte die schön verpackte Spange unter den Baum sowie das andere Päckchen, das

Michael für seine Tochter mitgebracht hatte. Dann deckten wir den Tisch schön festlich, wobei mir Holly eifrig half. Sie faltete Servietten und stellte die Gläser ebenso sorgfältig neben die Teller und das Besteck.

Als wir damit fertig waren, war das Essen noch nicht ganz so weit, aber es roch schon sehr intensiv aus der Küche. Plötzlich hatte ich wieder diesen ekelhaften Geschmack im Mund, der mich seit ein paar Tagen quälte. Die Dämpfe aus der Küche, die mir soeben noch ganz schmackhaft erschienen waren, empfand ich plötzlich als aufdringlich und heftig. Ich konnte den Geruch kaum ertragen und riss das Fenster im Wohnzimmer auf, um frische Luft hereinzulassen.

»Schau mal.« Ich trat mit Holly ans offene Fenster.

Draußen schneite es jetzt ununterbrochen. Es war so kalt, dass der Schnee auf jeden Fall über die Feiertage liegen bleiben würde. »Das ist etwas ganz Besonderes«, erklärte ich und sah die Kleine beschwörend an, »denn weiße Weihnachten gibt es nur selten. Meistens ist es viel zu warm an Weihnachten, verstehst du?«

Holly sah mich aufmerksam an und begriff, dass es um den Schnee draußen ging.

»Streck mal deine Arme raus.« Ich hob sie hoch. »Es sind ganz viele kleine Flocken. Und sie wirbeln richtig toll herum.«

»Schnee«, sagte Holly und versuchte die Flocken einzufangen.

»Wir machen das Fenster wieder zu, einverstanden? Sonst wird es zu kalt.« In diesem Augenblick begannen im Ort die Glocken zu läuten. »Das ist bei uns so Brauch«, erklärte ich Holly, die fasziniert dem Klang lauschte. In Australien wurde Weihnachten eben ganz anders gefeiert. Den Heiligen Abend gab es dabei nicht. Weihnachten fand immer erst am ersten Weihnachtsfeiertag statt.

Es war für Holly das erste Mal, dass sie an unseren Traditionen teilnehmen konnte. Es wäre schlimm gewesen, wenn sie mit ihrem Vater alleine in einem Hotelzimmer hätte sitzen müssen. Ungeachtet meiner eigenen Gefühlsverwirrung war ich froh, dass Michael und Holly bei mir waren.

Michaels Weihnachtsmenü war vorzüglich, auch wenn mir der komische Geschmack im Mund und die Geruchsempfindlichkeit das kulinarische Vergnügen schmälerten. Ich lobte ihn für seine Kochkünste und fragte ihn, wo er das alles gelernt habe. Er erklärte mir, dass er in dem Café in Millthorpe, das er ganz alleine geführt und in dem es zahlreiche süße Leckerbissen gegeben habe, auch für warme Speisen gesorgt habe.

»Natürlich gab es dort auch ein paar Angestellte, aber gekocht habe ich ganz alleine. Das hat sich einfach so ergeben. Die Kuchen und Süßigkeiten wurden geliefert. Das war so ähnlich wie bei dir im Café Rosenrot. Wir hatten tolle Lieferanten, die auch vegane Produkte zubereiteten.«

»Das will man gar nicht vermuten. Ich dachte immer, alle Australier essen nichts anderes als Fleisch.«

Nun lachte Michael. »Manche schon, aber das ist nicht anders als hier. Es gibt solche und solche.«

»Als Jugendlicher hattest du ja eine Menge Unsinn im Kopf«, erinnerte ich mich. »Das Kochen hat da bestimmt nicht dazugehört.«

»Ja, ich weiß, was du meinst«, sagte er augenzwinkernd.

»Erinner mich bloß nicht dran. Ich war dein auserwähltes Opfer. Du hast mich geärgert, wo du nur konntest.«

»Wahrscheinlich hast du mir keine andere Wahl gelassen. Dein roter Schopf hat mich schon damals provoziert.«

»Ach, und das musstest du permanent unter Beweis stellen?«

»Was sich liebt, das neckt sich.«

»Haha, das finde ich gar nicht witzig. Außerdem liebe ich dich nicht.« Bei Michaels enttäuschtem Blick reuten mich meine Worte sofort. »Warum bist du damals eigentlich so schnell du konntest auf und davon?«, fragte ich, um von unserer verworrenen Gefühlslage abzulenken.

Michael seufzte und schwieg ein paar Augenblicke. Dann antwortete er ehrlich: »Ich musste hier einfach weg, weit weg. Isabel hatte sich in Martin verliebt, sodass es der richtige Zeitpunkt war, um sie alleine zu lassen. Irgendwie war mir damals schon klar, dass die beiden zusammenbleiben würden, sonst wäre ich nie gegangen.«

»Du bist gleich nach dem Abi weg, nicht wahr?«

»Ja. Ihr wart in der zehnten Klasse, du und Isabel. Ich wusste, dass ich meine Chance ergreifen musste, sonst wäre ich hier erstickt.«

»War es denn hier so schlimm für dich?«, fragte ich erstaunt.

»Es war nicht der Ort, sondern die Umstände. Ich habe all die Jahre die Verantwortung für Isabel mitgetragen. Vielleicht habe ich mich auch deshalb immer wieder zum Clown gemacht, um der Schwere dieser Bürde zu entkommen.«

»Du hattest es nicht leicht.«

»Ja, aber wer hat das schon? Ich denke, wir sollten jetzt Heiligen Abend feiern und nicht mitleidigen Abend. Was hältst du davon?«

»Das ist der Michael, den ich kenne«, antwortete ich grinsend.

Dann standen wir auf und setzten uns vor den hell erleuchteten Weihnachtsbaum. Holly durfte ihre beiden Geschenke auspacken. Sie steckte sich die Haarspange sofort in ihre Locken und drückte das Püppchen an sich, das in dem anderen Päckchen gewesen war.

»Das hat das Christkind für dich gebracht«, sagte ich und sah Michael fragend an.

Ich wusste nicht, ob die Australier eher an Santa Claus glaubten, aber Michael nickte und meinte, dass Holly schon von ihm vom Christkind gehört habe.

Die Kleine durfte dann ein wenig später die Kerzen des Weihnachtsbaums ausblasen. Als sie ein paarmal ausgiebig gähnte, machte ich Michael den Vorschlag, sie in mein Bett im Schlafzimmer zu legen.

»Das ist sehr lieb von dir«, bedankte er sich und hob dann fragend die Augenbrauen.

»Mein Sofa kann ausgezogen werden«, erwiderte ich leise.

Michael spürte das Unbehagen in meiner Stimme und beeilte sich zu sagen, dass er auf dem Boden oder bei Holly schlafen könne.

»Das sehen wir dann«, wich ich aus und senkte den Kopf, weil ich wieder rot wurde.

Ich wusste selbst noch nicht, was ich in diesem Moment wollte. Ein Teil von mir wollte unbedingt ganz nahe bei ihm sein, der andere zögerte und zweifelte permanent.

Michael vermied das Thema ebenfalls und kümmerte sich darum, seine Tochter bettfertig zu machen. Er hatte eine Zahnbürste und einen Schlafanzug für sie dabei.

»Viel ist nicht mehr übrig von meiner und Hollys Garderobe. Es ist fast alles verbrannt«, sagte er, als er Hollys Kleidungsstücke ansah.

»Das ist so furchtbar.«

»Ja, und jetzt muss ich wohl gleich nach Weihnachten shoppen gehen, meine Lieblingsbeschäftigung.«

Ich bewunderte Michael, dass er selbst im größten Unglück noch ein wenig Humor hatte.

»Ich kann ja für dich shoppen gehen. Uns Frauen fällt das wesentlich leichter.«

»Pass auf, sonst nehme ich dich beim Wort.«

»Probier es doch«, forderte ich ihn heraus. Ich stemmte die Hände in die Hüften und ließ meine Augen blitzen. »Ich kleide dich ganz neu ein«, drohte ich.

»O Gott, das wird ein Fiasko. Komm ich dann mit karierten Holzfällerhemden daher, oder was?«

»Wenn du nicht lieb bist, könnte das passieren.«

»Ich hab ja solche Angst.«

»Warte es ab!«

Wir sahen uns fröhlich an und merkten, dass wir beide bester Stimmung waren.

»Weißt du eigentlich, dass Nelli und Trudi für dich eine Hilfsaktion starten wollen?«, nahm ich das Gespräch wieder auf.

Sofort verfinsterte sich Michaels Blick, und er richtete sich kerzengerade auf.

»Das will ich nicht! Wie kommen die beiden nur auf solche Ideen? Ich bin kein Bettler, ich kann mir selbst etwas leisten.«

»Sie meinen es doch nur gut.«

»Ich will das trotzdem nicht, Kathie. Ganz so arm, wie es vielleicht aussieht, bin ich nicht.«

»Es ist auch keine Mitleidsaktion, sondern einfach Nachbarschaftshilfe. Vor allem wollen sie sich umhören, ob jemand eine Wohnung für dich hat.«

»Okay«, lenkte Michael ein, »das hört sich schon besser an. Aber ich will um Himmels willen nicht, dass irgendwelche Leute ihre Keller durchschauen, um mir womöglich Möbel und Hausrat zu bringen. Ich bin kein Obdachloser!«

Er war ein Obdachloser, aber das konnte ich ihm nicht sagen.

»Du bist stur und unvernünftig«, murmelte ich.

Michael hatte es gehört und verzog das Gesicht.

»Ich habe dich schon verstanden, aber ich will so etwas nicht.«

»Und warum nicht? Ein paar Mädchenkleider zum Beispiel und ein paar Gebrauchsgegenstände wären für den Anfang gar nicht schlecht. Vorübergehend, meine ich.«

»Ich schaffe das auch allein.«

Es war ihm anzumerken, wie sehr es ihn kränkte, auf fremde

Hilfe angewiesen zu sein. Deshalb wollte ich das Thema nicht weiter verfolgen.

»Ich werde Nelli und Trudi Bescheid geben, dass sie sich ausschließlich nach einer Wohnung umhören. Wäre das dann in deinem Sinne?«

»Das wäre in Ordnung. Danke, Kathie.«

Ich legte ihm verständnisvoll die Hände auf die Schultern, aber er lächelte schon wieder. Er war immerhin nicht nachtragend.

»Ich bring Holly ins Bett, dann bin ich gleich bei dir«, sagte er.

Also verschwand ich in der Küche und räumte auf. Der größte Koch aller Zeiten war nämlich auch der größte Chaot, was ich ja bereits wusste.

Holly jammerte noch eine Weile. Wir setzten uns gemeinsam an ihr Bett, erzählten ihr noch eine Gutenachtgeschichte und sangen ihr ein Schlaflied.

Es war schön zu sehen, wie Michael sich um seine Tochter kümmerte. Zwar war er manchmal etwas unbeholfen und ungeschickt, aber Holly war nicht mehr so klein und half schon gut mit beim Umkleiden. Bald würde er noch mehr Übung darin haben, ein Kind zu versorgen. Ich bewunderte ihn für sein Selbstvertrauen. Er war fest der Meinung, es alleine zu schaffen, auch mit dem Kind.

Holly konnte lange nicht einschlafen und fragte nach ihrer Mummy. Es dauerte fast eine Stunde, bis wir keinen Ton mehr aus meinem Schlafzimmer vernahmen.

Schweigend setzten wir uns auf das Sofa und lauschten gemeinsam in die Stille der Heiligen Nacht. Es war gut zu erleben, dass wir auch gemeinsam schweigen konnten und uns dabei entspannten.

Michaels Essen war vorzüglich gewesen. Es hatte ausgezeichnet geschmeckt, lag mir aber dennoch im Magen. Den üblen Druck spürte ich die ganze Zeit, ohne ihn abstellen zu können. Im Gegenteil, mir wurde immer schlechter.

Das bemerkte auch Michael und sah mich sorgenvoll an. »Was ist mit dir, Kathie? Du bist ja ganz grün im Gesicht.«

»Mir ist schlecht. Ich glaube, ich muss mich wieder übergeben.«

»Dann auf zur Kloschüssel. Darin haben wir ja schon Übung«, sagte er ruhig und stützte mich unter den Armen, gerade rechtzeitig.

Ich kam mir vor wie in einer schlechten Wiederholung. Michael hielt mich fest, während ich mir die Seele aus dem Leib spuckte.

»Da hätte ich mir beim Kochen nicht so viel Mühe machen müssen«, meinte er nur trocken. »Jetzt ist alles wieder draußen.«

»Es tut mir leid«, keuchte ich.

»Wenn das nicht besser wird, solltest du zum Arzt gehen«, riet er mir und sah mich ernst an.

Ich war nicht fähig, etwas zu entgegnen, sondern hielt mich nur an ihm fest.

Michael streichelte mir über die Haare und trug mich dann zurück ins Wohnzimmer.

»Wenn du mir sagst, wo alles ist und wie das Sofa funktioniert, dann mach ich dir das Bett.«

»Danke.«

»Du siehst nicht gut aus, Kathie. Bitte versprich mir, dass du das abklären lässt. Mit dem badischen Wein hat das nämlich nichts mehr zu tun.«

»Haha.«

»Ich meine es ernst«, erwiderte er scharf und begab sich zum Sofa.

Ich zeigte ihm den Ausziehmechanismus und wo er Decken und Kissen finden konnte.

»So, jetzt ab mit dir in die Federn«, sagte er, nachdem er alles überzogen und aufgeschüttelt hatte.

22

Michael zog sich einen Stuhl heran und beobachtete mich. Er hatte mir eine Wärmflasche gemacht, die ich mir auf den Bauch gelegt hatte. Ich fühlte mich erleichtert. Der Druck war weg.

»Jetzt, wo alles draußen ist, geht es mir besser, viel besser. Das Essen lag wie ein Klotz in meinem Magen. So etwas kenne ich gar nicht.«

Michael beugte sich zu mir und sah mich durchdringend an. »Am Essen kann es nicht liegen. Das war alles frisch und absolut in Ordnung. Außerdem haben Holly und ich es bestens vertragen.«

»Das war auch nicht so gemeint. Natürlich hast du ausgezeichnet gekocht.«

»Du weißt, was ich meine, Kathie. Bitte lass das abklären. Und wenn es nicht besser wird, bring ich dich in die Notaufnahme.«

»Das wird nicht nötig sein. Mir geht es wie gesagt wieder blendend.«

»Wir werden sehen. Ich bleib auf jeden Fall bei dir und schlaf auf dem Boden.«

»Nein«, sagte ich und griff nach seiner Hand, »nicht auf dem Boden. Komm zu mir, das Sofa ist groß genug für uns beide.«

Michael zog die Luft ein und musterte mich. »Bist du dir da ganz sicher?«

»Ja, Michael. Ich hatte kein Weihnachtsgeschenk für dich, und nun …«

»Du weißt, was dann passieren könnte?«, unterbrach er mich.

»Ich weiß«, antwortete ich mit rauer Stimme und sah ihn mit funkelnden Augen an.

»Auf deine Verantwortung«, sagte er mit drohend schelmischem Unterton.

»Ich werde mich ganz brav verhalten«, versprach ich.

»Wer es glaubt … Du bist Meisterin im Selbstbetrug. Erlaubst du mir vorher noch eine Dusche, oder willst du gleich vernascht werden?«

»Von Vernaschen hat keiner was gesagt. Wir werden lieb sein. Aber geh nur duschen. Handtücher liegen im Schrank neben dem Waschbecken.«

Michael im Bad zu hören und zu wissen, dass er da war, machte mich irgendwie glücklich. Und so wollte ich an diesem besonderen Abend weder über meine dauernde Übelkeit noch über meine inneren Zweifel nachdenken. Ich wollte einfach nur den Abend genießen, ganz im Hier und Jetzt sein.

Je mehr Zeit verging, desto eher konnte ich von Leon Abschied nehmen und dem Schicksal seinen Lauf lassen.

Während Michael duschte, rief ich noch bei meinen Eltern auf Mallorca an und wünschte ihnen frohe Weihnachten.

»Geht es dir gut?«, fragte meine Mutter und erzählte, was für einen schönen Abend sie hatten und wie süß Peppo, ihr Hündchen, war.

Ich wollte meine Eltern nicht wegen meiner blöden Magenverstimmung verunsichern, und deshalb erwähnte ich nichts davon, erzählte nur, dass ich in meinem Café einen guten Umsatz gemacht hatte.

»Das freut uns sehr!«, jubelte meine Mutter. Es war offensichtlich, dass sie stolz auf mich war. »Wir freuen uns, dass du dir deinen Traum verwirklichen konntest, Kind.«

»Ja, mein Betriebswirtschaftsstudium hat sich damit auch rentiert. Ich kann echt nicht klagen. Es läuft sehr gut.«

»Dann solltest du dir wirklich überlegen, ob du uns nicht besuchen kommst. Es ist so mild hier, während ihr laut Wettervorhersage ja wohl im Schnee versinkt.«

»Ach Mama. Ja, es schneit, aber das ist echt besser als Nässe und Kälte.«

»Nicht ablenken, Kind. Wir wollen wissen, ob du uns bald besuchst.«

»Tja, das ist gerade etwas kompliziert. Doch ich werde euch rechtzeitig Bescheid geben, wenn ich kommen sollte.«

Ich konnte ihnen ja wohl schlecht erzählen, dass ich gerade von einigen Turbulenzen gebeutelt wurde. Und nicht nur ich. Von Michaels Unglück mit der Strandperle ließ ich kein Wort verlauten. Meine Eltern sollten ganz unbeschwert die Feiertage verbringen.

Doch meine Mutter hatte bereits davon gehört. Ich hatte ganz vergessen, dass sie noch genügend Kontakte nach Langenargen unterhielt und natürlich über alles im Bilde war, vor allem wenn es sich um eine solche Katastrophe handelte. Prompt sprach sie mich darauf an.

Ich fasste die Tatsachen noch einmal kurz zusammen, ohne auf allzu aufregende Details einzugehen.

»Das ist ein großer Schaden für Michael Müller und für die ganze Gemeinde. Wir sind wirklich erschüttert. Wer macht denn so etwas? Ist etwas über die Täter bekannt?«

Ich bemerkte grinsend, dass sie mich aushorchen wollte, aber ich log ganz ungeniert und antwortete nur, dass ich überhaupt nichts darüber wisse und dass die Ermittlungen wohl nach den Feiertagen wieder aufgenommen werden würden.

Meine Mutter war ein wenig enttäuscht, dass sie so gar nicht mit mir über das Unglück tratschen konnte, aber ich blieb eisern bei meiner Kurzfassung und wünschte dann meinem Vater auch noch persönlich frohe Weihnachten.

Kaum hatte ich aufgelegt, als Michael splitternackt das Bad verließ und fröhlich pfeifend auf mich zukam.

Ich hatte ihn noch nie ganz bewusst nackt gesehen. Unsere letzte intime Begegnung war irgendwie im Rausch der Sinne an mir vorbeigezogen, ohne dass ich Zeit gehabt hatte, mir den Mann, mit dem ich geschlafen hatte, genauer anzuschauen.

Er sah gut aus, wirklich gut, sehr groß, kräftig und muskulös, ein athletischer Mann, der sehr energiegeladen wirkte und keine Scheu hatte, sich mir zu zeigen.

»Und«, meinte Michael spöttisch, »gefalle ich dir?«

»Du bist unmöglich!«

»Du hast mich angestarrt, als würdest du mich ausziehen wollen. Schade nur, dass ich schon nackt bin. Das hätte ich wohl anders organisieren müssen.«

»Du hast überall blaue Flecke«, bemerkte ich und streckte meine Arme nach ihm aus.

»Das kommt von dem Beinahe-Unfall mit dem Polizeiauto. Aber das war nicht das, was ich wissen wollte. Also, gefalle ich dir?«

»O Michael, du siehst gut aus.«

»Nur gut?«

»Sehr gut.«

»Das müsste heißen: hervorragend, großartig, sensationell, so was in der Richtung«, erwiderte er und schlüpfte zu mir unter die Decke.

»Du bist gar nicht eingebildet«, sagte ich und drehte mich zu ihm um.

»Gib es zu, du hast dich gerade eben in mich verliebt.«

»Ich gebe gar nichts zu.«

Michael rückte näher an mich heran und legte seine starken Arme um mich.

»Aber du hast auch eine Menge blauer Flecke«, bemerkte er, als er mein Nachthemd anhob.

»Derselbe Unfall«, sagte ich trocken.

»Ich bin dir sehr dankbar, dass du dich über Holly geworfen hast. Nicht auszudenken, was passiert wäre, wenn du nicht so schnell gewesen wärst.«

»Ich war das nicht alleine, Michael. Du hast dich ebenfalls zwischen das Auto und uns geworfen und hast noch mehr abbekommen als ich.«

»Deshalb nehmen wir uns jetzt ganz viel Zeit füreinander und lassen es langsam angehen mit unseren schmerzenden Knochen, auch wenn ich es kaum erwarten kann.«

Ich stöhnte leise, als er mich ganz sachte küsste und mich ganz zart berührte. Seine Lippen legte er auf meine vom Unfall geschundene Haut und hauchte seine Küsse darauf.

»Mir tut auch noch alles weh«, flüsterte er und gab einen wohligen Ton von sich, als ich ihn liebevoll streichelte.

Wir hatten tatsächlich ganz viel Zeit. Die ganze Nacht gehörte uns, und wir kosteten sie aus mit ganz viel Hingabe und Bewusstheit. Ich konnte es kaum fassen, dass dieser starke und kraftvolle Mann auch so überaus zärtlich sein konnte und immer wieder innehielt, um unser Zusammensein ausgiebig zu genießen und zu verlängern.

Dass es Michael gelang, so ganz meinen Rhythmus aufzunehmen, erstaunte mich ebenfalls. Ich hatte ihn immer für einen Grobian gehalten und ihn als unsensibel verurteilt. Doch genau das Gegenteil war der Fall. Er war so sensibel, er erahnte meine Wünsche, noch bevor ich sie überhaupt andeuten konnte. Einzig indem er mich ansah, konnte er alles in mir lesen und meine Stimmung erkennen. Das war so viel mehr, als ich je erlebt hatte. Mein ganzes Leben lang hatte ich Michael falsch eingeschätzt.

Hatte ich mit Leon einen märchenhaften Traum erlebt, innig und romantisch zugleich, verstand es Michael, wie ein Spiegel für mich zu sein und mir auf eine Weise zu begegnen, die jenseits von allen bisherigen Erfahrungen war.

Zwischendurch hielten wir uns einfach nur im Arm und atmeten miteinander, um wieder ein wenig zur Ruhe zu kommen.

Aber Michael sorgte nicht nur für essenzielle Erschütterungen, während wir uns liebten, sondern auch für Geborgenheit und Wonne. Er ließ einfach seine Liebe in mich fließen, indem er mich unaufhörlich streichelte und mit seinem Mund flammende Spuren auf meiner Haut hinterließ. Es war mir unbegreiflich, wie zart er mich berühren konnte, sodass mein ganzer Körper es spürte. Er sandte mit seinen Liebkosungen immense Wellen aus, mit denen mein ganzer Körper in Resonanz gehen konnte. Dann sah er mir zu, wie ich mich festhalten musste, um diesen Empfindungen standzuhalten.

Trotz allem aber konnte ich mich immer noch nicht überwinden, mich ganz zu ihm zu bekennen, und war beschämt deswegen. Es war so schäbig von mir, mit ihm Leib und Seele zu teilen und zu wissen, dass er mich liebte, während ich verloren durch die Zeit schipperte, unfähig, eine Richtung zu finden.

Obwohl er mich nicht drängte und immer wieder betonte, dass er nichts erwarte, konnte ich dennoch in jedem seiner Küsse und seiner Berührungen erkennen, wie sehr er mich wollte.

Und plötzlich war ich mir nicht mehr sicher, ob Leon mich ebenfalls so gewollt hatte wie Michael.

Mit Michael war alles ganz real, auch die anstrengenden Seiten des Lebens.

»Weißt du«, sagte ich irgendwann mitten in der Nacht, »ich habe nie gesehen, wie du wirklich bist. Dabei hast du so viele unterschiedliche Seiten an dir.«

»Das will ich hoffen«, entgegnete er schmunzelnd und drückte seinen Kopf auf meinen Bauch, um in meinen Bauchnabel zu pusten.

Wir konnten nicht aufhören, uns auf irgendeine Weise nahe zu sein, und sei es, dass wir nur unsere Hände ineinanderlegten. An ausreichend Schlaf war sowieso nicht zu denken. Aus dem Heiligen Abend wurde eine Heilige Nacht, die uns aus allen Begrenzungen führte. Wie in einem geschützten Raum konnten wir über alles reden und jegliche Regung preisgeben.

»Nein, wirklich«, flüsterte ich, »ich sehe dich jetzt mit ganz anderen Augen. Anfangs wollte ich nichts mit dir zu tun haben, jetzt sehne ich mich so sehr nach dir, dass es unbeschreiblich ist. Ich muss völlig den Verstand verloren haben.«

»Nein, dein Verstand ist immer noch ungeheuerlich stark, aber es ist ein gutes Zeichen, dass du deine Sehnsucht nach mir wahrnehmen kannst. Und zulassen kannst. Trotzdem sollst du wissen, dass ich dich nicht dränge. Wir haben Zeit, Kathie, ganz viel Zeit.«

»Wie zuversichtlich du bist.«

»Das bin ich, seit ich weiß, dass du frei für mich bist.«

»Ich bin noch nicht ganz frei für dich, Michael, und das weißt du auch. Da ist etwas in mir, das mich total blockiert und das mich frustriert. Aber ich merke jeden Tag mehr, wie sich mein Herz wieder öffnen kann, wie eine Blüte, die sich ganz allmählich entfaltet.«

»Ich werde dich zum Blühen bringen, Kathie, immer wieder, ein Leben lang, wenn du willst.«

»Pst«, machte ich und verschloss seinen Mund mit meinen Lippen.

Es war noch zu früh für Pläne. Diesbezüglich war ich sowieso ein gebranntes Kind. All meine Pläne mit Leon hatten sich zerschlagen. Nichts war davon übrig geblieben, gar nichts.

Michael und ich waren uns in dieser Nacht so nahe, dass wir beinahe Funken schlugen vor lauter Freude und Begeisterung. Körperlich waren wir irgendwann so müde, dass wir vor Erschöpfung wegdösten. Aber immer wieder erwachten wir für kurze Augenblicke, um uns anzuschauen und uns zu vergewissern, dass wir nicht träumten. Keiner von uns konnte sich ganz dem Schlaf überlassen, aus Angst, dieses Ineinander zu verpassen, das uns diese Weihnachtsnacht anbot.

Irgendwann waren wir dann aber tatsächlich so müde, dass wir eng umschlungen einschliefen, noch ganz ineinander versunken, nackt und glücklich.

Am nächsten Morgen war mir schon wieder hundeelend. Da ich noch nichts gegessen hatte, gab es auch nichts, was ich hätte erbrechen können.

Michael, der mitbekam, wie ich würgte, setzte sich auf und zog mich an sich. »Beruhige dich, es ist alles gut«, raunte er und hielt mich fest, bis der Anfall von Übelkeit abgeklungen war.

»Mir ist so schlecht, so unendlich schlecht.«

»Ich mach dir einen Tee«, sagte er und schlüpfte in seine Kleidung.

Auch ich zog mir mein Nachthemd über, falls Holly auftauchen sollte. Dann schwang ich die Beine vom Sofa und warf mir den Bademantel über, um Michael in die Küche zu folgen.

»Ein bisschen Brot beruhigt den Magen«, meinte er und reichte mir eine Scheibe, an der ich nur widerwillig knabberte. »Ich sollte dich doch in die Notaufnahme bringen«, sagte er ein paar Minuten später, nachdem ich den Tee getrunken und das Brot gegessen hatte.

»Nein, Michael, das wäre mir unangenehm.«

Er sah mich mit gerunzelter Stirn an und packte mich dann, um mich auf die Toilette zu bringen. An meinem Gesichtsausdruck musste er wohl gesehen haben, dass ich mich gleich wieder würde übergeben müssen.

Der Tee und das Brot landeten in der Toilette. Michael hielt mich fest. Darin hatte er jetzt wirklich schon Übung.

»O Gott«, ächzte ich schwach und richtete mich mühsam wieder auf, »ich hoffe, dass es nichts Ansteckendes ist.«

»Das glaube ich nicht. Trotzdem möchte ich dich zum Arzt bringen.«

»Nein«, wimmerte ich, »ich will das nicht. Nicht jetzt an Weihnachten.«

Michael sah mich zweifelnd an. »Wenn es bis heute Mittag nicht besser ist, dann bring ich dich hin, ob du willst oder nicht.«

»Es wird bestimmt bald besser, wirklich.«

Es war seltsam zu sehen, wie Michael sich plötzlich Sorgen um mich machte. Dabei hatte er gerade eine Menge eigener Probleme, die keinen Aufschub duldeten. Ich wollte auf gar keinen Fall ein weiteres Problem sein und bemühte mich ab sofort, mir nichts mehr anmerken zu lassen, denn die Übelkeit hielt weiterhin an. Sie flaute immer mal ein wenig ab, um dann wieder so richtig hochzukommen. Das war wirklich nicht mehr lustig. Aber ich versuchte mich abzulenken und fragte Michael nach seinen weiteren Plänen.

»Das weiß ich noch nicht«, gestand er mir und berichtete, dass er mit Holly vorübergehend bei Isabel und Martin in deren Gästezimmer bleiben könne und die nächsten Tage und Wochen damit beschäftigt sein werde, alles zu klären und statt der Renovierung der Strandperle den restlichen Abriss zu organisieren.

»Das alles wird eine Menge Geld kosten«, sagte er abschließend und küsste mich dann gleich, weil ich so ein kummervolles Gesicht machte. »Es wird sich alles finden, das hat es immer irgendwie in meinem Leben. Deshalb möchte ich nicht, dass du dir Sorgen machst.«

»Danke, gleichfalls«, gab ich zurück. »Ich möchte ebenfalls nicht, dass du dir Sorgen um mich machst, nur weil ich einen verdorbenen Magen habe.«

Wieder mussten wir grinsen.

»In Ordnung, du hast gewonnen«, sagte er versöhnlich, bevor wir unsere Aufmerksamkeit auf Holly lenkten, die ihre Augen reibend aus dem Schlafzimmer kam und sich bei Michael auf den Schoß kuschelte.

»Hast du gut geschlafen, Süße?«, fragte ich sie in deutscher und englischer Sprache.

Sie nickte und fragte dann augenblicklich nach ihrer Mummy, sodass es gar nicht so einfach war, sie davon abzulenken.

»Wird Milly nicht darauf bestehen, ihre Tochter regelmäßig sehen zu können?«, fragte ich vorsichtig.

»Nein, wird sie nicht, obwohl ich ihr das angeboten habe. Sie hat kein Interesse an Holly. Eigentlich wollte sie nie ein Kind. Sie war immerhin so anständig, nicht abtreiben zu lassen, wofür ich ihr sehr dankbar bin.«

»Das ist schlimm.«

»Ja. Milly ist froh, dass sie das Kind los ist. Ich habe ihr reichlich Geld gegeben, das hat ihr genügt.«

Ich schwieg betroffen.

»Ich weiß, ich weiß, das klingt seltsam, aber ich konnte sie nicht einfach ihrem Schicksal überlassen. Milly hatte es nie leicht im Leben.«

»Es steht mir nicht zu, das zu kommentieren.«

»Ich habe sie in diese Lage gebracht. Gut, ich war in der Nacht betrunken und kann mich an nichts erinnern, aber das schützt einen nicht vor den Folgen seines Tuns.«

»Du warst sicher sehr geschockt, als du von Holly erfahren hast.«

»Ich habe Milly anfangs kein Wort geglaubt. Ihr einziger Lover war ich bestimmt nicht. Deshalb habe ich auf einem Test bestanden.«

»Der dann eindeutig war.«

»Ja.«

»Ist es denn möglich, dass Holly hierbleiben kann?«

»Ja, das ist es. Dafür habe ich gesorgt.«

»Und jetzt ist Milly zurück nach Australien und hat kein Interesse daran, Holly wiederzusehen.«

»Es ist eine Schande, aber nicht zu ändern. Sie will unsere Kleine auch nicht besuchen, obwohl ich ihr den Flug zahlen würde.«

»Du bist äußerst großzügig.«

Michael seufzte. »Du siehst doch, wie Holly an ihrer Mutter hängt. Das wollte ich nicht unterbinden.« Er zuckte mit den Schultern. »Es wird noch lange dauern, bis Holly darüber hinwegkommen wird, dass ihre Mutter sie nicht einmal besuchen will. Aber sie wird es schaffen. Sie ist meine Tochter. Ich habe es schließlich auch geschafft, mich innerlich von meinem Vater zu lösen.«

»O Michael!«

»So, genug der schweren Themen. Machen wir uns ans Frühstück.«

Während Holly und ich ins Bad gingen, um uns »schön« zu machen, bereitete Michael das Frühstück, von dem ich dieses Mal nur nippte. Erstens wollte ich meinem Magen keinen Anlass mehr geben, zu revoltieren, zweitens wollte ich vor Holly nicht würgen und erbrechen. Und dieses Mal hatte ich tatsächlich Glück. Das trockene Brot und der Tee blieben drin. Trotzdem fühlte ich mich sehr schwach und energielos.

Nach dem Frühstück telefonierte Michael endlich mit Isabel. Die Geschwister versöhnten sich. Michael erwähnte dabei aber nicht, dass er bei mir übernachtet hatte, und versprach, nun mit Holly wieder zu ihr und Martin zu kommen.

»Sie wird es sowieso bald erfahren, Kathie«, meinte er, als er mein dankbares Gesicht sah. »Wir werden unsere Liebe nicht ewig geheim halten können, schon gar nicht vor Isabel. Außerdem wird Holly alles ausplaudern.«

Ich hoffte, dass Michael in diesem Fall eine plausible Erklärung einfallen würde, um die Übernachtung bei mir ganz harmlos aussehen zu lassen.

»Wenn du willst, bleibe ich natürlich hier bei dir. Dass ich mich nach dir sehne, ist ja wohl klar. Dann sagen wir es Isabel einfach jetzt schon.«

»Nein!«, rief ich ängstlich und sah, wie er zusammenzuckte und dann erst einmal tief durchatmete.

»Sag nichts, ich weiß, dass ich dir versprochen habe, dir Zeit zu lassen. Ich halte mich dran.«

»Danke«, war alles, was ich herausbrachte.

Danach hatte es Michael sehr eilig. Es war offensichtlich, dass mein Zögern und Verleugnen ihn schmerzten und dass er tapfer versuchte, darüber hinwegzusehen.

Wie sehr mein Körper auch nach diesem Mann rief, mein Kopf schaltete weiterhin auf stur. Ich weigerte mich, mich ihm ganz und gar hinzugeben mit allen Konsequenzen und all der Liebe, die er verdiente.

Trotzdem hielten wir uns lange im Arm, bis wir uns traurig voneinander lösen konnten.

»Mach es uns nicht allzu schwer, Kathie«, bat Michael, als er mich ein letztes Mal küsste.

»Ich versuche es«, versprach ich leise.

Als Michael und Holly gegangen waren, war es eigenartig leer in meiner Wohnung, so still und einsam, so unlebendig und bedrückend.

Meine Sehnsucht nach Michael war so extrem, dass es körperlich wehtat. Wie Grippesymptome zog der Schmerz durch mich hindurch. Das Ziehen in der Herzgegend war unmissverständlich. Und doch hielt ich krampfhaft fest daran, mich noch nicht dauerhaft mit Leib und Seele auf ihn einzulassen.

Ich kämpfte gegen das Schicksal und brach in Tränen aus, weil die Verwirrung mit der Zeit immer schlimmer wurde. Zudem wurde es mit meiner Übelkeit nicht besser. Sie kam und ging in Wellen, flaute ab und plagte mich vor allem in den Morgenstunden so sehr, dass es einfach nur schrecklich war. Wenn ich also nicht mit der Magenverstimmung zu tun hatte, haderte ich mit dem Leben, mit dem Schicksal und dem Umstand, dass alles anders gekommen war, als ich es mir erträumt hatte.

Ein Teil von mir hing eben immer noch an Leon und der Vorstellung vom perfekten Glück. Diese zauberhafte, magische Nacht war einfach nicht aus meinem Hirn zu vertreiben, weil das Leben mich gezwungen hatte, mich gegen Leon zu entscheiden. Es war die vernünftige Variante gewesen, geboren aus der aktuellen Situation. Aber mein Herz hätte anders entschieden, wenn es gekonnt hätte.

Wenn es diese Henriette König nicht gegeben hätte, dann hätte ich um Leon gekämpft, sofort und jederzeit.

Und nun zweifelte ich, ob ich mich nicht doch falsch entschieden hatte, zu großmütig, zu märtyrerhaft.

Daneben stand Michael mit seiner Aufrichtigkeit, seinen flotten Sprüchen und dieser tiefen Liebe, die er mir einfach überstülpte, ob ich sie verkraften konnte oder nicht.

Er war da. In meinem Leben. Leon war es nicht. Nicht mehr.

Ich nahm mir eine Schüssel ans Bett, falls ich wieder spucken musste, und kuschelte mich in meine Kissen. So sollte dann auch der zweite Weihnachtsfeiertag vergehen. Ich lag apathisch im Bett und heulte mir die Seele aus dem Leib.

23

»Michael!«

Ich erwachte von meinem eigenen Ruf und merkte, dass ich geträumt hatte – von Michael. Er schlich sich in meine Träume, was ja kein Wunder war, nachdem wir so viel Zeit miteinander verbracht hatten und uns so nahe gewesen waren. Ich vermisste ihn mehr, als mir lieb war, auch wenn ich es nicht wahrhaben wollte. Im Traum hatte ich seinen Herzschlag hören können und meine Lippen auf seine gelegt, um ihn zu schmecken und zu kosten. Ich hatte die Köstlichkeit erfahren, an ihm zu schnuppern und von seiner männlichen Ausstrahlung berührt zu werden, immer wieder, sodass ich keuchend erwachte und erst allmählich mitbekam, dass er gar nicht da war.

Ich war allein und konnte schon wieder den seltsamen Geschmack im Mund spüren. Und natürlich gesellte sich die Übelkeit dazu, die mich dieses Mal einfach nur wütend machte.

In mir brannte alles lichterloh vor lauter Sehnsucht nach Michael, sodass ich mir vorkam wie ein Teenager kurz vor dem hormonellen Kollaps. Und mein Magen hatte sich ebenfalls gegen mich verschworen. Das war so was von unfair!

»Das habe ich nicht verdient!«, schimpfte ich laut vor mich hin und überlegte fieberhaft, welche Lebensmittel ich zu mir nehmen konnte, damit sie in mir drinblieben.

Dem quälenden Verlangen, Michael nahe sein zu wollen, konnte ich nur entgehen, indem ich etwas tat, was meine ganze Konzentration erforderte, zum Beispiel die Buchführung für das Café zu machen. Die Ordner dafür befanden sich allerdings nicht hier, sondern im Café. Ich würde also aufstehen müssen, was mir wohl guttun würde. Alles war besser, als verzweifelt zu Hause zu sitzen und nicht zu wissen, was ich wollte.

Während ich duschte, wanderten meine Gedanken immer wieder zu Michael.

Ich bewunderte ihn für seine Geradlinigkeit. Auch wenn er diese alberne Maske aufzusetzen verstand, die ihn vor der Schwere des Lebens schützen sollte, wusste er klar, was er wollte. Dass er mich liebte, hatte er mir mehr als einmal gesagt und auch gezeigt.

Wie sicher er sich seiner Sache war! Das war mir beinahe unheimlich, denn in meinem Leben kannte ich das Thema Klarheit nur in Bezug auf mein Café. Für mein Beziehungsleben galt dies ganz und gar nicht.

Ich zog mich also an und trabte ganz gemächlich durch den Ort, um mich in meinem Café um meine Finanzen zu kümmern, Belege zu sortieren und Büroarbeit zu bewältigen. Alle Akten und Notizen waren sorgfältig abgelegt und warteten auf meinen heroischen Einsatz. Einmal im Monat zwang ich mich, alles so aufzubereiten, dass mein Steuerberater damit weiterarbeiten konnte.

Morgen würde ich das Café wieder öffnen. Es war zwar zwischen den Jahren nicht so viel los, aber dennoch hatten viele Urlaub und verbrachten dann ein paar gemütliche Minuten im Café. Manchmal kamen sogar ganze Familien, um bei mir zu frühstücken oder den Nachmittag mit Kaffee und Kuchen zu verbringen. Die Weihnachtsferien waren eben auch manchmal langweilig, wenn man nicht gerade zum Skifahren oder Langlaufen ins nahe Allgäu fuhr.

Es kamen auch immer wieder ein paar wenige Touristen zwischen den Feiertagen in unseren Ort, um die winterliche Stimmung am See zu genießen, die ihren ganz eigenen Charme aufwies. Ganz verzaubert wirkte das Naturschutzgebiet, das gleich hinter Langenargen anfing. Wenn Gräser und Schilf von glitzernden Eiskristallen bedeckt waren, die kahlen Bäume wie märchenhafte Riesen in den Himmel ragten und einige der zahlreichen Wasservögel kreischten, dann war das Ried ein eindrucksvoller Ort unberührter Natur am Wasser.

Manche kamen aber auch nur, um in aller Ruhe zu lesen. Sie blockierten zwar für längere Zeit die Tische in meinem Café, aber bestellten auch immer wieder eine Kleinigkeit, tranken Tee und kuschelten sich mit ihrer Lektüre in die Ecken. Ab und zu hoben sie den Blick, um die anderen Gäste zu beobachten, bis sie sich wieder ihrem Lesestoff zuwandten. Diese Gemütlichkeit war nur zwischen den Jahren möglich, wenn die Abende lang und die Tage kurz und winterlich waren.

Das brachte mich auf die Idee, mich nach Rebecca zu erkundigen.

Kurzerhand rief ich sie an, ob sie sich morgen wohl in der Lage fühle, die Arbeit wiederaufzunehmen.

Rebecca war erfreut über diese Nachfrage, denn ihr falle so ganz alleine zu Hause mittlerweile die Decke auf den Kopf.

»Es wird nicht besser mit der Grübelei«, meinte sie traurig.

»Wem sagst du das. Ich lebe auch alleine und denke viel zu viel nach, wenn ich so gar nichts zu tun habe.«

»Arbeit wirkt heilsam. Man ist damit beschäftigt, irgendetwas zu tun, und muss nicht dauernd an die Scherben des eigenen Lebens denken.«

Ich pflichtete ihr bei. Wie gut ich sie im Augenblick verstehen konnte.

»Deshalb bin ich gerade dabei, mir die Buchführung vorzunehmen. Lieber eine öde Arbeit, als zu Hause zu sitzen und die Wände anzustarren.«

»Wolltest du nicht zwischen den Jahren schließen?«

»Ich war mir noch nicht sicher. Aber ich werde öffnen. Zu

meinen Eltern zu fliegen ist mir jetzt zu viel. Das kann ich im Februar immer noch machen.«

»Dann bin ich froh, wenn ich morgen kommen kann. Eine Fehlgeburt ist etwas Schreckliches.«

»Bist du auch körperlich in der Lage zu arbeiten?«, fragte ich vorsichtig.

»Ja, bin ich. Und mittlerweile betrachte ich diese Fehlgeburt noch einmal als ein Zeichen, dass mit mir und Thorsten endgültig alles vorbei ist.«

Ich atmete innerlich auf. »Das hört sich gut an«, sagte ich aufmunternd.

»Es hat lange gedauert, bis ich zu diesem Entschluss gekommen bin. Irgendetwas in mir hat an Thorsten festgehalten, bis jetzt. Aber nicht mal sein Kind will bei mir bleiben. Das sagt mir alles.«

»Es tut mir so leid.«

»Nein, jetzt ist es gut. Weißt du, Thorsten war meine große Liebe. Wir kannten uns schon eine Ewigkeit, im Grunde seit dem Sandkasten. Ich habe ihn immer bewundert, ihn auf ein Podest gehoben.«

»Das hast du wirklich.«

»Ich wäre mit ihm durch dick und dünn gegangen.«

»Ja, und du hast erwartet, dass er das genauso sieht. Aber das hat er nicht.«

»Ich konnte die Vorstellung nicht loslassen, wie es mit uns hätte sein können. Es wäre so perfekt gewesen.«

Ihre Worte gaben mir zu denken. Dennoch weigerte ich mich, sie auch auf mich selbst zu beziehen.

»Jetzt bist du desillusioniert«, sagte ich leise.

»Anfangs ja, aber mittlerweile sehe ich mich und Thorsten realistischer. Das hat mich ziemliche Überwindung gekostet.«

»Wieso das?«

»Ich wollte es halt nicht wahrhaben, um nichts in der Welt. Damit ist nämlich mein Lebenstraum zerbrochen. Und das musste ich erst einmal annehmen.«

Ich konnte spüren, wie gut es ihr tat, ihr ganzes Drama endlich einmal auszusprechen.

»Das Annehmen geht nicht so einfach, wie man immer glaubt. Das ist ein Prozess«, bekräftigte ich.

»Ja, wie eine Geburt, die ich jetzt nicht erleben werde. Die Geburt musste innerlich stattfinden. Es war die Hölle, sag ich dir.«

»O Rebecca, wie furchtbar! Aber jetzt kannst du stolz auf dich sein. Du hast es geschafft. Du bist stark.«

»Danke, Kathie. Ich freue mich auf morgen.«

»Dann auf in eine neue Zukunft!«

Meine zuversichtlichen Worte trösteten mich selbst. Wir verabschiedeten uns, dann widmete ich mich wieder meinem Papierkram.

24

Am Nachmittag schien unser Ort ein wenig zu erwachen. Paare spazierten zum Schloss, Familien schlenderten am neuen Spielplatz vorbei, und ein paar ganz mutige und durchtrainierte Radfahrer kreuzten meinen Weg nach Hause.

Da es ein ruhiger und angenehmer Wintertag war, beschloss ich, mich ins Auto zu setzen und ins Allgäu zu fahren. Der Ausblick auf die hohen Berge, die verschneiten Wanderwege und die lebendigen Orte Lindenberg und Oberstaufen würden mir genügend Abwechslung bieten, um mich vom Grübeln abzuhalten.

Es war bitter nötig, ganz bei mir selbst zu bleiben und mich nicht von den Ereignissen überrollen zu lassen. Zu viel war in den letzten Tagen geschehen, als dass es mich kaltgelassen hätte.

Draußen, in der freien Natur, auf den Höhenwegen und im tiefen Schnee, der alles lautlos werden ließ, konnte ich mich entspannen. Selbst mein Magen beruhigte sich, sodass ich meine ganze Konzentration auf die wunderschöne Landschaft lenken konnte.

Ich entdeckte riesige Eiszapfen, die von Scheunen und Holzhütten hingen, und beobachtete ein paar Rehe, die ebenso wie ich lautlos durch den Schnee stapften.

Der Anblick der weißen Winterpracht bescherte mir Glücksgefühle, die mich über mein eigenes Drama im Leben hinwegtrösteten.

Als hätte die Welt in der Winterstille die Lautlosigkeit neu erfunden, konnte ich das Alleinsein genießen. Die Schönheit des Winters konnte ich an diesem Weihnachtstag besonders hautnah erleben und mich an ihr erfreuen.

Es tat mir gut, über die Hügel zu wandern und nur wenigen Menschen zu begegnen. Hatte ich doch stets im Café mit unterschiedlichen Gästen zu tun, so schätzte ich die stillen Momente.

Ich war es gewohnt, alleine zu leben, auch wenn ich einen liebenden Menschen an meiner Seite manchmal schmerzlich vermisste.

Michael hatte mir innerhalb kürzester Zeit gezeigt, dass es möglich war, einen Menschen ganz anders zu sehen. Ich konnte mir überhaupt nicht mehr vorstellen, dass ich diesen Mann so gar nicht hatte leiden können, ihn sogar als Feind betrachtet hatte. Meine Erinnerung daran, was ich manchmal über ihn gedacht oder ihm an den Kopf geworfen hatte, ließ mich schwitzen. Es war mehr als peinlich, wie ich mich ihm gegenüber benommen hatte. Andererseits hatte er es stets verstanden, sich mir gegenüber dermaßen kindisch oder albern aufzuführen, dass gar keine Chance geblieben war, eine andere Seite an ihm zu entdecken. Das hatte sich jetzt grundlegend verändert.

Ich wurde schon wieder rot, als ich an all das dachte, was wir in Freiburg in diesem Hotelbett und auch in der Heiligen Nacht auf meinem Schlafsofa miteinander gemacht hatten. So wie mit Michael hatte ich noch keine intime Begegnung erlebt. Ich wusste selbst nicht mehr genau, was geschehen war, dass ich diesen Mann nicht mehr verabscheute, sondern begehrte. Es war mir unbegreiflich, dass ich innerhalb von wenigen Stunden eine innere Kehrtwendung vollbracht hatte. Wahrscheinlich hatte die schockierende Begegnung mit Leon dafür gesorgt, dass ich meine Einstellung Michael gegenüber völlig verändern konnte.

Als es dämmerte, fuhr ich schließlich nach Langenargen zurück und beendete den Tag zu Hause gemütlich vor dem Fernseher.

Die folgende Nacht verlief sehr ruhig. Ich schlief hervorragend und wurde auch nicht von sehnsuchtsvollen Träumen geplagt.

Meine Übelkeit war allerdings nach wie vor latent da. Sie war wie ein stiller Begleiter, der es mir schwer machte, überhaupt etwas zu mir zu nehmen. Nichts schmeckte mir mehr, alles widerte mich an, roch viel zu stark und hinterließ Ekel und Abscheu in mir.

So begann der nächste Morgen wieder mit der nicht mehr enden wollenden Schwere in meinem Magen. Außerdem fühlte ich mich sehr müde und zerschlagen, obwohl ich gut geschlafen hatte. Ein Blick in den Spiegel bestätigte meine Befürchtungen. Ich sah bleich und hohlwangig aus. Und so zwang ich mich zu essen. Nur kleinste Portionen konnte ich bei mir behalten. Alles andere brachte mich zum Würgen und dazu, es wieder herzugeben.

Es würde mir nichts anderes übrig bleiben, als mir einen Arzttermin geben zu lassen. In vollen Wartezimmern Zeit zu vertrödeln, um dann gesagt zu bekommen, dass ein Verdauungstee Wunder bewirke, hielt mich aber davon ab, gleich zum Hörer zu greifen.

Da meine Haare ebenfalls schwer und strähnig herunterhingen, beschloss ich, sie zu waschen und mich dann innerlich aufzurichten, um den Pflichten in meinem Café nachzugehen.

Ich rief Rebecca an und teilte ihr mit, dass ich mich verspäten würde, weil das Föhnen meiner langen Haare ein wenig Zeit beanspruche. Rebecca versprach, sich um alles zu kümmern, wie früher, als Nelli und Trudi noch nicht so oft ausgeholfen hatten.

In meinen Bademantel gehüllt und gerade dabei, die Haare zu föhnen, klingelte es auf einmal. Ich schlang mir ein Handtuch um die noch nassen Haare und öffnete die Tür. Es war Michael.

»Es geht dir nicht gut«, begrüßte er mich und sah mich kritisch an.

»Woher willst du das wissen?«, fragte ich und ließ ihn eintreten.

»Ich weiß es eben. Hat dir Isabel nicht gesagt, dass ich das Gras wachsen hören kann?«

»Nein. Außerdem geht es mir gut.«

»Du lügst.«

»Michael, was soll das?«, fragte ich stirnrunzelnd.

»Ich merke doch, dass es dir nicht gut geht.« Er zog mich in seine Arme.

Ich versteifte mich. »Woher willst du das wissen?«, wiederholte ich trotzig.

»Wie oft willst du eigentlich noch mit mir ins Bett gehen, um zu kapieren, dass wir nicht nur Körperflüssigkeiten austauschen?«, stieß er aufgebracht hervor.

»Ich verstehe nicht!«

»Hier drin«, sagte er und deutete auf sein Herz, »bin ich mit dir verbunden, und du weißt genau, wie innig. Das sollte dir als Antwort genügen. Und deshalb bitte ich dich, endlich zum Arzt zu gehen.«

»Sehe ich so schrecklich aus?«

»Ehrliche Antwort?«

Ich nickte und sah ihn unsicher an.

»Du siehst aus wie jemand, der bald zusammenbricht. Das kann so nicht weitergehen.«

»Du hast mir versprochen, dass du dich da nicht einmischst.«

»Ich liebe dich, Kathie. Du bist für mich keine Bettgeschichte. Ich kann nicht zulassen, dass es meiner Frau schlecht geht.«

»Habe ich da richtig gehört? Deiner Frau? War das jetzt ein Heiratsantrag, oder was?«, brauste ich auf.

»O Kathie«, versuchte mich Michael zu beruhigen, »wir werden doch früher oder später sowieso heiraten. Also zwing mich nicht, auf meine schmerzenden Knie zu gehen und dich anzuflehen, meine Frau zu werden.«

Trotz allem musste ich lächeln. »Wir wollten doch nichts überstürzen, oder?«, erwiderte ich sanft.

»Ich sagte ja auch früher oder später.«

»Und ich kann dir jetzt noch nichts versprechen.«

»Kathie, Liebste, ich möchte dich doch nur bitten, dir einen Arzttermin geben zu lassen.«

»Das muss ich selbst entscheiden.«

»Ich bitte dich darum. Glaubst du, ich spüre nicht, wie schlecht es dir geht?«

»Du kannst das gar nicht spüren.«

»Ach so, und warum nicht? Weil du denkst, dass wir Männer so etwas nicht können?«

Ich sah ihn verblüfft an. »Keine Ahnung«, gab ich zu und hielt ihm endlich meinen Mund hin, damit er mich küssen konnte.

»Du bist mir wichtig, Kathie, und selbst wenn ich nicht so tief mit dir verbunden wäre, kann im Augenblick jeder Hinz und Kunz sehen, wie es dir geht.«

Ich wollte das alles gar nicht hören, sondern seinem Herzschlag lauschen, meine Nase an seinen Hals halten, ihn riechen und mit den Lippen an ihm knabbern. Nur widerstrebend schob er mich weg.

»Wenn ich nicht gleich einen wichtigen Termin hätte, dann wüsste ich jetzt etwas Besseres für uns, Kathie!«, stöhnte er, als ich mit den Fingern unter seinen Pullover fuhr und ihn wieder zu mir herzog.

Mein Bademantel fiel hinunter, sodass ich nackt vor ihm stand.

»Nicht, Kathie!«

»Ich muss auch gleich gehen. Rebecca ist allein im Café«, hauchte ich kurzatmig und schmiegte mich an ihn, unfähig, noch irgendeinen klaren Gedanken zu fassen. Michaels Gegenwart war wie immer überwältigend. Aber ich wollte mir trotzdem nicht vorschreiben lassen, wann und warum ich zum Arzt gehen sollte. Für einen kurzen Moment versanken wir in der Intensität unserer Berührungen.

Michael hatte Mühe, sich von mir zu lösen. Mir ging es nicht besser, aber dann war ich dankbar, dass wir es schafften, nicht alle Vorsätze und Termine über Bord zu werfen.

»Das muss warten«, keuchte Michael und rückte seine Kleidung zurecht, »auch wenn es überaus verlockend ist, den Tag mit dir im Bett zu verbringen. Wir holen das nach. Versprochen!«

Es war schwer, mich wieder auf meine Pflichten zu konzentrieren, wenn ich in Michaels Nähe war.

»Ich möchte dennoch, dass du einen Arzttermin vereinbarst. Bitte jetzt!«, sagte er mit Nachdruck und deutete auf mein Telefon.

»Ja«, murrte ich und schlang den Bademantel wieder um meinen Körper.

»Ich gehe nicht eher, bis du angerufen hast. Ich habe hier ein paar Ärzte recherchiert, die zwischen den Jahren offen haben«, sagte er und holte aus seiner Hosentasche einen zusammengefalteten Zettel heraus, den er mir unter die Nase hielt.

»Also gut«, gab ich auf, »ich ruf an.«

»Jetzt gleich!«

»Du bist ein Tyrann!«

»Du kannst mich alles nennen, wenn du da jetzt endlich anrufst«, sagte er und reichte mir den Hörer, den ich ihm wütend aus der Hand riss.

Ich tippte eine Nummer ein und wartete auf die Verbindung. Währenddessen starrte ich Michael düster an und bemerkte, dass er keine Miene verzog.

Er gab erst Ruhe, als ich einen Termin in zwei Tagen bekommen hatte.

»Bist du jetzt zufrieden?«, giftete ich.

»Na ja. Der Termin ist erst in zwei Tagen. Ich dachte, die nehmen dich gleich dran.«

»O Michael, ich bin kein Notfall, nur weil mir hin und wieder ein bisschen übel ist.«

»Das geht aber schon seit Tagen so.«

Ich konnte sehen, wie sehr es ihn aufregte, dass ich nicht auf der Höhe war.

»Beruhige dich, Michael«, sagte ich jetzt mit sanfter Stimme. »Es ist alles in Ordnung, glaub mir.«

»Das schaut aber ganz anders aus.«

Ich sah ihm lange in seine braunen Augen, die jetzt ganz dunkel waren und mich besorgt musterten.

»Du hast so viele eigene Probleme, die du jetzt meistern musst. Ich will da nicht dazugehören.«

»Das tust du ja auch gar nicht«, gab er nach.

Ich merkte, wie er sich langsam entspannte und aufatmete, als wir uns die Hände reichten.

»Kannst du wirklich spüren, wie es mir geht?«, fragte ich neugierig.

»O Kathie, was für eine dumme Frage. Natürlich!«

»Und wie ist das?«

»Was?«

»Wie spürst du mich?«

»Das kann ich dir nicht erklären. Es ist einfach da. Über so etwas mache ich mir keine Gedanken.«

»Das ist echt erstaunlich. Geht dir das bei anderen Menschen auch so?«

»Weiß ich nicht. Mir reicht es, wenn ich mich in dich einfühlen kann. Die anderen brauche ich nicht«, entgegnete er und gab mir einen so innigen Kuss, dass ich zittern musste.

»Ich möchte nicht, dass du dir Hoffnungen machst.«

Michael ließ mich los und sah mich bitter an.

»Es geht mir zu schnell mit uns«, sagte ich.

»Ach, und mit Leon konnte es dir nicht schnell genug gehen!«

»Das mit Leon war etwas ganz anderes.«

»So?«

»Das verstehst du nicht.«

»Was soll ich nicht verstehen? Dass da so ein Franzose daherkam, der sich mit seinem exotischen Charme bei dir eingeschmeichelt hat?«

»Hör auf, Michael!«

»Nein, ich hör nicht auf, Kathie, nur weil du nicht in der Lage bist zu verstehen, was da zwischen uns vor sich geht!«

Ich hatte ihn wütend gemacht, hatte ihn vor den Kopf gestoßen, ohne dass ich es wollte.

»Ich kann nicht«, versuchte ich ihm verständlich zu machen, »zumindest jetzt noch nicht.«

Er beruhigte sich ein wenig bei meinen Worten.

»Ich weiß ja nicht, was dieser Leon mit dir gemacht hat und was ihr zusammen erlebt habt, aber eines weiß ich, nämlich, dass du und ich etwas haben, das unvergleichlich ist.«

Ich wurde rot bei dem, was Michael sagte.

»Ja, Kathie, ja, du musst bloß mal auf deinen Körper hören. Du kannst so offen sein, wenn du deiner Sehnsucht nachgibst und deinem Körpergefühl vertraust.«

»Ich weiß nicht«, entgegnete ich, obwohl ich ihm insgeheim recht geben musste.

»Schau mich an und sag mir, dass all diese Offenheit und diese grenzenlose Tiefe zwischen uns nie stattgefunden haben.«

Ich sah ihn an und schwieg.

»Siehst du, du kannst es nicht leugnen. Vom ersten Moment an, als wir uns körperlich nahe waren, war alles klar zwischen uns. Wir können diese ganz besondere Intensität miteinander teilen. Sag mir jetzt, dass du das mit einem anderen ebenso kannst.«

Wieder vermochte ich nicht zu antworten und presste die Lippen zusammen.

»Du kannst es nicht, Kathie, weil es einzig und allein unsere Gemeinsamkeit ist. Deshalb!«

»Aber vorher nicht. Da sind wir uns auf die Nerven gegangen«, warf ich ein, um überhaupt etwas zu sagen.

»Ich muss zugeben, dass ich es war, der die Sache falsch angepackt hat. Ich habe es versaut.«

»Inwiefern? Ich habe ja auch nicht sehen können, was in dir steckt.«

»Stimmt, aber ich wusste von Anfang an, was du mir bedeutest. Ich habe es klar gewusst und mich nicht entsprechend verhalten.«

»Seit wann wusstest du es so klar?«

»Direkt nach dem Überfall auf mich.«

»Aber da warst du schwer verletzt. Wie konntest du dir da über uns klar sein?«

»Nicht über uns, aber über meine Gewissheit, dass da der Mensch an meiner Seite sitzt, der zu mir gehört und den ich mir im Leben an meiner Seite wünsche.«

»Michael, in solch einer Situation kann man das gar nicht wissen.«

»Doch, du täuschst dich. Es war mir einfach klar. Fertig!«

»Lass mir trotzdem Zeit, bitte. Ich kann nicht so klar sehen wie du.«

»Natürlich. Ich habe es dir versprochen, und ich wiederhole es gerne. Aber es wäre schön, wenn du nur ein klein wenig deiner inneren Weisheit trauen würdest. Wir sind wie aus einem Guss, Kathie.«

Wir sahen uns fest an, und ich war erstaunt, was für Gespräche wir führen konnten.

Michael scheute sich nicht, die Dinge auf den Punkt zu bringen, sie klar, schonungslos und direkt auszusprechen. Diese Zielstrebigkeit gefiel mir, auch wenn ich mich erst an sie gewöhnen musste. Im Grunde war ich nämlich ähnlich gestrickt wie er. Ich liebte es, die Oberfläche zu verlassen und manchmal an meine

Grenzen zu kommen, um dann aber wieder ins Leichte und Unbeschwerte zu wechseln.

»Wir können gemeinsam Grenzen überschreiten, du und ich. Und ich habe dir oft genug gesagt und gezeigt, dass ich bereit dazu bin. Ich will das alles mit dir zusammen erleben, mit niemand anderem. Wie viel Klarheit brauchst du noch, um es dir selbst zu erlauben?«, fragte er.

»So kenne ich dich noch gar nicht«, sagte ich zögerlich und starrte ihn neugierig an.

»Doch, so kennst du mich, Kathie. Wenn wir uns berühren und wenn wir miteinander schlafen, dann weißt du es. Dann ist alles klar.«

Ich konnte ihm nicht antworten, aber ich wusste, dass es jetzt an mir lag, aus meiner Komfortzone des Selbstmitleids herauszukommen und meine Ängste über Bord zu werfen.

»Okay«, sagte Michael nun mit weicherer Stimme, »du wirst schon herausfinden, wie stimmig es zwischen uns ist und dass du dir selbst vertrauen kannst.«

Ich schlang meine Arme um seinen Hals und zog ihn zu mir hinunter, um meinen Mund auf seinen zu legen, ihn zu schmecken und ihm zu beweisen, dass er recht hatte.

Die anziehende Kraft, die zwischen uns wirkte, konnten wir beide spüren, aber es war keine Zeit, ihr nachzugeben.

Nur widerwillig löste Michael meine Arme und schob mich ein Stück von sich weg.

Wir waren beide außer Atem geraten, beinahe benommen von der Realität, die uns verband.

»Sorry«, sagte Michael mühsam, was wir beide bedauerten, aber nicht ändern konnten.

Wir verzichteten deshalb darauf, uns nochmals zu berühren, und rückten ein großes Stück voneinander ab. Jeder Kuss, jeder Händedruck, jede Umarmung würde jetzt verhindern, dass wir aus dem Haus kamen. Wir mussten die Sehnsucht, die in uns von Minute zu Minute größer wurde, einfach aushalten.

Ich wickelte meinen Bademantel noch fester um mich und sah ihn an.

»Lass uns ein paar Atemübungen machen«, schlug ich vor, »das bringt uns wieder zu Sinnen.«

Ich atmete tief durch, bevor das Ziehen in meinem Körper immer schlimmer wurde, und bemerkte, wie Michael ebenfalls tief ausatmete.

Noch einmal sahen wir uns an und mussten plötzlich gleichzeitig lachen.

»Dass es einmal so weit mit mir kommt, dass ich bewusst auf Atemübungen zurückgreifen muss, um herunterzukommen, hätte ich nicht gedacht«, sagte er.

»Aber es hilft. Außerdem haben wir das schon einmal gemacht, in der Weihnachtsnacht.«

»Ja, aber da konnten wir dann auch irgendwann unserer Sehnsucht nachgeben. Heute leider nicht.«

»Schade!«

Wir wagten nicht mehr, uns auch nur anzusehen.

»Bis bald«, sagte Michael bloß, bevor er mich verließ.

Es dauerte ein paar Minuten, bis ich mich körperlich beruhigt hatte und fähig war, meinen Alltag aufzunehmen.

Später im Café fiel es mir schwer, ganz bei der Sache zu sein und beim Servieren freundlich und strahlend zu reagieren.

Aufgewühlt von Michaels Worten und meinen eigenen Empfindungen, hantierte ich in der Küche herum und wirkte desorientiert und ohne Konzentration. Zudem war die Übelkeit wieder mit Wucht zurückgekehrt. Ich rümpfte die Nase bei all den Gerüchen, die durch mein Café zogen, und musste an mich halten, um nicht mit unkontrollierbarem Würgen zu reagieren.

Rebecca sah mich ganz komisch an, als ich die Hände auf den Magen legte und verbergen wollte, wie schlecht mir schon wieder war.

»Du siehst nicht gut aus, Chefin«, sagte sie kopfschüttelnd.

»Das wird schon wieder«, entgegnete ich abwehrend. »Nur eine kleine Magenverstimmung, nichts weiter.«

»So, so«, erwiderte Rebecca erneut mit seltsamem Blick.

»Bitte sag mir, wenn es zu sehr auffällt. Unsere Gäste sollen keinen schlechten Eindruck von mir bekommen.«

Rebecca verzog die Mundwinkel. »Ich will ja nichts sagen, aber …«, begann sie, um dann abrupt abzubrechen und die Hand vor den Mund zu halten.

»Was wolltest du sagen?«

»Nichts, wirklich nichts.«

»Falls du dir Sorgen machst, so kann ich dir mitteilen, dass ich in zwei Tagen einen Arzttermin habe. Aber ich weiß schon, was herauskommen wird, nämlich nichts. Dass ich Tee trinken soll. Haha, davon haben wir genug im Café.«

»Vielleicht ist es ja auch etwas ganz anderes«, gab Rebecca zu bedenken.

»Quatsch! Das ist doch vertane Zeit. Als ob ein Arzt mir helfen könnte!«

Rebeccas Lächeln wirkte auf einmal so eigenartig, dass ich sie fragend ansah. Aber sie ließ sich auf keine weitere Diskussion mehr ein, was auch gut war, denn in diesem Moment kamen neue Gäste ins Café.

Der Tag schleppte sich dahin. Es war nicht so viel los, wie ich vermutet hatte, was wohl an dem vielen Schnee lag, der die Landschaft verzauberte und viele auf die Skier lockte. Ich zuckte innerlich mit den Schultern und schielte dann auf die Uhr.

»Wir schließen ein wenig früher«, sagte ich nach einer Weile zu Rebecca. »Ich glaube, da kommt jetzt keiner mehr.«

»Dann fangen wir schon mal mit dem Putzen an.«

»Ja.«

»Ich kann das auch alleine machen, Chefin. Du bist ja ganz bleich im Gesicht.«

»Ach, das wäre echt lieb. Ich bin so furchtbar müde. Eigentlich will ich nur noch nach Hause und ins Bett.«

»Ich kann das gut nachfühlen. Du brauchst dir keine Sorgen zu machen, ich hinterlasse alles picobello.«

Ich klopfte ihr anerkennend auf die Schulter und beeilte mich, nach Hause zu kommen.

Ohne Abendessen fiel ich sofort ins Bett und schlief auch gleich ein.

25

Der nächste Tag verlief auf dieselbe Art und Weise, außer dass Isabel mit Martin und den Kindern einschließlich Holly vorbeikam, um Majas leckere Kuchen zu probieren und einen kleinen Plausch mit mir zu halten.

»Du siehst nicht gut aus, Kathie«, eröffnete Isabel das Gespräch. »Was ist los mit dir?«

»Fängst du jetzt auch noch damit an!«

»Du bist meine beste Freundin. Außerdem spricht Michael dauernd davon, dass mit dir was nicht stimmt.«

Ich verzog ärgerlich die Lippen. »Ich habe morgen einen Arzttermin, wenn es dich beruhigt.«

»Kathie, wir machen uns einfach Gedanken, wir alle.«

»Meine Güte, ich wusste nicht, dass mein kleines Magenproblem so ein großes Thema für euch ist.«

»Aber du siehst wirklich schlecht aus. Und abgenommen hast du auch.«

»Ich vertrage das Essen nicht mehr. Nur noch ganz kleine Portionen.«

»Es ist vernünftig, dass du nachsehen lässt. Michael hat mir erzählt, dass er dich quasi genötigt hat, einen Termin zu vereinbaren.«

Ich verdrehte die Augen.

»Ja, er kann ganz schön penetrant werden«, sagte sie lachend, »aber es liegt ihm viel an dir.«

Darauf wollte ich nicht eingehen und fragte sogleich nach Michaels Plänen für den Wiederaufbau der Strandperle.

»Es sind Weihnachtsferien. Im Augenblick geht gar nichts, nicht mal der Abriss. Michael hat seine ganzen Rücklagen in die

Renovierungsarbeiten gesteckt. Aber Martin und ich werden ihm finanziell helfen, so gut wir eben können.«

»Das ist sehr großmütig von euch.«

»In der Zwischenzeit wird er als Koch arbeiten müssen. Er ist gerade dabei, sich eine Stelle zu suchen.«

»Oh«, sagte ich betroffen und sah Isabel bestürzt an.

Sie nickte seufzend und strich sich die Haare aus dem Gesicht. Dann wischte sie Holly den Mund ab. Die Kleine hatte Schokoladenkuchenreste im Gesicht.

»Michael hat in Australien studiert«, fuhr sie fort, »irgendwas mit Management, aber frag mich nicht, was. Nebenher hat er als Koch gearbeitet, um sich alles zu finanzieren. Dieses Café in Millthorpe lief dann so gut, dass er regelmäßig genügend zurücklegen konnte, um die Strandperle zu kaufen.«

»Aber jetzt ist nichts mehr übrig.«

»So ist es.«

»Das tut mir so leid«, sagte ich traurig und überlegte, ob ich nicht auch etwas für ihn tun konnte.

»Die rechtliche Lage ist in Michaels Fall leider nicht geklärt.«

»Und nun kann er auch nicht mit einer Entschädigung rechnen«, bemerkte ich nachdenklich.

»Ja. Obwohl ich nicht weiß, wie das bei Brandstiftung läuft, speziell in seinem Fall. Keine Ahnung.«

»Da habe ich leider auch keine große Ahnung. Ich habe zwar eine Versicherung, aber ich habe mich nie um die Details gekümmert.«

»Wer hätte auch mit so etwas rechnen können. Diese Milly! Ich könnte sie umbringen.«

»Niemand kann begreifen, warum sie das getan hat.«

Isabel machte eine wegwerfende Handbewegung. »Sprechen wir nicht mehr von ihr«, sagte sie mit all der Entrüstung in der Stimme, die ihr im Augenblick möglich war.

»Für Michael sieht es schlecht aus, oder?«, fragte ich bange.

»Er hat ja uns. Aber mein lieber Bruder lässt sich nur ungern unter die Arme greifen. Das kennt er nämlich gar nicht. Bisher hat er immer für mich die Kastanien aus dem Feuer geholt, sein ganzes Leben lang. Jetzt bin ich dran, ihm etwas davon zurückzugeben. Aber er ist ja so stur. Er lehnt alles ab, was ich ihm anbiete.«

Wir lächelten gequält.

»Bloß keine Schwäche zeigen und keine Hilfe annehmen, das sieht ihm ähnlich«, erwiderte ich kopfschüttelnd.

»Ihm bleibt nichts anderes übrig«, schaltete sich Martin ein, der bisher still seinen Kuchen gegessen hatte. »Er hat keine andere Wahl, als dass wir ihm helfen. Wir sind schließlich seine Familie.«

»Habt ihr denn so viel?«

»Nein, natürlich nicht. Er wird zusätzlich einen Kredit aufnehmen müssen. Doch den Grundstock wollen wir legen. Bisher will er davon aber nichts wissen«, sagte Martin. »Du kennst Michael ja. Er meint, er könnte alles alleine schaffen. Dabei hat er jetzt auch noch für Holly zu sorgen und noch nicht einmal mehr eine eigene Wohnung.«

Als die Kleine ihren Namen hörte, blickte sie auf und sah uns fragend an.

»Yes, we are talking about your Daddy«, bestätigte ich und ergriff die verklebten Fingerchen, um sie mit der Serviette abzuwischen.

»Daddy, where is Daddy?«, krähte die Kleine.

»Komm mal zu mir auf den Schoß«, forderte ich sie sanft auf.

Sie sah mich mit ihren dunklen Augen an und wusste nicht, was sie tun sollte.

»Sie ist so süß«, sagte ich, als sie endlich ihre Scheu überwand und auf meinen Schoß kletterte.

Ganz vorsichtig legte sie ihre Arme um mich. Ich war ihr mittlerweile doch schon vertraut, nachdem wir Weihnachten zusammen verbracht hatten.

»Holly mag dich. Und Michael erst recht. Es wäre so schön, wenn …«, sagte Isabel und hielt dann erschrocken inne. Martin hatte ihr warnend die Hand auf den Arm gelegt.

»Nelli und Trudi haben versprochen, sich umzuhören. Sie kennen bestimmt jemanden, der eine Wohnung zu vermieten hat«, versuchte ich das plötzliche Schweigen zwischen uns zu überbrücken.

»Die beiden sind ja echt nett. Ich hoffe nur, mein lieber Bruder nimmt das Angebot an. Bei ihm weiß man nie.«

»Das ist wahr. Aber er wird sicher zustimmen. Auch Holly zuliebe. Die Kleine hat schon genug mitgemacht.«

»Du hast recht, Kathie, und ich denke, das Kind wird ihn zur Vernunft bringen.«

»Hoffen wir es. Richtet Michael auf jeden Fall einen Gruß von mir aus«, sagte ich in einem unverbindlichen Ton und entschuldigte mich, um weitere Gäste zu bedienen.

Auch an diesem Abend fiel ich wie ein Stein ins Bett.

Die Übelkeit war nun mein dauerhafter Begleiter. Hinzu kam, dass ich ziemlich kurzatmig war und permanent auf die Toilette musste. Ich führte dies auf die Tatsache zurück, nicht mehr genug Nährstoffe zu bekommen, weil ich kaum einen Bissen hinunterbekam. Und immer wieder musste ich mich erbrechen, was die Sache nicht einfacher machte.

Trotzdem hegte ich die Hoffnung, dass sich dieser Reizmagen von selbst beruhigen würde. Ich hatte einfach zu viel Stress in letzter Zeit.

In Kressbronn hatte eine Ärztin geöffnet, die ich noch nicht kannte. Mit ihr hatte ich den Termin vereinbart, zu dem ich am nächsten Nachmittag lustlos aufbrach.

»Ich bin dann mal weg, Rebecca.«

»Wie lange?«

»Weiß ich nicht. Falls es länger geht, darf ich dich dann bitten, alles fertig zu machen und zu schließen?«

»Natürlich. Du kannst dich auf mich verlassen.«

Sie legte mir eine Hand auf die Schulter. »Lass dich nicht unterkriegen«, sagte sie mit einem schiefen Lächeln, »du wirst das Kind schon schaukeln.«

»Mach dir keine Gedanken. Ich verspreche mir sowieso nichts von diesem Termin, außer verlorener Zeit und irgendwelcher dubioser Tropfen. Reizmagen wahrscheinlich, oder so.«

»Du wirst es ja bald erfahren«, entgegnete sie.

»Na ja, vielleicht finden sie auch eine Lebensmittelallergie. Das soll ja heutzutage immer mehr Menschen betreffen.«

»Ja, ja, das kann es natürlich auch sein.«

»Also dann, mach's gut!«

Damit verließ ich das Café und ging erst einmal nach Hause, um mein Auto zu holen.

Die Sonne ging gerade unter und versank rotgolden im Bodensee. Wie sehr ich diese Sonnenuntergänge am Wasser liebte! Auch jetzt im Winter. Ein zauberhaft rötliches Glitzern lag über dem See und machte mir Mut. Die friedliche Stimmung war heute besonders schön. Für einen kurzen Moment blieb ich stehen und betrachtete unser Schloss, das beinahe glorreich im roten Schein der Abendsonne erstrahlte und ebenso rötlich leuchtete wie alles rund um den See. Dann blickte ich rüber zum Schweizer Ufer und auf den schneebedeckten Gipfel des Säntis, der von Langenargen aus majestätisch über den See grüßte und mir immer als Zeichen königlicher Erhabenheit vorkam.

Es würde alles gut werden!

Dann kam ich wieder an der Ruine der Strandperle vorbei, und meine Gedanken wanderten zu Michael. Mein Entschluss stand fest, ihn zu unterstützen, so gut es ging, damit er sich eine neue Existenz aufbauen konnte. Über alles andere wollte ich jetzt noch nicht nachdenken. Das würde die Zeit entscheiden.

Eine Viertelstunde später saß ich im vollen Wartezimmer und betrachtete missmutig die ausliegenden Zeitschriften. Was für eine Zeitverschwendung, hier herumsitzen zu müssen.

Murrend ließ ich mir Blut abnehmen und füllte den Fragebogen mit den Vorerkrankungen aus. Da ich ein total gesunder Mensch war, war ich mir sicher, dass auch jetzt nichts Schlimmes gefunden werden würde.

Die Ärztin, eine sehr nette Frau mit einer burschikosen Kurzhaarfrisur, lächelte mir aufmunternd zu und sagte, sie mache jetzt noch einen Ultraschall vom Bauchraum. Dabei erwähnte sie, dass sie ein brandneues Gerät habe, mit dem alles noch viel klarer, schneller und eindrücklicher zu sehen sei.

»Die Technik verändert sich laufend. Diese neuen Geräte sind einfach genial. So etwas gab es früher nicht. Deshalb kann ich Ihnen versichern, dass ich alles sehen kann, was auffällig sein sollte.«

»Aha«, machte ich nur und schloss die Augen, als sie das Gel auf meinen Bauch auftrug.

Sie fuhr mit dem Schallkopf über meinen ganzen Bauch und pfiff dann kurz durch die Zähne.

»Da haben wir es ja schon, Frau Krämer. Die Fruchthöhle ist schon gut sichtbar.«

»Wie bitte?« Ich wusste nicht, was sie meinte.

»Sie sind schwanger, Frau Krämer.«

26

Ich glaubte mich verhört zu haben und richtete mich auf, um sie ungläubig anzustarren.

»Das erklärt natürlich auch Ihre Übelkeit. Ende fünfte, Anfang sechste Woche würde ich sagen. Da sind Sie im Augenblick nicht die Einzige. Das neblige Nikolauswochenende muss es wohl in sich gehabt haben. Sie sind schon die dritte Schwangere heute, die in ungefähr fünfunddreißig Wochen entbinden wird.«

Es war, als ob ich plötzlich in einen undurchdringlichen Nebel getaucht worden wäre. Die freundlichen Worte der Ärztin drangen gar nicht mehr zu mir durch. Ich sah, wie sie den Mund bewegte und mir wohl noch einige Erklärungen zum Thema Schwangerschaft gab, aber mein Gehirn hatte komplett abgeschaltet.

Irgendwann schien sie zu bemerken, dass ich vor Entsetzen wie erstarrt war.

»Frau Krämer? Alles in Ordnung mit Ihnen? Frau Krämer?«

»Verzeihung«, stammelte ich und starrte ungläubig auf meinen Bauch, den die Ärztin sorgfältig wieder abgewischt hatte.

»Brauchen Sie eine Schwangerschaftskonfliktberatung?«, fragte sie mich sanft, als sie sah, wie durcheinander ich war.

»Nein, ich … ich werde das Kind behalten. Ich bin nur so …«

Ich konnte ihr wohl schlecht erklären, dass der Vater des Kindes keine Ahnung davon hatte, dieses Kind überhaupt gezeugt zu haben.

»Das ist ganz normal, Frau Krämer. Es ist noch lange bis zur Entbindung. Sie werden sich bis dahin sicher an den Gedanken gewöhnt haben, Mutter zu werden.«

»Ja«, sagte ich nur, völlig überwältigt von der Tatsache, von Leon schwanger zu sein.

Das veränderte alles!

In einigen Wochen würde ich den Mutterpass erhalten. Bis dahin sollte ich einfach mein Leben weiterleben, so gut es ging.

»Wenn Sie allerdings gar kein Essen mehr bei sich behalten können, muss ich Sie für ein paar Tage in die Klinik einweisen. Dann erhalten Sie Infusionen. Ist jemand da, der sich während dieser ersten kritischen Zeit um Sie kümmert?«

»Nein«, bekannte ich wahrheitsgemäß, »nicht direkt. Aber ich habe liebe Freunde. Die werden mir sicher helfen. Auch danach.«

Ein paar Minuten später taumelte ich nach draußen und wusste nicht, was ich tun sollte. Innerhalb kürzester Zeit war mein ganzes Leben durcheinandergeraten.

Warum hatte Leon mich bloß nicht erkannt? Und warum war diese Henriette König in seinen Wagen gestiegen?

Ich war so frustriert und wütend, dass ich jemandem die Schuld geben wollte an der Tatsache, dass mich Leon nicht mehr erkannte. Wenn es diese Henriette König nicht gegeben hätte, wäre alles anders gekommen. Dann könnte ich mich jetzt auf ein gemeinsames Leben mit Leon freuen.

Leon! Unsere schicksalhafte Begegnung war also nicht umsonst gewesen. Meine Gefühle für Leon flammten wieder vehement auf, sodass ich mich sofort an alles erinnerte, was in dieser magischen Nacht geschehen war, an unsere Begegnung am Schloss, unsere Gespräche und unsere Berührungen, die sich wie Puzzleteile ineinandergefügt hatten. Mit Leon war mir wirklich alles wie eine Fügung vorgekommen, so leicht und unbeschwert, so einzigartig und vollkommen. Es war also gar kein Wunder, dass aus dieser unbeschreiblichen Innigkeit neues Leben entstanden war.

Und dann war Henriette König aufgetaucht und der Unfall geschehen. Danach war ich für Leon komplett ausgelöscht.

Aber konnte ich ihm jetzt sein Kind unterschlagen?

Es war mir nicht möglich, mich jetzt ins Auto zu setzen und nach Hause zu fahren. Ich musste mich erst wieder fassen, meine Nerven beruhigen, innerlich wieder klar sehen. Alkohol war dabei keine Option mehr.

Wie sehr wünschte ich mir, mich jetzt betäuben zu können. Aber nun musste ich es aushalten, das ganze Dilemma. Und die Übelkeit noch obendrein.

Während ich ziellos durch Kressbronn irrte, durch den Schnee stapfte und in Richtung Seeufer ging, klingelte mein Handy. Es war Michael.

Ich konnte jetzt nicht mit ihm reden. Auf gar keinen Fall.

Die ganze Situation überforderte mich schon wieder total.

Doch ich hatte nicht mit Michaels Hartnäckigkeit gerechnet. Er probierte es alle fünf Minuten. Dazwischen versuchte mich Isabel anzurufen, ebenso hartnäckig. Die beiden Geschwister waren eben aus demselben Holz geschnitzt, auch wenn sie manchmal schon sehr verschieden waren.

Entnervt schaltete ich das Handy aus und schlenderte mutlos am Seeufer entlang. Obwohl mich jetzt am frühen Abend nur noch Dunkelheit begleitete, konnte ich mich nicht entschließen, irgendein Lokal aufzusuchen. Mir war kalt und übel, doch ich war immer noch so konfus, dass ich mich nicht ans Steuer traute.

Der Gedanke, Leons Kind in mir zu tragen, sickerte nun immer stärker in mein Bewusstsein. Wir würden ein gemeinsames Kind haben, welches wir eigentlich auch gemeinsam erziehen sollten. Das musste doch der ursprüngliche Plan des Schicksals für uns gewesen sein. Unsere Liebe hatte so wunderbar begonnen, so vielversprechend, so himmlisch und zauberhaft. Es konnte doch nicht sein, dass Leon und ich diese Liebe nicht würden leben dürfen.

Ich musste etwas unternehmen. Aber was?

Ich hatte Henriette König versprochen, mich nicht mehr blicken zu lassen. Aber nun war ich schwanger. Die Situation hatte sich grundlegend verändert.

Unschlüssig setzte ich mich auf eine der vereisten Bänke und zog die Schultern zusammen. Die Kälte kroch unbarmherzig in meine Knochen und ließ mich frösteln. Es war dermaßen kalt an diesem Abend, dass ich bald mit den Zähnen klapperte. Langsam zog auch wieder Nebel über den See, der sich dann ganz schnell dem Ufer näherte und in Kürze Kressbronn eingehüllt hatte. Aber das war ja nichts Neues hier am See.

Meine Finger waren bereits blau gefroren, als ich mich endlich aufraffen konnte, zurück nach Langenargen zu fahren. Im dichten Nebel musste ich zurück zu meinem Auto finden, was auf einmal gar nicht so leicht war. Vor lauter Aufregung hatte ich vergessen, wo ich geparkt hatte.

Auf der Suche nach meinem Wagen hörte ich plötzlich Schritte hinter mir, die immer schneller wurden. Erschrocken drehte ich mich um und erkannte eine rote Gestalt, die sich aus dem Nebel schälte und sich zu mir gesellte.

»Frau Winter?«, fragte ich überrascht. »Was machen Sie denn hier?«

»Ich hatte hier was zu tun, und als ich Sie erkannte, da wollte ich Sie begrüßen.«

Sie passte sich meinen Schritten an, die um einiges langsamer waren als ihre.

»Ich will zu meinem Auto«, sagte ich.

»Das kann ich gut verstehen. Eisig kalt heute. Sie sehen ziemlich mitgenommen aus, wenn ich mir das Urteil erlauben darf.«

»Ach«, erwiderte ich, »es ging mir tatsächlich schon mal besser.«

»Das sieht man. Darf ich Sie auf ein warmes Getränk einladen? Ich hoffe, Sie sind nicht mehr böse auf mich, weil ich Ihnen damals so unvorhergesehen absagen musste und verschwunden bin. Das ist sonst nicht meine Art.«

Wir blieben stehen und drehten uns zueinander hin.

Frau Winter sah aus wie immer. Anscheinend trug sie stets dieselbe Kleidung. Mir fiel auf, dass ich sie noch nie bei Tageslicht gesehen hatte, immer nur im Dunkeln und immer im Nebel.

»Nein, ich bin Ihnen nicht mehr böse. Ich habe ganz andere Probleme.«

»Das tut mir leid, Frau Krämer. Wenn Sie wollen, können Sie mir ruhig Ihr Herz ausschütten. Manchmal tut es gut, einer fremden Person alles zu erzählen. Die Distanz schafft dabei einen ganz besonderen Freiraum. Das wirkt dann beinahe therapeutisch. Außerdem werden Sie sich dann gleich besser fühlen.«

Ich zögerte. Was gingen diese Person mein Schicksal und meine Probleme an?

Frau Winter sah, dass ich unschlüssig war, und wiederholte ihr Angebot.

»Haben Sie denn nichts anderes zu tun?«, fragte ich verlegen.

»Das ist schon erledigt. Ich hätte Zeit für Sie. Wie wäre es? Ich kenne gleich dort drüben ein Lokal mit schön schummriger Beleuchtung. Da spricht es sich dann gleich viel leichter als bei grellem Licht, nicht wahr?«

Was hatte ich schon zu verlieren? So hilflos und verzweifelt, wie ich mich gerade fühlte, kam diese komische Person vielleicht gerade recht, um mich abzulenken. Ich hatte keineswegs vor, ihr mein Herz zu öffnen, sondern wollte mich lediglich endlich aufwärmen und etwas Warmes in meinen gereizten Magen bekommen.

»Also gut«, ließ ich mich überreden, »aber nur kurz.«

»Natürlich nur kurz, Frau Krämer. Ganz wie Sie wollen.«

Sie sah mich dabei so seltsam an, dass mir eine Gänsehaut über den Rücken lief.

Das Lokal, das Frau Winter für uns ausgesucht hatte, war tatsächlich kaum beleuchtet. Aber die beinahe düstere Stimmung mit den vielen Kerzen am Fensterbrett machte es mir leichter, mich ein klein wenig zu entspannen. In dem kleinen Raum herrschte eine angenehme Temperatur, und es war gemütlich hier, auch wenn die Gaststube bis auf uns beide leer war.

»Sie sind schwanger, Frau Krämer«, warf mir Frau Winter an den Kopf, kaum dass wir Platz genommen und bestellt hatten.

Ich zuckte zusammen und legte die Hände über meinen Bauch.

»Woher wissen Sie das?«, fragte ich und starrte sie entgeistert an. »Können Sie hellsehen?«

»Ach was, hellsehen. Was die Leute so alles über mich denken.«

»Sie haben mir aber auch schon aus dem Kaffeesatz gelesen, daran erinnere ich mich genau. Außerdem haben Sie während unserer letzten Begegnung seltsame Andeutungen gemacht.«

»Das gehört zu meinem Job«, sagte sie resolut. »Aber ganz ehrlich, man sieht Ihnen an, dass Sie schwanger sind. Sie sehen bleich und schmal aus, ganz fahl im Gesicht, als wäre Ihnen dauernd übel. Ihre Brüste sind viel größer geworden. Sie sind kurzatmig. So habe ich Sie noch nie erlebt. Ihre Haare hängen strähnig herunter, Ihre Haut ist anders als sonst. Alles Anzeichen für eine Schwangerschaft. Na, habe ich recht?«

»Volltreffer!«, musste ich anerkennend zugeben.

Frau Winter rückte ihr drolliges Hütchen zurecht und legte den Kopf schief. Dann griff sie nach meinen Fingern und sagte: »Aber glücklich sehen Sie nicht aus. Was ist passiert?«

Ihr warmer, mitfühlender Blick, ihr fester Händedruck und das vertrauensvolle Lächeln öffneten all meine Kanäle. Der Druck in meinem Inneren musste endlich heraus. Ich konnte nicht anders, als ihr die ganze Geschichte zu erzählen, einfach alles. Selbst mein Besäufnis ließ ich nicht unter den Tisch fallen, während mir dicke Tränen über die Wangen liefen. Ich berichtete ihr von der wundervollen Liebesnacht mit Leon, die nicht ohne Folgen geblieben war, und von den Intimitäten mit Michael, die mir unter die Haut gingen.

»Und nun stehe ich zwischen zwei Männern und weiß nicht mehr, was ich machen soll«, schloss ich meine Geschichte.

Frau Winter reichte mir ein Taschentuch, sah mich lange nachdenklich an und sagte dann leise: »Aber Sie stehen nicht zwischen zwei Männern.«

»So? Und warum nicht?«, wollte ich wissen und fragte mich, ob sie mich überhaupt verstanden hatte.

»Weil der eine nicht mehr zur Verfügung steht, deshalb. Das Schicksal hat anders für ihn entschieden. Aber dennoch wird es wichtig für ihn sein, die Wahrheit zu erfahren. Sonst würde ihm im Leben etwas ganz Essenzielles vorenthalten werden. Das wäre ungut.«

Ich nahm ein paar Schlucke meines Tees, der meinem empfindlichen Magen guttat, und sah sie sprachlos an.

»Kindchen, machen Sie nicht den Fehler, an einer Vorstellung festzuhalten, die der Vergangenheit angehört. Sie haben einen wundervollen Traum erlebt, einen Einblick in eine ganz besondere Ebene der Daseins. Das hätte Ihr Lebenstraum werden können, ist es aber nicht. Nun halten Sie krampfhaft daran fest.«

»Ich weiß. Alles mit Leon war wie ein Geschenk, eine besondere Fügung, beinahe nicht von dieser Welt.«

»Und daran halten Sie fest!«

»Ja, weil Leon alles genauso erlebt hat wie ich. Das hat mich tief berührt.«

»Erzählen Sie mehr davon, Schätzchen«, ermutigte sie mich.

»Na ja, ich bin ja sonst nicht so der total romantische Typ. Die Story von der Liebe auf den ersten Blick und die absolute Übereinstimmung mit einem anderen Menschen halte ich eigentlich für ein Märchen. Bis dann Leon in mein Leben trat.«

»Und weiter?«

»Können Sie sich vorstellen, dass es so eine völlige Übereinstimmung mit jemandem überhaupt geben kann? Leon hat alles so erlebt und gesehen wie ich. Wir waren uns über alles sofort einig. Da gab es keine offenen Fragen, nur noch diese Harmonie, die alles überstrahlt hat. Und das in dieser kurzen Zeit! Während einer einzigen Nacht!«

»Ich muss zugeben, das ist schon wie ein kleines Wunder.«

»Deshalb tue ich mich ja so schwer, zu glauben, dass es nicht sein soll. Und jetzt, wo ich dieses Kind von ihm bekomme, ist es wie eine Bestätigung, dass wir zusammengehören.«

Frau Winter seufzte und forderte mich auf, noch einen Schluck von meinem Tee zu trinken.

»Es ist so sinnlos, dass wir nicht zusammenkommen können!«, rief ich verzweifelt.

»Ja, das ist es. Es ist sinnlos.«

»Sie geben mir recht?«

»Aber natürlich, doch leider bleibt es uns Menschen manchmal verwehrt, den Sinn hinter den Dingen zu erkennen. Manchmal erkennen wir einen Sinn vielleicht sehr viel später, manchmal aber auch nicht.«

»Was soll das heißen?«

»Dass wir das Leben annehmen müssen, wie es ist, auch wenn nicht alles Sinn ergibt.«

»Aber das kann ich nicht!«

»Das sehe ich. Sie kämpfen.«

»Ich muss kämpfen!«

»Wenn Sie das Gefühl haben, kämpfen zu müssen, dann tun Sie es.«

»Ich weiß nicht«, lenkte ich ein, »ob es richtig ist zu kämpfen.

Als ich Leon mit dieser anderen Frau gesehen habe, war mir plötzlich klar, dass ich ihn loslasse. Aber jetzt … Ich bin von ihm schwanger!«

»Und nun denken Sie, Sie haben einen Grund, den Kampf zu beginnen.«

»Das weiß ich nicht, Frau Winter«, jammerte ich. »Ich weiß gar nichts mehr.«

»Nur Sie alleine können eine Entscheidung fällen.«

»Ich weiß, aber ich bin mir nicht mehr sicher.«

»Dann treten Sie doch innerlich mal einen Schritt zurück und prüfen, was genau los ist.«

Ich sah Frau Winter kritisch an, weil ich nicht ganz verstand, was sie meinte.

»Sehen Sie, Kindchen, Sie wollen an Leon festhalten, weil es so besonders mit ihm war. Sie können nicht akzeptieren, dass diese Begegnung zeitlich begrenzt war. Die Zeit lässt sich leider nicht anhalten. Jetzt ist alles anders, Sie aber lenken Ihre Aufmerksamkeit nur auf diese Vorstellung von Liebe mit Leon, die Sie sich erträumen. Doch das ist nur ein Bild, eine Momentaufnahme für Sie.«

»Aber diese Momentaufnahme hatte Folgen.«

»Sicher, sicher, doch diese Folgen beziehen sich nicht unbedingt auf Sie, sondern auf das Kind. Dieser Leon sollte von seinem Kind erfahren. Ein Kind zu haben wird sein Leben bereichern. Ihres übrigens auch. Alles andere liegt in Ihrer Hand. Jetzt aber heißt es, loszulassen und das Schicksal nicht gewaltsam in die Richtung zu drängen, die Sie unbedingt haben wollen.«

»Wie meinen Sie das?«

»Sie haben eine andere Wirklichkeit vorgefunden, als Sie es sich gewünscht haben. Vielleicht war das alles auch ursprünglich anders vorgesehen. Dann aber hat sich eine eigene Dynamik entwickelt mit dem Fazit, dass Leon nicht mehr aktiver Teil Ihres Lebens ist.«

»Sie drücken das sehr kompliziert aus, Frau Winter.«

»Ganz und gar nicht. Sehen Sie, es ist doch so: Was wissen Sie von Leon und seinem Leben, seinem Alltag? Nichts. Er teilt nun seine Wirklichkeit mit einer anderen Frau.«

»Das ist mir bewusst.«

»Und Sie?«

»Was, und ich?«

»Ich meine Ihre Liebe zu Michael. Die ist real und hat Hand und Fuß. Michael ist bereit, sich für Sie einzusetzen, mit allem, was dazugehört. Oder kennen Sie noch einen Mann, der auf diese Weise für Sie da ist? Dieser Mann teilt sein Leben jetzt schon mit Ihnen. Und Sie lieben ihn mehr, als Sie es sich eingestehen wollen.«

»Wie bitte?«

»Also wenn einer mein Erbrochenes ohne Murren und Knurren vom Teppich putzen würde, dann wüsste ich Bescheid.«

»Wirklich?«

»Aber hallo! Ihr Herz weiß es doch schon längst. Lassen Sie es endlich zu Wort kommen. Und dann liegt alles in Ihrer Hand. Folgen Sie Ihrem Herzen.«

»Aber …«

»Pst«, machte Frau Winter und zwinkerte mir mit leuchtenden Augen zu. »Mit diesem Michael läuft es vielleicht nicht ganz so rund und harmonisch, dafür aber überaus lebendig. Sie können gemeinsam sehr viel bewegen.«

»Er weiß noch nicht, dass ich von Leon schwanger bin«, räumte ich ein.

»Das wird er überleben, glauben Sie mir.«

»Ich bin mir trotzdem nicht sicher …«

»Verständlich. Setzen Sie sich deshalb nicht selbst unter Druck.«

»Ach, wenn das so einfach wäre.«

»Passen Sie auf sich auf, Kindchen, und machen Sie sich das

Leben nicht selber so schwer. Es war mir eine Freude, mit Ihnen gesprochen zu haben«, sagte sie plötzlich, legte ein paar Münzen auf den Tisch und erhob sich.

»Sie wollen schon gehen?«

»Aber ja. Es ist alles gesagt. Sie selber entscheiden, auch wenn das Schicksal die Weichen stellt.«

»Sie haben gut reden.«

»Vertrauen Sie dem Schicksal, Frau Krämer, es kann gar nichts schiefgehen. So, und jetzt muss ich leider weiter. Auf Wiedersehen! Und schauen Sie mal in mein Märchenbuch.«

Sie winkte mir noch einmal kokett mit ihren eleganten Handschuhen zu. Dann war sie wieder verschwunden, sodass ich ganz alleine in dem Lokal zurückblieb und meinen Tee austrank.

So ganz wurde ich aus dieser Frau Winter nicht schlau, aber ich erlaubte mir, ihre Worte in mir wirken zu lassen. Nun fiel mir auch wieder ein, wo ich mein Auto abgestellt hatte.

Das Gespräch mit dieser Märchenfee hatte mich getröstet. Es hatte mir wieder neuen Mut geschenkt, mehr auf mein Herz zu hören.

Irgendwie hatte ich plötzlich Lust, Rebecca anzurufen, und schaltete mein Handy wieder ein, um sie gleich darauf zu erreichen.

»Ich dachte mir schon, dass du es bist«, sagte sie.

»Du hast es gewusst, nicht wahr?«, überfiel ich sie.

»Ja, ich habe es geahnt. Ich habe das alles gerade selbst erst erlebt und weiß gut, wie es dir im Moment geht. Diese ersten Wochen sind für viele Schwangere kein Zuckerschlecken. Aber es wird besser werden mit der Übelkeit. So weit bin ich leider nicht gekommen.«

»Ist es schlimm für dich, dass ich jetzt schwanger bin? Sag es mir bitte ehrlich.«

»Nein, Chefin, ist es nicht. Ich hatte genug Zeit, damit abzuschließen. Natürlich bin ich auch noch traurig, aber nicht mehr verzweifelt.«

»Das ist gut. Es wäre schlimm für mich, wenn meine Schwangerschaft ein Problem für dich wäre.«

Sie zögerte kurz, dann gestand sie: »Ist sie nicht, aber es kann vielleicht mal sein, dass mir kurz traurig ums Herz wird. Das ist nicht auszuschließen.«

»Ich weiß deine Aufrichtigkeit zu schätzen, Rebecca, und werde achtsam mit dir umgehen. Falls ich irgendwann unsensibel bin, weise mich bitte darauf hin. Ich will, dass es dir gut geht, auch wenn du miterleben musst, wie mein Bauch wächst.«

»Ich werde es aushalten, Kathie. Eines Tages werde ich ein Kind haben. Von einem Mann, der es ehrlich mit mir meint und mich nicht nur manipuliert und für seine Zwecke heranzieht.«

»Das wünsche ich dir von Herzen, und deshalb bist du auch die Erste, die von meiner Schwangerschaft erfährt«, sagte ich leise.

Rebecca fühlte sich dadurch geehrt. Einen kurzen Augenblick war sie ganz in Gedanken versunken.

Ich erzählte ihr nichts von dem Treffen mit der Märchenfee, sondern wünschte ihr einen schönen Abend. Dann legte auch ich auf und war froh, dass ich dem Impuls nachgegeben hatte, sie anzurufen.

27

Als ich zurück nach Langenargen kam, wartete Michael schon auf mich. Ich hätte ahnen können, dass er nicht lockerlassen würde, um zu erfahren, was mir fehlte. Er musste ebenfalls mit der Kälte kämpfen. Ich merkte, dass es ihn Kraft gekostet haben musste, hier draußen auf mich zu warten. Er sah völlig erschöpft aus und stand gleichzeitig unter Anspannung. Ich betrachtete ihn mit Herzklopfen. Es würde sich wohl nicht vermeiden lassen, mit ihm Klartext zu reden.

»Michael«, sagte ich vorsichtig.

»Kathie, Liebste, wo warst du so lange? Wie war dein Termin beim Arzt?« Ich konnte hören, wie sehr er sich anstrengte, seine Stimme normal klingen zu lassen. Trotzdem konnte er die Belastung, die ich im Augenblick für ihn war, nicht ganz verbergen. »Ich habe dich nicht erreichen können«, fügte er hilflos hinzu, als ich nicht sofort antwortete.

»Komm erst einmal herein«, sagte ich ausweichend.

»Kathie, bitte, spann mich nicht weiter auf die Folter! Sag mir, was beim Arzt herausgekommen ist.«

»Du bist ja ganz erfroren«, erwiderte ich und schlug die Augen nieder, als er mich mit zusammengepressten Lippen musterte. Ich durfte ihn nicht länger hinhalten.

»Ist es etwas Schlimmes?«, fragte er und zog mich an sich.

Er hob mein Kinn, damit ich ihn ansehen konnte. Seine Augen flackerten, und ich erkannte, wie viel ich ihm bedeutete, was mein Herz in Aufruhr versetzte.

»Ich weiß das zu schätzen, was du für mich empfindest«, begann ich, ohne den Blick von ihm abzuwenden.

»Was willst du damit sagen?«

»Michael, zwischen uns ist etwas entstanden, das auf seine Weise ganz einzigartig ist, so wunderbar, so tief, so innig. Du hast es ja schon eher gewusst als ich und mir die Augen geöffnet. Es tut mir deshalb so leid, dass ich dich schon wieder verletze.«

»He, Kathie, sag mir jetzt bitte, was los ist!«

Ich konnte sehen, wie er plötzlich schwitzte, nachdem er die ganze Zeit draußen in der Kälte auf mich gewartet hatte, ebenso blau gefroren wie ich, als ich durch Kressbronn gelaufen war.

Wir sahen uns in die Augen. Ich hielt seinem schmerzvollen Blick stand, ganz gelassen und tief atmend und konnte in ihn hineinschauen. Wir berührten uns mit den Augen, mit diesem flammenden Feuer, das uns verband, und ließen es beide geschehen, uns weit zu öffnen, um einander zu erkennen, zu wandern auf den Seelenspuren des anderen. Es war das pure Glühen, ihm so nahe zu sein. Seine Seelenglut war auch meine.

»Es ist alles in Ordnung mit mir«, sagte ich so leise, dass er es kaum verstand und sich trotzdem ein wenig entspannen konnte.

Ich lehnte mich an ihn, drückte meinen Kopf an seine Brust und kostete diesen Moment aus, in dem wir einfach nur da sein konnten, ohne die Schwere der Realität. Wir hielten uns fest, wie wir es schon ein paarmal getan hatten.

»Was ist es dann?«, fragte er ganz behutsam.

Ich nahm meinen ganzen Mut zusammen in der Gewissheit, dass mein nächster Satz ihn treffen würde, unendlich tief und bitter.

»Ich bin schwanger von Leon«, wisperte ich.

Ich merkte, wie er den Atem anhielt, um ihn dann geräuschvoll auszustoßen. Es war offensichtlich, dass ich ihn getroffen hatte. Ich hatte nichts anderes erwartet und vermied es, ihn jetzt anzusehen.

Ein paar Sekunden lang war es sehr still zwischen uns. Die

Stille wirkte bedrückend und beängstigend. Ich musste mich innerlich gegen das wappnen, was jetzt gleich kommen würde. Doch stattdessen sagte Michael: »Ich habe ein Kind mit einer anderen Frau. Und du hast ein Kind mit einem anderen Mann. So what?«

»Ich verstehe nicht.«

»Kathie«, erwiderte er und sah mich an wie ein kleines Kind, dem man erst alles beibringen musste, »wir sind beide keine unbeschriebenen Blätter. Ich weiß, dass du Leon geliebt hast und vielleicht immer noch liebst. Aber diese Schwangerschaft ist kein Hinderungsgrund für mich, dich zu lieben und mit dir ein gemeinsames Leben aufzubauen, zusammen mit Holly und dem Baby.«

Ich sah ihn eine Weile sprachlos an. Dann sagte ich: »Das geht nicht, noch nicht.«

»Was soll das heißen?«

»Leon weiß nichts von diesem Kind. Aber ich darf es ihm nicht verschweigen. Er hat ein Recht darauf, zu erfahren, dass er Vater wird.«

Ich wusste, dass Michael mich verstand und doch fieberhaft überlegte, was er entgegnen konnte.

»Wenn du nie von Hollys Existenz erfahren hättest, wäre das fair gewesen?«, fragte ich ihn.

»Du hast recht«, gestand er, »das hätte ich Milly nie verziehen. Aber Leon weiß noch nicht einmal mehr, wer du bist.«

»Ja, jetzt, doch es kann gut möglich sein, dass er sich bald erinnert. Und vielleicht hat er sich schon an mich erinnert.«

»Er hat eine andere.«

»Na und? Das ändert nichts an der Tatsache, dass ich von ihm schwanger bin. Ich muss es ihm sagen, Michael.«

»Kathie!«, keuchte er und setzte sich.

Er hockte zusammengesunken auf einem meiner Stühle und

stützte sich mit den Ellbogen auf seine Oberschenkel. Den Kopf hatte er in die Hände gelegt und drehte ihn ungläubig hin und her. Es war schrecklich zu sehen, wie schlecht es ihm ging.

»Komm«, sagte ich und zog ihn wieder hoch, um mit ihm zum Sofa zu gehen.

»Bin ich für dich nur ein Lückenbüßer, Kathie? Jemand, der gerade da war, um dir Trost zu spenden?«, fragte er bitter.

»Nein, und das weißt du genau.«

»Ich glaube dir nicht. Ich war einfach nur der Trottel, der in Freiburg für dich greifbar war. Du hast mich benutzt, weil du ein Ventil für deinen Frust gebraucht hast. Und jetzt? Kriechst du zu Leon zurück, weil sich die Gelegenheit bietet.«

»Nein!«

»Doch! Diese Schwangerschaft ist doch für dich der Glücksfall, auf den du die ganze Zeit gewartet hast. Endlich hast du einen Grund, um Leon zu kämpfen.«

»Du missverstehst mich, Michael.«

Doch Michael hörte mir gar nicht mehr zu.

»Ich war so dumm, so einfältig, so bescheuert«, beschimpfte er sich jetzt selbst. »Ich habe gedacht und gehofft, dass es dir ernst mit mir ist, dass du wirklich mich meinst.«

»Aber das habe ich doch.«

»Nein, Kathie, nein. Du hast nach mir gegriffen wie nach einem Strohhalm, weil du verzweifelt warst. Ich will aber mehr für dich sein als die zweite Wahl.«

Wütend ballte er seine Hände zu Fäusten und hielt sie in die Höhe. Sein Zorn entlud sich auf dem Sofa. Er knallte seine Fäuste auf den Sitz, dass ich dachte, er wollte ihn zertrümmern. Ich tat nichts, um ihn aufzuhalten. Da mussten wir jetzt beide durch.

»Weißt du eigentlich, wie sehr du mich verletzt?«, fragte er, als er sich langsam beruhigte und nur noch sein Schmerz übrig war.

»Ja«, antwortete ich ruhig.

Ich war bereit, seinen Schmerz aufzufangen. Meiner war nicht geringer als seiner. Mit schmerzhaften Lebenserfahrungen kannten wir uns mittlerweile gut aus. Wir waren sozusagen Weltmeister darin.

»Es hat mich verletzt, wie du in all den Wochen mit mir umgegangen bist. Du hast nur gereizt auf mich reagiert, mich sogar beschimpft und gedemütigt. Dann war auf einmal dieser Leon da. Deine Liebe zu ihm hat mich manchmal an den Rand des Erträglichen gebracht. Ich habe ihn für dich ausfindig gemacht, obwohl es mich fast zerrissen hätte.«

Ich war froh, dass Michael endlich bereit war, nicht immer nur den Starken und Verständnisvollen zu spielen oder in die Rolle des Clowns zu wechseln.

»Du warst eifersüchtig, und doch bist du über dich hinausgewachsen, um mich glücklich zu machen«, griff ich seine Worte auf.

»Ja!«, rief er verzweifelt und ballte die Hände wieder zu Fäusten.

»Weil du mich liebst.«

»Ja. Du weißt, wie sehr ich dich liebe. Ich war immer ehrlich und aufrichtig zu dir. Und dann warst du da in Freiburg betrunken. Ich schwöre, ich hätte dich in dieser Nacht nicht angerührt, wenn du mir nicht gezeigt hättest, dass du es willst. Und nun bin ich nur dein Spielball!«

»Das bist du nicht, Michael!«, rief ich aufgebracht.

»Doch, das bin ich. Für dich ist das alles nur ein Spielchen, ein wenig Sex, ein Spaß. Alles unverbindlich.«

»Michael, wie kannst du so was denken!«

»Ich denke es, weil du nichts, aber auch gar nichts tust oder sagst, um mich vom Gegenteil zu überzeugen.«

Ich ließ die Schultern hängen. Michael hatte recht.

»Ich sage dir, dass ich dich liebe, Kathie. Ich liebe dich auch mit dem Kind von Leon. Und doch verliere ich dich in diesem Moment. Ich kann nichts mehr tun. Ist es nicht so?«

»Nein«, antwortete ich ruhig, »das stimmt so nicht!«

Michaels Zorn war verraucht, er saß nur noch da und rührte sich nicht mehr.

»Habe ich dir je etwas bedeutet, Kathie?«, fragte er plötzlich ganz leise. »Hast du jemals so etwas wie Liebe für mich empfunden?«

Seine Verzweiflung war unüberhörbar. Ich sah ihn an und wartete, bis sich mein rasendes Herz beruhigte.

»Hast du mich nur zum Narren gehalten? Hast du dich insgeheim vielleicht sogar lustig über mich gemacht, über den armen Deppen, der zu blöd ist zu bemerken, dass er nur der Lückenbüßer ist.«

Ich war kurz vor einem Nervenzusammenbruch. Michael schleuderte mir mit Nachdruck seinen Schmerz entgegen. Ich konnte all seine Argumente, seine Vorwürfe und Anschuldigungen verstehen.

»Nein!«, war alles, was ich erwidern konnte.

»Kathie«, rief er, stand auf und rannte wie irrsinnig im Kreis herum, »sag mir jetzt bitte ehrlich, ob du irgendwann so etwas wie Liebe für mich empfunden hast.«

»Ja«, sagte ich und wusste, dass ich es auch so meinte. Mein Herz rief so laut nach diesem Mann, und ich war endlich bereit, all meine Empfindungen zu sammeln, Körper, Seele und Herz in Verbindung zu bringen und mir einzugestehen, wie sehr ich ihn liebte. Ich streckte meine Arme aus und stoppte sein ruheloses, verzweifeltes Auf- und Abrennen. »Ich liebe dich, Michael, so sehr, dass ich nachts nach dir rufe, weil ich es vor Sehnsucht nicht mehr aushalte. So sehr, dass ich manchmal nicht weiß, wie ich den Tag ohne eine Berührung von dir überstehen soll. Ich habe es nicht wahrhaben wollen. Du hast recht gehabt, ich habe mich selbst belogen.«

Michael hielt inne und starrte mich an. Er hatte meine Worte noch nicht begriffen. Sie sickerten nur allmählich in sein Bewusstsein, so langsam, dass ich sehen konnte, wie es in ihm arbeitete.

»Ich habe gegen mich selbst gekämpft, Tag für Tag. Leons Bild in mir ist nur langsam verblasst. Mein Herz hat schon längst gewusst, dass ich dich liebe, aber ich habe ihm nicht geglaubt. In mir war zu viel zerbrochen, ich war blockiert.« Ich holte tief Luft, bevor ich weitersprach. »Ich hasse mich selbst dafür, dir wehzutun. Ich habe es immer wieder getan, auch jetzt. Aber wenn du wissen willst, ob ich dich liebe, dann kann ich nur aus tiefstem Herzen sagen: Ja, ich liebe dich!«

»Kathie!«, war alles, was Michael herausbekam.

»Es ist mir auch erst vorhin so richtig bewusst geworden«, gestand ich, »als ich von diesem Kind erfuhr und mir klar wurde, dass ich eine Entscheidung treffen muss. Das Gefühl, dich zu verlieren, ist die Hölle.«

»Aber du musst mich nicht verlieren. Wir können uns ein gemeinsames Leben aufbauen, du, ich, Holly und das Baby.«

Ich erwiderte nichts, sondern legte nur meine Arme um ihn. Wie sehr wir uns liebten, wurde auch in diesem Moment offensichtlich. Wie Magneten zog es uns zueinander hin, wie zwei Teile, die erst zusammen ein Ganzes ergeben konnten.

Die Situation war immer noch nicht geklärt, und doch war es die pure Freude, zu erleben, wie gut Michael meine Worte taten. In seinem Gesicht lag plötzlich ein Strahlen, das vorher nicht da gewesen war. Er setzte sich wieder aufs Sofa, entspannte sich, lehnte sich aufatmend zurück und lächelte mit geschlossenen Augen, dass ich ebenfalls glücklich war, es ihm endlich gesagt zu haben. Michaels inneres Leuchten verwandelte auch mich und gewährte mir einen kostbaren Moment der Seligkeit.

»Ahhh«, machte er, und ich konnte spüren, wie meine Worte

wie pures Gold in ihn hineingeflossen waren, ihn nährten und mit dem ganzen Leid in seinem Leben für einen Augenblick versöhnten.

»Willst du es noch einmal hören?«, fragte ich und neigte meinen Mund zu seinem Ohr.

»Ja, ich bitte darum.«

»Ich liebe dich, Michael, so sehr, dass ich kaum denken kann, wenn wir zusammen sind. So sehr, dass mir der Atem stehen bleibt, wenn wir uns lieben. So sehr, dass ich dich genauso spüren kann wie du mich. Ich habe keine Worte mehr für all das, was in mir ist für dich an Liebe.«

»Oh.«

»Ja, Michael, ja! Alles in mir jubelt und singt, wenn ich nur an dich denke. Wenn du mich anschaust, dann zittere ich vor Freude. Und wenn wir uns lieben und du in mir bist, dann ist das unbeschreiblich, diese flammenden Ströme. So voller Lebendigkeit.«

»Kathie!«

»Ja, Michael. Kannst du der Wucht meiner Liebe standhalten? Denn genau in derselben Intensität kommt deine Liebe bei mir an.«

»Ich bin fassungslos. Aber ich habe es erhofft.«

»Du hast dich danach gesehnt, so sehr, dass ich darunter litt, dir diese Sehnsucht nicht erfüllen zu können. Bis jetzt.«

»Dann sag Ja zu uns und zu einem gemeinsamen Leben.«

»Das kann ich noch nicht. Wir müssen Geduld haben. Ich muss erst mit Leon gesprochen haben.«

Ich sah, wie der Schmerz zu ihm zurückkehrte, und legte eine Hand auf sein Herz. »Mein liebster Michael, wir wollen ehrlich und aufrichtig zueinander sein, oder?«

»Ja«, antwortete er und legte seine Hand über meine.

»Du weißt, dass ich Leon sehr geliebt habe. Wie hätte ich ihn da so schnell aus meinem Herzen und meiner Seele rausreißen können?«

»Ich weiß. Und nun wirst du zu ihm gehen und ihm alles erzählen. Wenn er dich dann will, wirst du bei ihm bleiben. Ist es nicht so?«

»Ich muss für Klarheit sorgen. Alles andere hat Leon nicht verdient.« Michael schluckte. Wir hielten uns fest umschlungen, als ich weitersprach: »Ich kann eine Beziehung zu dir nicht auf einer Lüge gegenüber Leon und diesem Kind aufbauen. Das Kind soll wissen, wer sein Vater ist. Und Leon soll die Chance erhalten, davon zu erfahren. Was dann geschieht, ist offen.«

»Du hast meine Frage nicht beantwortet, Kathie. Besteht die Gefahr, dass du bei ihm bleibst?«

Michael war am Ende seiner Kraft und Zuversicht. Deshalb drückte ich meinen Körper an seinen und hielt ihn ganz fest. So oft hatte er seine Liebe direkt in mich hineinfließen lassen, so intensiv, dass sie stets bei mir angekommen war und mich getragen hatte. Ich hatte ihm nie antworten können, so wie er es sich die ganze Zeit ersehnt und gewünscht hatte. Nun war es so weit, für Ausgleich zu sorgen und ihn mit meiner ganzen Liebe zu berühren, sodass er wieder Vertrauen ins Leben und in die Zukunft haben konnte.

Ich sah, dass seine Augen verdächtig schimmerten. Immerhin war er mutig genug, sein Gesicht nicht zu verbergen, und mir zu erlauben, die salzigen Spuren auf seiner Haut wegzuküssen.

»Es ist mir ernst, Kathie. Ich muss das wissen. Wirst du bei Leon bleiben?«

»Hast du mir nicht zugehört, Michael? Was habe ich gesagt?«

Seine Verwirrung war echt. Er konnte mir nicht mehr folgen. Ich hatte seine Welt komplett aus den Angeln gehoben, ihm noch nicht einmal mehr die Möglichkeit gelassen, sich auf die Ebene der flotten Sprüche zu retten. Aber ich dachte nicht daran, es ihm leichter zu machen. Er musste es verstehen, mit Leib und Seele verstehen.

»Bitte, Kathie, es überfordert mich. Bitte erklär mir, was du meinst.«

»O Michael, du hast mich auch lange mit deiner Liebe überfordert, die ich noch nicht erwidern konnte, weil alles in mir wund und zerstört war. Hast du so große Angst vor Leon?«

»Ich habe Angst, dass du ihn noch liebst und dass du zu ihm gehst, wenn er sich an dich erinnert, schon gar, wenn er weiß, dass du sein Kind bekommst.«

»Ja, das dachte ich auch. Und ich gebe zu, dass diese Gefahr ziemlich real war. Die Erinnerung an Leon ist immer noch sehr stark. Aber dann wurde mir bewusst, wie sehr ich dich liebe, Michael.«

»Bitte sag das noch einmal.«

»Also gut, damit du es kapierst, weil mir bewusst geworden ist, was wir füreinander sind. Du warst es, der sich um mich gekümmert hat. Du hast für mich gekocht, mir die Adresse meines Lovers besorgt, mich beim Erbrechen gehalten, mich gefüttert und gerettet. Soll ich noch mehr sagen?«

»Ja.«

»Du bist unmöglich.«

»Los, zerstreu meine Ängste.«

»Hast du mir denn vorhin nicht zugehört?«

»Doch, aber es ist schön, wenn du es endlich aussprichst. Ich habe so lange darauf gewartet.«

»Also noch einmal zum Mitschreiben: Ich werde Leon darüber informieren, dass wir ein Kind bekommen. Was auch immer dann geschieht, ich liebe dich so sehr, dass ich keinen Atemzug mehr ohne dich machen möchte. Keinen einzigen. War das jetzt eindeutig genug?«

»Danke.«

»Na also. Ich möchte, dass du weißt, wie sehr ich dich will«, hauchte ich dann verführerisch und schob seine Hände unter meinen Pullover, sodass er meine prallen Brüste umfassen konnte. In nächster Zeit würde ich mir einen Büstenhalter anziehen müssen.

Da lächelte er endlich wieder und entgegnete: »Das ist eigentlich mein Satz.«

28

An diesem Abend liebten wir uns ganz sachte, sehr zärtlich und doch auch voller Leidenschaft und Gewissheit, dass keiner von uns den Strom der fließenden Liebe mehr unterbinden musste. Wir konnten uns ganz frei einander hingeben, was unserer intimen Begegnung eine ganz neue Qualität verlieh. Mit den Fingerspitzen über Michaels Haut zu streicheln und seine Freude darüber zu empfangen, ohne Gewissensbisse dabei zu empfinden, machte mich glücklich. Wir wollten es beide ganz langsam erleben, uns Zeit lassen und uns bewusst machen, dass jeder Kuss, jede Berührung, jede gemeinsame Bewegung anders war als zuvor.

Michael ließ mir genügend Zeit, um mir ganz sicher zu sein, dass meine Entscheidung richtig war. Er wartete ab, bis ich die Initiative ergriff und ihm immer wieder zeigte, dass unser Zusammensein nicht mehr nur allein vom reinen Begehren getragen wurde.

Ich konnte nicht aufhören, ihn immer wieder anzufassen, ihn zu streicheln, mich an ihn zu schmiegen und ihn anzuschauen. Und ihn dabei mit liebenden Augen zu betrachten, anders als vorher.

Dann fragte ich ihn, ob er bereit sei, nun ganz und gar in mir zu sein.

»Ganz langsam«, flüsterte ich, »damit ich alles spüren kann.«

Aber Michael hatte mich bereits verstanden und sah mich ganz offen an, während er mich zu sich zog, um sich in mich hineinzuschieben.

»Langsam genug?«, war alles, was er erwidern konnte.

Ich nickte und sah ihm weiter in die Augen, in denen ich sehen konnte, wie sehr er es genoss.

Als er ganz tief in mir war, warteten wir beide einen Augenblick, um diese Sekunden der Freude und Fülle ganz und gar auszukosten, bis wir es nicht mehr aushielten und alles voneinander spüren und teilen wollten.

Und so verging auch diese Nacht, indem wir uns immer wieder fanden und ich Michael immer wieder aufs Neue beweisen wollte, wie ich für ihn empfand.

»Ich kann es gar nicht glauben, dass es eine Zeit gegeben hat, in der ich dich nicht geliebt habe.«

»Hast du Angst, dass ich mich in Luft auflöse?«

»Nein, aber es ist neu für mich, mir zu erlauben, dich zu lieben.«

»Das ist in der Tat überwältigend. Bitte zeig es mir noch einmal.«

»Kannst du nicht genug von mir bekommen?«, stöhnte ich.

»Nein, nie.«

»Ich auch nicht.«

Wir schliefen beide nicht viel in dieser Nacht, weil wir uns immer wieder vergewissern mussten, dass wir nicht aus Versehen doch noch getrennt wurden oder dass einer von uns in einem geheimnisvollen schwarzen Loch verschwand. Dann sahen wir uns in die Augen und wussten um die Zerbrechlichkeit des Glücks. Aber nun war uns ein neuer Weg geschenkt worden, den wir gemeinsam beschreiten konnten.

Ich war so berauscht und erfüllt von Michael und der neuen Zukunftsmusik, die nun erklingen konnte, dass ich ihm so nahe wie möglich sein wollte. Er war in mir, so oft es ging, und sei es, um uns zu beweisen, wie sehr wir zusammengehörten. Erst als unsere Körper so müde waren, dass nichts anderes mehr möglich war, schliefen wir endlich ein.

Das Klingeln an der Tür weckte uns beide gleichzeitig. Murrend kuschelte ich mich an Michael und zog uns das Kissen über die Ohren. Gnadenlos schrillte es weiter, bis Michael aus dem Bett schlüpfte und sich ein Handtuch um die Hüften schlang, um nachzuschauen, wer uns um diese Uhrzeit störte.

Gleich würde wohl ganz Langenargen wissen, dass Michael und ich zusammengehörten, zumal er fast nackt war, als er die Tür öffnete.

Ich konnte Isabels wütende Stimme hören. Schnurstracks stampfte sie in mein Schlafzimmer.

»Wie lange geht das schon mit euch? Und warum sagt mir keiner was?«, ließ sie ihrer Empörung freien Lauf.

Grinsend richtete ich mich im Bett auf und hielt die Zudecke vor meinen nackten Körper.

»Seit Freiburg«, antwortete ich wahrheitsgemäß.

»Ihr habt Sex miteinander und sagt mir nichts davon! Das ist ja die Höhe!« Sie warf mir finstere Blicke zu. »Du bist meine beste Freundin!«, rief sie, als ich schallend lachte. »Soll ich es als Letzte erfahren, oder was?«

»Das geht dich nichts an, Schwester, aber wenn es dich beruhigt, jetzt weißt du es ja«, antwortete Michael und kroch ungeniert wieder zu mir ins Bett. Demonstrativ zog er mich an sich und küsste mich.

Wir mussten beide kichern, als wir Isabels ungläubigen Blick sahen.

»Was gibt es denn, Schwesterherz?«, fragte Michael scheinheilig und freute sich diebisch, Isabel geschockt zu haben. »Sag es uns bitte und lass uns dann weiterschlafen. Unsere Nacht war sehr kurz, wenn du verstehst.«

Nun mussten wir alle drei laut losprusten.

»Ich freue mich so für euch«, sagte Isabel und setzte sich zu uns ans Bett. »Ich habe es mir immer schon gewünscht, dass ihr zusammenkommt. Aber dass ihr mir das so lange verschweigen könnt und mich an der Nase herumführt, das ist unglaublich.«

Wir zuckten mit den Schultern.

»Dann habt ihr Weihnachten auch schon …?«

Wir nickten und hielten ihrer gespielten Empörung stand.

»Oho! Und ich habe nichts gemerkt, ts, ts.«

»Hast du nun deiner Überraschung genügend Ausdruck verliehen?«, fragte Michael ungerührt. »Und würdest du uns nun bitte sagen, was los ist? Ist was mit Holly?«

»Nein, es ist alles in Ordnung. Aber ich wollte mich nach dir erkundigen, Kathie. Was hat die Ärztin herausgefunden?«

Mein Gesicht wurde ernst. Es war Zeit, Isabel ins Bild zu setzen, und so erzählte ich ihr von meiner Schwangerschaft und meinem Entschluss, es Leon zu sagen.

Isabel musterte mich mitleidig und schüttelte immer wieder den Kopf. Sie wusste nicht, ob sie mir Glück wünschen oder lieber nichts sagen sollte. Eine Weile fummelte sie nervös an ihren Haaren herum und sah uns beide ungläubig an.

»Das ist echt keine leichte Aufgabe, Kathie«, meinte sie. »Ich möchte jetzt nicht in deiner Haut stecken, schließlich habe ich mitbekommen, wie sehr du Leon geliebt hast.« Michael zuckte kurz zusammen, als sie das sagte, aber Isabel sah ihren Bruder streng an und erklärte: »Da musst du jetzt durch, und ich rate dir, Kathie nicht zu enttäuschen. Sie hat einen Mann verdient, der zu ihr hält.«

Die Geschwister sahen sich kurz an wie zwei trotzige Kleinkinder.

»Das werde ich. Kathie weiß, dass sie auf mich zählen kann.«

»Das rate ich dir auch.«

»Ich weiß, dass ich mich auf Michael verlassen kann«, lenkte ich schnell ab, »denn er ist großartig. Ich kann mir keinen besseren Mann und Partner wünschen.«

Michael drückte mir dankbar die Hand.

»Dass ich das aus deinem Mund mal hören würde, Kathie! Nicht zu glauben!«, sagte Isabel erstaunt.

»Wir haben nicht nur Sex miteinander, wir lieben uns auch, Schwesterchen, und es ist genauso, wie es aussieht. Wenn du uns jetzt bitte entschuldigen willst …«

»Schon verstanden, werter Bruder, ihr habt jetzt Besseres zu tun, als mich am Bett sitzen zu haben. Ich geh ja schon, ihr Turteltauben.«

Sie erhob sich und warf mir einen zuversichtlichen, überaus fröhlichen Blick zu.

»Danke, dass du dich um Holly kümmerst«, sagte Michael.

»Schon in Ordnung. Verbock es nicht, Bruder. Benimm dich! So eine wie Kathie bekommst du nicht noch einmal.«

Michael nickte ernst, bevor er sich lachend zu mir ins Kissen zurücklehnte und mich mit Liebkosungen überhäufte, dass mir fast das Herz stehen blieb vor lauter Freude und Wonne, während uns Isabel grinsend verließ.

Es war irgendwie nicht möglich, uns voneinander zu lösen. Die Erkenntnis, dass wir zusammengehörten und es jetzt auch waren, schweißte uns noch mehr zusammen.

Dennoch mussten wir dann irgendwann wieder eingeschlafen sein.

29

Als ich erwachte, war die Seite neben mir leer. Es war schon beinahe Mittag, ich hatte total verschlafen. Aber jetzt war es schon zu spät, sich darüber Gedanken zu machen.

Auf dem Esstisch fand ich Michaels Notiz. »Bin bei Holly und schau dann mal nach deinem Café. Schlaf dich aus, Liebste, du hast es nötig. Kuss, Michael.«

Na danke.

Ich sah Michael vor mir, wie er in der Küche meines Cafés stand und dicke Steaks briet. Meine auf vegetarische Kost eingestellten Gäste würden begeistert sein. Doch je länger ich darüber nachdachte, desto interessanter fand ich die Idee. Vielleicht sollte ich Michael vorschlagen, bei mir zu arbeiten, als Chef der Küche sozusagen. Er müsste sich allerdings in die Künste der vegetarischen Welt einarbeiten. Auf diese Weise könnte ich einen Mittagstisch anbieten und Michael helfen, ohne dass er das Gefühl bekam, ich würde ihn unterstützen. Das ließ sein Stolz nicht zu. Aber wenn wir bald gemeinsam alles stemmen würden … Mein Verdienst würde auch seiner sein.

Ich ertappte mich dabei, uns eine gemeinsame Zukunft einzuräumen, Michael und mir, Holly und dem neuen Baby. Und obwohl der Gedanke an eine Ehe mit Michael mir noch ziemlich fremd war, überkamen mich seltsame Glücksgefühle, wenn ich daran dachte, Michaels Frau zu werden.

Nun aber musste ich endlich nach meinem Café sehen, bevor Michael es zur Burger-Bude umfunktionierte.

Doch als ich im Café Rosenrot auftauchte, lief alles wunderbar. Michael hatte eine alberne grellbunte Schürze an und bereitete einen schmackhaften Getreidebratling, den er den wenigen Gästen, die da waren, als neue Kreation für das Mittagessen anbot. Neben ihm stand die kleine Holly und hantierte genauso eifrig mit ein paar Gabeln und Löffeln.

»Entschuldige, Liebste, ich kann halt nur kochen«, empfing er mich mit offenen Armen.

»Das sehe ich. Und, was halten die Gäste davon?«

»Ich glaube, sie sind begeistert. So etwas Deftiges finden sie zur Abwechslung gar nicht schlecht.«

»Dann mach mal weiter, mein Liebling. Du siehst sehr sexy aus in dieser Schürze.«

»Werd bloß nicht übermütig!«

Rebecca, die gerade in die Küche kam, schmunzelte über unser lockeres Geplänkel. Wir wollten und konnten nicht mehr verbergen, wie wir füreinander empfanden. Rebecca merkte es, und alle anderen merkten es auch.

Am Nachmittag kam Isabel vorbei und holte Holly ab.

»Ich bin froh, wenn der Kindergarten wieder geöffnet hat«, sagte sie leicht genervt. »Aber meine Buben verstehen sich mit Holly ausgezeichnet. Deshalb nehme ich sie echt gerne zu mir, bis ihr wisst, wie es mit euch weitergeht. Ihr könnt ja wohl schlecht zu dritt in deiner kleinen Zweizimmerwohnung leben.«

»Darüber habe ich mir noch gar keine Gedanken gemacht«, gab ich zu und sah sie ratlos an.

Da war noch so viel, was wir erledigen und planen mussten, dass mir die Haare zu Berge standen.

Das heikelste Thema waren Michaels Finanzen, denn er weigerte sich, irgendetwas von jemandem anzunehmen, weder von mir noch von seiner Schwester. Immerhin willigte er ein, vorübergehend in meinem Café zu kochen.

Ich konnte ihn gut verstehen. Er hatte sein Leben lang hart

gearbeitet und sich alles selbst erwirtschaftet. Nun abhängig zu sein von der Frau, die ihn liebte, war völliges Neuland für ihn.

Michael war nach Schließen des Cafés zu Isabel gegangen, um seine Tochter ins Bett zu bringen, und versprach, danach zu mir zu kommen.

Ich nutzte diese Zeit, um die Adresse von Henriette König herauszufinden, denn ich wollte zuerst mit ihr sprechen, bevor ich mich an Leon wenden würde. Es machte keinen Sinn, mein Vorhaben weiter hinauszuschieben, denn es lag wie ein weiterer Klotz in meinem Magen. Ich wollte es hinter mich bringen, so schnell wie möglich, auch wenn meine Schwangerschaft noch nicht so weit fortgeschritten war, dass ich sicher sein konnte, dass alles gut verlief.

Es war nicht schwierig, Henriette König zu erreichen. Sie war auf allen sozialen Netzwerken aktiv und hatte mehrere Nummern. Ihr fröhlich lächelndes Foto begegnete mir überall im Internet, sodass kein Zweifel aufkommen konnte, dass ich die richtige Henriette König gefunden hatte.

Als ich sie schließlich am Apparat hatte, erlitt sie fast einen Kreislaufzusammenbruch.

»Kathie?«, fragte sie mit zitternder Stimme.

»Ja, leider. Es tut mir leid, Sie doch noch mal stören zu müssen«, begann ich umständlich, »aber es ist wirklich wichtig.«

»O Gott, ist etwas passiert?«

»Na ja, wie man es nimmt. Es betrifft Leon und mich. Aber das kann ich so am Telefon nicht sagen.«

Nun war sie völlig aus dem Häuschen, sodass ich sie beruhigen musste.

»Hören Sie, Henriette, damit das klar ist, Sie müssen sich keinerlei Sorgen machen, dass ich Ansprüche auf Leon erhebe. Ich habe damit abgeschlossen. Aber es gibt etwas, was er wissen muss.«

Mir war klar, dass sie immer noch Angst hatte, was ich gut verstehen konnte. An ihrer Stelle wäre ich ebenso verunsichert gewesen.

»Können Sie es mir nicht jetzt schon sagen, Kathie?«

»Nein«, antwortete ich, »das kann ich wirklich nicht am Telefon. Können wir uns bald treffen? Ich möchte nämlich zuerst mit Ihnen reden, bevor ich mit Leon spreche. Wäre das möglich?«

»Nun ja«, entgegnete sie zögernd, »wenn Sie morgen Vormittag in Freiburg sein könnten, könnten wir uns noch einmal in der Cafeteria des Krankenhauses treffen. Das wäre mir am liebsten.«

»Morgen ist Silvester, aber das wäre für mich kein Problem. Ich kann das organisieren.«

Wir verabredeten uns für den späteren Vormittag. Rebecca war mittlerweile wieder so gefestigt, dass sie das Café auch ganz alleine führen konnte, zumal ich am späten Nachmittag sowie schließen wollte.

Nachdem der Termin mit Henriette König stand, atmete ich auf. Es war gut, dass wir uns schon morgen trafen. Je eher ich für klare Verhältnisse sorgte, desto besser.

Natürlich fürchtete ich mich ein bisschen vor Leons Reaktion. Freude, Gleichgültigkeit, Zorn – alles war möglich. Da er sich immer noch an nichts erinnerte, war es unumgänglich, ihn zu schockieren. Aber schließlich war er nicht der erste Mann auf der Welt, der von solch einer Nachricht überrascht wurde. Etliche Männer erfuhren erst viel später davon, Vater geworden zu sein, so wie Michael. Manche würden nie wissen, dass sie Nachwuchs auf dieser Welt hinterlassen hatten. Und wieder andere wussten es zwar, ignorierten es aber komplett oder machten sich aus dem Staub, sobald sie es erfahren hatten.

Das Leben war nicht immer gerecht und einfach schon gar nicht. Aber ich fühlte mich stark genug, diese Herausforderung anzunehmen und Leon dabei ins Gesicht zu sehen. Danach sollte geschehen, was wollte.

Um zu Hause nicht ins Grübeln zu verfallen, schlüpfte ich in meine Winterkleidung und spazierte noch ein wenig am Naturstrand entlang, an unserem Schneemann vorbei, der immer noch schielte und nun einen alten Hut aufhatte, den ihm jemand übergestülpt haben musste.

Der Schnee war in der Zwischenzeit hart geworden, aber weil es weiterhin kalt war, konnte er liegen bleiben. Ich zog mir die Mütze tiefer ins Gesicht und schob die Hände in meine Manteltaschen. Dann blickte ich über den See zum Schweizer Ufer hinüber, hinein in die blinkenden Lichter.

Es war mittlerweile stockfinster, aber das störte mich nicht. Ich kannte den Weg am Naturstrand. Mir reichten die wenigen Laternen aus, die hier ein fahles Licht verbreiteten.

Auf dem Rückweg überkam mich noch einmal sehr deutlich und intensiv die Erinnerung an Leon. Ich kam zu der Stelle, an der wir uns das erste Mal geküsst hatten. Wir waren von dichten Nebelschleiern umgeben und hatten uns wie auf einer Insel befunden, die niemand sonst betreten konnte. Unsere gemeinsamen Pläne waren in den Himmel gewachsen, um dort die Sterne zu berühren und als lieblicher Klang wieder zurück auf die Erde zu finden, direkt hinein in unsere Herzen.

Es war alles so wunderbar gewesen, so schön. Vielleicht zu schön.

Möglicherweise hatte es diesen Bruch und diese Kehrtwendung geben müssen, weil wir ansonsten jeglichen Bodenkontakt verloren hätten. Wir wären fortgeschwebt, eingesponnen in unsere Liebe wie Raupen, die sich verpuppten und während dieser Zeit von der restlichen Welt abgeschnitten waren. Vielleicht war die Harmonie zwischen uns so überirdisch schön, dass sie in der Wirklichkeit und im Alltag keinen Bestand gehabt hätte. Wir hätten uns verloren in unserer eigenen Welt und hätten keinen Sinn mehr darin gesehen, den Alltag zu meistern.

Ich wusste nicht, was aus uns geworden wäre, aber nun war alles anders. Wir waren aus dem Paradies gestoßen worden, Leon und ich, um einer völlig anderen Bestimmung zu folgen.

Ein paar Tränen traten mir in die Augen, weil mich zurzeit alles tief bewegte und meinen Alltag so veränderte, dass ich nicht wusste, was der neue Tag mir bringen würde.

30

Michael wartete wieder vor der Tür auf mich. Er sah gleich, dass ich mir Gedanken machte, tränennasse Wangen hatte und in einer bedrückten Stimmung war.

»Geht es dir wieder schlecht? Ist dir wieder übel?«, fragte er behutsam und küsste mich so liebevoll, wie er nur konnte.

»Michael!«, rief ich und warf mich in seine Arme. Seine Sinnlichkeit ließ mich dahinschmelzen, sodass ich innerhalb von Sekunden alles um mich herum vergaß und nur noch ihn wahrnahm. Es war gut, dass er in mir pures Vergnügen und Entzücken auslösen konnte. Und es war ein ganz irdisches Begehren und Verstehen zwischen uns, das dem Alltag standzuhalten vermochte.

Michael schaffte es, mich völlig aus allen Sorgen zu heben, indem er mich zum Brennen brachte. Ich brannte lichterloh während jeder seiner Berührungen, so, wie wir miteinander umgingen, und im Angesicht der Freude, die wir entfachten, wenn wir uns stets aufs Neue entdeckten.

Ich wurde nicht müde, ihn zu kosten, an ihm zu riechen, ihn anzusehen und mich für ihn zu öffnen. Zum ersten Mal in meinem Leben war ich überaus dankbar, einen Körper zu haben, der diesen flammenden und strömenden Zustand erfahren konnte. Wir gingen diesen Weg zu zweit, weil wir es beide so wollten. Niemand von uns hatte mehr Angst davor, sich im anderen zu verlieren. Wir waren beide so aufmerksam und wach füreinander, dass wir selbst davon begeistert waren.

»Nun, was plagt dich?«, fragte er erneut.

»Alles irgendwie«, erwiderte ich. »Ich werde mich morgen in Freiburg mit Henriette König treffen. Und dann mit Leon.«

Da sah mich Michael lange an und ließ die Schultern fallen.

»Okay, doch so schnell.«

»Es hat sich so ergeben, und mir ist es auch so lieber. Dann habe ich es hinter mir.«

Michael fuhr sich mit den Fingern durch die Haare.

»Macht es dich nervös, wenn ich morgen schon nach Freiburg fahre?«

»Ehrlich gesagt, ja.«

»Ich muss es irgendwann tun, Michael. Es geht mir besser, wenn ich das hinter mir habe.«

»Ich weiß.« Er griff nach meinen Händen, dann sah er mich durchdringend an und sagte: »Ich möchte mitfahren.«

Es klang wie ein Aufschrei, ein ängstliches Aufbegehren.

»Vertraust du mir nicht?«, fragte ich, erkannte aber sogleich, dass es unmöglich sein würde, ihm seine Angst zu nehmen, wenn ich allein nach Freiburg fahren würde.

Michael atmete aus, zog mich zu sich heran, drehte mich um und küsste mich in den Nacken, so zart und liebevoll, dass ich lustvoll stöhnte, als seine Zunge über meinen Hals fuhr.

»Bitte versteh mich«, antwortete er und legte seine Arme um mich. »Mit Milly und mir war das anders. Wir hatten nur eine Nacht zusammen, an die ich mich nicht erinnern kann, weil ich betrunken war. Milly und ich haben uns nie geliebt. Aber du hast Leon geliebt, so sehr, dass du alles drangesetzt hast, ihn zu finden.«

»Das stimmt.«

»Du hast Leon nicht freiwillig aufgegeben, sondern weil es nicht anders ging.«

»Wird das denn ewig zwischen uns stehen, Michael?«, fragte ich bang.

»Nein«, antwortete er leise, »denn ich weiß jetzt, wie es ist, von dir geliebt zu werden. Es ist für mich das Schönste auf der Welt.«

»Dann hab doch Vertrauen zu mir. Bitte, Michael.«

»Ich habe jegliches Vertrauen zu dir, meine geliebte Kathie.«

Ich drehte mich zu ihm um und sah ihn verständnislos an.

Michael legte den Kopf nach hinten und schnaubte leise. »Es ist das Schicksal, dem ich nicht vertraue«, sagte er.

Jetzt erst verstand ich, was er meinte.

»Es wird keinen weiteren Unfall geben, Michael. Ich werde vorsichtig fahren.«

»Das weiß man nie«, entgegnete er traurig, »aber das ist es nicht allein. Was ist, wenn das Schicksal plötzlich seine Meinung ändert und alles anders wird? Was ist, wenn Leon anfängt, um dich zu kämpfen? Was ist, wenn Henriette König ihn nicht mehr will, sobald sie weiß, um was es geht? Was ist, wenn er dich so verführt, dass du gar nicht anders kannst, als schwach zu werden? Was ist, wenn …«

»Stopp, Michael, stopp!«, rief ich. Ich konnte seine Bedenken nachvollziehen. Es musste ihn rasend machen, in der Gewissheit zu leben, dass jetzt noch etwas schiefgehen könnte.

»Ich kann nicht zulassen, dass das Schicksal uns wieder auseinanderbringt, Kathie.«

»Du hast Angst, dass Leon es schafft, die Situation zu verändern.«

»Ist das denn so abwegig? Wenn er hört, dass du sein Kind bekommst, dann kann es doch sein, dass er …«

»Michael!«, unterbrach ich ihn scharf. »Das kann tatsächlich passieren! Das haben wir doch schon besprochen.«

Michael schob meine Hände zur Seite und sah mich an.

Ich griff wieder nach ihm und rückte ganz nahe an ihn heran.

»Schau mich an«, sagte ich zu ihm, »und erkenn, wie viel du mir bedeutest. Ich werde nicht schwach werden.«

»Du hast diesen Mann geliebt, Kathie.«

»Aber jetzt liebe ich dich.«

»Ich weiß, und ich spüre es. Aber mir macht die ganze Situation morgen Angst, eine Rechnung mit zu vielen Unbekannten.«

»Dann komm mit. Fahr mit mir und kämpf mit dem Schicksal, wenn es sein muss. Du weißt selbst, dass wir das, was geschehen soll, nicht aufhalten können. Aber ich bin ganz deiner Meinung, dass wir dem Leben nicht hilflos ausgeliefert sind. Wir können Entscheidungen treffen und handeln.«

Ich merkte, wie ihm ein Stein vom Herzen fiel.

»Danke«, flüsterte er. »Ich kann es nicht verantworten, dich dort alleine hinfahren zu lassen.«

»Gut, ich verstehe dich.«

»Ich möchte bei dem Gespräch dabei sein, Kathie.«

»O Michael, meinst du, dass das ratsam ist?«

»Ich kann nicht anders. Außerdem möchte ich ihn sehen. Ich möchte wissen, wer er ist, dieser Mann, für den du alles unternommen hast, um ihn zu finden.«

Die Spannung, die zwischen uns lag, war spürbar, aber es war gut, dass wir so offen miteinander sprechen konnten.

»Warum tust du dir das an, Michael? Es wird dir wehtun.«

»Das nehme ich in Kauf. Ich muss wissen, mit wem ich es zu tun habe, auch in Zukunft. Wenn nämlich alles so läuft, wie du dir das vorstellst, dann wird er sein Kind regelmäßig besuchen wollen, was ich ihm nicht verübeln kann.«

Ich überlegte und wusste nicht, was ich darauf erwidern sollte. »Michael, es wäre vielleicht besser, wenn ich mit Leon unter vier Augen spreche«, sagte ich schließlich.»Das sehe ich nicht so. Diese Frau König und ich haben ein Recht darauf, dabei zu sein. Alles, was geschieht, betrifft auch uns.«

»Es wird dir nicht guttun, Leon zu sehen. Es wird dich schmerzen«, wiederholte ich.

»Lass das meine Sorge sein. Ich weiß sehr genau, was ich will.

Und falls du mich für einen Schwächling hältst, dann muss ich dich enttäuschen.«

»So war das doch nicht gemeint, Michael. Du bist so stark wie niemand sonst.«

»Dann bleibt es dabei? Ich werde morgen an deiner Seite sein, die ganze Zeit.«

»Also gut. Aber dass ich hinterher keine Klagen höre, verstanden?«

»Was für Klagen?«

»Du weißt schon, Vergleiche, dumme Sprüche, Sarkasmus, so etwas in der Art.«

»Für wen hältst du mich?«, fragte er beleidigt.

»Ich halte dich für einen Mann, der mich immer wieder erstaunt und mich tief berührt.«

Michael atmete auf und beobachtete mich. Wir hielten es aus, uns einfach nur anzusehen und uns dabei zu öffnen.

»Ich möchte dich auch um etwas bitten, wenn wir gerade dabei sind«, sagte ich nach einer Weile.

»Was immer du willst, liebste Kathie.«

»Ich möchte, dass du dich dem Vorschlag deiner Schwester und deines Schwagers gegenüber nicht weiter sperrst. Es ist ihnen ein Herzensanliegen, dir finanziell unter die Arme zu greifen.«

Michael knurrte und verkrampfte sich. Doch diesen inneren Kampf musste er alleine ausfechten. In diesem Punkt würde ich nicht nachgeben.

»Okay, okay«, sagte er plötzlich. »Du bist eine kluge Frau, das habe ich gleich gemerkt. Ich werde darüber nachdenken. Mehr kann ich dir nicht versprechen.«

»Gut, ich nehme dich beim Wort. Du denkst darüber nach.«

Ich wusste zwar, dass ihm das Thema gar nicht behagte, aber wenn jetzt schon mal alle Karten auf den Tisch kamen, dann war es der richtige Zeitpunkt dafür.

»Außerdem«, fuhr ich fort, »möchte ich mit dir besprechen, wie es mit uns und mit unserem gemeinsamen Leben weitergehen soll.«

»Oh, meine kluge Kathie möchte Pläne machen. Also von mir aus können wir morgen schon heiraten. Wenn du mich denn als Ehemann willst.«

»Darüber reden wir noch, Michael.«

»Du sagst also Ja?«

»Sagen wir mal so, ich ziehe es in Erwägung.«

»Das war immerhin kein Nein. Und damit bin ich für heute zufrieden. Einen richtigen Antrag bekommst du natürlich auch noch, so mit allem Drum und Dran.«

»Das will ich doch hoffen. Mit Kniefall bitte. Und verstreuten Rosenblüten.«

»Sonst noch Wünsche?«

»Und Kutsche.«

»Natürlich, Prinzessin! Aber dafür muss ich jetzt hören, dass du verrückt nach mir bist.«

Ich lächelte. »In Ordnung. Michael, ich bin verrückt nach dir und kann es kaum erwarten, dass wir miteinander schlafen. Ich werde ein Schild draußen anbringen lassen, auf dem jeder lesen kann, dass ich mich danach verzehre, deine Frau zu sein.«

»Sehr gut.«

Unter seinen Küssen fand ich dann noch den Atem, ihm einen weiteren Herzenswunsch zu gestehen. »Morgen ist doch Silvester. Wenn wir nach Freiburg fahren, möchte ich gerne die Nacht mit dir in diesem einen Hotel verbringen. Du weißt schon, welches. Meinst du, Holly könnte noch einmal bei Isabel und Martin bleiben?«

Michael sah mich spitzbübisch an. »Das dürfte wohl kein Problem sein. Aber was willst du ausgerechnet in diesem Hotel?«

»Dich spüren und noch einmal an dem Ort sein, an dem alles begann.«

»Du hast wohl Sehnsucht nach der Kloschüssel.«

»Kann sein. Mit der Kloschüssel hat schließlich alles begonnen.«

»Ich dachte, mit dem badischen Wein.«

»Mit dem auch.«

Und dann fielen wir in mein Bett und vergaßen die restliche Welt um uns herum.

31

Als wir am letzten Tag des Jahres gemeinsam nach Freiburg fuhren, um mit Henriette König und Leon zu sprechen, wusste ich, dass es die richtige Entscheidung war. Die Sonne strahlte zudem in voller Wucht vom Himmel und sorgte für einen Wintertag wie aus dem Bilderbuch. Glitzernder Schnee begleitete uns auf der Fahrt durch die zauberhafte Winterlandschaft und sorgte für gute Laune und den Ausblick auf ein verheißungsvolles neues Jahr. Zwar war mir immer noch ziemlich übel, aber mit belegten Broten im Gepäck und Michaels unendlich fürsorglicher Liebe und Geduld machte mir das schlechte Gefühl im Magen nicht mehr viel aus.

Hand in Hand traten wir Henriette König entgegen, die uns schon am Eingang erwartete. Sie war ganz grau im Gesicht und fuhr sich nervös durch die Haare, die ihr heute offen und lang über die Schultern hingen.

»Das ist der Mann an meiner Seite, Michael Müller«, stellte ich Michael vor, wofür er mir dankbar die Hand drückte. Seine Freude über meine Worte war ihm anzumerken. Er strahlte.

»Oh«, erwiderte Henriette König überrascht. Auch ihr war anzusehen, wie positiv sie diese Neuigkeit aufnahm. »Das ist ja wunderbar!« Vor Aufregung bekam sie ganz rote Wangen.

»Wollen wir uns nicht duzen?«, schlug ich vor.

»Ich habe Sie … dich … schon hier abgefangen, weil Leon bereits in der Cafeteria auf uns wartet. Er hat zwar noch beide Beine in Gips, aber mit dem Rollstuhl sind wir hier sehr mobil. Wir freuen uns schon sehr, wenn er mal auf die Krücken wechseln kann.«

»Wie schön«, sagte Michael, dem der Small Talk sichtlich unangenehm war. Er trat von einem Bein aufs andere, versuchte aber, es sich nicht anmerken zu lassen.

Auch Henriette war immer noch unruhig. Ich wollte sie nicht länger auf die Folter spannen und brachte ihr so schonend wie möglich bei, dass ich von Leon schwanger war.

Ihre Gesichtsfarbe wechselte von rot nach bleich und wieder nach rot.

»Ich habe es mir fast schon gedacht. Die ganze Nacht konnte ich deswegen nicht schlafen. Es hat mich fast verrückt gemacht, dass du mir nicht schon gestern sagen konntest, was los ist.«

»Das tut mir leid, aber diese Nachricht ist so intim.«

Wir sahen uns betreten an.

Henriette schüttelte den Kopf. »Das wird ein Schock für Leon sein. Aber ich verstehe, dass du es ihm sagen musst. Diese Nachricht wird einiges aufwirbeln.«

»Er erinnert sich immer noch nicht, nicht wahr?«

Henriette nickte. »Es geht ihm zwar schon besser, aber seine Erinnerung ist nach wie vor komplett weg, was diese paar Tage betrifft.«

Wir schwiegen für einen Moment.

»Leon wird Vater, du meine Güte«, sagte Henriette tonlos. »Aber ich danke euch, dass ihr es mir zuerst gesagt habt. Es hätte mich sonst umgehauen.«

Sie blickte dabei nicht nur mich, sondern auch Michael an.

Es tat ihr sichtlich gut zu sehen, dass Michael bei mir war und ihr versicherte, dass er selbst ein Kind in unsere Beziehung bringe und froh sei, dass Hollys Mutter ihm von dem Kind erzählt habe.

»Wird Leon die Nachricht verkraften?«, fragte ich vorsichtig.

Henriette hob die Schultern. »Es wird ein Schock für ihn sein. Aber das wird er schon aushalten, denke ich. Er muss. Und ich bin ja bei ihm.«

»Nun gut, dann gehen wir jetzt in die Cafeteria, oder?«, fragte ich.

»Ja«, antwortete Henriette und lief voraus.

Mir war mehr als mulmig zumute. Und auch Michaels Unsicherheit verstärkte sich. Gleich würde er dem Mann gegenüberstehen, der in meinem Leben eine große Rolle gespielt hatte und noch spielte. Ich hoffte inständig, dass die Begegnung der beiden Männer ohne Probleme ablaufen würde.

Michael und ich hielten uns an den Händen. Der Druck seiner Hand war eisern. Er stand unter Strom, auch wenn er es sich nicht anmerken lassen wollte und so tat, als wäre er die Ruhe selbst.

Leon saß freundlich lächelnd in einem Rollstuhl und trank einen Kaffee. Als er uns sah, hob er die Hände und verstärkte sein Lächeln. Er sah besser aus als das letzte Mal, als er im Bett gelegen hatte. Der plötzliche Stich in meinem Herzen bewies mir, dass uns für immer etwas verbinden würde, auch wenn er sich nie an unsere Nacht würde erinnern können.

Ich schaffte es, ganz normal zu atmen und neben ihm Platz zu nehmen.

»Kathie … äh … Krämer?«, fragte er sehr höflich und begrüßte uns dann ganz galant und zuvorkommend mit dem ihm eigenen französischen Charme.

Henriette stellte uns noch einmal vor und fügte hinzu, dass wir uns mittlerweile duzten. Dann verstummte sie und überließ mir das Wort.

Ich konnte unser aller Anspannung in diesem Moment spüren und zögerte einen kurzen Augenblick. Irgendwie hatte ich Angst vor Leons Reaktion, der als Einziger noch nicht wusste, um was es ging. Es tat mir so leid, ihn mit unserer ganzen Geschichte und den einschneidenden Folgen konfrontieren zu müssen, aber ich konnte es nicht ändern.

Michaels Blick war ebenfalls auf Leon gerichtet. Er musterte ihn sehr kritisch und beobachtete jede seiner Gesten. Sein Arm lag demonstrativ um meine Schultern, um zu zeigen, zu wem ich gehörte. Aber das war völlig in Ordnung, denn es gelang ihm, mir so viel Vertrauen einzuflößen, dass ich endlich tief Luft holen konnte und Leon alles erzählte.

»Du kannst das natürlich gerne jederzeit überprüfen lassen, wenn du mir nicht traust«, endete ich. »Aber ich versichere dir, dass das Kind von dir ist.«

Danach herrschte erst einmal völlige Stille.

Wir alle hatten die Luft angehalten und richteten unsere Blicke auf Leon.

Leon brauchte eine Weile, bis meine Worte bei ihm angekommen waren, sodass ich schon befürchtete, er hätte mir nicht zugehört oder mich nicht verstanden.

Kreidebleich starrte er mich an, als sähe er mich zum ersten Mal. Alle widersprüchlichen Gefühle, die das Erzählte in ihm ausgelöst hatte, waren in seinem Gesicht zu erkennen.

Er schnappte regelrecht nach Luft und richtete weiterhin seinen Blick auf mich. Aber dann verzogen sich seine Mundwinkel. Er lächelte!

»Das ist …« Er verstummte, sah Henriette an, dann Michael und dann wieder mich. Aber er lächelte immer noch. »Ist das nicht fatal?«, fragte er dann nach ein paar weiteren Sekunden, in denen er einfach nur still in sich hineingelächelt hatte. »Da erinnere ich mich nicht an eine Nacht, die so innig gewesen sein muss, dass ein neuer Mensch dabei entstanden ist. Das ist eine Schande!«

Ich senkte verschämt den Blick. Niemand sollte sehen, dass ich schon wieder Tränen in den Augen hatte.

Leon freute sich! Er freute sich, so gut es ihm in seiner Situation möglich war. Das war mehr, als ich erwartet und erhofft hatte.

Ich war so unendlich erleichtert, dass mir schwindlig wurde.

Alles drehte sich vor Aufregung, vor Überraschung und vor Erleichterung. Mir wurde schwarz vor Augen. Danach ging alles sehr schnell. Ich kam in die Notaufnahme, wurde in ein Bett gelegt und an einen Tropf gehängt.

»Machen Sie sich keine Sorgen«, sagte eine Krankenschwester zu mir, als ich mich wieder besser fühlte, »das ist ganz normal in der Frühschwangerschaft und kann immer wieder passieren. Wir behalten Sie in den nächsten Stunden bei uns. Dann kann Ihr Mann Sie wieder mit nach Hause nehmen.«

Ich war unfähig, irgendetwas zu sagen, sondern schmiegte mich an Michael, der auf meinem Bett saß und mich fest im Arm hielt.

»Ich bin nur schwanger, Michael«, flüsterte ich, um ihn zu beruhigen, da seine Hände ganz feucht und schweißig waren.

»Das war ein furchtbarer Schrecken, als du umgekippt bist«, brachte Michael hervor.

Meine Ohnmacht hatte ihn wohl sehr mitgenommen.

Ich blickte zu dem Tropf, an dem ich hing, und gestand ihm, dass ich mich nach seinen Kochkünsten sehnte.

»Das ist nichts für mich, so eine Flüssignahrung«, versuchte ich zu spaßen.

»Ich werde dir die leckersten Gerichte kochen, die du dir wünschst«, hauchte er in mein Ohr.

Wir richteten dann wieder unsere Blicke auf Leon und Henriette, die mit uns im Zimmer waren.

Leon saß im Rollstuhl neben meinem Bett und Henriette direkt an seiner Seite auf einem Stuhl.

Ich musste kichern, als ich sah, wie mich alle besorgt ansahen.

»Ich bin nur schwanger«, wiederholte ich laut, sodass ein jeder es hören konnte.

Alle atmeten erleichtert auf.

»Dürfen wir euch besuchen, wenn das Baby auf der Welt ist?«, fragte Leon sehr höflich nach einiger Zeit.

Keiner von uns wusste, wie die Situation zu meistern war, aber wir taten das Beste, um miteinander klarzukommen. Ich lächelte Leon zu und nickte. Es tat mir gut, in seine gütigen strahlend blauen Augen zu blicken und zu wissen, dass alles gut werden würde und dass er nicht böse oder ablehnend reagiert hatte. Er würde weder mir noch Michael Steine in den Weg legen.

Ich hatte ihn geliebt, eine ganze Nacht lang und darüber hinaus. Doch jetzt konnte ich mich ganz und gar auf Michael einlassen. Mit ihm würde ich mein Leben verbringen, und das war gut so.

»Aber sicher«, antwortete Michael. »Ihr könnt jederzeit zu uns kommen. Es ist sehr schön bei uns am See.«

Leon und Henriette bedankten sich. Es war ihnen anzusehen, dass sie erst einmal mit der Neuigkeit umgehen lernen mussten, dass wir alle irgendwie in Zukunft miteinander zu tun haben würden, mehr oder weniger intensiv.

Ich schmiegte mich noch enger an Michael. Seine Wärme tat mir jetzt unendlich gut.

Michael fühlte sich gefestigt genug, um über seine Tochter zu sprechen und davon, wie dankbar er war, dass Milly ihm die Existenz der Kleinen nicht verschwiegen hatte. Dass sie mit dem Kind ihre eigenen Zwecke verfolgt hatte, erwähnte er selbstverständlich nicht. Aber das war jetzt auch nicht wichtig.

Leon schielte immer wieder auf meinen Bauch und versuchte wohl krampfhaft in sich irgendeine Erinnerung an mich zu finden, was ihm aber nicht gelang.

Er musste sich mit dieser Tatsache auseinandersetzen und verzog immer wieder frustriert das Gesicht. Vielleicht würde er sich eines Tages an mich und unsere wundervolle Nacht erinnern und sie dann in ebenso guter Erinnerung behalten können wie ich.

Ich wünschte ihm von Herzen, dass er in sich den Frieden fand, den ich im Augenblick an Michaels Seite empfand.

Ich gehörte zu Michael.

32

Drei Stunden später konnte ich endlich entlassen werden und fühlte mich äußerst energiegeladen. Die Nährlösung hatte mich regelrecht aufgepäppelt.

Als wir uns von Henriette und Leon verabschiedeten, wussten wir, dass wir uns wiedersehen würden, spätestens wenn das Baby auf der Welt war. Zwischen uns allen gab es keinerlei Geheimnisse mehr, was uns sehr erleichterte.

Michael behandelte mich auf dem Weg zum Auto wie ein rohes Ei.

Wir waren beide nicht in der Lage, über das soeben Erlebte zu reden. Das würden wir später tun, irgendwann. Es blieb noch genügend Zeit dafür.

»Fahr mit mir zum Schauinsland, wie damals«, bat ich ihn.

Wir hatten sowieso noch Zeit, um im Hotel einzuchecken.

»In den Schwarzwald, hinein in den Schnee?«, fragte Michael überflüssigerweise.

»Ja, weil ich noch einmal den Winter mit dir erleben will. Und weil ich mich jetzt so erleichtert fühle und froh bin, dass Leon und Henriette das Ganze so gut aufgenommen haben.«

»Wenn nicht, dann hätte ich ihnen Beine gemacht«, sagte Michael lachend. »Dann hätte ich Leon mal gezeigt, wie ein richtiger Mann auf so eine Nachricht reagiert.«

»Haha, du hättest dich mit einem Mann im Rollstuhl angelegt? Nicht zu fassen!«

»Na und? Wenn es um dich geht, kenne ich keinen Spaß!«

»Schon verstanden.«

Wir parkten in den Höhen des Schwarzwalds und spazierten

durch den glitzernden Schnee. Die Sonne war an diesem letzten Tag im Jahr so intensiv, dass wir Sonnenbrillen aufsetzen mussten, um die weiße Pracht ertragen zu können. Die Landschaft um uns herum leuchtete regelrecht.

Minutenlang gingen wir schweigend nebeneinanderher, dann blieben wir plötzlich stehen und umarmten uns spontan.

»Michael«, begann ich zögernd, »ich möchte dir eine Idee unterbreiten.«

»Was liegt dir auf dem Herzen, meine liebste Kathie?«, fragte er und zupfte mir ein paar Schneeflöckchen aus den Haaren, die mir der Wind gebracht hatte.

»Ich möchte mein Café verkaufen.«

Michael sah mich verwundert an. »Warum denn das?«, fragte er und hob die Augenbrauen.

»Weil es keinen Sinn macht, wenn wir weiterhin in einem Ort Konkurrenten sind. Wir sollten alles dransetzen, um ein gemeinsames Café zu betreiben. Der Standort der Strandperle ist dafür ideal, viel besser als der von meinem Café. Dort haben wir direkten Seezugang.«

Michael blickte mich an, als hätte ich etwas völlig Abwegiges gesagt. »Verstehe ich dich richtig?«, hakte er nach.

»Ja«, antwortete ich. »Wir stecken das Geld von dem Verkauf in den Aufbau eines wunderschönen neuen Cafés. Unseres Cafés. Was sagst du dazu?«

»O Kathie, das kann ich nicht annehmen.«

»Du musst. Das ist nämlich meine Bedingung. Sonst heirate ich dich nicht.«

»Das ist Erpressung.«

»Ich weiß, mein Liebling. Aber du bist ja so was von stur.«

»Kathie!«

»Ja, Michael. Das wäre doch jetzt der richtige Moment für einen Antrag, oder?«

»Und die Rosen, die Kutsche und der Kniefall?«

»Brauche ich nicht. Ehrlich nicht.«

»Ich habe noch nicht einmal einen Ring.«

»So what?«

»Also gut. Liebste Kathie, möchtest du meine Frau werden?«

»Ja!«, rief ich laut und klar, bevor wir uns übermütig in den Schnee fallen ließen und uns ausgiebig mit Schnee bewarfen und dann küssten.

»So«, meinte Michael, als wir zurück am Auto waren, »und jetzt möchte ich mit dir in unser Hotel. Ich kann es kaum erwarten, mit dir im Bett zu sein.«

»Michael!«

Ich war so aufgeregt wie schon lange nicht mehr.

»Was für ein Zufall, dass du just zur selben Zeit in Freiburg gewesen bist wie ich. Sonst wäre alles anders gekommen.«

»Das war sicher kein Zufall«, sagte Michael.

»So? Was dann?«

»Eine Fügung des Schicksals, oder? So nennt man das doch.«

»Richtig!«

»Möchtest du wirklich dein Café verkaufen?«, fragte er mich noch einmal, als könnte er es selbst nicht glauben.

»Ja. Wir suchen einen Käufer, der uns keine Konkurrenz macht und den Schwerpunkt zum Beispiel auf den Seminarbetrieb legt. Wenn wir dann gemeinsam die Strandperle neu aufbauen, können wir es so planen, wie wir wollen. Jeder von uns kann seine Ideen einbringen. Einen neuen Namen können wir unserem Café ebenfalls geben.«

»Bist du dir wirklich sicher, dass du das willst?«

»O Michael, du alter Zweifler. Würde ich es dir sonst anbieten?«

»Ich bin immer noch sprachlos von deinem Vorschlag. Aber du hast recht, jeder für sich in seinem Café, das hat keine Zukunft.«

»Na siehst du. Wir werden das gemeinsam schaffen, und wie ich das so überblicke, haben wir denselben Geschmack und ein gutes Händchen, um ein Café erfolgreich zu führen. Mit dem Geld, das wir aus dem Verkauf erhalten, können wir uns einen Traum erfüllen. Nur das mit dem vielen Fleisch sollten wir noch besprechen«, sagte ich grinsend.

»Das werden wir ja noch sehen, meine Liebste. Aber nun komm, wir sind endlich da.«

Atemlos und mit klopfenden Herzen checkten wir ein und hatten sogar Glück, dasselbe Zimmer zu bekommen, obwohl doch heute Silvester war.

»Und, hast du schon Sehnsucht nach der Kloschüssel?«, neckte mich Michael auf dem Weg nach oben.

»Eher nach dir. Es geht mir im Augenblick ausgezeichnet. Ich könnte platzen vor Glück.«

»Bloß nicht! Das würde eine riesige Sauerei hinterlassen.«

Ich knuffte ihn in die Seite. »Wird das jetzt so weitergehen mit uns? Wirst du mich mein Leben lang auf den Arm nehmen?«

»Ja«, gestand er, »im wahrsten Sinne des Wortes.« Damit griff er mir unter die Arme, hob mich hoch und trug mich ins Zimmer. Ich johlte vor Freude. »Jetzt bist du ja noch schön leicht. Bald werde ich dich nicht mehr schleppen können.«

»Was heißt hier schleppen!«, erboste ich mich.

»Denk an meinen armen Rücken. Du wirst mich verwöhnen müssen.«

»Das tue ich doch jetzt schon, oder?«

Dann küssten wir uns. Michael setzte mich vorsichtig ab. Er war ebenso aufgeregt wie ich. Wir strahlten beide über das ganze Gesicht, als wir uns auf das breite Boxspringbett setzten und einander einfach nur ansahen.

Hier, in diesem Zimmer und auf diesem Bett, hatte eine ganz neue Zeit für mich begonnen. Meine Hände waren feucht, meine Knie butterweich, und in meinem Kopf herrschte Leere. Das Einzige, was jetzt zählte, war Michael.

Ganz langsam zogen wir uns gegenseitig aus und ließen uns in die Kissen zurückgleiten. Im Augenblick war uns noch nicht danach, miteinander zu schlafen. Wir wollten einfach nur all die Momente der Innigkeit auskosten, die uns geschenkt wurden, in aller Stille und mit wachen Sinnen.

Ich liebte es, bei Michael zu sein. Zu wissen, dass er da war, jetzt und für sehr, sehr lange Zeit, machte mich glücklich.

»Ich glaube, ein Silvestermenü können wir uns dieses Jahr sparen«, meinte er.

»Ach, das vermisse ich auch gar nicht. Ich möchte lieber hier mit dir bleiben, in diesem Bett.«

»Das ist eine super Idee! Und ich weiß auch schon, wie wir die Zeit bis zum neuen Jahr verbringen werden.«

»So? Und wie?«

»Indem du mir zum Beispiel sagst, wie sehr du mich liebst.«

»Du bist unersättlich«, tadelte ich ihn.

»Du doch auch, wenn ich daran denke, was wir so miteinander tun, wenn wir nackt sind. Also, willst du es mir bitte sagen?«

Ich lächelte und küsste ihn, bevor ich antwortete: »Ich liebe dich so sehr, dass ich vor Sehnsucht laut nach dir rufe, wenn du nicht da bist. So sehr, dass mir der Atem stockt, wenn du mich berührst. So sehr, dass ich an nichts anderes mehr denken kann, als dass ich mein Leben mit dir teilen will. Gut so?«

»Kathie, das ist so schön! Und nun werden wir uns zur Belohnung lieben.«

»Ich warte schon darauf.«

Wir sahen uns wieder an und spürten dem Glück hinterher, das sich in hellen Strahlen in unsere Herzen senkte und uns auch weiterhin durchs Leben führen würde, auf den Pfaden unseres gemeinsamen Schicksals.

Eine große Liebe überwindet alles

RICARDA MARTIN

Winterrosenzeit

Roman

Auf einem Beatles-Konzert verliebt sich der junge Deutsche Hans-Peter 1965 in die Engländerin Ginny – und ins »Swinging London«, wo alles so viel lockerer ist und freier als in der dörflichen Enge seiner süddeutschen Heimat. Als er jedoch wenig später endlich die Wahrheit über seinen Vater erfährt, kann Hans-Peter nur eines tun: Ginny freigeben. Denn Martin Hartmann ist keineswegs in den letzten Kriegstagen gefallen, sondern steht seit über zwanzig Jahren auf der Fahndungsliste der Kriegsverbrecher. Wie aber könnte Ginny den Sohn eines Mörders lieben?

KNAUR

Ein romantischer Familiengeheimnisroman vor der grandiosen Kulisse Irlands

RICARDA MARTIN

Ein Sommer in Irland

Roman

Eigentlich soll die New Yorkerin Caroline in Irland nur ein altes und sehr wertvolles Buch auftreiben. Doch dabei stößt sie zufällig auf die tragische Lebensgeschichte einer irischen Schriftstellerin – und auf ein Wappen, das der Gravur auf einem Erbstück ihrer eigenen Familie verblüffend ähnlich sieht. Während Caroline auf der Suche nach ihren Wurzeln Irlands Südwesten durchstreift, verliert sie ihr Herz: an die grüne Insel – und an einen geheimnisumwitterten Mann.

KNAUR

Erst eins, dann zwei, dann drei, dann vier …

ISABEL SPANIER
(HRSG.)

Plätzchen, Punsch und Psychokiller

24 Weihnachtskrimis
von Sylt bis Wien

Egal, ob auf Sylt, in Berlin, Wien oder im Berner Oberland: In diesen 24 Kurzkrimis werden quer durch Deutschland, Österreich und die Schweiz mörderische Pläne und Intrigen geschmiedet, und für die meisten Beteiligten schlägt ganz unerwartet das letzte Stündlein.

Für Nervenkitzel unter dem Tannenbaum sorgen: Gert Anhalt, Wolfgang Burger, Petra Busch, Veit Etzold, Nicola Förg, Harald Gilbers, Stefan Haenni, Ines Häufler, Jutta Maria Herrmann, Rudolf Jagusch, Elisabeth Kabatek, Thomas Kastura, Ivonne Keller, Sven Koch, Felix Leibrock, Iny Lorentz, Bodo Manstein, Judith Merchant, Susanne Mischke, Gisa Pauly, Su Turhan, Karen Winter, Patrizia Zannini und Franz Zeller.

2. 8. 24

10,40